彭而述集

中

〔清〕彭而述 著

王宏林 點校

◎清代中州名家叢書

中州古籍出版社

·鄭州·

文集卷一

賦

盆魚賦 乙酉

李淑恒封君旅寓蕪陰，種魚二甓，約百十頭，文采錯雜，離陸然也。六時中輒引客顧樂之。予及張箕疇各有賦，是公意也。

若夫天綱滮汧，潭沱〔一〕八裔，靈淵薈蔚，漻濭萬里。漱壑成浦，區別作湖，石瀨浮鏡〔二〕，蘭渚抽蒲〔三〕。揚鬐鼓鬣〔四〕，品异族殊〔五〕。則有春社潛出，内冗暗入。火照北斗，娼涎湁潗〔六〕。或食而不飲，或飲而不食。理五藏與十經，首激昂而尾直。枕則有丁〔七〕，腸必去乙〔八〕。赤眶獨行，厥冠戴石。避風宜暑〔九〕，神异入方朔之經〔一〇〕；文羽鵲音，蠲憂披山海之帙。〔一一〕林湖之鯽，洞庭之鮒。金齏玉膾，闔閭抛殘於吴江〔一二〕；散班織綱，劉憑烹鮮於石柱〔一三〕。惟王叔之允稱，厥德能升；亦婢妾以奚辭，其〔十四〕性善下下叶户。元駒貞雛，兖州謚乎神駿；吸雲嘆霧，琴高因而飛仙。將夥够不可單究，抑倏侃而不可盡之於語言〔一五〕。

爾乃雕甍綺疏，碧甃藍盂〔一六〕。朱角傑僦以森布，藻井懸蒂以縈紆。〔一七〕皤皤國老，杖履生情。巘巘階階〔一八〕，顧盼堪娛〔一九〕。則有京兆上洛之界〔二〇〕，寒江廬阜之衝〔二一〕。塗足履水，伺夜火於抱朴；吞啖善變，述异紀於桓沖。揚熛而檐牙皆絳，躍熒而玫瑰初紅〔二二〕。既含丹以〔二三〕星耀，亦凝紫而烟葩。霜鱗弄影，玉羽流霞。譬散文之雲錦，徐庵靄乎朝華。演漾〔二四〕蘊藻，影動瑣窗〔二五〕。翕習容裔，如指蓬壺而霎靆〔二六〕；噞喁沉浮〔二七〕，將佩綝纚以輝煌。飲瀱汋之玉醴（瀱音記，《爾雅》：『井一有水，一無水，曰瀱汋。』）餐蠛蠓以爲粻。闃其無人，整神貌以自持。顧而樂之，紾夷猶以頡盻。

若乃玉繩漏低〔二八〕，金波露隕〔二九〕。要眇微波，唼啑相引。〔三〇〕珊瑚出罻，琥珀灼枕。左慈垂竿以潑刺，瓠巴輟琴以潤淰。〔三一〕如出瀍水而游西海，詹何〔三二〕技窮而任公之巧窘。至如隆厦宴客，烽鼓喧闐。烏程交瀉，瀲灩膏蘭。靚妝細唾，飛苧蹴蓮。金鋪映屋，作繪照筵。硨磲傳斝，瑪瑙堆盤。莫不冘〔三三〕踔湛藻，冏游汩旋。乍傾昃以耳語，集顱骨而悟匏弦。爛飛煽於墻幕，帶陰火之潛然。又若靈曜濞漎，纖羅離陸。朝烟冪䍥，暮靄熠煜〔三四〕。呀呷斯媟，判衍斯傾。既躍湍戲瀨以旁魂〔三五〕，亦崩雲屑雨而砰訇。颯沓矜顧，而徽袿自憐。遷延遲暮，而鷗鷺不驚。所抱者固，托宇以寧〔三六〕。此何异蛾眉之殿昭陽，而錯國者之屹有長城。〔三七〕

醜類引伸，實難覼縷。蟠溪啓非熊之佐，舟躍盟津；富春沉羊裘之星，龍飛渭里。帝胄取譬於瑯琊，而西昌亦乘便於頳尾。豈微物之有關於興王，而知者不徒取夫樂水。臨淵忽羨，忘筌志喜。江湖免呴沫之勞，升斗感波臣之起。疏碧漪於方塘，翫錦鱗於片晷。陋蹄涔之一匊，非南溟之可徙。〔三八〕原夫〔三九〕桃花拍浪，題龍門之額；壯士復仇，瘞虎丘之腸。馮驩彈鋏以歸來〔四〇〕，惠施臨濠〔四一〕而徜徉。亂臭裹幰於呂政，前席掩袖於龍陽。白服來豫且之困，三銜登關西之堂。水忌太清，淵察不祥。中孚因而著卦，蕘鱻漁人是將。月令之文薦寢，曲阜之書紀棠。孝子睹枯而永慕，逐臣葬腹而嘆故國之難忘。賢人君子，每鴻羅而嘆夫網密〔四二〕。窮奇〔四三〕饕餮，輒夭蟜而鳴意乎跳梁。此則關政教之有得失，而殊不盡人事之意量。

惟夫茲之爲物也，鱁鮧相續，爰長子孫。鱗鱶不已，卵育鮞鯤〔四四〕。庸庸禹禹，無蓌山芒草之慮；汕汕罩罩，免星見澤竭之患平聲。〔四五〕對玉樹之青葱，照芳蘭之葳蕤。名王有道，封淫慝於京觀；華林攸貯，養天和於期頤。忌厲生之橄欖，是惟遠之；錫尚方之金緋，其兆允宜。

【校記】

〔一〕潭沱，《文集》二十四卷本作『沓潙』。

〔二〕浮鏡，《文集》二十四卷本作『湯湯』。

〔三〕抽蒲，《文集》二十四卷本作『莓莓』。

〔四〕鼓鬣,《文集》二十四卷本作『掉尾』。
〔五〕品异族殊,《文集》二十四卷本作『殊品异族』。
〔六〕湁潗,《文集》二十四卷本作『競逐』。
〔七〕枕則有丁,《文集》二十四卷本作『腹則有角』。
〔八〕腸必去乙,《文集》二十四卷本作『目則有乙』。
〔九〕避風宜暑,《文集》二十四卷本作『宜暑避風』。
〔一〇〕神异入方朔之經,《文集》二十四卷本作『入朔方之經』。
〔一一〕『文羽』二句,《文集》二十四卷本作『浮海西來,埤淵材美刺之恨』。
〔一二〕江,《文集》二十四卷本作『水』。
〔一三〕柱,《文集》二十四卷本作『桂』。
〔一四〕其,《文集》二十四卷本作『惟』。
〔一五〕語言,《文集》二十四卷本作『言筆』。
〔一六〕碧甃藍盂,《文集》二十四卷本作『藍盂碧甃』。
〔一七〕『朱角』兩句,《文集》二十四卷本作『藻井懸蒂以披離,朱角傑俿以森布』。
〔一八〕階階,《文集》二十四卷本作『陏陏』。
〔一九〕堪娱,《文集》二十四卷本作『多姿』。

〔二〇〕界，《文集》二十四卷本作『種』。

〔二一〕寒江廬阜之衝，《文集》二十四卷本作『塞江廬山之裔』。

〔二二〕玫瑰初紅，《文集》二十四卷本作『珉瑰胥呈』。

〔二三〕以，《文集》二十四卷本作『而』。

〔二四〕演漾，《文集》二十四卷本作『雜以』。

〔二五〕影動瑣窗，《文集》二十四卷本作『叠以瓦礫』。

〔二六〕鬉⿱髟逮，《文集》二十四卷本作『曄猗』。

〔二七〕沉浮，《文集》二十四卷本作『浮沉』。

〔二八〕漏低，《文集》二十四卷本作『初爛』。

〔二九〕露隕，《文集》二十四卷本作『乍涌』。

〔三〇〕『要眇』二句，《文集》二十四卷本作『要眇蟬蜎，旖旎彪炳』。

〔三一〕『左慈』二句，《文集》二十四卷本作『鴛鴦秀出，琵琶弄影』。

〔三二〕何，《文集》二十四卷本作『公』。

〔三三〕冘，《文集》二十四卷本作『趴』。

〔三四〕暮靄熠煜，《文集》二十四卷本作『夕靄菸菖』。

〔三五〕魂，《文集》二十四卷本作『魄』。

〔三六〕托宇以寧，《文集》二十四卷本作『所庇者尊』。

〔三七〕『此何』二句，《文集》二十四卷本作『此何异娥眉之殿昭陽，而有國家者之屹有長城。睹眄鑾以興作，夷芰荷而各鮮御。抱清迥之明心，與仙禽乎此德。守風露之介節，將玄鬢其來儀』。

〔三八〕『臨淵忽羡』以下八句，《文集》二十四卷本作『陣則配乎鵷鶵，制則慮夫螻蟻。豈徒侈伊洛之如牛羊，江海之名豨豚？而區區潛鹿之與沉虎』。

〔三九〕原夫，《文集》二十四卷本無此二字。

〔四〇〕以歸來，《文集》二十四卷本作『而悲狀』。

〔四一〕惠施臨濠，《文集》二十四卷本作『寧戚扣角』。

〔四二〕綱密，《文集》二十四卷本作『法網』。

〔四三〕窮奇，《文集》二十四卷本作『奇窮』。

〔四四〕卵育鰤鯤，《文集》二十四卷本作『遂繁苗裔』。

〔四五〕『汕汕』二句，《文集》二十四卷本作『宮寵濠樂，而如在君王臣民之池』。

七星岩賦 有引

岩在桂林江東，傍江而起。突綴七峰，適如星炏。石骼嵑嵑，青削萬仞。下有峒穴，刹架崖广。入而探之，谺然無際。可十里許，鎸劖『造化中大有物』。同燕山李梅谷、晋江黄抑公、晋陵張一庵往觀，性不耐，强半㪅出。諸君嘲曰：『能爲賦乎？』援筆而就，客酒未闌。其詞曰：

維灕江之清冽兮，翔百粤之上游。界五嶺而南通兮，神皋側立乎東洲。蜿蜒扶輿，盤礴而上。薄夫鴻濛兮，伊誰奠芙蓉之根。若兄弟後先而相遜讓兮，爲俯江而盤桓。伊彼造化，瑰瑋鬱律。離宫火鄉，乃生奇僻。神沕穆以惝恍，氣泠然而蕭瑟。咫尺不見，天地玄默。於是炬火烜明，蹩躠夷猶。人游地肺，萬靈揫愁。魚蟲亂響，網罟亦稠。黄金四目，雄虺九頭。乃粉葩之懸榜，見滇客之來游。菖蒲百本，蘭蕙一丘。弓矢斧鉞，象胥鞮鞻。車輪嵯岈，幄帟迷離。鸞飄鳳泊，攫拏虎螭。既雁鶩之翺翔，胡橘柚之垂垂。

乃若門開母子，道闢經緯。朝市祖社，巀嶪大起。壂廡深廣，重檐連屬。五室三四，步行彳亍[一]。夥頤沈沈，明堂夏屋。容大扃之七个，嬪卿儲焉而如有未足。左廞建章，右陳阿房。騂剛赤緹，熠熠煌煌。千門萬户相綢繆，朱碧闌干玉箜篌。乍金薤以雷硠，忽傴僂而若鉤。高高下下，透迤詰曲。白盛夾窗，堊然四隩[二]。霞駮組帳，寥谿林麓。浮屠睢盱，趺坐坡陀。獅子縱離，豎毛寢訛烏潭。龍睡齁齁，凌陰雪積峨峨。爾乃獸簴禽彝，羅列綿蕝。陶甗旎簋，鬴鬲綢疊。或如六瑞在輯，率王公侯伯子男而來臨。或如六器在御，舉上下四方而就列。猿鶴沙蟲相與飛，上有犀聲下貝璣。《齊諧》志怪，《禹鼎》著奸。蛇門蜮來，相率鈎連。星隕鷁退，無待而然。

於是精罷力倦，氣喘而汗。天户徹裂，石罅洞半。踉蹌而出，白雲滿袖。如魘初醒，如夜初晝。神魂熒惑，失其部伍。府吏卒徒，更僕再數。問今世之何世，吾生平有目之所未睹。

客來報曰：『穆滿〔三〕河神，寶宫斯開。傾庾倒廩，貨貝孔偕。』客又報曰：『太真燃犀，采石江下。方良晝現，或象或馬。』予曰：『足矣！龍神出水，半體則休。馬肝不食，良此之由。《周禮》垂訓，天官餘財。乃共玩好，安能貪冒。於异物不知紀極，而遺譏夫季倫之與靈寶。』爲擊石作歌曰：『翼軫分野兮界遐荒，産此窈窕兮搆洞房。山川貧瘠兮此中富有，巉嵼崆峴兮上映維斗。取精弘多兮，何必玉府之藏將軍之庫？子中道而旁軼兮，誠惡夫貪得者之顛躓而不能取。有〔四〕大力者負之而走〔五〕，願借山靈爲封洞口。』

【校記】

〔一〕步行彳亍，《文集》十六卷本作『步回三尺』。

〔二〕隩，《文集》十六卷本作『壁』。

〔三〕滿，《文集》十六卷本作『瞞』。

〔四〕有，《文集》十六卷本作『爲己有』。

〔五〕『大力者』句，《文集》十六卷本作『恐大力者負之而走』。

悔賦 癸巳

彭子生四十有八年矣，感身世之多艱，悟盈虛之至理。早歲失怙，曾廢王裒之詩；强仕入官，終慚毛義之檄。兼以烏飛故苑〔一〕，鹿走平原。庾信抱去國之悲，哀江南者一賦；鑿齒齎入秦之恨，得襄陽者半人。烽火彌天，灰遇昆明之劫；豺狼滿路，象入巴蛇之陵。既困頓以連年，徒崎嶇而行路。文姬已老，再畫蛾眉；節度云亡，空留燕子。同虞卿之棄印，慚未著書；羨内史之歸來，聊成誓〔二〕墓。坐念平昔把臂，强半死生分途。過黄公之故墟，惟有酒壚尚在；經山陽之舊地，無復笛聲再聞。短髮日見蕭疏，暮齒漸以摇落。能詩水部，既去揚州；愛酒山公，復離峴首。當此花朵爛熳之際，又值鶯聲睍睆之時。坐卧柴桑〔三〕，餘陶潛之三徑；慨念疇曩，擬平子之《四愁》〔四〕。芳草萋萋，念王孫而不返；邑〔五〕犬狺狺，驚粵雪以頻年〔六〕。偕隱既愧鹿門，壯志復慚麟閣。用〔七〕作短賦，以慰牢愁〔八〕。其詞曰：

嗟我生之歷艱兮，何嬰兒之荼苦。值皇天之不造兮，乃四歲而失怙。嗟老母之辛勤兮，啼哀聲之杜宇〔九〕。抑機杼之軋軋兮，織流黄而易糈。帶指血而畫荻灰兮，篝燈瓦甑。〔一〇〕謂予不底於弗類兮，期無墜前人之遺矩〔一一〕。黽勉予不敢即安兮〔一二〕，既爲其地而弗遷。如蒙泉之始發兮，亦濫觴而涓涓。念蔇塈之艱難兮，不遑計其傾仆也。〔一三〕將負丘積累以至於崇基兮，夫惟修能之故也。

從〔一四〕鄭陰之塾師兮，且矻矻以窮年。恐予力之不贍兮，勤藨蓘於石田〔一五〕。既弱冠而列子衿兮，念前途之修阻。乃王父母之并逝兮，亦舉趾而齟齬。遭年事之流冗兮，秦寇起於甘凉。見川原之流血兮，憐焦土之厄夫咸陽〔一六〕。荎既受此仳離兮，僑大堤而延佇〔一七〕。唯河雒之繼陷兮，求寧宇而無所。既賦雪於梁園兮，奏明光而上書。唯民符之是膺兮，歷太行以命車。瞻彼汾晋兮，傷心三坂之墟〔一八〕。平陽曰帝都兮〔一九〕，尚有堯時之康衢。亡何北堂既頽兮，倏〔二〇〕泪灑於潘輿。度羊腸與孟門兮，浮馬鬣之一封〔二一〕。逢相國於大伾兮，且決眥於岱宗。欻旬始之變現〔二二〕兮，欃槍犯乎紫極。望太行而腸斷兮，痛黄花於九日。值義師之南指兮，〔二三〕殲猰貐乎九江。懷故都而不忍去兮，將啜芝而入商。東來繫纜於黄鵠兮，爲當塗〔二四〕之所伺。遂蒙面而復官兮，爰羈旅而整轡〔二五〕。朝頓裝於桂林兮，夕刷馬乎夜郎。彼城郭之生蝟毛兮，蠻蜑蠢兹武岡。覽九嶷之谾谾兮，探五谿之谽谺。見洞庭之粘天無壁兮，山鬼夜泣於黄陵之下。無赤仄〔二六〕以事權貴兮，知衆嫮之嫉妒〔二七〕。將拂袖而賦歸來兮，猿鶴指吾以舊路。頭練練而將白兮，日荒荒兮平原〔二八〕。畏羲馭之將翻兮，影虧蔽於昆侖。癸巳三月七日，有數百日相鬥。安得后羿之善射兮，乃殂九而一存。

吾既知出身之再誤兮，冀桑榆之未暸〔二九〕。魏其之屏居於藍田兮，夕失勢而淩夷〔三〇〕。彼三后而七夫人兮，能不痛夫夏姬。吊長沙而尋武陵兮，唯予心之侘傺〔三一〕。長孺見溺於田甲兮，驍騎來呵於醉尉。豈不知任安之可重兮，固亦灌將軍之使氣〔三二〕。闃酒伴以〔三三〕無人兮，楚些既不可招。獨伊鬱而誰與語兮，徒黽哇之嘈嘈。感楊柳之旖旎兮，四月飛花。乃南兵之未戢兮，僵尸如麻。彼蒼梧之不守兮，又繼之以辰陽。義軍十萬同死兮，血流渠〔三四〕以湯湯。佩長劍之陸離兮，揚雲霓之鴻絧〔三五〕。徒下帷以白首兮，耻雕蟲之無用。誓將選林慮之最高峰兮，燒丹藥以鍊羽翼〔三六〕。或左支遁而右惠遠兮，望匡廬而命屐。

【校記】

〔一〕苑，《文集》二十四卷本作『主』。

〔二〕誓，《文集》二十四卷本作『告』。

〔三〕坐卧柴桑，《文集》二十四卷本作『坐卧柴桑里中』。

〔四〕『擬平子』句，《文集》二十四卷本作『徜徉浣花溪上，少杜甫之四娘』。

〔五〕邑，《文集》二十四卷本作『猘』。

〔六〕『驚粤雪』句，《文集》二十四卷本作『懲國狗以難防』。
〔七〕用，《文集》二十四卷本作『爲』。
〔八〕『以慰』句，《文集》二十四卷本作『用懺夙愆』。
〔九〕『啼哀』句，《文集》二十四卷本作『每半夜而啼血』。
〔一〇〕『帶指』二句，《文集》二十四卷本無。
〔一一〕『期無』句，《文集》二十四卷本作『教予學書，謂將相可以力致兮，期作天家之柱礎』。
〔一二〕『黽勉』句，《文集》二十四卷本作『乃黽勉予不敢即安兮』。
〔一三〕『念兓』二句，《文集》二十四卷本無。
〔一四〕從，《文集》二十四卷本作『乃』。
〔一五〕『勤薦蓤』句，《文集》二十四卷本作『如天梯之躋攀』。
〔一六〕『憐焦土』句，《文集》二十四卷本作『厄咸陽之一炬』。
〔一七〕『僑大堤』句，《文集》二十四卷本作『斯僑寓乎大堤』。
〔一八〕之墟，《文集》二十四卷本無。
〔一九〕『平陽』句，《文集》二十四卷本作『彼平陽之帝都兮』。
〔二〇〕倏，《文集》二十四卷本作『既』。
〔二一〕『浮馬』句，《文集》二十四卷本作『浮母氏之一抔』。

〔二二〕變現，《文集》二十四卷本作「燁燁」。

〔二三〕「望太行」三句，《文集》二十四卷本作「九鼎移於三韓兮」。

〔二四〕當塗，《文集》二十四卷本作「北帥」。

〔二五〕而整轡，《文集》二十四卷本作「於南陬」。

〔二六〕仄，《文集》二十四卷本作「側」。

〔二七〕「知衆」句，《文集》二十四卷本作「乃叢謗乎薏苡」。

〔二八〕兮平原，《文集》二十四卷本作「而就翳」。

〔二九〕未隳，《文集》二十四卷本作「可收」。

〔三〇〕「夕失」句，《文集》二十四卷本作「敢沾沾以自喜」。

〔三一〕侘憏，《文集》二十四卷本作「怦怦」。

〔三二〕使氣，《文集》二十四卷本作「難遇」。

〔三三〕以，《文集》二十四卷本作「之」。

〔三四〕渠，《文集》二十四卷本作「水」。

〔三五〕「揚雲」句，《文集》二十四卷本作「念跋扈之不雄」。

〔三六〕鍊羽翼，《文集》二十四卷本作「長生」。

任運賦有引

予自順治四年冬來守永州。越明年，奉恭順王題請，開府黔中。於二月二十六日就道赴任黎平。路經靖州，值叛將陳友龍之變，冒矢石，犯重圍，僅得不死。標下副將賀進才殲焉。間關狼狽，走黔陽。溆浦東來，復領兵長沙，而偏撫綫縉業已移汛，沅州告陷，黔路遂梗。自夏抵秋，秣馬邵陵，恢新寧新化二邑。季秋養病湘潭，邵陵又陷。賊渠一隻虎合王馬諸賊，蜂擁大衆至。予同綫撫徙長沙。賊圍長城三匝，攻六晝夜，城幸無恙，此十一月十一日至十六日事也。不意永州已於是月初一日失。噫！使予在永，能保永不失哉？永失而予能獨存哉？抑中間非永而能死者亦數矣。而究乃不死，不死而人有後言，或者出於妒婦之口乎？則將應之曰：『永吾地也乎哉！』乃作《任運賦》以自廣焉。辭曰：

駕吾車於皇路兮，三千里而來楚。騁鵾首以〔一〕翱翔兮，乃解纜乎鄂渚。覽洞庭之浩淼兮，陟衡山之峥嶸〔二〕。彼玄霜之凛冽兮，曰莅部〔三〕以零陵。睹芳草之葳蕤兮，望黔陽而宵征。吊公綽之遺迹兮，過武岡而尋銘。

時維孟夏，載奔夜郎。罪人蠢動於靖之疆，偏裨失利我師用喪。奸雄跋扈，遺孽跳梁。適會同之馬鞍兮，淩溆浦之黃芽。嘆風雨之戒〔四〕塗兮，迤邐抵于長沙。甫整義旅，誓收桑榆。沅州告陷，變起須臾〔五〕。於是冒隆暑，駐邵陵，出奇師，恢二城。一病郎當，藥餌湘水。有寇如麻，秋風飆起。披堅守禦，在彼星沙。彎弧貫甲，蟣虱梳爬。〔六〕維時永州，亦復不守。曰師武臣，棄印却走。〔七〕南人有言，爲予舊地。離兹一載，豈曰中棄。虎豹九關，伊予何畏？投井下石，誰職爲厲〔八〕。大化流行，隨人賦予。默默冥冥，無可告語。

首萬物而獨靈，鍾五行之秀氣。胚胎無形，髮爪墮地。啼哭何因，性情具備〔九〕。罔不愛五福而鄙六極，將誰惡繁華而耽憔悴。或貴若萬乘，或賤同厮走〔一〇〕。或家藏金穴，或貧居瓮牖〔一一〕。或黃耇而耄耋，或未艾而速朽〔一二〕。得時則鴻毛之遇順風，失時則牛載山而回首。燕婉之求，爰得戚施。短黑而妒，乃入宮闈〔一三〕。婉孌季女，尼用阻饑。〔一四〕物之難齊，振古如斯。

彼南陽之將相〔一五〕兮，托枌榆而結肺腑〔一六〕。伊長平之趙卒兮，至今乃鬼泣夫陰雨。博浪一椎，竟脱虎口。大風揚沙，赤帝西走。魏相綈袍，獨憐范叔。折脅而逝，更無張禄。昭關南渡，霜染其髭〔一七〕。不逢浣婦，誰鞭荆尸。李陵敗北，罪通於天。乃下蠶室，波及腐遷。忠而見疑，厥〔一八〕有屈平。抱石汨羅，千載難明。少年喜事，長沙投賈。不死於鵩，乃死於馬。伏波征蠻，下潦上霧〔一九〕。跕跕〔二〇〕飛鳶，薏苡興妒〔二一〕。嵇康慮禍，乃著《長生》。《廣陵散》盡，實愧孫登〔二二〕。二陸歸洛，掩其祖烈。婉婉長離，載離其穴。子儀聲妓，主上不疑。會宗賈禍，豆落爲箕。〔二三〕淳風有言，王者不死。乃在後宮，郭璞善卜。既遇王敦，乃盡日中。蜀將子龍，百戰而壽。渾瑊脱馬，銜木入口。王戎敗事，不關水磑。夷甫排墻，清談罹罪。〔二四〕劉蕡下第，李郃登科。馬周一言，遂縉常何。鄭五作相，李廣不侯。揚雄投閣，緑珠墮樓。諸如此類，更僕難周〔二五〕。乃若朱仙大捷，金牌十二。緋袍躍馬，在金山寺。滹沱冰堅，錢塘潮退。降帆石頭，烟沉鼎沸。〔二六〕卧榻之側，難容鼾睡。此又曆數之有歸，故賢哲要之天意。

【校記】

〔一〕以，《文集》二十四卷本作「之」。

〔二〕崢嶸，《文集》二十四卷本作「砈硉」。

〔三〕部，《文集》二十四卷本作「郡」。

〔四〕戒，《文集》二十四卷本作「在」。

〔五〕「變起」句，《文集》二十四卷本作「亂起五谿」。

〔六〕「彎弧」二句，《文集》二十四卷本作「將軍太守，蟣虱生甲」。

〔七〕「日師」二句，《文集》二十四卷本作「武臣逃去，維李斗東」。

〔八〕「誰職」句，《文集》二十四卷本作「又焉執咎」。

〔九〕具備，《文集》二十四卷本作『畢具』。

〔一〇〕厮走，《文集》二十四卷本作『皁隸』。

〔一一〕居瓮牖，《文集》二十四卷本作『無擔石』。

〔一二〕『或未』句，《文集》二十四卷本作『或齠齓而鮮舉』。

〔一三〕闈，《文集》二十四卷本作『裏』。

〔一四〕『婉孌』二句，《文集》二十四卷本作『方之男女，莫不皆然』。

〔一五〕將相，《文集》二十四卷本作『貴士』。

〔一六〕『托扮』句，《文集》二十四卷本作『畢竟生而將相』。

〔一七〕髭，《文集》二十四卷本作『鬚』。

〔一八〕厥，《文集》二十四卷本作『乃』。

〔一九〕霧，《文集》二十四卷本作『露』。

〔二〇〕跕跕，《文集》二十四卷本作『站站』。

〔二一〕『薏苡』句，《文集》二十四卷本作『謗興薏苡』。

〔二二〕『實愧』句，《文集》二十四卷本作『不獲其終』。

〔二三〕『會宗』二句，《文集》二十四卷本作『會宗報書，乃服其辠』。

〔二四〕『夷甫』二句，《文集》二十四卷本作『夷甫清談，乃罹排墻』。

〔二五〕『更僕』句，《文集》二十四卷本作『未可更數』。

〔二六〕『降帆』二句，《文集》二十四卷本作『非關叔寶，全無心肝』。

蚊賦 有引

庚寅五月，客衡陽香水庵。蚊甚劇，黄昏群飛，布陣如霧，聲作雷鳴，或鉦鐲聲。販夫走卒睡，莫不有帳。或不曳席下，間有微隙可乘，輒爲蚊所陷，嚙乃愈力。予居鄧，江漢以北，無此物。少歲每讀高郵露筋祠詩，駭矚以爲异。迨壯游吴越楚，夏初暨秋杪，莫不苦此，乃因積年夙恨，借小賦發之。且安知此依衡陽蚊不遂爲永陽鼠、潮州鰐云爾哉！〔一〕

維招提之幽居兮，何草木之叢茁〔二〕。紅榴灼彼頹垣兮，近洿池而生孑孓，蟲名，好屈申水上，久則爲蚊。〔三〕吐於鵁母，有巢其睫。幺麽細小，與卵胎別。〔四〕利嘴如錐，吴鈎是舌。呼九族而結響，仇衆生而作孽。匿影白日，布陣黄昏。乍飛薨薨，雷轉砏磤。則有簾鈎翡翠，冰簟水痕。〔五〕宿衛千戟，侍婢如雲。乍連娟以修嫮，羌旖旎而菡萏〔六〕。獻媚未已，争妍方歇。海棠如醉，銀缸未滅。爾乃乘缺隙，伺左右〔七〕。苟纖路之可通，乃一夫之不守。奪溫柔而作窠，與嬋娟而爲友。喋血相尋，歡娱幾時。纖纖玉手，死以爲期。雖粉虀而不顧，乃風沉止〔八〕堪自知。又若龍驤東下，席捲三吴。樓船南來，竹破五嶺。韝幕列山陵以爲房，胡床敷水晶以爲屏〔九〕。刁斗不聞，萬竈熟寢。〔一〇〕將軍堅卧，蝴蝶栩枕〔一一〕。爾乃避堅攻瑕，藏害腋肘。笑舞陽之鹵莽，排闥直入。陋三鼓之昆侖，銜枚疾走。〔一二〕於是督護鼓刀，僕射拔劍。慘刻骨以誓肌，决雌雄於一戰。〔一三〕漱論軍中，勤傳漏箭。有物竊伺，甘夢未便。逞其利口，徐夫人之七首縷濡；銛若劍鋒，霍將軍之芒刺在背。〔一四〕况枕上過師，是云節制之兵；豈卧榻在〔一五〕側，可容鼾睡之輩。

於斯時也，韜形藏聲，窈窈冥冥。去若兔脱，矯如鴻鶩。納軀於芥子之末，戢羽於游絲之庭。錦衾縠裯，聽言則痞〔一六〕。虱親蟣侶，唾而不顧。雖食肉之足鄙，乃弋人之何慕。至如猺俗土繭，山氓壓絲，彌縫防汝，難逭鯨鯢。白首病僧，皸瘃繩床〔一七〕。裸體傖父，手足木僵。任一餐而告飽，如鐵牛之難降。乃屢戰而屢却，且支離而羸尫。則存乎所遭之不同，豈不曰老饕之爲殃。凡厥肖翹蚊虻蠅蚋〔一八〕，血國三千。貪者敗類，濡需擇夫。豐鬣癮疹，起於褌中。猶以柔而害物，任一嚼於薄躬。未若此之蠆尾豹脚，馳擊刺而爲雄。將聚族而殲諸，焚毒燎以火攻。彼王者之好生，亦不仁之屏絶。等逐梟與驅蟈，竢秋風而撲滅。謹帷幬以自持，遂輾轉於明發。

【校記】

〔一〕此引據《文集》二十四卷本補。

〔二〕『何草』句,《文集》二十四卷本作『乃草木之叢茂』。

〔三〕『近洿』句,《文集》二十四卷本作『且洿池之相接』。

〔四〕『吐於』四句,《文集》二十四卷本作『相彼蚊矣,産蘆葦末。蒸濕所感,胎化成穴』。

〔五〕『布陣』五句,《文集》二十四卷本作『現身黄昏。簾舒翡翠,帷鎖芙蓉』。

〔六〕『羌旖』句,《文集》二十四卷本作『抑旖旎而娉婷』。

〔七〕伺左右,《文集》二十四卷本作『度微罅』。

〔八〕止,《文集》二十四卷本作『秖』。

〔九〕屏,《文集》二十四卷本作『箔』。

〔一〇〕『刁斗』二句,《文集》二十四卷本作『萬竈熟寢,刁斗不聞』。

〔一一〕栩枕,《文集》二十四卷本作『入夢』。

〔一二〕『笑舞陽』四句,《文集》二十四卷本作『排闥直入,笑舞陽之鹵莽。銜枚疾走,陋三鼓之昆侖。或扼吭而拊背,或揕胸而擊首』。

〔一三〕『於是』四句,《文集》二十四卷本作『僕射拔劍,督護鼓刀。將還剥膚之慘,難消刻骨之痛』。

〔一四〕『逞其』四句,《文集》二十四卷本無。

〔一五〕在,《文集》二十四卷本作『之』。

〔一六〕『聽言』句,《文集》二十四卷本作『棄之如遺』。

〔一七〕『皴瘃』句，《文集》二十四卷本作『皮膚皴瘃』。

〔一八〕『凡厥』句，《文集》二十四卷本無。

醒迷賦 有引 辛卯後二月

僧醒迷，義陽人。浪游雲海，老歸紅崖。〔一〕與朗公友善〔二〕。會辛卯春，予新自西粵來，晤文明橋上。穎辯累日，陰雨霏微，跨馬東去，爲小賦以贈之。

維淯水之潺湲兮，爲漢光之肇迹〔三〕。鬱〔四〕高臺之嵯峨兮，乃陰后之所宅。狐貙聚而栖托，鸂鶒鵁鶄，弄晴沙而容與乎中澤。北望丹霞，緑崖紅髻。南距鹿門，峴首疏峙。爰有蘭奢〔五〕，厥號〔六〕醒迷。胸中五岳，蒼梧爲低。策孤笻以逍遥〔七〕，翔九州而紆徐〔八〕。彭蠡粘天，五老峰孤。〔九〕青鞋九華，白舫西湖。探禹穴於會稽，禮天童於海隅〔一〇〕。乘興歸來，徙倚〔一一〕白門。牛首矹硉，燕磯嶙峋。談經虎丘之石，搜奇瓦棺之閣。睹雨化之繽紛，臨浮玉之聳削。〔一二〕有懷朗公，錫來湍涘〔一三〕。石橋如虹，凌虚而起。一爐寒烟，旃檀拂几。〔一四〕朝粥一盂，酌水用匏。爲鉢中龍，爲頂上巢。汜蘭蕙以迎風，雨篬筤而響條。乾雀啁兮客至，芳草萋萋兮春暮。聊烹茗以遲回，且刷馬而東去。

【校記】

〔一〕『浪游』二句，《文集》二十四卷本作『投迹沙門，浪游雲海。老歸紅崖，開壇説法』。

〔二〕友善，《文集》二十四卷本下有『熟沈韵，能作近體詩，古詩亦戛戛』十三字。

〔三〕肇迹，《文集》二十四卷本作『故居』。

〔四〕鬱，《文集》二十四卷本作『彼』。

〔五〕有蘭奢，《文集》二十四卷本作『産名僧』。

〔六〕號，《文集》二十四卷本作『曰』。

〔七〕『策孤』句，《文集》二十四卷本作『策笻杖之逍遥』。

〔八〕紆徐，《文集》二十四卷本作『回顧』。

〔九〕『彭蠡』二句，《文集》二十四卷本作『五老峰頭，彭蠡一掬』。

〔一〇〕『禮天童』句，《文集》二十四卷本作『渡錢塘而訪天童之師』。

〔一一〕徙倚，《文集》二十四卷本作『依陟』。

〔一二〕『睹雨花』二句，《文集》二十四卷本作『過柴桑而憶陶潛，泝浮玉而吊東坡』。

〔一三〕湍涘，《文集》二十四卷本作『穰陬』。

〔一四〕『一爐』二句，《文集》二十四卷本作『一爐寒火，香烟縷縷』。

黃梅賦 菊谿別墅〔一〕

夢緑梅花，如金粟，如編貝，如琥珀顆，如蜜脾綴〔二〕。有侵而讓者，有俯而背〔三〕者，有纂纂似棗者，有珊珊結珮〔四〕者。鐵幹銅根，龍腦蛇蜕。〔五〕染君王之御袍，配中央之正位。〔六〕似海棠之帶酒，微暈半酣；折芍藥以留賓，遠山初對。〔七〕洞庭有橘，徒誇千頭之木奴；湘浦多蘭，不止百畮之樹蕙。〔八〕至若〔九〕虢國夫人，騎馬仁壽之宫；趙家姊妹，新妝昭陽之殿。莫不〔一〇〕旖旎可人，婀娜婉孌〔一一〕。況復朝華易萎，嚴飆方厲。〔一二〕壽陽睡起，驚靨額之微黄。玉環宫中，訝裙衩之色异。楊貴妃好着黄裙。村姬半面，籬落全開。處士一生，孤山顛顇。〔一三〕珊瑚枕碎，陳思夢繞乎洛濱；胭脂血飛，楊廣魂銷於吴會〔一四〕。誰復眷此冰顔，撫兹玉蕊，識廣平鐵石之腸，似魏公嫵媚之意者乎？傳來驛使，試問化工。〔一五〕庾嶺〔一六〕參横，人在衆香國裏。江南信早，吹〔一七〕來五月笛中。將子贈我，須拔茅以連茹。維柯與葉，勿懷鄉而戀土。

【校記】

〔一〕『菊谿別墅』下，《文集》二十四卷本有『爰挺佳植。厥花盛開，把酒其下。良友皆止，各爲短賦』二十字。

〔二〕蜜脾綴，《文集》二十四卷本作『大秦珠』。

〔三〕俯而背，《文集》二十四卷本作『跂而翹』。

〔四〕結珮，《文集》二十四卷本作『來遲』。

〔五〕『鐵幹』二句，《文集》二十四卷本作『銅根鐵幹，蛇腹龍腦』。

〔六〕『染君王』二句，《文集》二十四卷本作『居中央之正位，擅大王之御袍』。

〔七〕『似海棠』四句，《文集》二十四卷本作『微暈半酣，似海棠之帶酒；　遠山初掃，折芍藥以留賓』。

〔八〕『洞庭』四句，《文集》二十四卷本作『栽洞庭之橘，徒誇木奴千頭；　槇湘沅之蘭，芳聲九畹』。

〔九〕至若，《文集》二十四卷本無。

〔一〇〕莫不，《文集》二十四卷本作『於是』。

〔一一〕『婀娜』句，《文集》二十四卷本作『婉孌生妒』。

〔一二〕『況復』二句，《文集》二十四卷本作『朝華暫萎，嚴飆方勁』。

〔一三〕『壽陽』八句，《文集》二十四卷本作『於斯時也，武媚娘來自净業寺中，肥婢子忽到馬嵬驛裏。識村姬之半面，花開夜叉之頭；　遭傖父之老拳，氣盡留香之草』。

〔一四〕會，《文集》二十四卷本作『井』。

〔一五〕『誰復』六句，《文集》二十四卷本作『佳人難再得，曷不如心而如攜？廉吏更不可爲，庶其得蜀而望隴』。

〔一六〕庚嶺，《文集》二十四卷本作「羅浮」。
〔一七〕吹，《文集》二十四卷本作「曲」。

短松賦 有引

西粤大觀察黄抑公先生公署獨秀山之嵎，不知自何所移來短松一株。盛以磁甓，方廣不盈尺五，粒灑灑，居然松也。會辛丑再秋，同胡德輝藩伯、張一庵閫司暨石荆山諸君酒其次。抑公索予賦之，爲走筆作小言頌焉。

翳徂徠之遺種兮，遷地嶺南。彼霜雪之爲姿兮，飽餐烟嵐。我聞西粤實桂林兮，秀凌冬而彌蕃。伊蒼梧雲氣之蔚鬱兮，挺厥根之維盤。借灕江之一滴，養摩霄於盆盎。吸蠻雨之滋培兮，乃婆娑乎前軒。爾其茉莉是友，蘼蕪同〔一〕群。藏之甓間，灑濯氤氲。如虬未角，如豹無文。譬之草木，臭味莫分。豈知其身負棟梁之巨材，且興雨而作雲。若夫嚴客玉斝，麗姝明璫。燕歌吴歈，醉月行觴。對影披離，跋扈飛揚。或俯或仰，奇骨昂藏。雖供人世之玩好，而殊不禁龍性之難降。况夫生長岩穴〔二〕，其頂斯圓。童童車蓋，猗那蹁躚。拔起泥塗，昂首矯然。此則胚胎之所自具，而曾不計髯翁之歲年。又如風雨摇落，百卉隕黄。矯矯孤榦，挺挺擷芳。姿本金石，韵協笙簧。計勝選乎匠石，而先容者或薦之於岩廊。此又根柢之所本有，而桃李争妍者不得詑之以爲非常。

亂曰：牧長邊陲兮，茂對華滋。琥珀藴結兮，長此鱗鬐。感新息之薏苡兮，寵謗生夫椒房。伊紅塵之耽荔枝兮，更釀亂乎明皇。較此雛松，孰短孰長。猗歟黄公，以三寸舌爲帝師乎，曾且求之於赤松之旁。

【校記】

〔一〕同，《文集》十六卷本作『是』。

〔二〕岩穴，《文集》十六卷本作『千歲』。

議

粤西鹽政議

粤西例食東鹽，雖官運久廢，向召流商往運〔一〕。自〔二〕闢粤以來，源源轉運，灌輸湖南。衡、永、寶三府與本省桂林各府，歲起引税，以濟國課，未嘗虧缺。蓋緣地方荒殘，户口寥寥，僅能銷售流商所運之鹽耳。

茲奉粵東撫按兩院，以逋額一疏題請[三]照江西南贛吉三府事例，奉派粵西每歲鹽引[四]一萬八千道，載入考成，此自粵東當事各爲地[五]方起見，而揆以西粵今日之情事，蓋實有萬萬難行者。

西粵萬山攢聚，猺獞雜居，定鼎以前，二[六]十年兵火，墟里烟寒，人民稀少，比之他省，雖[七]九郡不敵一郡。近接東粵，又肥瘠不啻霄壤。今以[八]一萬八千之引派入西粵湖南三府，援江西南、贛、吉而爲之例[九]，以粵東之遺引，派西粵之排商，以食鹽之户口，當官方之考成。事關軍國，率土皆臣。東西二粵既無此疆爾界之分，則粵西諸郡與江西三府，自[一〇]宜有挹彼注茲之勢。顧發謀慮始，宜權乎利害重輕與夫通塞緩急之故，必使彼此均平，略無遺算，乃爲經久石畫，請一一權之。

大率食鹽之多寡，定以户口爲準。而户口之多寡，又以荒熟爲準。今就各府所陳[一一]，又參諸各縣[一二]輿論，皆以流商納課，奉行日久，凋零荒殘，事難創舉爲辭。又據梧州府回稱，此地爲西粵過[一三]廠銷引總處，南至左江潯南太思，西至右江柳慶[一四]，北至平桂湖廣，合以倉膳二鹽，以十七年終歲[一五]計之，止銷引八千七百餘道。若以新引計之[一六]，尚[一七]餘萬道，將從何處銷售乎？若以户口荒熟定額，則郡邑縷析，[一八]有云不通水路者，有云肩挑背駝者，有云終歲并不食鹽者，有云恐匿入土司交彝者，有云恐其鳥驚魚散者。强而行之[一九]，未至富國，必先貧民。

是粵東之引未見銷售，而粵西已告困矣。至於衡永寶所回，但以行鹽納餉爲辭。更自不便更張，此户口之必不可行者，一也。又平、桂、梧、潯、柳、慶諸郡，踵前代廠税之規，合以本朝收税之額，歲計冬處，約將四萬，凡此皆流商而非土著之故也。若以此一萬八千之引派入户口册内，則流商必至盡去，國家坐失此四萬兩之課矣。若以此課仍責之土著之民，則民既一力以買引鹽，又一力以上引課，既有田糧之追比，復有鹽課之征輸，小民幾何而能當此重困也？此廠税之必不可去者，二也。且以一萬八千之引税計之，歲不過約計一萬八九千兩，而止以一萬八九千之銀派之民間，而未必得者，今無故而捐此四萬餘兩之廠，是棄多而就少也。其得失奚啻倍蓰哉！以國計言之，尤有不可行者，三也。

然則有此三不可行，而粵東當事竟以此彰啓事，定考成者，何歟？曰：此爲粵東銷引之計，而不暇爲粵西防厲民之政也。在粵東言之甚易，在粵西行之甚難。其言之甚易者，蓋不知粵西向來食鹽先有官商官本，而後乃有流商流本。自有西粵以來，從無土著貿遷[二〇]之事，且土瘠而貧，人愚而蠢，寧使口體爲可廢，而不知商賈爲何物，此西粵之所以難行也。

又察《鹽政考》一書，梧州府買引納餉，向來原不入東粵鹺臣考成之内，而粵東按臣以遺引一萬八千坐之西粵，實未知西粵之情事與目前之廠税。而爲主者也，所當亟賜題請將一萬八千引免入粵東考成，則考成自無受累免入粵西民糧，民困自可少甦，計無過於此者。況今衡永寶三府大農條議〔二一〕仍食淮鹽，若使三府既去，則食鹽分數必減，日後廠税必缺。向來懷集富賀編入東省，似當議歸本省，分引梧州，一體食鹽納餉之爲愈也。

抑某〔二二〕又有請者，此事奉行於十八年。而來文則云以十七年爲始，西粤九府，遠隔萬山，就中州縣有十八年八月始奉文者，又有各府縣來文於臘月始到者。山川阻絶，既文牒往來之維艱。事求折衷〔二三〕，又上下僉同之不易。謹撮各府州縣之大意，而抒管見如此〔二四〕，惟執事圖之。

【校記】

〔一〕運，《文集》十六卷本無。

〔二〕自，《文集》十六卷本無。

〔三〕題請，《文集》十六卷本無。

〔四〕鹽引，《文集》十六卷本無。

〔五〕爲地，《文集》十六卷本無。

〔六〕二，《文集》十六卷本無。

〔七〕雖，《文集》十六卷本無。

〔八〕今以，《文集》十六卷本無。

〔九〕「援江西」句，《文集》十六卷本作「請照南贛吉三府」。

〔一〇〕自，《文集》十六卷本作「均」。

〔一一〕「今就」句，《文集》十六卷本作「今據各府回文」。

〔一二〕參諸各縣，《文集》十六卷本作「合以」。

〔一三〕過，《文集》十六卷本無。

〔一四〕柳慶，《文集》十六卷本無。

〔一五〕終歲，《文集》十六卷本無。

〔一六〕之，《文集》十六卷本無。

〔一七〕尚，《文集》十六卷本無。

〔一八〕「若以」二句，《文集》十六卷本作「若以户口荒熟，則據各處回詳」。

〔一九〕「强而」句，《文集》十六卷本作「若强而行之」。

〔二〇〕遷，《文集》十六卷本作「鹽」。

〔二一〕大農條議，《文集》十六卷本作「現經部議」。

〔二二〕某，《文集》十六卷本作「述」。

〔二三〕折衷，《文集》十六卷本作「妥當」。

〔二四〕『而抒』句，《文集》十六卷本作『而謹抒管見如此』。

水西條議

爲請因全勝之兵，永除西南之患，改土設流，以大一統事。竊照本朝一統之業，萬里車書，臣服億兆。惟滇黔僻在天末，與楚粤川蜀接連，中多苗猺錯居，瀰漫山谷，往往乘機伺便梗我王化。即如水西一種，舊稱羅甸之後，與烏蒙、烏撒、鎮雄、東川四土府，自開闢以來，相爲唇齒。地既密邇，世爲婚媾，彼此相爲犄角，爾我資爲聲援，甘爲盛世之蜂蠆，不肯入我版圖。向者奢安作亂，逆我顔行，積年出師，乃闢兩郡。後因堅壘抗我偏師，全功阻於廟算，兵力不繼，事成中潰。壯士覽西南之圖，猶不免撫戟而長嘆。

本朝四海一家，士馬如雲，欣值大師直搗者定炎荒，惟獨水西一區，以彈丸黑子之地，爲盜賊逃逋藪。狼子野心，習與性成。今提虎賁之勁旅，合兩省之精鋭，稱師問罪，汎掃蠻穴。如泰山之壓累卵，何難一鼓而稱蕩平？所慮賊見王師無敵，或遠逃山箐，或俯首納款。乞緩我師，以圖後舉。在我受降，固爲有名。在彼革面，實爲得志。又恐王師持重，暫定水西之反側，不遑遠略。且置四郡於度外，是賊黨之羽翼不孤，肘腋之癰疽尚在，終非長策。愚以爲稱此赫濯之師，即當爲一勞永逸之計。况四府名爲土府，實是内寇。近見黔督撫《敬陳苗患》一疏中云：『四府馬不上站，糧不全完，汲汲慮及於承襲一事，以爲羈縻，此亦萬不得已之計。』總爲未嘗用兵言之也。今大兵既已舉行，四府與水西同惡相濟，何若鳴鞭而收四郡，席捲而拓千里。假虞滅虢，因隴得蜀，古之人有行之者，況在吾封疆之内？

至於底定之後，設置重臣，扼控形要，列荒服爲郡縣，奠磐石於邊陲，如中土南贛鄖襄之例，在廟堂自有方略，非芻蕘所敢輕議也。謬抒管見，倘蒙不棄，葑菲地方，幸甚！

征永寧莫賊議

察莫逆一案，負固連年，用兵未遂，秪以山路崎嶇，人馬難行，故得稽日夕之誅。今據該參所陳〔一〕，模棱詭隨，全無定見。無非以〔二〕大兵既動，彼必先知，欲請兵恐爲無益之行，欲不請又犯養寇之罪，故〔三〕游移其説耳。

以某〔四〕觀之，此寇未有不剿者也。即使此番不能得寇，此兵未有不動者也。古人云，用兵者當置成敗於度外，況此舉有成而無敗乎？賊之巢穴既在始龍，此我兵之搗窠散黨，勢在必行。搗穴則賊無容身之地，散黨則賊有可擒之機。然後極力追搜，申飭鄉勇擒拿。賊之所去，我兵能去。賊之所入，我兵能入。勢與賊相終始，則勢與賊相死生，賊未有不授首者也。若謂兵出賊知，世未有兵出而賊不知者。況該參所用之營，强半土著，即本職衙役兵快，豈無一人與賊相能者？則出兵之説安能諱，又安在[五]可諱乎？與其按兵不動，令賊養成氣力，支黨殺掠日以爲常，則何如一舉大創之爲愈也。且近奉上諭，山寇竊發，提鎮將領俱要統兵親勦。夫亦謂涓涓不已，遂成江河耳。若此莫逆，恐此日再不議勦，則江河之勢成矣。

某[六]身任地方，難稱局外之人。屢奉臺略，指示曾不出該參之見，心竊耻之。再四躊躇，惟有用兵爲長。尚乞早示方略，一力進勦。并移咨將軍，剋定日期，以便從事，則汎掃欃槍，在此一舉矣。

【校記】

〔一〕所陳，《文集》十六卷本作『之文』。

〔二〕以，《文集》十六卷本作『恐』。

〔三〕故，《文集》十六卷本作『所以』。

〔四〕某，《文集》十六卷本作『而述』。

〔五〕在，《文集》十六卷本作『能』。

〔六〕某，《文集》十六卷本作『而述』。

狀

論永寧賊情設堡官事宜狀

按廣西一省堡官之設，其來已久。當以伊祖從征，後世因之以官，攝理其地，種有兵田，不納官差，止奉調遣。自本朝以來，因所在設有提鎮，所以堡官多廢棄不用，然而官田尚在。有人耕種，即向日奉調之兵也。現今莫逆負固，大兵兩路入窠，賊昧死脱逃，所在深山峻嶺，五六百餘里綿亘不絶。上者雲霄，下者地底。猿猴絶梯，蚰蜒無路。自生平所見之山，總未有如此之奥險者也。

今大兵自二十三日搗窠，賊之情形去向，如坐井底，茫然不知。坐守窮山，追尋無計，實非長策。又四面各隘不下五十餘處，雖有人堵截，從未有報賊信者，但不係官守理，難責成因。細訊土老以狼制獞之説，不得不暫且行之。復察沿來舊堡，原官隨即調所轄之兵，量給原官印劄，令其隨進剿大兵，兼携毒藥利器，身導我兵入山剿捕。其各隘原防者，令其督率義勇，把守隘口，萬不令死賊突過，一一申飭明白。但察某〔一〕自到任以來，并未輒予一人印劄，恐致生事端，有干憲行令，茲因剿寇事宜，誠一時權宜之計〔二〕，事竣之後，即當議撤未晚也。

【校記】

〔一〕某，《文集》十六卷本作『述』。

〔二〕『誠一時』句，《文集》十六卷本作『誠一時權宜之計，不敢不報明』。

論永寧賊情州官領兵事宜狀

莫逆作惡多年，永寧受禍獨劇。凡此編户，誓不共生。某〔一〕思以兵攻賊，莫如以賊攻賊，故前用覃法歐諸人。以大兵攻賊，莫如以土兵攻賊，故今宜用永寧諸人。因與知州定議，召募土著，合力進剿，并指其切膚之恨，以鼓其同仇之氣。

乃知州史贊勛，素得民心，倍加鼓勵，今得應召土兵五〔二〕百餘名，暫立千總哨長，皆精勇好漢，情願入山搜賊以報國家隆恩，以除一己禍患。一一點驗〔三〕，委實可用。又見州官幹局〔四〕可當一面，爰令統領分頭搜剿。某〔五〕暫駐永寧，居中調度。其城守諸事，令參將中軍張受坦看守。夫刺史而任將帥，原古者文武合一之道。以公義而雪私仇，更今日狼獚報施之常。況於陳馬兩將之外，又有此旅可以成犄角之勢。速建底定之功，事出權宜，務求實際。總之，求賊心切，市人皆可爲兵。而報國念深，書生豈真無用？理合報明，俟有功之日，與行間各弁一體優叙者也。

【校記】

〔一〕某，《文集》十六卷本作『述』。

〔二〕五，《文集》十六卷本無。

〔三〕『一一』句，《文集》十六卷本作『述一一點驗』。

〔四〕幹局，《文集》十六卷本作『文武全材』。

〔五〕某，《文集》十六卷本作『述』。

征古田事宜狀

賊自破窠以後，狼狽奔去。我兵窮追，前日西山一戰，賊更落膽西竄。今初三日，我兵又破之義寧之麻岡。爾時聞賊在黃沙，與其家屬一處，急擊勿失。此一時也，乃我兵轉回始龍，其聞之駭异，就中云恐賊先逃，陽爲撤兵，再圖後舉。某〔一〕以爲此着大差。隨三寓手札與兩將，中云兵有拙速，無巧遲，此時賊已窮困，再一力追即可立斃，未聞現賊不擊，而待機會於後來者也。一面嚴催并婉諭，去後又思馬參將身體肥重，不能步行，肩輿隨陳將後，恐人心不服，又爲賊聞所笑。因止馬參將駐扎始龍，一力運糧。安塘令陳將合狼鄉二兵撲剿，成事之後，戰守同功。此番引路開山，全得覃法歐。蓋始龍原係法歐舊窠，其險隘數百里，皆法歐熟路。以故賊所取途，皆不出法歐所料。故西山麻岡兩捷，賊隊大敗，我兵有所斬獲，皆法歐力也。其仍飛檄兩將，令其急擊弗失〔二〕，仍用〔三〕法歐作先鋒。計賊之伎倆，走上下山坂如飛，法歐盡知之，盡能破之，然後以我兵尾其後，賊未有不獮者也。始龍之米頗多，如其不繼，然後以州米隨之。從永寧運至始龍，百里而遥，小艓可通，有某〔四〕在督理催趲，不致缺乏，諸君可以努力行陣矣。今本月初六日，其各以牛酒犒其軍，且催之行，後事再報。

【校記】

〔一〕某，《文集》十六卷本作『述』。

〔二〕『令其』句，《文集》十六卷本作『令其再與賊打仗』。

〔三〕仍用，《文集》十六卷本無。

〔四〕某，《文集》十六卷本作『述』。

論永寧事宜狀

某〔一〕庸劣書生耳，蒙明公格外拔識，委任行間，敢不殫心竭慮，冀一鼓而下？槳鯨鯢爲京觀，斯爲快慰。顧賊雖幺麽，恃山爲勢，約有難破者數端：山路險狹，一人徒步單行，魚貫而進，長驅不能得志，難破一也；賊每前行，輒於高山設立瞭望，或留精兵數十人斷後，見我兵追急，連響信炮以示警，息賊即遠遁，難破二也；又賊善走，赤脚登山坂如飛，蒙頭滚懸崖如履平地，出没草間，即蜥蜴猿狖，讓其猥捷，難破三也；又賊每行不由正路，或披荆棘，或履巉岩，或由沙水石溝行，四五十里不得踪迹，難破四也；賊有此四難破，而某以爲有四可擒，何也？

自西山麻岡二戰而後，脅從盡散，止有死黨，不過三四百〔二〕人，比即挺而走險，急何能爲，可擒一也。自我兵奪賊老窠，賊所負携之糧今已用盡，草根木皮何能持久？我兵再追數日，即可餓殺，可擒二也。又沿山五六百里，隘口三十餘處，處處設險，嚴兵控扼，賊即欲奪關而出，潰圍實難，可擒三也。又賊據山日久，每與我兵相對，唯恃一走，以爲長策，迨我甫收兵，而賊又出矣。今與賊約我兵在省所食之糧，即在州所食之糧，此賊一日不得，則官兵一日不撤，某〔三〕誓與此賊争此一塊土，永無歇手處矣，可擒四也。操此四可擒之術，於以治四難破之寇，滅此渠凶，兩月爲期，似乎不爽矣。因此草澤鼠輩致煩憲臺焦勞，下吏之情曷能自安？謹粗布賊情如左，更煩元老壯猷，早示廓清，則地方幸甚。

【校記】

〔一〕某，《文集》十六卷本作『述』。

〔二〕三四百，《文集》十六卷本作『三十餘』。

〔三〕某，《文集》十六卷本作『述』。

文集卷二

序一

汝宛課士録序

巘犖先生以左司農出視豫藩政，海内知先生者，以爲淮陽非汲黯莫任〔一〕，聖人實重之。其不知先生者，惜焉，曰：『皇甫規以西川豪傑，耻不在黨人之列，公其念此乎？不則，亦敬輿去忠州耳。』

今年仲夏，公驅車來宛，予晤公官署。公較往時燕邸，殊爲顒卬，無幾微芥蒂色。予竊心异之，以爲大農三公也，御史大夫、貳丞相，公落兹二官，碌碌走車馬間，在他人不知何如伊鬱於懷，公若罔聞知。自笑曩時從覺斯先生處得與公稱舊識，止知公筆札詩畫妙天下，尚不悉其胸中浩浩落落如斯也。

會宛汝居天地中，當剥極後，磷火晝游，堞不勝雉飛。枳廬眢井，墟里無烟，則爲惙焉，憂之。向郡守群公曰：『瘠已甚，民弗堪也。龍門史稱夏人之居，張平子所著《南都賦》中，今蓋蕩然無復存已。』因馳驛上書，修河救荒諸大政爲地方次第舉。而又惻然念曰：『學校廢而城闕歌，朝廷其何賴焉？』先是郡學原在坡内，後以封建移東門外，且三百年。今藩邸成隙地，公乃牒當事，復還舊基。因思國家義旗開天，武烈維競，良亦文德誕敷。今天子上辛幸學，命儒臣論道講藝，准之明經對策〔二〕，以甲乙科取士，其化成天下之意，固已裔裔皇皇。况河洛爲圖書祖，申謝方城間，汝墳舊地，周道在焉。昔漢祖起舂陵，一時龍鳳之姿，熠焯雲臺，白水金山，固將相挺拔之鄉也。語曰：『地之磽者，雖有善種不能生焉。』非所語兹矣。因下檄郡縣與博士弟子，約期以文章一道，爲國家儲材，流聖王之豈弟，琢名世之圭璋，豈有斬焉。凡月一試，爲文二，詩若干首。於是郡邑士子聞巘犖先生名，一如文翁在蜀，司馬相如輩相率受經。柳河東在永陽，衡山以南進士皆從之游。景從雲附，人各爲巘犖先生執鞭恐後矣。

不浹旬，拔其尤者付梓，遂以成帖。先生既有言弁之，走予書曰：『我聞生長波斯者，不以丈餘珊瑚爲寶。近中國所焚蘇合香，自昆侖來者，則彼中獅子矢耳。言乎近者不貴也。子宛人，試爲我評宛文。』予受而卒業，爲之三嘆焉，曰：『顧不在匠伯哉！瘣木瘿樹，化爲良材，勿論鄧林矣。又往事譬之，相馬焉，孫陽一顧，而駑駘款段皆成駃騠。今夫宛汝猶昔也，而文顧一變，則安得不重念吾巘犖哉！』昔韓昌黎以爲魏晋以還文體指歸，氣格不復振起。其所爲文，抒意爲言，自成一家。而李漢推之曰：『洞視萬古，大拯頹風。』宋興且百年，而文章體裁猶仍五季餘習，得永叔而一張之，文體一歸於正。今以巘犖先生詩若文鼎峙二公間，不謂當世無桓譚。若但以今日之宛汝士録論之，其起衰救弊之功又焉在二公下哉？雖然，史稱韓愈南陽人，一曰鄧州人，吾且與二三鄉人共勉之。庶令後之論者，勿謂古今人不相及，則巘犖教我矣。《詩》曰：『周王壽考，遐不作人。』巘犖爲今上廣棫樸之化，异時爲宰相，進〔三〕天下士，此物此志耳。如是，則知公者與不知公者，兩存之可也。

【校記】

〔一〕任，《文集》二十四卷本作『往』。

〔二〕對策，《文集》二十四卷本作『帖括』。

〔三〕進，《文集》二十四卷本作『進退』。

楚騷箋注序

《離騷》之不列《六經》，又不列《十三經》，《騷》之不幸也。然而經矣，其文字實賡《六經》而作也。

天地之氣，肇於西北，暨於東南。《六經》之文，河洛先之，繼一畫而起者，大聖人皆産幽冀雍齊之間，故雲漢昭回《六經》爲著。而四子之書并公穀左氏諸人得綴於《十三經》之後，地氣使然也。《詩三百篇》無楚風，説者以爲宣尼外之退之也。然《召南·江漢》之什，風雅迭見，獨不以國專名，何歟？毋亦楚荆州分野，居南天之半，又熒惑文明之位，祝融君之所秉令也。將有文事繼《六經》起者，聖人亦聽之，乃自删定後數百餘年，而楚之屈原生焉。此《離騷》所由作也。其文上薄蒼旻，下極黄壤，山川磅礴，巫鬼綉錯，鞭雷駕螭，陰陽百出，追琢鴻濛，胚胎造化，文至此止矣！《六經》而在，何以加諸？所謂實賡《六經》而作者。是耶？非耶？世無屈子，則人且紛紜於齊魯韓諸家，而風雅幾於散亂。〔一〕原特於〔二〕十五國之外，嶷然有以自見。開吴越之草昧，啓齊梁六代以後之制作，《騷》實開先矣。怨不怒，哀不傷，是周轍之未東也。

顧自《周禮》職方而論，先荆而後楚，楚幅員甚大，氣焰常并吴越。自湘以東、淮以北，西南訖沅湘南海，則東南文字之祖者，屈原也。宜其自成一書，不載《國風》，宣尼知之矣。列國之書，輶軒采之以貢天子，衆人之謡俗也。原獨出一人，手纂爲江漢之風，宜不與東魯同時也〔三〕。

余幼讀此書而疑之，朱注箋草木魚蟲與他經同，而未標其旨。揚子雲反《騷》矣，悱惻憤懣似矣，而大義則乖。其餘評定諸家，弇州、信陽而外，疑有缺焉。會己亥秋，余以朱陵兵使者蒐乘茶陵，得楊子是編讀之，不覺酹酒澆靈均曰：『我固謂當有是也。』楊子孝感名士，余於丙戌年司江北文衡，曾與此君有國士之知。今乃屢躓不售，一氈以老。以楚人而論楚事，宜其詳也。且以高才絶學未遇之人，而爲憂讒畏譏呼籲交錯之人作訓，辭宜凢恤以婉曲而殫也。得是説存之，與《離騷》并傳可也。昔人以《考工》補《冬官》，爲《周禮》傳書。吾意欲以《騷經》補《樂記》，而《禮書》中所載之樂參焉可也，楊子然吾言乎？

【校記】

〔一〕『則人且』二句，《文集》十六卷本作『則人且本《六經》以作祖，而世無文章。自有《離騷》，而世乃知楚子』。

〔二〕原特於，《文集》十六卷本無。

〔三〕『宜不』句，《文集》十六卷本作『有兩雄不并立，宜不與東魯同時也』。

嶺南公餘集序

漢高得天下十一年，南粵猶隔聲教。帝念嶺表古荒服地，連閩粵甌駱，各數千里，一都會也。維是蠻夷君長，崎嶇山海，非士馬所能得志，思所以柔之，不果。會陸賈日於上前稱説詩書，上一日忽悟曰：『吾思所以用之矣。』乃令以大中大夫入南粵，説尉佗下之，剖符通璽，易風俗，盡用漢法，九郡來歸。然則開西南文教之祖者，賈也。自是歲入貢歸，約束候尉，罔不臣妾，與中國等，後之得天下者，不得置五嶺於度外矣。

今上開天十八年，定粵者再。粵西山國尤瘠貧，獞狑十司雜居，以殺戮爲耕鑿，往猰貐未靖，藺錡屯扎，芻茭糗脯，不能自給，取濟江楚，艑舠如織，如嬰待哺。當事者庚癸是慮，日不暇給。又土性悍獷，魋結芥釁，相讎輒椎埋作奸利。或藏身萑苻，狙人道傍；或挺而走没猺窟，抗天子命吏，皆粵之習俗使然也。庵閭之外，巷無居人。閭左鶉衣鳩面，地無他産，歲止一穀。皂隸供役者，如溝中瘠吏。兹土者，其何道以輯柔百粵資上理乎？談粵理於往日，人以爲詛。若談粵吏於今日，人更以爲不祥之器。不見往年中丞之疏乎？一年之中病疫饑死者，凡四十餘人。粵吏可爲，而不可爲也。如是奚啻詛難之者，曰：『君言辯矣，公焉得餘諸公篇什何以稱焉？』曰：『君不見夫蜡祭乎？終歲之苦，一日之樂，聖人不禁也。』又詩必窮而後工。粵，窮地也。官粵，窮官也。即未必工，要於詩之理，近此嶺外公餘所由作也。

昔聖人采風十五國，不及楚。楚最大，見於《春秋》，與齊晋比隆，不入《國風》，何歟？粵，楚之餘也。地爲十二州，星文在翼軫之間。今日滇黔肇啓，雕題來歸，一統車書，囊括萬里，非復東周之舊矣，故宜風也。若夫合樂明堂，撰成雅頌，以襄一代之盛，石渠諸公事也。吾儕荒陲邊吏，在粵言粵，不敢曰芻蕘之獻，聊備輶軒之采耳。比之往事之使粵者，不忘詩書，則亦猶行古之道也。

白雲山文集序

豫之山維嵩，楚之山維衡，神禹岣嶁，藏碑祝融之頂。而『嵩高』之詩，推及申甫之所自生。蓋以天地盤礡〔一〕，森鬱之氣見於山川，鍾爲金錫珠玉兕象熊羆。其大者，則出〔二〕爲人文。至如大河以南，大江以北，山氣略盡，地平衍如掌，古來圖王定霸金鐵戰争之區也。我讀《山經》，常恨中州鮮山，然一嵩焉足以當之。至於嵩之麓爲伏牛，爲熊耳，爲桐柏，其西則結爲秦嶺、武關諸險，其東者結爲倚帝、丹霞諸名勝。又其支之伏而中絶，如兔起鶻落，如陣雲奔馬，望東南一帶進發者，則今安陸之大洪與孝昌之白雲諸山是也。予游楚屢矣，每攬轡雲夢之野，隨棗以東，春陵舊地，見有孤峰隆起，骨出雲表，鬱鬱芊芊，疑有异人産其下，作而爲名世之英，宜矣。

丁亥，有瀟湘游，繫纜漢上。會孝昌人淑夏子來晤，携所著詩文質我。我讀而异之曰：『此我屢游楚時所行雲夢之野、隨棗以東、春陵以北，見有光怪〔三〕焉，即此也。』明興三百年來，凡文章之自熹微而旦、而中天，自中天而昃、而崦嵫，讀人淑論斷可以興矣。是不拘拘於爲一家言者，然而爲一家言者莫尚焉。昔劉項逐鹿，陳勝起兵舊楚，謂之張楚。如人淑者，可以當一軍矣。又其甚者，我讀《吴越世家》，勾踐之霸，數年間詔吴麋鹿姑蘇臺，幾至牧馬中原。而説者謂以楚爲事，及一當楚鋒，乃盡浙江之地而棄之，楚之雄風，豈吴越諸國所堪附庸哉？我聞人淑言白雲山有石砦，壁立八千仞，是前代鼎革之交所獨守不下者。闖賊常以二十萬人攻八年於兹，仰關而莫可誰何，則白雲山者，是不與銅駝俱没矣。夫所謂善戰者，能令攻不知其所以守，守不知其所以攻，至於攻守兩相忘，智勇俱困，英雄之用武於斯窮矣，是明之烈〔四〕皇帝所不能得之於神州者。而人淑乃獨以一書生，且以一丸泥封之，則詩若文而外，人淑將用其所未足，吾又何足以知之。

楚南公曰：『人淑，溳水先生之阿戎也。有兄振叔，復難其弟，皆有著作，將成名於後。』我乃以白雲爲人淑先之，非私人淑也，有起而争之者，則已晚矣。

【校記】

〔一〕『蓋以』句，《文集》二十四卷本作『勿以天地盤拔』。

〔二〕出，《文集》二十四卷本作『茁』。

〔三〕光怪，《文集》二十四卷本作『神物』。

〔四〕烈，《文集》二十四卷本作『先』。

擬山園文集序〔一〕

彭而述曰：予叨先生知久，先生殁，予既哭於其里。時長公河東在疚，次公藉茅尚羈金門，上書請恤典未歸也。未幾，河東又歿。予遣二子往吊之，藉茅則走予書曰：『先大人存日，與君善，且二十年。飄泊東南，流離江左，死生患難，惟禹峯與俱。先大人知交遍天下，乃其意常在沛公。每向人言，獨斷斷道禹峯不置〔二〕。今先大人集具在，幸禹峯一言弁之。』夫而述何人，敢序先生哉！既乃不覺摧痛填胸，涕泗横集也。良久氣甫定，乃爲先生位，而告之曰：

述得從先生游，則在烈皇帝之甲申二月，維時述麻衣走大行，抵大伾。先生客寓劉通政之園，爾時述乃出驢背一帙質先生。先生展未終卷，大驚曰：『不圖今日復見鉅鹿之戰。』相得甚歡，略似僑札相遇。明日即携手作吴游，東望岱宗，南達淮泗，或聯舫，或并轡，議論今昔上下成敗，如琥珀引芥。間有齟齬，先生反以是喜其不阿。於是先生從此遂有一禹峯，海以内亦駸駸有一禹峯矣。

先生負夙慧，能言前世事。讀書一過輒上口，乃孜孜如下學。焚膏繼晷，恒兀兀不輟。避地青徐，驅鹿車凡十五乘，蓬蓬然皆簡蠹，中多生平所未見者。每旅店蓐食趺坐，手一編不則即。磨隃麋吮不律作詩或文，詩即十餘首不止〔三〕，文亦不下三五篇。日三竿乃接賓客，與外事。或爲友人染油素，剌剌不休矣。與人交無城府，不喜深中。取人於其長，棄其短。論文於其周秦以上，不專一家。而斷斷戒學者勿墮六朝人坑塹。詩必李杜爲宗，間祔昌黎，鄶以下無譏矣。〔四〕

先生偉貌修髯，望若神人，能彎弓数百石，常有封狼居胥之志，而困於珥筆。老承明廬，優游卒歲，先生以爲不幸也。海内之知先生者，止知其工書，以爲掩宋元〔五〕而上之。真、行、草，三百年書法之大成。而篆、籀、八分，則上蔡中郎猶且居爲難弟，世鮮知之者。四十年來，薦紳士大夫罘罳綺疏，無先生一字，則以爲其人鄙不足道。琬琰照耀，光被四遠，至其溢而爲山川、禽魚、怪石、枯卉之類，政有專家之士所不能到。雲林大痴，諸人方之蔑如也。其大者，則在與楊武陵廷爭用兵一事。疏凡數十上，欲借上方馬劍斬張禹之頭。親知皆摇手喪膽，恐旦夕不測。而烈〔六〕皇帝知其忠，且諒其無他，不問。

嗟乎！若使先生言有效，當時聖明能見諸行事，則先生今日豈僅以文若詩見哉！故吾只以爲先生斯集之成，乃先生不得已而有言也。先生自以爲不幸也，非先生意也，然而天下後世則既知有先生矣。星漢之晶熒，雲雷之鼓盪，莫不嵬視聳聽於其下。〔七〕世之人知有先生，亦猶是也。知有先生之詩若文，亦猶是也。弇州句云：『漢朝兩司馬，當代一于鱗。』今以于鱗當兩司馬，未免過情。若舉于鱗弇州以當吾覺斯，尤覺不及。情無已，其仍爲覺斯先生之集而已矣。

發篋疾讀〔八〕，繼以長歌，恍若修髯偉貌，跨紫鸞，驂赤螭，裔雲輪囷，儼乎巫咸招而營魄聚也，而豈今之人哉！於戲！生存華屋，零落山丘，西州之慟，焉能已已。記疇昔之夜，夢先生以遺稿屬爲點定。予不敢負夢中諾，豈敢自居元晏？抑謝公之馱璽羊曇，而精靈相感召也。太史然吾言否？

【校記】

〔一〕篇題《文集》二十四卷本作『王覺斯先生集序』。
〔二〕『獨斷斷』句，《文集》二十四卷本作『獨斷斷道禹峯不置，以爲空同、信陽之流』。
〔三〕『詩即』句，《文集》二十四卷本作『詩即以四十首爲則』。
〔四〕『而斷斷』四句，《文集》二十四卷本作『而斷斷以唐以下，戒學者勿讀。詩以少陵爲宗，而別將李白，餘子碌碌矣』。
〔五〕元，《文集》二十四卷本作『人』。
〔六〕烈，《文集》二十四卷本作『先』。
〔七〕『星漢』三句，《文集》二十四卷本作『仰而觀於天，則日月以經之。俯而察於地，則江河以行之』。
〔八〕『發箧』以下至文末，《文集》二十四卷本作『言未已，於是見修髯偉貌，望若神人，跨紫鸞，驂赤螭，矞雲輪囷，縹緲冉冉而下者，則先生來也。先生來也，而述乃持此以報太史，以爲先生之靈所以憑也。當在斯乎？當在斯乎？太史然予否？』

吴次尾甲乙詩序

予之交次尾先生自甲申始〔一〕。先是次尾刑牲東南，牛耳天下，予熱次尾名二十年。甲申板蕩，避地江左，晤先生於蕪陰舟中，一見如舊識。繼以所親之官虔州，寓秋浦，是爲乙酉。先生乃栖我横山别業，距先生廬止一弓地。朝夕觴石梁老楓下，出生平祖構竟讀之，抑深服爲天下士。大抵似蔡中郎初至吴中，异人异書，私心自慰，先生亦雅好予所撰著。

亡何，侂胄秉鈞，疆埸孔棘〔二〕，賊潰潼關，捲甲南下，遂有武昌左良玉之事。當是時，建業草昧，亂政亟行，相傳妄男子有黄犢詣闕之事，爲權相馬士英所厄，置之犴狴。於是遠近煽動，良玉移檄，以關東諸侯爲名，旌旗蔽江下，潯陽、皖城一帶，烽火千里。先生謂我曰：『此非晋陽之甲也，當有所懾而來乎？不則非陶侃之誅王敦，乃蘇峻之挾庾亮耳。』遂有從中而起，中興自任之意。作爲詩歌，聲泪俱下，間復以詩作讖，且曰不幸言而中，則國事去矣。居亡何，遂一一如先生言。予是年秋别先生，如楚。先生竟以是年誓師，未竟其志而死。

予官楚時，讀邸報，知先生狀。曰：『壯哉！悲矣！夫丁邳纘統，康樂羞臣。霸先承運，王琳興戈。古來忠義之士，何代蔑有？然强半資一命，階尺土，有藉而成耳。即事之不成，則天也。先生以布衣而欲爲舉世所難爲之事，是精衛之見也。然而悲矣！』壯哉！夫先生讀書萬卷，十七史羅列胸中，豈不曉然順逆興亡之故，而甘心一擲，顧獨念朝廷養士數百年，而忍復與舉世相雷同，當亦興朝之所不貴也。人曰先生之所爲者極難耳，先生自視則以爲公孫杵臼，我爲其易者耳。

歲在戊戌，客朱陵，遺孤孟堅間關跋涉，謁予於回雁峰下，出先生《甲乙詩》爲予讀之。感念前游，傷心陵谷，殆不覺涕泗之橫流矣。拉泪援筆，跋之簡末，囑孟堅〔三〕不必鐫以示人，但寫數通焚之尊公墓下，作九歌卒章可也〔四〕。

【校記】

〔一〕『予之』前，《文集》二十四卷本有『禹峯曰』三字。

〔二〕棘，《文集》二十四卷本作『亟』。

〔三〕孟堅，《文集》二十四卷本作『子班』。

〔四〕『作九歌』句，《文集》二十四卷本作『告鬼知焉可也』。

劉杜三詩集序

順治之十三年丙申，予銜命參軍樞相幕府，始得交所爲纔儁孝廉云。孝廉爲詩文二十年，予游湖南，始丁亥，迄今十祀有奇。中間耳孝廉名甚稔，竟以他事相左，未及晤，亦未得所爲制作。讀之，執是以語於人曰：『攸有人誰其實予言者，孝廉之於予，亦如之茲，可不謂有數存焉耶？』今幸識孝廉，兼識所爲文，則庶幾予之不負十年之游也。

予初見所評李文正樂府，則心异之，曰：『此非詩人也。』文正在孝武兩廟時，逆瑺煽禍，獨相撑拄，保全善類，竟摧巨猾，若截鼠子。視昔漢唐之季黨錮甘露諸君子，機未發爲人所制，身名俱隳，其成敗何如耶？世徒知文正才，相引少年穎异及文章詩歌盡文正，文正不受也。不謂百餘年後，乃有桓譚，令文正之心曉然天下。後世如讀歐陽史，隨事以『嗚呼』冠之，可以愴心於五代之際矣。則樂府者，文正之《春秋》。而注樂府者，丘明之《左傳》也，二者蓋永相副而行者也。

其爲詩若文，大約不骪骳於古法，不蜎蠉〔一〕於時好，如觀日祝融絶頂，夜半霞起，海日相盪。如回風洞庭，噌吰淜湃，日月出没於其中。未嘗爲楚詩楚文也，而楚之真詩文在是焉。計吾十年游楚，得兩詩人焉。其一則襄陽之袁參嵐也。參嵐奇縱，此君博浹，有良史才，可以并雄，可以張楚矣。抑吾因論文正有感焉，先朝三百年中，江陵號才相，乃主少國疑，太阿獨持，而人目之爲擅權。熊江夏以邊事死法，楊武陵視師襄漢，〔二〕一敗不可救，而人總目之爲誤國。論世者以爲明興，浙有三幸，青田、文成及議禮張公是也。楚有三不幸，諸公是也。噫！何不取文正而深思之。

正德七年，流寇殘破，幾半天下。公有底定功，是何讓越絶諸公哉！然則士亦有幸有不幸耳。吕壽州用韓范制西夏，用彦國辦契丹，初心皆用其所仇難之，幸臻厥功，則三公之名敝天壤。澶淵之役，乘輿若蹈不測，則萊公千載餘不足食矣。安可以成敗論英雄哉！楚多材，文正而外，三君子不可没也。劉子非僅以文見者也，予故進而論世焉。

【校記】

〔一〕蠉，《文集》二十四卷本作「彈」。

〔二〕「熊江夏」二句，《文集》二十四卷本作「東方多事，督撫江夏熊公，以邊事死法。烈宗末年，楊武陵復以宰相行師」。

袁蓼嵐文集序

談詩文於今日，有識者莫不掩鼻曰：「是以粱肉愈疾不則亨，鶢鶋以鐘鼓行且飛去耳。」今〔一〕聖人以一劍開天，政如豐沛亭長所云「乃公以馬上得天下，安事詩書」，陸賈捲舌而退矣。雖然，不盡然也。蕭相國起家刀筆，何以留關中之圖籍？且其時屠狗逐鹿焉足矣，何必圯上之一編？繇是言之，漢家右文之主，固始於高帝。後世乃以除挾書之令歸之孝文，置五經博士於石渠閣，訂异同白虎觀，歸之宣與章，以爲文治當自數傳以後。此時尚日不暇給者，何没没也。

皇清啓運七年，置甲乙科，率天下弟子員計偕上公車，一一監前代輊之乎？抑軒之也。故予嘗有言，文不可廢，八股定當廢，此時乃暫行之。若曰入英雄於彀中，亦猶行古之道也。其斷斷乎不可廢者，如今之古文辭與詩歌樂府之類是也〔二〕。而八股之客往往中未必有，一旦走馬長安，獵巍第，位上大夫，尚不知此等爲何物，又輒非笑之，借是以藏其鄙昧，所在多有。於是遇者不必作，作者不必遇，古與今遂判若鴻溝。作古文與作今文者，殆隱然若對一敵國矣。嗟乎！此科目之所以不盡得人也。

襄陽袁參嵐夙根羊祜，探玄汲冢。南粵請纓，會是終軍之年；博浪搏沙，誤中祖龍之副。遂唾而不顧，掃迹空山讀書，凡十餘稔，著述滿車，强半付之兵燹。今所存古文辭詩歌樂府之類具在，奪墨壘之赤幟，執騷丘之牛耳。爾家中郎，舌本太香，竟陵二士，胷氣不足。《赤壁記》幾劘大蘇之壘〔三〕，《監國表》勝灑劉琨之泪。所微恨者，唯是詩體險奥，嫚罵潦倒，未盡别裁耳〔四〕。語云：『作者難，識者良不易。』以揚子雲之禄位，容貌不能動人，并其所作，當世或詆之，唯桓君山以爲必傳。今世之知有子雲，又何君山之多也。

參嵐偉岸七尺，雙瞳如岩下電，肉相殊貴。不但似〔五〕文人，而又曉暢兵事，仰觀俯察，碧落黄泉，南窮朱鳥，朔暨玄菟，如燃牛渚犀，如銜燭龍，如明月珠，照耀十五城。僅僅以詩文名世，非其所好，乃其所深悲也。李廣數奇，終漢之世，乃至不得一侯。彼參嵐者，真可以已矣。抑予嘗過襄陽有感焉。人知詩能窮人，而不知地亦能窮人。唐以詩取士，而杜甫、孟浩然，或獻《大禮賦》，奔走狼狽，偃蹇將軍幕，而表署工部以老。或縮匿床下，莊誦舊詩，爲人主放棄。而歸彼二子者，皆襄陽，皆不在進士之科。乃自有詩人來未有如子美者，浩然詩名亦復灼灼天壤間。袁子不生襄陽則已耳，生襄陽又何疑焉。此吾所以謂地能窮人者也。雖然，八股有時而衰，未若詩古文之無窮。皇清啓運七年矣，草昧雲雷之會，一元文明之始也。襄陽何負於人哉！

禹峯曰：順治乙酉，予督學楚中，時袁子令江夏，得交袁子，知袁子殊不盡袁子也。今年庚寅，予繫馬衡湘東岸，不知袁子何事亦來，出新舊若干帙。時予弟孔晳在坐，兩人共讀，以爲此集出傖父，世間作者不少矣。春陵白水，真人之所誕也。漢世祖光復，一時龍虎之彥，半出南陽。今我與袁子并産其里，澌澌寒流如故也。物换星移，風雲慘淡，奔走亂離，短鬢蕭疏，揣摹數編，頷頷未已，以求知名於後世。執是以告人曰：經國之大業，不朽之盛事，誰其信之〔六〕？雖然，袁子實吾畏友，可傳不可傳，直付之爾。我語參嵐，且呼鴟夷。嶔崟歷落，譚封侯將相，略當不廢，我歗歌也〔七〕。

【校記】

〔一〕今，《文集》二十四卷本作『東海』。

〔二〕是也，《文集》二十四卷本其下有『其所謂古文辭與詩歌樂府之類，百倍難於八股』十九字。

〔三〕『《赤壁記》』句，《文集》二十四卷本作『《赤壁記》幾鞭大旆之尸』。

〔四〕『未盡』句，《文集》二十四卷本作『墮落之長耳』。

〔五〕但似，《文集》二十四卷本作『似但』。
〔六〕信之，《文集》二十四卷本其下有『彼子桓徒欺我耳』七字。
〔七〕歌也，《文集》二十四卷本其下有『不知者以爲王元美推轂李于鱗耳』十四字。

漢陽守傅夢築詩序

辛卯，粵來艤舟漢上郎官湖，得讀《感言》一卷，是爲漢陽太守夢築先生詩。謂客曰：『太守欺予哉！往辛壬之歲，繫馬汾晋，與太守各分長民符，匍匐道左，每走謁達官，入太原，未嘗不過予。過予，未嘗不留飲，極歡暢。予時輒得爲詩若文，詩若文隨筆所成〔一〕，未嘗不出以示太守。太守閱而罷，行酒如前，不復一言相及。予疑太守固名宿，大小戰中原，且數十年執牛耳，雄長諸侯。君家弟若孫皆以次第登承明，翱天衢，皆家塾中皋。比事太守，太守或不必以詩見，即以詩見，或未必感言之作，之爲堅而裁，碩大而能朋如此也。太守非欺予者哉！』客曰：『予知太守久，太守固古所稱吏隱者也。曩者文網密，長吏飾筐篚，邀當道一顧，是爲長耳。又穎楮一途，復能於印綬中稱不利，即今草昧甫闢，文明肇矣。二千石以下，靖萑苻，咻鴻雁，寢興靡暇晷。而又漢居楚股肱洞庭南，歲以用兵，五嶺百蠻，聖人方勤。南顧大將，樓船銜尾而至，即有詩不令子知，固宜也。』予曰：『若是，則感言，胡爲乎梓哉！』客曰：『古者太守入爲卿相，潁川〔二〕諸人是也。出兼將帥，雁門雲中諸人是也。今太守三載秩滿，勞皇帝璽書徵之，去且有日。感言者，志所歷，抑志所思也。若曰今而後，即以感言告人，人必不我嗔，且以爲此行將去者，而又何求多哉！』

嗟乎！丈夫生亂離，不能封狼圖麟，又功名竹帛，而徒以吮毫濡墨取後世名，壯夫猶或訾之。若猶是傖父無文，侏儒飽欲死，是吉光可以燖〔三〕羽，號爲神龍者，剔去鱗爪斯可矣。昔山簡守襄陽，每携從事游習池上，醉以歸，鞭葛彊兒今何在哉？至今銅鞮諸曲留大堤間。蘇子瞻守黄，有臨皋雪堂之勝。予嘗臨其地，亦且化爲凄風、蕩爲寒雨矣，乃前後兩賦自在人間。故曰：『富貴有時而盡，未若文章之無窮。』烏知他年漢陽郡乘中，不即太守感言數詩以傳太守？又烏知太守書成，不藏之嵩岳絶巘，近鬼谷鍊師舊栖處，樵子拾瓦礫自穴中得之，則太守之傳漢陽與漢陽之傳太守，俱不可知矣。於是登大别山頂，東望黄岡，西眺峴首，舉酒屬客曰：『今試以漢陽峙兩雄間，當無愧色。』維時客大醉。

【校記】

〔一〕隨筆所成，《文集》二十四卷本作『雖不精』。

〔二〕川，《文集》二十四卷本作『州』。

〔三〕燖，《文集》二十四卷本作『潯』。

王藉茅詩序

孟津先生於文章一道，星宿也，海内仰之，不減昌黎〔一〕。今讀藉茅太史所著，抑何象賢接武，迥出流輩哉！予交藉茅在十五年前〔二〕。爾時〔三〕甫弱冠，詩名已噪東南，然大約冠劍離陸，猶有雋不疑初謁暴公子習氣，三五少年輒畏之如虎，以爲西楚河北之軍，人馬輒辟易數里。藉茅豪自若，予亦視藉茅豪自若。顧藉茅則獨謬恭予，以爲相遇中原，石武鄉之與劉文叔矣。蕪之役，庚冰東下，元規西奔，予兩人不相聞問輒數年。

今上丙戌，藉茅讀書中秘，稱太史公。予以丁亥薄游京邸，把臂零涕，秉燭夜闌，搜讀舊文，曰：『逸矣，安問青氈哉！』亡何共醉燕市，未幾即復南游，稱蠻長，用尹猺貁投劾歸。復數年，歲在乙未，復偕兒輩上長安，乃得盡讀藉茅年來制作。渢渢乎，大雅之音哉！典型肅然，衣冠甚偉〔四〕，欲求昔所爲江左諸作，如出兩手。嘆曰：『賢者誠不可測哉！譬之禪，無慮臨濟曹洞下也，總以上乘爲第一義。襄陽之妙悟，退之之讀書，古人不必兼也。兼而有之，其在斯人歟！』雖然，吾猶欲起孟津先生，而問之如太史公者，誠不必更讀他人書也。

【校記】

〔一〕昌黎，《文集》二十四卷本其下有『識者追論前代人文，太倉前矛，孟津後勁，碌碌公等，姑置之而已』二十五字。

〔二〕『予交』句，《文集》二十四卷本作『顧予交藉茅在十五年前，時方鼎湖龍去，海水群飛，永嘉南徙，江左草昧』五句。

〔三〕爾時，《文集》二十四卷本作『藉茅』。

〔四〕甚偉，《文集》二十四卷本其下有『置之黄初、大曆間，不辨優孟』十一字。

譙明詩序〔一〕

甲申仲春，鐵騎渡河，烽傳上黨，予晤譙明共城，連鑣南下，既而孟津少保，復聚於伾。予三人者，旅店晨昏，叢狐躍馬，鶴膝犀渠，備歷險阻，乃達江淮。中間不暇言詩，然又無時不言詩。或跋馬烟寺，或棹舟沙汀。各出奚襄以相問難，迄今猶憶孟津爲予言。滄浪以禪喻詩，獨歸妙悟，是爲上乘。譙明者，殆其人歟？吾三舍避之耳。抵今十四年，楚水吴山，游蹤星散，黄葉蕭槭，重晤燕邸，依稀如夢。譙明出前後所作近詩質予，予爲挑燈快讀，但覺老氣横秋，金錢皆鳴。

大是少陵夔州以後，抑所稱窮而後工，老而益壯者。然歟？否歟？乃譙明善下，追恨少年讀書不多，以爲此道未易言，輒不輕出以示人。間與司農周元亮、西曹趙錦帆偶以示之，乃劍氣夜光，神物難秘，山川輝媚，遂流溢京洛間。錦帆强取篋中藏，付之劂氏曰：『此君家海毛龍鮓也。當時若不公其説以示人，人亦孰從而知之。』昔子雲草《玄》，當代或非之。乃天下後世，桓譚不少，譙明爲明給諫，封事在更生宣公之間，止以詩名，非譙明意也。然而足以傳矣。雖然，又安得起孟津先生於地下共聞斯語乎？

【校記】

〔一〕本篇彭刻本原無，據《文集》二十四卷本卷九補。

馬頎公詩序

丙子秋杪，予謁素園申師於雍丘，旅食招提，木葉欘槮，晨鐘昏磬，愁如也。偶於下春游篔簹精舍，見頎公手一小史盛，鬋曼睩容，與假山下劃然嘯，已乃酌白蘗度吴歈，意殊逴逴。爾時心已旌厥爲詩人，一臂明月，稱歡相得，遂草草别去。既予以牛走，服軛晋陽，中原板蕩，蝮蛇封狐，蓁蓁千里，絶不得頎公消息。今年春，乃得再晤共城，以一編請我弁，曰：『泉頌大約明遠，倏忽聲組葳蕤，與凫藻綺石相爲功德，泉以外無及焉耳。』予業流寓蕪陰，頎公俱乃叔布庵亦肅爰止，因得盡觀所爲近作，殆居然詩人也。且夫詩非一流之業也，將以橐籥元化，甄陶國風，古者輶軒采之，奏之郊廟，下以發攄性情，聿歸忠孝，爲正則耳。予恂愁不造，益毋增悲，與頎公同。而束晳《補亡》之什一篇三致意焉。予固不逮頎公迥甚也，陳思有言曰：『豈徒以翰墨爲勛績，辭賦爲君子哉！猶庶幾戮力上國，流惠下民，建永世之業，留金石之功耳。』

頎公幼清服義，屏俗穢蕪行，且待詔承明已。今者草創舊都，繩厥祖武，[一]奉先泰時間，縮酒肅茅，鐘鏞再振，宫商且重調矣。剖嶰竹以定律，爛卿雲而小治。不腆蜂蠆，肆靖有日，朱鷺鐃歌揚厲烈，假藉手頎公，特一給筆札力耳。安在不足以宣昭懿德，光贊大業，爲執戟之子雲所羞稱乎？頎公但執此以言詩，而詩真足以重頎公矣。昔者司馬江左祖尚清談，趙氏臨安醇粹名理之學。而卒狃處苕葦恢復不振，識者欷之，其氣不足以取之也。夫文章經國，威儀之間可以定命。有其疲薾啁噍者，則人民愁苦，幅幘蹙圮，是爲否象，而國應之。有其艴翕振踊者，則九土效靈，維皇凝命，是爲泰象，而國應之。此其道且無間於枯草腐中矣。况學士大夫形之謡俗，譜之樂章耶？予於頎公之詩，而徵其隆隆乎有勃鬱奮興[二]之象。何也？其氣有以召之也。嗟乎！頎公即舍此不言，而吾一與之言詩，知必爲江南之士所大笑。玄言具在，靈心不死，吾且與頎公坐卧磈磯蒼苔上，南望宣城懷謝朓，東指采石江邊酹酒問李白耳。頎公詩人又何疑？

【校記】

〔一〕『今者』二句，《文集》二十四卷本作『今天子定鼎，繩皇祖武』。

〔二〕勃鬱奮興，《文集》二十四卷本作『中興』。

路也詩集序

予爲孝廉，交所爲山陰姚東白云。東白任俠，能作歐後詩，以諸生游群帥間。先是蚩尤竟天，薄海方騷然，東白追逐鐵馬，磨墨楯鼻，爲某將軍上明光。會河陰變作，永嘉南渡，東白復與予逅遘夏口，相歌以哭。予既以夜郎之役投劾歸故山，東白爲徐都督遮留辰陽。亡何，徐公忠於所事，東白從此遂不知所終。

今年夏，復楚游，抵潭。路也爲我言東白死已。噫！廿年良友化爲异物，予亦衰白，不敢談天下事。私念東白而在，尚堪知予。夫昌黎入虎穴解牛元翼之危，淮西之役，以丞相一書遂定成德之亂，後世徒以文人目之耳。禹峯此來，豈遂無所短長者，顧東白不及見耳。路也於東白爲子婿，亦常知丈人所與游者海内何人乎？勿徒以能詩相禹峯也。

林君苗詩序

比游衡山，得兩异人。一爲道士李皓白，病面修軀，腹多經世書，自命是魏夫人後身，薄李長源不爲。一爲吴僧破門，善懷素書法，如蒼虬相糾結，巴蛇搏兕，其猙獰吞噬之狀，若出紙上，非是則七十二峰無色已。皆與之交，投贈有詩若記。會歸回雁峰，掉舟湘東旅舍，少憩太平黄郡伯寓，維是主人煮〔一〕苦瓜啖客，甌閩山茶竹壁間，忽有人叩扉，足爲某郡伯，告我曰：『山人林硯也。』童顱短襦，腮毛長徑尺，檐風戾之，颯颯有聲，相顧愕，袖出詩一册，册不盈寸，如掌且如小兒掌，如從僬僥國來，否則亦是道州入貢人所登獻方物耳。詩嘲而罵，解用雲嵐烟樹，字大抵似槃瓠。山中猺嫗胡粉椎髻簪花撾羯鼓，唱采茶歌，自是里社伏波祠下女師傳來，以降神可，以祝巫覡可，以賽田祖可，以呵譙烏鬼可。不解音者，或指爲龍標尉王昌齡所作。是曰兩失。唾竟陵爲冷尸，奄奄無氣。此解或是禹峯殘瀋，爲客拾去不可知。然近時詩人解此者少矣，而後乃今輒得三异人，咄咄怪事哉！

【校記】

〔一〕煮，《文集》二十四卷本其下有『猪肚』二字。

丁赤霞詩序

國朝鄧人以詩著者，稍却前代。李文達《玉堂賞花》獨與〔一〕范希文《百花洲》《漁家傲》作并傳，則以其人耳，不關詩也。陳處士松〔二〕詩才最放，仿佛李白當年，集未成，傳誦者亦少，百年後不可知已。若是則宰相之權大於文章，三唐集中宜獨以進士聞，李杜不在科目，又何以稱焉。則斷之曰：『非通論也。』

赤霞冲齡即登風雅場。丙子，梁苑鎩羽南歸。予跨款段泥淖中，聯鑣十七驛，即知赤霞能詩。今且廿年，予游且倦以老，鄧之爲詩者不加增，而赤霞獨能以詩名不少衰。詩亦卓犖爲一家言，不爲七子，不爲竟陵。往〔三〕在衡山祝融峰下，謂襄陽袁蔚苺曰：『君才酷似文長，兹其短處耳。』赤霞得毋類是乎？

【校記】

〔一〕與，《文集》二十四卷本作『於』。

〔二〕松，《文集》二十四卷本作『訟』。

〔三〕往，《文集》二十四卷本無。

李淑元詩序

今之爲湖南吏者，何難也？餘孽未殲，氓猺作梗，羽箭銅鉦，聲息不絶。吏其間者，一以峙芻糗，一以靖萑苻，一以籌睥睨，一以起痌瘝，如是者四難矣。猶能出其餘力從事風雅之林，作爲聲歌與一切古文辭，錚錚佼佼，較陸超潘，轢屈凌賈，爲於舉世所不爲之時，人皆攢眉。此獨嘔肝，任世人嬉罵姍厲，甚之欲屠割之，斯人夷然不顧也。以爲寧褫其官，無斷吾舌，是非所云敏贍强有力者乎？如吾淑元李江防其人也。江防之言曰：『少歲讀書，耻以文士自了。甲申以前，榷關維揚。性好客，車馬如雲屯，輒爲之，輒以不愜意焚去，不留稿。比年來，喪亂填胸，蕭疏短鬢，反似老而不能忘情，未敢供時好，請質吾子。』

予自惟五載游楚，先校江北士，車輪爲摧，只如促奩老嫗，摽石黛胡粉爲東鄰女裝束入宮，既已不暇有所作。分藩芝城，突未黔，爰有夜郎之役。靖州陷，予破圍出，平生圖書并十五年苦心，胠篋而去。抑予鎩羽驚魂，猶記往年筮仕晋陽，幾以文字賈禍。今以爲病，竊已不敢多談。

淑元曰：『是固然矣！夫筆墨之不利於官，如子所云。我輩今日似舍此詹詹，别無可以寄托者。揚雄禄位容貌固已不能動人，然後世知有子雲，庸詎非以《太玄》《法言》？至如杜陵工部，學者比如周公制作，今讀其集，正如鷄坊中九十餘齡父老談天寶遺事，有唐正史所不能盡者。無己終不以彼易此耳，士亦貴立志耳。』吾今而知淑元志矣。獨是二載巴陵，獨飲洞庭一杯水，竟以偃蹇不得志，齟齬〔一〕當道而去，是淑元作詩之效也。而予初未執此説以示人，亦得放歸田里，稱散人。庶幾仇我者，生我者也，與淑元合轍矣。文章憎命達，豈謂是歟！

【校記】

〔一〕齟齬，《文集》二十四卷本作『牴牾』。

吳惟初詩稿序

予方諸生時，即識有吳惟初之名。傳爲黄山人，早受知於吾鄉兩馬先生。〔二〕神熹之交，中璫煽熾，薦紳士大夫一時讋恭顯勢，蠅逐恐後，五鹿充宗，曷可勝紀？間有抗疏直言，如楊左諸君子，然禍烈矣。兩馬獨以冥鴻游矰繳外，進不貪李杜之名，退不失皇甫之節，緣是得以暇日治縹緗業，與海内名士往還。惟初則俊厨之最著者也。爲詩生硬短悍，不屑襲步邯鄲。常持論，以爲三唐之外别有詩。其篇章流鷄林間。王通上書不售，歸老河汾。孟襄陽游長安，而還隱鹿門不出，古今有同心矣。然予於曩讀惟初詩，輒疑之。時予年方成童，計惟初與兩馬游，當亦年不下三四十許。今兩馬前後下世且三十年，同游客如惟初者〔三〕，想亦化爲异物，不則仙去耳。豈謂今日復有此人乎？

會今上之乙未，予友許菊谿官長安，予因視長兒武闈。對酒燕邸，見某公碧矑如岩電，蒼髯森森戟列，操吴音，縱談上座。客問諸貴人及負時名諸君制作，則戛戛少所許可，頷之而已。予心异之。菊谿告予曰：『此即所爲黄山吴惟初也。是與吾鄉兩馬先生游，曾刻其詩以傳者也。』予曰：『异哉！』因訊惟初年若干，方艾有奇爾，時走新野謁元禮則孔北海歲耳。噫！予知惟初名在三十年前，得交其人乃在三十年後，不謂之古人不可得也，而况詩乎？

兩馬先生者：一之騏，鼎甲，官少〔三〕宗伯；一之駿，以民部終，各有集行世。今世之所稱妙遠堂者，其一也。

【校記】

〔一〕『予方』四句，《文集》二十四卷本作『某曰：予作諸生時，即識黄山有所爲吴惟初云。惟初早受知於吾鄉兩馬先生』。

〔二〕『同游』句，《文集》二十四卷本作『同游而所爲如惟初者』。

〔三〕少，《文集》二十四卷本作『大』。

太原張瑞儀孝廉文集序

予年三十，爲陽曲長。時羽書方殷，治兵使者冠蓋相望於道。長吏每登陴誓衆，捍茲牧圉，間出吟嘯，鼓角互荅，大約與劉越石吹笛之意略同。唱和爾汝，其人斯在？丞相長史男子君嗣，則今孝廉張瑞儀其首稱也。瑞儀負開府前身，鍾康樂慧業。早歲南游，凌風吴會，浮江淮，捫金焦，覽六代之山色，吊姑蘇之名勝。於是執經問字，從海内所稱趙伯雝先生者游，如元嘆之與中郎，業由是大進，名日以益噪東南，緣是江表知有華子魚。直耳一歸，晋鄙用霸，庚午之役，遂以羲經領鄉薦第一。平居樓户，不妄交，恂恂若處女，孝友婣睦〔一〕，爲邑井坊表。急病讓夷，乘陴咨度，輒遇事風發，耻居人後。伯氏茂才鳳翮，尤稱難兄。

歲癸未〔二〕，予丁先慈艱，游建業，中原鼎沸，望太原如在天上。求過桑乾，望故鄉，豈可得哉！而舊游歷落，黄壚之〔三〕感，復增忉怛。

今年乙未，偶偕兒輩公車走長安，晤瑞儀蕭寺，仿佛如隔世三生石上精魂，夢耶？真耶？痛定杯闌，出奚囊相示，哀然成帙。時一讀一爲叫絶，曰：『此真太原公子也。』低徊舊事，欷歔涕下，短髮蒼顔，孤燈寂歷，漏下三鼓，瑞儀告予曰：『願先生無忘太原，乞一言以壽小草，可乎？』曰：『可！但恐予不足爲君家重耳。揚子雲在當世著書自命，人以爲禄位容貌不足動人而輕之。

予蹉跎半世，曳尾塗中，其又足爲君重耶？』然平生之交情，患難之歲月，固不可以不紀。因爲援筆次之如左，爲我謝并州父老，以爲昔之尹陽曲者，其人尚在也。而今老矣，獨其吟嘯不減曩昔耳。

【校記】

〔一〕睦，《文集》二十四卷本作『穆』。

〔二〕歲癸未，《文集》二十四卷本作『今歲癸未』。

〔三〕之，《文集》二十四卷本作『增』。

朱允升文集序

吴文莫盛於六朝，制義莫盛於前〔一〕代，説者以爲帝王之興，人文隨之，非虚言矣。獨是古文辭一道，則散見各國，諸公分任之〔二〕，婁東而下，戛戛乎難之，以精力有所專寄故也。物不并大，有繇然矣。

友人朱允升，吴人也。在天崇間，與受先、次尾諸君子狎主齊盟，以丹鉛進退天下士。天下士從風而〔三〕靡，如邾莒執盤匜隨秦晋壇坫。後文體凡三變，自子而經，自經而史，自史而稗，莫不以吴下爲歸，允升諸人實倡之。凡允升之身其〔四〕所爲文，自制義外如前所云，不少概見。

甲申之變，予泊秦淮，得讀《大樓山房集》，庶幾一雪此言。然在當時推重者尚少，又何怪子雲哉！歲在丁酉，予以上書承明參軍幕府，駐潭州，匝歲，時封豨震鄰，樓船横海之師，銜尾而進，輶軒之使捧璽書游嶺外者，冠蓋相望於道。軍書天使，雜沓紛至，丞相日不暇給，夜分而寢。官其地者，非羽林則豐沛子弟，與周旋笑語，留犁刀割鮮啖乳酪，不復餘事。予每兀坐旅邸，手一編，門卒輒嗤之，匪愚則狂。會朱允升自邵陵來，欣然把臂稱快。昔僑札相遇如舊識，吾與朱子固廿年意中人，雖欲不傾倒，烏可得哉！風雨晨夕，公餘輒相過從，出敝篋相質，因得允升古文辭讀之，不減曩者在秦淮時。因嘆曰：『賢者，固不可測哉！』如是，則制義與古文又烏乎分説者？又謂戎馬倥偬，甲楯爲政耳，安復事此？

昔漢祖馬上得天下，陸賈每與上前，稱説詩書，侈然不屑。乃趙佗稱帝，賈奉使南粤，一言而去其黄屋左纛。孝武欲開西南夷，豈少虎賁鳴鏑之士，而司馬相如則以中郎將持節以往，固即前日之作凌雲賦者也。則施此物於今日，未爲不宜。我與允升從中而起，又安敢謂古今人不相及哉，婁東其小者也。

【校記】

〔一〕前，《文集》二十四卷本作『昭』。

〔二〕『諸公』句，《文集》二十四卷本作『濟南、信陽諸公分任之』。

〔三〕而，《文集》二十四卷本作『向』。

〔四〕身其，《文集》二十四卷本作『自治』。

沈德伯詩序〔一〕

禹峯曰：予辛卯客衡，於石鼓臺，讀襄陽袁蔚莓詩，嘆其興會標舉，詰曲聱牙，竟陵流沿，雲屬波委，三十年來，不見此等作久矣。命棹北歸，偃栖吾土，海内交游，車馬云稀。客歸霍氏之第，雀滿翟公之門。窟室自安，吟興全滅，自分與此道如割鴻溝矣。

甲午初冬，德伯沈子來自漢上，手一編相質，予讀而訝之曰：『竟陵不死矣。世無袁子，則竟陵重。世無沈子，則竟陵輕。若是者，輕重自在世人，不關竟陵也。』沈子游燕趙久，厚善多貴人，於詩文獨少所許可。性磊落，不骫骳於世。乃跨蹇冒霜露，訪我數百里外，婆娑長林，得此知己，何遂得與若人同時哉？時鄧守淮陽陳自修先生，東南金箭也，博學善屬文，在杜當陽、董江都之問。一見沈子，便爲中郎顧雍之嘆。居恒談竟陵，則戛戛不入。夫何一人之身，而嗜好吐茹若是。以問之陳先生，先生曰：『沈子之爲竟陵，乃其不不爲竟陵者也，揚子雲特似相如耳。』往呼孟六、杜二之詩魂於里中，而告之以爲禹峯之言如是。

【校記】

〔一〕本篇據《文集》二十四卷本補。

聶易真先生遺稿序

先朝辛壬，予年三十，爲陽曲令。軍書旁午，冠蓋相望，不暇及文事。然輒好爲之，纔退聽事，則手一編矣。時老母呵之，以爲知人家國事不宜事此，予猶不謂然。會齕予者至，幾欲假此以快其所私。然後悔之，猶曰：『此不知此者，無怪也。』

聶易真先生觀察岢嵐詩文一道，究心有年，自顧獨阿好予，奈匆匆牛馬，未窺先生制作，中心藏之。不謂先慈見背，國變踵至，子山抱離析之悲，德林負遷播之恨。平生把臂，邈若黄壚，天荒地老，風淪雅喪，此事遂不可問矣。

今上乙未之八月，家弟孔哲乘使者車觀察汝南，予策蹇携長兒接晤蔡州，時汝令聶眉仙出家稿若干卷爲予，快讀一過，則易真先生書也。令爲先生冢嗣，予在晉時，令甫成童，聞乃公言。今之令陽曲者，劉文靖也，今閲十四年而往矣。令談之甚悉，茫茫滄桑，蓬根萬里，逆旅通家，出腑相示於十五年之久不可知之地，亦奇矣。語曰：『秉燭夜闌，相見夢裏。』斯言顧不驗歟！念予自夜郎鎩羽，閉户掃除，每屈指疇昔晉陽同事諸公，藩臬之長以經術飭政治，不以風塵吏待予者，易真先生與畢湖目先生也。畢公諱拱辰，丙辰進士，掖縣人。闖逆之變，死晉陽難，惜其著述不傳，又無人焉爲之子。如今之汝陽令者，湮没不可勝道，古今有同慨矣。

或問予曰：『子序先生文，無一言置優劣，可乎？』曰：『先生之文，不待予言也。彼斤斤樹王李鍾譚之幟，格格不相下入者，主之出者，奴之隨人步趨，而毫無以自見，而先生不謂然，〔一〕而予亦不謂然，曰：先生固自爲詩文者也。』客曰：『如是，則子誠先生知己哉！』然則予所未報者，獨畢公耳。

【校記】

〔一〕『彼斤斤』六句，《文集》二十四卷本作『彼借蜀事以藻繪先生者，則相如、子雲、眉山父子盡之矣。借聞人以比擬先生者，則北地、信陽、濟南、太倉諸公盡之矣』。

寒谷詩序

一人肇興，爰啓風會，車服尚已，文治尤甚。觀夫漢武雄材，《柏梁》遂賡。李氏起晉陽，口噀風雲，乃蔚三唐，鴻鈞嬗化。大雅奮庸，顧不關天子哉？

今聖人以一劍掃群穢，論思之暇，耽懷圖史，一時薦紳先生能言之士翕然從之。顧十五國各有風，他不具論，吾中原自何李後，允執牛耳，歷落且百祀，孟津起而振之。近讀譙明與菊谿作，渢渢乎正始，固二公當璧也。

菊谿弱冠負文藻，名在鷄林，曳組後，口不談詩，間爲詩，亦從不狎出示人。商山吴會，游裝所届，黼黻縹緗，多散逸置弗録。《寒谷吟》，燕聲也。古稱燕趙多悲歌慷慨之士，易水、碣石，往往异人誕焉。菊谿金馬之暇，登昭王之舊臺，吊慕容之殘戍，愾然感焉。《寒谷吟》者，志感也，非志地也。今菊谿既以京兆奉璽書觀察大江以南，湖山輻輳，六代繁華，携《寒谷吟》以往，殊不類。菊谿曰：『吾志也，建業一水寒谷也。』然則《寒谷吟》詎惟傳詩哉，要之當代文治之盛見半豹矣。

楊將軍詩序

語曰：『絳灌無文，隨陸不武。〔一〕』若是乎文武兩途，判若鴻溝。然渭濱以鷹揚開周祚，何以有《陰符》？孫子救韓趙之師，直走大梁，何以有十三篇？次如魏武父子，間關馬上，無日不在鉦鐲中，何以著爲樂府詩歌，有文人專家所不及者？然則文不武，是爲雕蟲；武不文，是爲匹夫耳。

桂陽楊將軍生六詔金沙間，以名家子奮起，爲將蒐乘之暇，披古圖籍，每對客以揮毫，復登高而作賦，著爲聲歌，燦然成帖。予以朱陵之役，乘使者車，按部郴東，得手一編，讀之作而嘆曰：『文武曷嘗有二道哉？然因是愈以見將軍箕裘之有自也。』憶予以先代丙子登河南鄉試，維時滇之楊公翠屏先生適以綉衣持斧其地，奉簡書，監臨誼，得稱北面士。予則猶記先生儀觀瑰瑋，英姿風發，望而知爲一代偉人。未幾，以授鉞踵衛霍役，出國門，瀚海之勛未就，齎志以殁。爾時中原多事，遂無人追念甘陳之業。操觚之士計當搜遺事，付之史館，以彰膚功，此事何減維州牛李一案，异世尤當相原。

將軍則先生之象賢也，笑馬服君之子徒讀父書，慕傳介子之爲人，奮袂西行。予讀其集，竊幸子文有後。然予又自恧，私念當弱冠時，負不羈，妄欲合隨、陸絳灌爲一人，不謂命實不猶，坎坷半生，而今老矣。題柱無緣，執戟言嘆。今晤將軍，因憶卒屏先生知己之感，徒增嘆息。顧念今世誠有如予所云文武兼資，起祭遵李衛公而下，落落千古其卓犖最著者，何人乎？將軍勉乎哉！〔二〕

【校記】

〔一〕『絳灌』二句，《文集》二十四卷本作『隨陸無文，絳灌不武』。

〔二〕『落落』三句，《文集》二十四卷本作『獨表异人，則今之而安其卓犖最著者矣』。

張禹木雪案序

彭禹峯曰：『知禹木先生者，固不以其讞辭也哉！』禹木通才兼資，蔚起江漢，當其作賦瀟湘，奪屈宋席。暨其綰綬赫連，劘陳甘壘，能已見於天下矣。乃吾讀《雪案》一書，知讞辭中又有先生也。先生曰：『此吾旬日間攝行太守事耳。慕召杜之芳軌，官廷尉之故里，仰希淑問，未成降典，予滋愧矣。』

夫訟獄何言之易？嘗讀《周官》《班史·刑法志》諸書，而知庶獄之設，禮之窮而兵之變也。《周官》以五聽、八議、三刺、三宥、三赦之法以制詈突，懲毒蠚，其後流而爲吕刑。漢高入關，以三章定法後，乃攬摭秦律，變爲九章。夫聖王豈不念刑之痛而不德哉！毋以風流篤厚，禁網疏闊，用見刑措之難耳。

今天下兵革未息，刑獄用煩，大者原野，小者髡鉗，鬼薪白粲，鉤細毛舉，酌以世輕世重之説，要亦時會使然。然一人好生，貫索星明，歲遺恤刑使者，周行天下，又大赦頻頒，矜宥再三，誠不少山甫將明之才以剔釐。夫奇請他〔一〕比之弊，不可謂非古先王之遺意也。禹木準而行之〔二〕，起已論命肉人死法中，凡得九人。噫！即此可以風天下之治獄者矣。

夫淳于公逮繫長安，有罪當刑，漢文帝聞緹縈一言，而遂禁肉刑。孫卿論刑有云：『殺人者，不死；傷人者，不刑，是惠暴而寬惡也。』君子以意斷之，是蓋未深究夫五聽三宥之説矣。夫鬻棺者喜疫，酷法者喜周内，豈其性然乎？業在是也。祥刑之意何居？世之治獄者仿《雪案》行之，然後守若令於大獄所關，多所平反，牒御史臺，御史臺削牘上當宁大司寇，從而受成録囚有差，一人齋居而決事。赭衣掃迹，囹圄空虛，禮興而兵息，由此其選也。則《雪案》一書誠與《周官》《班史》相表裏，是路温舒之所以懲秦失，而鄭昌、于定國諸人再見於今日也。世之知禹木者，又將不盡於此矣。

【校記】

〔一〕他，《文集》二十四卷本作『它』。

〔二〕『禹木』一句，《文集》二十四卷本『準』後有『先生』二字

破門僧詩序〔一〕

渭橋水中，舊有留神魯般圖。其要以上傳至今，貎神龍者亦然。以予觀破門詩，殊復類是。詩之自晋魏至三唐，群體備矣。破門集中，止存七絶一種，於是知破門，殆不屑屑以詩傳者也。天下事，不必求盡。虞廷與樂，一夔而足。苻堅之下漢南也，隻得半人。半人者，鑿齒也。審如是，是亦足矣。夫是之謂破門之詩。

【校記】

〔一〕本篇據《文集》二十四卷本補。

雁字詩序〔一〕

諸生時，愛讀袁中郎集，喜其輕鋭飄欻，於何李雄師後，獨能裨將單騎，萬軍中挾人頭歸。至雁字十律，則壁壘森嚴如臨淮，未免有意爲文，使後人無以加。笑謂大匠不示人以樸，理固然矣。如此則雁字詩，後人真不必作。不但前無古人，朱陵之役，耐庵先生以皇華使南徼，出雁字詩盈牘，且額百首。予曰過矣，意欲掩中郎耶。稍一卒業，甫及數十行，昕然曰，是宜耐庵所爲也。竊嘆文自秦漢而還，盛於六朝，江左爲烈，獨於四聲之學，視北地、信陽，未免讓三讓再。弇州起而合之，幾淮陰矣。外是者或有待焉。耐庵出此詩於回雁峰頭，乃欲與真雁比隆，不知者且以爲葉公龍，是則并不可語中郎耳。

【校記】

〔一〕本篇據《文集》二十四卷本補。

文集卷三

序二

李孝源詩序

先朝末葉亂起，潢池渫血禁庭，其禍始於當國者遥持其議。而烈宗憂勞十七年，一旦宗社不守，究與古之亡國者同嘆。其後，人皆歸咎於臺諫。自今論之，夫臺諫中籌國是，嫻邊略，豈伊無人？而未必盡如光時亨等之力阻南遷，其禍遂不可救者也。此其人雖與時俱往，後之君子覽其遺編斷簡，想見其主臣遇合之際，未嘗不憐其遇而悲其心也。

吾鄧李孝源先生在烈宗時爲名給諫，潼關未戰以前，廟議多以速戰爲言，惟孝源駁之。大意以天下之力在秦關，秦關之安危，天下之安危。時孫督師鍾兵西安，將有成效，恐氣力未壯，意且合江淮各鎮之師并力大舉，恐單師直搗，一敗將至不可言。坐是疏凡十上，皆留中未下，而潼關敗，大事以去。嗟乎！烏程、武陵、義興繼起，相踵爲奸利，蠹日深，至陳演、魏藻德輩，尤庸碌不足數。使中書有人袒其議，何自而有甲申三月之事？

先是之數人每爲孝源所持，意弗善也，遂假他差嗾之南行。填撫虔，再後崎嶇嶺海，以定策爰立，堅請終制，不果就。未幾，病且死，時人惜之。以爲孝源以長源之才而僅得一伯紀之遇，且其時疆場之事，風鶴日聞，而又苫塊之感，綱常所係，不肯以起復二字取譏天下，後世當其時，止有一死，孝源甘之矣。顧孝源身雖死，而其言在。古人云，言之至者，不能載之於書，如曩者十疏之類是也。維是孝源天資英上，一切詩賦古文辭援筆立就。吾知之於孝源作令時，自入掖垣，絶口不言詩。乙酉而後，天限南北，并其他著述亦不見。

歲在壬寅，仲氏鑒湖一葉南來，訪我伏波山下，執二册掩涕曰：『君不忘先伯子，亦計所以存伯子者乎？伯子他文及封章，散失戎馬間，不可考，獨此則伯子所爲詩也。里門時君爲點次，今肯爲顔行以傳伯子，且拜手地下。』予聞鑒湖言，不覺失聲。孝源長我五歲，今作古人且十餘年。當其身爲將相，繫天下之重，走嶺嶠，顧九州，其意寧止以文字傳耶？竊意丈夫生世上者，取封侯，立殊勛异域，名勒景鐘，斯足貴矣。若區區但以文字傳，非丈夫之志。然較椎魯無文躐膴仕，享庸福於一時，與麋鹿俱死，則又孰與？文字之業可以傳斯人於不朽之爲愈也。

嗟乎！弘略而值板蕩，騏驥而遭九折，敗國亡家，自古不少，如孝源亦復何憾？遺編斯在，光岳之靈綿結不散，孝源之常存於天地間，恃此也。禹峯性癖詩書，耽著作，好我者多指爲仕宦不宜〔一〕，予陽應而嗜之如故。久處荒服〔二〕，思得一知我者，論定之乃王孟津，久死。今孝源集其詮次復出禹峯手，予又何望哉！予悲夫鍾期逝而伯牙不復嗣音也。雖然，以孝源之才之遇而迄不一用，而僅止以文字傳，則予之喟然於空言無補之文，不止悲孝源，亦因以自悲矣。

【校記】

〔一〕不宜，《文集》十六卷本其下有「命去之」三字。

〔二〕「久處」以下至文末，《文集》十六卷本作「除曩者靖州之役，文帖失散。頻年來滇黔楚粵，登臨所及，成書輒百餘卷，思得一文章鉅公知我者傳之，乃王孟津，久死。今孝源遺文，其論次復出禹峯手，予又何望哉無已，其即以傳孝源者自傳可也。」

湖南趙使者詩序

古者太史陳詩以觀民風，稱輶軒之使，即今柱史行部〔一〕也。後世專司糾察，然山川風物與夫水旱兵戎，輒得借問閭閻謠俗，或咢或歌，彙而成書，以上貢天子。則巡方之官，殆風雅之宗也，其所爲詩非詩也。季札觀六代之樂，而興亡大小豐歉之辨縷列目前。師曠審音而知軍實，中郎聞琴奏而悟兵機，則詩者，樂也。樂者，政也。始於房中，終於明堂，清廟吉凶賓嘉皆是物也，此《三百》所以補《六經》也。

楚詩不列《國風》，說者以爲東遷而後，楚子荒裔，蠶食漢上諸姬，聖人擯而不取。乃三閭大夫作《離騷》，上薄《關雎》《殷武》，而不經宣尼筆削，抑楚風之不幸耶？不知召公化行南國，江漢汝墳皆楚地，即今邵陵居衡湘沅澧之南，有甘棠遺迹，則楚風固冠列國矣。非楚冠之，而召公冠之也。

今上己亥，關東興寧趙先生奉尺一詔，乘驄馬按部南楚，詰戎兵，鋤奸宄，起餓殍於桑間，禁佻達於城闕。凡地方利病興革諸大政，隨時削牘上請，多所報可。一時郴桂瀟湘星沙沅芷，喁喁向風，以及三苗之裔、槃瓠之種皆有以革其鳥言卉服之習，而願見天使，莫不喜其來而恨其晚。於是按虞典行柴燔，陟岳瘗玉，既多受祉，斌斌乎其猶行古之道也。既而出一編示某，則公巡楚之作。於是作而言曰：

此宜繫之楚風者也。楚風剽悍鋒疾，公詩慷慨，負燕趙之氣，蓋公生長三韓，爲真人崛起之鄉，類多星辰之士、龍虎之英矣。昔漢高起豐沛，得天下馬上，而陸賈每談詩書〔二〕，卒成南粤之功。世祖誕白水，破赤眉，而鄧禹以一書生策杖河北，建大議，再振東都之業。方之公有同符焉，是不獨以詩見者也。〔三〕公此詩，謂之楚風可也。即有他作，從乎其大公之此來爲天子使，統於楚可也。抑某讀公是集有感於楚矣。

皇帝以義旗芟群雄，定中原，吴越甌閩及嶺嶠皆不數年咸手版圖。楚隔洞庭，接滇黔，與臣猾爲鄰，計此十六年中凡數變而後定，有滇黔爲之聲援故也。今者廟算及師武臣之力，滇黔來歸，南楚自此無事矣。前此巡方者，僅得南楚之半。而公其全也。惟其全，故宜以楚繫之也。此以後楚有風矣，賡『蔽芾』之章可也。彼靈均之書，發憤所由作，不可以貢天子，宜輶軒者所不采矣。〔四〕

【校記】

〔一〕行部，《文集》十六卷本作『出巡』。

〔二〕『而陸賈』句，《文集》十六卷本作『而陸賈每向之談詩書』。

〔三〕『方之』二句，《文集》十六卷本作『方之我公文武兼資，春秋鼎盛，其不可謂异世同符哉！如公者，不獨以詩見者也』。

〔四〕『不可』二句，《文集》十六卷本作『宜公鄙而不道矣』。

張遠公詩序〔一〕

文武不相兼久矣。文成雕龍綉虎，而復欲彎弓躍馬，取封侯。武能斬將搴旗，名載盟府，而復制作彪炳，長擅專家。此兼資之譽，畢世而不得一當者也，然而有之矣。《孫子》十三篇，太公

《陰符》一書，由今思之，豈非手自撰定哉？祭將軍雅歌投壺，羊開府輕裘緩帶，雖文章不見於世，而儒風可想。曹氏父子，日在戎馬，賦詩攻文，風徽陸離。諸君子及其撰事決策，則又雷發風激，何其兼也？

我友張遠公，則有進於此者。遠公閩産也，無諸舊國，厥祖神禹。建元之世，兩平甌駱，盡徙其民江淮，空其國，如是，則今江淮之人，强半閩人。江淮之文，强半閩文。閩又安得獨有其人兼有其文，如吾遠公者哉？曰：非也。天地之氣，起于西北，盡於東南，亦每每生于東南盡于西北。東南者，天地長育之鄉也。五代之季，王審知諸人，常用之矣。王氏雖起中州，而成業涣號乃在于閩，計其時，威儀制度，文物儼然，東南一都會，與荆州長沙揚州大梁諸家，并稱雄長安，可謂閩無人哉？

遠公昔爲大將軍，守虔州京口諸地，會今皇龍飛，際風雲之會，隸籍羽林，爲王爪牙。昔人謂子房善藏其用，將軍豈其苗裔歟？又遠公今方强仕有奇，屈指逆計其作帥之年，則富貴逼人亦太早矣。今讀其詩，駿發而英多，尚有老驥伏櫪之意，在昔可知。夫乃今而知文武不相兼之説竪儒耳，夫獨不見吾遠公乎哉！

【校記】

〔一〕本篇據《文集》十六卷本補。

卞撫軍先生詩序〔一〕

文章者，氣運之鼓吹也。真人聿興，名臣蹶起，其經綸一代之手，往往出其緒餘，流爲制作，以滌蕩洪鑪，黼黻皇猷。异世同符，漢高提三尺，起豐沛，有《大風》之歌。而濟南伏生授遺經於灰燼之餘，其後公孫等繼之，宰相半出山東。世祖起白水，宸翰藻績，披服儒雅。鄧禹書生，策杖河北，定關中之業，將相半南陽。然則雲龍風虎，君臣同命，不獨一世爲然矣。是何也？紫微之垣，文昌上將環列，天授之矣。

今上龍飛東海，削平禍亂，文德武功，照耀千古。一時關外諸君子，鸞翔鳳翥，霞變雲蒸，玉闋金閨，碩彥挺生，如黔州撫軍卞先生，尤其較著者矣。先生産盧龍碣石間，所謂今之豐沛南陽者也。世爲閥閱，在弱冠之年，即已策名天府，讀中秘書。白虎觀而訂异同，蘭臺而給筆札，東壁之圖書萃焉，天下文章莫大乎是。先生乃謙讓未遑，雅不欲以文章名，曰草昧肇造，一人旰食，爲人臣者，當有事于四方，否則且如此蒼生何？于是吴楚秦晋之間，數年之中，先生車轍馬迹在焉。

先生慈惠爲師，所在有何武之思。簿書之暇，左圖右史，而又賦性高簡，與名山大川，到處作緣，比之古人輕裘緩帶，雅歌投壺，在羊開府、祭將軍之間。

與江右朱遂初先生善。遂初爲侍從，直聲動天下。其詩古文辭，高視古人。顧獨津津推服先生，如賀知章之于供奉。噫，難言哉！今先生集具在，讀涼州諸詩，有鐵駟之雄風焉。讀太原諸詩，有《蟋蟀》之遺響焉。易乎地而能爲其良，古所謂文章得江山之助，然歟？否歟？

今夫黔居四南之徼，通聲教在十五年之後，皇上拊髀而思頗、牧。爰簡先生，親授節鉞，若曰維黔荒陬，苗頑弗類，西南鎖鑰，非公不可耳。則又黔中集所由作也。舊例填撫多系諸王大臣會推，惟黔中一席，與今總督趙公，其宣麻之典，出自宸衷。嗟乎！漢孝武雄才大略之主也，其開西南諸國，司馬相如實尸之。今讀《上林》《子虛》諸賦，相如固文人魁傑者也。而乃持節萬里，有此武功，始信文章與經濟异名而同實，不分爲兩人也。

今上推轂先生，與漢孝武同意。世之知相如者，不宜指爲文人，則讀先生諸集者，勿徒目爲詩人可也。此吾所謂文章氣運之鼓吹也。

【校記】

〔一〕本篇據《文集》十六卷本補。

攸令涼州朱漢城詩序

風氣自北而南。三代以上，聖人多出西北，文章從之，《六經》是也。以《詩》名經者一，亦西北之書也。秦焚棄，短祚勿論已。漢興，表章《六經》，歷年最長。唐以一經取士，詩道大行。迄宋元明，制科之法不一，八股最爲腐爛，宜與青苗之法并戒俊世。今之聖人猶羈縻勿絶，計旦暮且更張之矣。然唐以詩取士，而碩輔巨卿肩輩相望，風雅典型，與《三百》相輝映，安在不曰經術。五季之亂，此道湮没，朝廷之所尚既别有在，一世之鉛槧亦别有所寄，以自奮於功名，則詩之一道流爲墨客騷人吟弄風月之具。經書陷溺，詩統失傳，抑何憊也。

勝國專力於八股[一]，緣所尚不在此，故攻之者希。然北地、信陽、歷下、弇州諸公未嘗不傑然[二]特著也。嗟乎！三公皆北産也，空同産於秦，而家中川，故登科録直書河南扶溝人。李王後起，以中原二子自居。王出江左，[三]幾幾乎黄池之役，與中原争霸矣，然其贈李詩云『人龍自起中原卧』，李稱王云『猶作中原二子看』。然則盤敦牛耳，固惟西北雄長哉！[四]

予成童，喜作詩。今老矣，尚不能窺詩之堂奥。要之論列古今，揚扢雅頌，不敢自誣，則亦猶不失作者之意。邇者繫馬祝融，軍書旁午，鮮所作，亦復鮮所遇。偶攸令關中朱漢城寄我一編，是爲《亦庵集》。噫！吾不謂今之世尚有能言詩如令者也。令爲文，鋒穎精神，大於眉目，予最器重之。竊念東都已事黨錮之禍染天下，皇甫威明起凉州，獨以不與黨列爲恨，史推之曰西州豪傑。然則天下何地無人哉？

今生張掖、酒泉之間，是古戰場英雄割據之所也。自竇融歸世祖，而後張氏父子歷國三世，奉表建業，不忘宗國。傉檀、赫連勃勃諸人遞據以爲世資，又廼繼遷起，元昊作難，與宋終始，韓范借以成名。由今思之，其地荒烟斷壟，沙寒草白，想見當年金戈鐵馬，偏霸雄姿〔五〕，誠關隴之上游，九野之神皋也。其地高凉，近西域，黄河湍悍，繞其西北，産爲人物，故應挺拔而多氣力。厥三代以下，文章發源在此，故三秦兩漢之書迄今傳焉。司馬南遷，而後而文字渡江矣，要之其枝葉也，本固别有在，仍是西北人起而收之。雖然，三代文莫盛於周，今世所讀之書皆周文也。周公卜洛以爲天地之中，文者，天地之心也。故東都與西京并美焉，齊梁小兒不足存也。朱子勉是哉！

【校記】

〔一〕『勝國』句，《文集》十六卷本作『宋無詩，金有詩，而地小不足以傳。國明有詩，能詩者數家』。

〔二〕然，《文集》十六卷本作『攻之者希，則工爲詩者不數見，曩昔如』。

〔三〕『空同』六句，《文集》十六卷本作『唯弇州江左』。

〔四〕『然其』四句，《文集》十六卷本作『然多寡之數終不能與西北相敵。嗟乎！一之爲甚，雖有他樂，吾不敢知也』。

〔五〕姿，《文集》十六卷本作『王』。

程伯建詩序〔一〕

勝國之詩，自金華、青田而下，七子稱雄。然此道中興，尤本信陽、大梁，則何李者，開元之李杜也。繼之者，半在楚。楚人最著曰江夏吴國倫，曰公安袁宏道。至曆啓乃有竟陵二子。于是三百年間，楚人三勝，天下從風而靡，尤在竟陵。語曰張楚，顧不信歟？此無他，郢上鄂渚維楚舊都，騷魂在焉。其忠憤伊鬱悱惻之氣，千百年不化爲异物，則鍾爲异人。我讀列國世家，維楚稱雄長，至莊王而霸，幾與齊晋争盟，其苗裔莊蹻猶能略黔中以西地，王西南，爲滇詔割據之祖，宜不獨辭章之工也。

夏口程伯建，吴人也，而籍於楚，能詩，是宜曰吴音。而顧乃曰楚風，何歟？曰：楚蓋嘗吞吴矣。今之曰三楚，則合吴越言之。楚固半東南天下也。予曩丙戌之歲，視學楚中，時方軍書相望於道，伯建匿山中未出，以故不得讀其文爲恨。閲數年，得讀其詩。又數年，得交其人于潭。傾筐相贈，因得縱觀伯建之所爲古文辭，而始悟予曩者之游楚，未盡楚也。夫即伯建而楚之難盡如是，則伯建而外，吾又何足以知之。伯建執此往語襄陽袁參嵐，當有以折衷其説，而始知予之所命爲楚風者，不妄也。雖然參嵐者，楚人也。兩雄不并立，昔孫討逆起兵長沙，而定鼎于江東，英雄特起，安在無土不王，仍請以伯建。

【校記】

〔一〕本篇據《文集》十六卷本補。

黄抑公詩序

不敏述早歲受知於閩之黄源簡先生。時先生守南汝，多惠政，將移山東水利，則校南汝士，予獲雋焉，先生頷之。離函丈且二十年，予以先皇辛卯晤抑公先生於湘東，爲訊源簡先生起居，抑公爲我言，此叔父行也。抑公與余一見如舊識，自此得稱通家云。然爾時草蹙别去，中間不通音塵者，輒又十年。迨予治兵朱陵，抑公適以分守芝山先至。以故人爲同官，文牒往來無虚日。會軍興，開滇黔，予二人共治芻糗，逆旅石鼓書院，崎嶇金鐵中匝月。繼予與抑公先後走滇黔，把晤夜郎城頭，復如前日，今且同作桂林客矣。計十五年中，抑公遇我何頻也。始悟吾源簡先生前此師友之緣未斷，故天巧借阿咸補之，抑予與抑公命宫運在西南，天以宦游作之合耶？此其故，予與抑公不知也。

抑公賦才犀利，天下事無足以相難。吾嘗目之曰東南問氣，經略丞相而後，子其特鍾。顧其中微有不同，洪先生每不喜人談詩，抑公下筆輒言語妙天下。抑公不恒作詩，亦不易作詩。自吾到嶺南，而抑公之詩乃著。自抑公有嶺南諸詩，而詩之號爲專家者，輒不敢樹其幟以與抑公争，則抑公之爲抑公可知，其爲詩又可知也。抑公於書無不闚，至其吮毫鉥心，則戛戛乎腕下若無古人者。嘗謂人曰：『三唐魏晋臚然陳者，糟粕也。古人精神常在面目之外，今世之可見者，精神也，非面目也。爲文者，曷不如是？』是則抑公之所爲詩也。昔劉洛陽之謂何仲默曰：『詩如李杜何用？』或者疑焉，則爲折其衷曰：『洛陽之言爲宰相言之也，非爲詩人言之也。』吾謂洪公之不談詩當亦猶是。若曰事業已見於天下矣，不詩焉可也，則竊恐抑公自此以往遂絶口不言詩也。如是且安立其不同也。吾因論著抑公詩，而緬然有懷於源簡師，則見予與抑公之得稱世誼者，文章固先之也哉！

胡耑孩詩序〔一〕

余戊子自湖南罷歸，返初服，至今上十六年，猶以衡陽使者攝篆。客長沙，得讀司李胡耑孩詩而甘之。曷甘乎爾？曰：今天下無詩久矣，不獨楚。非無詩，蓋有詩而無詩也。宇内三十年中竟陵毒，藥石不效，其上者又爲公安山陰所膏肓不可醫，人心靈物，幾同木僵，從朽骨中求情性，不知世間復在何書可讀。持是以名曰詩人，詩人不受也。

吾鄉王覺斯先生，此道中真宰也。譬之秦鹿跳、漁陽變作，陳張諸小家，狎主齊盟，隆準起而收之，大物乃歸。又如典午南渡，六代紹統，劉石紛出，雜遝中原，終屬閏位，必太原出而南北之氣乃合。折衷三百年間，弇州而下，孟津接武，若直驅信陽、歷下云。鼎峙其中，有識不許也。余近見《國門》《扶輪》諸集，中州則有張醮明、薛行塢諸公互相鼓吹，爲孟津左右部。江東則有吴梅村、龔芝麓二公，矯矯虎臣，幾欲九錫。伯符年小，以一旅渡江，便成霸業，二公得勿踵是。宇宙雖大，真氣不可多得，雖孟津在日，曾以此言貺余，余不敢受，要亦不敢過却也。

今讀胡崙孩作，其讀書即尚或未多，壯游天地間名山大川即尚或未廣，要不肯俯身學淮陰人，出人跨下，甚者爲田横所笑。此則某之所自許，今爲胡公截半去矣。胡公勉乎哉！幸而吾言中，則斯道其未泯也。今宇内三十年來，無詩而有詩，由中州而吴越，由吴越而嶺外，則亦地氣自北而南之驗也。

【校記】

〔一〕本篇據《文集》十六卷本補。

吴司李詩序〔一〕

吾豫章之不以詩名也，有故焉。山水清激，世鍾氣節，往往以勛伐著，風雅一道，輒有所不暇事，非鄙也。趙宋之季，廬陵、文山起而大之，今觀其集中有李杜所不能及者，而讀詩者不歸，非不歸也，取所重，棄所輕，是二公之心也，亦天下後世之公論也。譬之王右軍走北伐殷浩諸書，留心當世，而世只知臨池之工。司馬相如開闢西南，衛霍所不及，而世兒止以賦客目之，此豫章不以詩名之意也。往者湯臨川之傳奇，近世如章大力、艾千子、陳大士輩，各以時藝鳴，各有其不朽者在，不惟天下不以詩歸之，即諸公之心，亦正不暇計及于此。三年前從南賈得機部一編，空緲兀滄，戛戛自成一家者，惜世人不得傳。若無此公，世之不知者，且未免以不作爲吾豫章遺恨。南昌熊少宰雪堂悉此意，起而救之，而吾豫章乃釋天下之疑。

甚矣，天下後世之耳食者多，而附會無特見者種種也。庚子，游昆明，晤司李吴君，手一編相慰勞，杯酒讀之，起而言曰：『此其風氣，何大似吾豫章之甚也。非似豫章也，似雪堂、機部諸公耳。』會辛丑二月，予有桂林之行，爲弁數言於司李之卷首，令海内具目者，亦知吾豫章之果未盡乏詩人也。司李爲經略丞相所極賞，有國士之遇。他所著論策，其善者亦不讓江都、長沙。噫！華子魚豈無名字者哉？司李，吉安永新明經也。

【校記】

〔一〕本篇據《文集》十六卷本補。

胡德輝先生詩序

詩者，文章家之一物也，而諸體備焉。毛詩一編，詩之鼻祖尚已，其散見於《六經》者，約略可數，則安得謂詩獨禘毛氏也？然論詩於今日，詩有不可盡言者，盡言之則舉詩必以《三百》爲率，是《三百》外無詩也。《三百》外既已無詩，何況漢魏？又下及六朝、三唐乎？此論詩者所以不敢盡言也。即以不盡言論詩，今之言詩者，論古輒言漢、魏、六朝，論近詩輒言三唐〔一〕，此就世論詩也，而非以詩論世也。詩自有近體，而真詩亡，爲《三百篇》罪人者，沈約也。破《三百篇》成例者，唐制也。然而論詩者，不必如此也。人面不盈尺，而千變萬化總無似者，古今之大，九州之廣，見於傳紀仿佛優孟者纔數人。今入古廟觀泥土所雕塑及丹青圖畫，不及三五，則無復區別矣，可知造物之靈大於人心之巧。論詩於萬世之下，必謂各出手眼不仿佛，吾不信也，亦不能也。抑如用兵者，人人孫吴韓白，則馬服君何嘗不讀父書而敗也？論兵者，何古法是拘？求不敗而止。論詩者亦然，求可傳而止，非謂盡古人而土苴之也，亦非謂繩古人而再鑄之也。三十年來，户公安而家竟陵，盈尺之面安在乎？此非薄視古人而反高付今人也。

吾鄉王孟津當年嘗感風氣之靡，與余矢心共挽〔二〕，海内有力之士，間有所孤奮，以自標置於世，髮髮乎丕變矣。德輝先生奇穎夙生，博極人間异書，自弱冠筮仕，其宦迹所經上谷、銅鞮、秦隴、泰岱。觀錢塘之怒濤，覽虞迹於蒼梧。雄邊鉅鎮，瘴海蠻雲，又足以發其胸藏。而筆墨烟雨，歎漱江山，軺艎所至〔三〕，富有日新之業。未曾輕出以示人〔四〕。辛丑夏，予自滇來嶺，列同官之雅，每與公朝夕，輒生廣武之嘆。公一日乃出篋中所作，予挑燈夜讀，未竟作而言曰：『有是哉！人固不易知，知人亦不异也。』吾初知公在經濟耳。

夫以嶢崅天末，鳥言卉服，猺落狑族，攸居武螽麻沸，饑兒待哺。當今十五國行省之難，無如西粤者，勝任愉快，匪公莫任。我聞公往在河東，不逞稱亂，公介馬星馳，手握金僕姑，挽蝥弧先登，肉猊無算，上黨澤潞諸路平。又往在武林浙東，猰貐蜂起，公復單騎往下之，如河東時。則方意公當以功名顯，欣逢高帝，取封侯易易耳。今讀《芝舫集》，然後知兼材之難，即不謂世無其人〔五〕。壯歲不自分量，操觚之暇，間亦學馬步射，妄意立功萬里，勒銘作頌，手撰樂章以紀一代之盛，今則全舉以讓吾德輝矣。德輝勉之〔六〕，元老壯猶匡此王國，當不必沾沾焉，效墨客騷流校時代課工拙，以求一字之仿佛。顧《三百篇》旨歸具在，討論源流，每變愈上。誠使莑莑喈喈梧桐鳳凰之音出自方叔召虎之手，吾且憑軾以觀其盛矣。

【校記】

〔一〕三唐，《文集》十六卷本其下有『宋元在所不道』六字。

〔二〕共挽，《文集》十六卷本其下有『舉而躋之王李』六字。

〔三〕所至，《文集》十六卷本其下有『制作弘多』四字。

〔四〕示人，《文集》十六卷本其下有『不知所謂何人』六字。

〔五〕其人，《文集》十六卷本下有『絳灌陸隨得吾德輝，一雪此言矣』十三字。

〔六〕『德輝勉之』以下至文末，《文集》十六卷本作『德輝年未强仕，精神滿腹，馳驅方域，賦詩横槊，磨楯檄賊，自此未艾，又不止近日所作已也。山陰王遂東，文人之魁傑者也。游濟南爲詩曰：「三匝幾周華不注，中原欲問李于鱗。」傾倒于鱗至矣。要其所許，吾前説盡之，止論詩耳，吾於德輝固有進於是者。德輝，濟人也。于鱗往矣，城濮之役，繼齊桓起者，其在重耳乎？』

謝子貞文集序

柳河東，文人也。自柳州以後，文章乃進。世儒反其説曰：『嶺以南，文教自河東開之。』是何重視河東而小視嶺南也。讀唐虞之書，南交荆揚，秦漢特匡而有之，非創也。且夫十二州之境，五岳柱之。他四岳方域不過千里，惟衡居楚南，吴越甌駱盡比景漲海之間，視四岳難爲昆季矣。火爲水妃，故東南海及江漢配焉。離火文明，風水相遇，未有如兹之瑰偉者也。由是言之，凡大江以南，英雄崛起分裂，自擅黼黻，國憲藻績人文，自三國六代十家，皆百粤之精華也，又何疑於西粤哉！百之者，統詞也。統物而言之有萬，統粤而言之有百，一也。譬之論人者，舍全體不論，獨於一爪一髮索其瑕疵，難乎爲丈夫矣。況交廣在勝國以前未始分也，其分爲交廣，分爲東西粤者，特時王職方之制。而祝融朱鳥，天之氣候，不任偏全，未始不笑爲河東之説者，拘墟之見也。

子貞産粤之全州，初在零陵郡，爲楚上游，後代乃隸粤。今試觀其所著論及詩歌，蓋渢渢乎大國之風哉！安可以粤人而少之，又何必追晰其爲楚人而羡之哉！此吾所謂大江以南皆百粤之地也。史稱舜巡狩陟方，崩於蒼梧之野。夫舜重華文明，而典樂以和神人〔一〕，是詩歌之祖也。如是則開百粤文教者，實舜矣。而乃歸功於後世戔戔之文人乎？然則五嶺之開，肇自嬴氏，非歟？曰：『此爲疏鑿地脉者言之也。』漢武因之，命四將軍出桂陽，下瀧水，大率行師之道，而非謂前者盡屬荒服也。傳曰：『神農有天下，地盡日月之表，堯舜因之，後王德薄漸失。』故地至楚漢，遂有尉佗之事。載籍復不可考，人但以秦漢歸之，其言似是而非矣。韓昌黎之志河東也，明謂河東著作進於柳州。若曰百粤之爲山，靈奇超忽，各作人物象馬之形。其水清澈，可鑒毛髮，瀟湘水底，歷歷如㩗蒱子，北地山川有一於是乎？宜其變山。如子貞者，其亦不負粵之山川也夫。

【校記】

〔一〕和神人，《文集》十六卷本作『教冑子』。

梁孝廉見賓詩序

孝廉居新野邑之西偏，與吾鄧相咫尺。〔一〕予年二十餘，即與之交往無間〔二〕。孝廉以庚午登賢書，落落寡合，不干謁州郡。性嗜酒，得村醪輒醉。賦材孔碩，舉業能自成一家言。鄙記誦，杼軸獨運，筆下澒洞浩溔，如星宿嶓冢之水。屢刖公車，會國變，罹凶鋒傷面，遂避世墻東，以白水涯爲土窟，日泥飲其中，絶迹長安。後勉强應干旌，抵易水北以病還，卒不出，老且死，此孝廉大較也。

記余昔同孝廉游，時内黄楊載公先生宰新，公與余有臨印之目。授簡暇，及孝廉跋馬游白水村，吊雲臺諸將相，想見東都締造火德再炎，依稀見司隸之章余及孝廉則作大言自觴曰：『運中葉矣，异日中原有事，我與君輩從中而起，則後之視今，當復何如？』未幾，西凉塵起，郟鄏鼎去。

予飄零吴越荆楚間，一官傀儡，不復時與孝廉衡宇相望，如昔年杵臼時。予三十年著作[三]，以夜郎之役没於靖。孝廉或間歲寄我札，予讀而藏之。會予以戊子投劾歸，返初服十伏臘，我過孝廉，孝廉過我，大率十年中凡握手痛飲狂呼者，可五六次。而孝廉與予肺腑相照，孜孜以古人相勸勉，吾兩人自喻而已。孝廉喜讀我詩文，謬以不刊見推。予極才孝廉，每以孝廉不竟學爲恨。予以丙申復南游，孝廉送我構林關上，灑酒而别。

予栖朱陵復三年，是爲己亥五月，孝廉子維天携一卷至，爲公求序，而公殁矣。公殁之日，蓋在去冬十二月二十四日也。距兹改歲矣。遠隔洞庭，死生契闊，非令子南來，誰知君作古人者？噫嘻！予尚忍言哉！記予爲平生交死者三矣：一孝廉張箕疇，一諸生陳敬盤，最後則孝廉應之。知己盡矣！聞孝廉殁時，囑令子諄諄以遺詩爲慮，且哽咽彌留，必欲得予序而傳之。令子此來，公命也。在孝廉則以禹峯爲能傳孝廉矣[四]。自惟予志大才疏，齬齟半生，篇章雖多，禄位不稱，恐當世知予未必人如孝廉。且孝廉自操可傳之器，而反借先容於不可必傳之人乎？[五]時大梁李東園守衡，與公同年友，文士也，爲鐫公詩以行。而予序之，謂公令子往持若文焚告乃公地下，以當公誄可也。公詩在天地間，不待予言也。

【校記】

〔一〕『孝廉』二句，《文集》十六卷本無。

〔二〕『即與』句，《文集》十六卷本作『始得交所爲梁孝廉見賓云』。

〔三〕作，《文集》十六卷本作『書』。

〔四〕『在孝廉』句，《文集》十六卷本作『在孝廉則以爲禹峯爲世之傳人矣』。

〔五〕『而反借』句，《文集》十六卷本作『而反借先容於不可必傳之人，是孝廉傳我也』。

廖昆湖詩集序〔一〕

嶺南三代前不具論，秦焚棄詩書，開而旋失，聲教未著，得以入王會，貢車書，則自陸賈始也。賈以中大夫使南粤，奉尺一詔，説尉陀而下之，剖符置吏，風氣始闢，則賈者，嶺南之蒼頡也。□□東南，海物惟錯。翡翠珊瑚，火齊木難之屬，望洋而至，爲上國珍。司馬北晉以緑珠顯，賈兒太尉得食墮樓之報，不附賊臣，勝潘岳諸人多矣。有唐興，曲江相公起而大之，預測漁陽之變。其人大都風概節烈，不獨物華供天府之用也。

皇明之際，又有瓊山、白沙諸公，以相業名儒，光贊鴻猷，則嶺南實一都會也。連州廖昆湖崛起群公之後，慨然著爲詩古文詞行世。詩宗何李，鄙會稽、公安，以爲酸屑不足道，卓有大家風。

先是公以念亂處江介，建大纛，崎嶇海嶠之門，秉鞭躍馬，以鄴侯、伯紀自命。會經略丞相治兵長沙，乃捲甲電赴，專意東方，復俯首爲今官。然則公之爲此詩也，其亦有所不得已而有言者耶！我觀古之文人，大抵欲以功名著聞，類不屑以文士得名，如沈隱侯亦其一也。今觀公集和隱侯居强半，微而婉歟？抑有所示不足於衷歟？竊嘗論之。今之四聲，始於隱侯，自有四聲而詩亡。非詩亡，真詩亡也。夫《六經》文祖，實詩祖也。如雲龍風虎，三七言祖也。苞桑五子之歌，四言之祖也。諸如此類，不可枚舉，何必《三百篇》哉？唐人摭沈韵取士，才如李杜猶或失之彀中，則沈韵一出，才人之厄也。然隱侯之以詩傳，仍古詩，非四聲也。如『登樓望秋月』『秋至悲衰草』，其詩具在，謂之長短句可也，謂之小賦可也，謂之七言古可也，何獨以四聲難天下後世哉？厥舌存乎，宜其爲齊和帝所不貸也。嗟乎！廖公自爲詩何不可？豈必隱侯哉！吾之爲廖公言及此也，論世也，非論詩也。

【校記】

〔一〕本篇據《文集》十六卷本補。

陶石章詩序

予十餘年前游楚，即知陶子石章舊矣〔一〕。時石章甫弱冠，宰石首，有能聲，後以不合當道去，楚人至今思之。爾時聞石章能詩，間從郭中丞處得其一二作，以爲諸葛真名士。然竊以臆斷之，士如此勿慮生今之世，大都不宜於官。官於此道，如矛盾，然欲盾之堅，又欲矛之利，極一人之身，畢世而不得一當者也。古人於三立之業分而著之，正復謂此。蓋自姬公而下，世之高爵膴仕享庸庸厚福終身者，率多不能文者也。然文人而立弘勛，懋非常，則又往往不乏若此者，何歟？所謂是有命焉，不可强而致也。此予十餘年前始知石章，其持論若此。

庚子之役，予捧檄滇南，崎嶇萬里，登臨所及，偶有著作，輒敝篋藏之不以示人。此其意與前略同，恐人復以雕蟲嗤之，爲不知我者所訕笑耳。邇者古寺蕭寂，良友乍至，挾一編相餉，受而讀之。嗟乎，异哉！是予十餘年前所欲見而不得其人者也。况時，抑予數年前所欲讀其詩而不得者也。况人，而今幸甚觀其眉宇咳唾得其半，讀其篇章辭訓得其半。如是者，石章無遁情矣。嘗意樂浪玄菟間，往往多异人栖托，彼公孫度、管寧、田疇諸人，當國家多事之秋，或以自王，或以隱，或以終身。徐無耻賣盧龍受人間爵禄，此其人即不制作亦傳，矧夫兼而有之歟！且肅慎之矢記於魯史，其説與《秦誓》相同，聖人亦逆知後世之代有天下爲中國主矣。今聖人起春秋二千年後應之，比之鎬沛龍虎風雲，以其類應。如吾曩者所云往往不乏，則又安敢謂吾石章不其然乎？抑吾又有感於今之説詩者，以爲唐以詩取士，詩獨工。夫十五國風，不出制科。漢以射策，而馬卿、揚雄之賦爲詞人祖。由是推之，蓋洵係乎人，而不係乎風尚之間也。則兼材之難也，定有其人。我欲進石章而問之。

【校記】

〔一〕『即知』句，《文集》十六卷本作『即知海内有所爲陶子石章舊云』。

鄧偶樵先生詩序〔一〕

春秋黄池之盟，吴始大。延陵季子游上國，定六代樂，而文物始傳，以故十五《國風》不載吴。説者爲吴介在南服，居苕葦，故輶軒氏不以闌職方。此其説大謬。太伯竄勾吴，已逆知吴爲後世華風之長，往往中國不得其地，則往霸之伯符六朝皆踵太伯而行者也。且太伯去吴日，周未有天下，吴不入《國風》，自是太伯讓天下之意，宣尼删詩，不敢拉入王會，示不敢臣也。後世溢而爲吴歈吴趨，與《吴越春秋》并傳，則吴固未嘗無風也。

吾友鄧偶樵，吴人而能詩。詩復不屑屑與諸國等，恰得此意。乃祖以一劍從興王，得與白馬之盟。自東漢迄勝國，兩見之矣。偶樵值鼎革，讀書虎觀，策杖大將軍，觀兵海上，抑何偉也。此其意亦與二祖同符矣。豈復俯首吮毫，學腐生騷屑，支頤拈鬚，號爲四聲哉？曰寄之云耳。寄之云者，猶曰丈夫不得志，而托興于詩。詩者，世之所謂無用者也。昔何仲默少以詩名，劉洛陽詆之曰：『詩如李杜何用？』世之論者，則又詆洛陽，以爲此言設前。吾嘗折衷論之。洛陽之言，爲當大位而行道者言之，非謂人人盡可廢詩也。且世之負雄略而沉淪下位，不得取將相，以厭服其生平，則幸有此道可以自娱。禄位有命，文章在我，故曰寄之云耳。且夫李杜非無用者也。李以天寶之亂，將借永王璘舉事。若其事成，李郭何足道哉？杜甫獻《大禮》三賦，伸救房琯得罪，推其意，皆何樂乎以詩名？故詩本無用之物，而丈夫借此以自救也。偶樵亦然，是殆欲學兩祖而不能者也。然偶樵之有是編，所謂吴風矣。

【校記】

〔一〕本篇據《文集》十六卷本補。

劉阮仙先生詩序〔一〕

予以先皇丙戌，視楚學政。維時潛江朱允升爲予所校士，獲雋，讀承明書。予丁亥走京師，從允升逆旅中，識阮仙先生，允升里人也。會經略洪公治兵長沙，予以黔撫投劾，里居十年，再起從軍，又晤阮仙江夏，閱今年康熙癸卯，交阮仙且二十年矣。予浪游黔粵南楚，久不得故人消息。繫馬桂林，偶從臨桂令匡君讀芟湄詩一集，則阮仙先生所爲作也。

噫！予前此晤阮仙，悔識阮仙不盡也。先生儀觀沉審，癯表，若不勝衣。性任俠，能緩急人，有車騎賓客之嗜。前此知其人矣，未知其文也。令爲垂涕言曰：『先伯子抱用世之略，讀中秘書久，海内方拭目燮理，以睹黻黼之盛。居無何，留滯不偶，病且死，遺文散失，得十之二三，庶幾乞禹峯一言，爲顔行可乎？』予讀而善之曰：『是予志也。』約計十五國之風，維楚爲大，當其在春秋之世，列國所用，强半楚材，所在國無不肇興王業，開疆十而主齊盟。傳曰：『吴起相楚，南平百越。』又楚自漢中，南有巴黔，鞭笞所指，掩有吴越。楚蓋幾半天下矣。陳涉之王也，楚人一呼，幾却虎狼之秦，亦地氣使然也。顧在勝國，楚人凡三見。鍾譚一出，天下尤從風而靡。今讀阮仙集，抑何不似楚聲耶？我知惟真能楚者，其胸中别具一楚而已。每不屑屑于天下之雷同，學爲楚聲者，惟不楚，斯楚矣。此阮仙詩之大都也。抑予因論阮仙詩，而有感焉，曷感乎爾？曰：『楚常與國運相爲消長矣。當其盛也，真氣纏翼軫之間，不旋踵而生江陵相公。懋建勛勷，奠郅隆者，輒四十八年。當其衰也，熊江夏起而争之，爰有疆埸之事。及其末葉，楊武陵增餉誓師，以軍國爲孤注，一跌遂至於不可救。嗟乎，楚人固有幸有不幸哉，而國運因之。楚人復何尤焉？』

阮仙者，楚人也。其詩具在，以俟後世，不得以楚人目之。獨恨朱允升，少年化异物，惜未見所自爲文，與不獲共讀阮仙集爲快慰耳。

【校記】

〔一〕本篇據《文集》十六卷本補。

尚紫雲詩序〔一〕

吾鄉尚紫雲先生，督西粵學政，一以鴻文懿行，規取多士，化甌駱椎髻成鄒魯。初不言詩，士有以詩進者，勿善也。予以辛丑自滇逾嶺，得以州里之舊，兼同官，時相過從，亦不聞言詩，然亦不禁人之爲詩。會一日，偕臬諸君，登伏波山，各有作，紫雲與焉。讀其詩，殊不似初作者。此後爰有嶺外公餘之什，凡題無遺紫雲者。笑謂紫雲善藏，禹峯亦不知詩，喜爲詩。海内真知詩者，未嘗以不知詩而外之，間處一席于壇坫之上。如紫雲者，其奮起中州，又當何如耶？因即紫雲思之，陳正字、李謫仙，三唐軍鋒之冠也。初不爲世所指名，一以胡琴鳴，一以《烏栖曲》鳴。然後名日以噪，豈以前獨無作，惟作矣，不輕出以示人。或出以示人，而終非可以傳吾詩之人，即謂之未嘗爲詩亦可。此即曩者紫雲不言詩之意也。歲杪，紫雲以呼嵩北上，遮酒江干，既爲詩祖之，約弁數言，爲紫雲顔行。紫雲幸且公之海内之能知吾詩者，或藏之嵩少石室，以竢桓譚，不必盡示路人也。

【校記】

〔一〕本篇據《文集》十六卷本補。

楊岫青詩序 庚子〔一〕

三唐以詩取士，得失半焉。其得也皆以功業著，而詩附焉。其失也逸格外，獨以詩名，千古之論詩者歸焉。今之論詩莫如杜子美，曰杜襄陽云。噫！子美當年若不幸以事功傳，則詩必不能如此。天地之氣，誠不能有所兼。賦予之角者，缺其齒，論詩者亦然。推之往代，文章之士，與三唐韓柳諸公，亦莫不然。

楊子岫青爲予首拔士，閲十五年，尚不遇。勉就一氈於潭，作爲詩以質予。噫！楊子其窮乎？窮於詩，窮於文，一也。請問之里人杜子美。

【校記】

〔一〕本篇據《文集》十六卷本補。

李磐石詩序

開國初年，予視學三楚〔一〕，邗溝李磐石扁舟來江夏，時有勸之官者，頷之而已。忽復別去，每向友人嘆之曰：『猶龍哉！』自此，磐石或栖身土窟樹屋中，或遂飄渺九州四海之外，名可聞身不可得而見者二十年。

歲在壬寅，予官嶺外，磐石乃自六詔走南交，泊舟伏波山下。予見而异之，鬼耶？人耶？乃詳其出處之由，以爲自順治十八年，謁承明上書，奉部檄移昆明，驅車金沙之外，見大將軍〔二〕諮度時事，以爲得君晚，會且彰啓事當一面矣。予又聞而异之。夫磐石向之游楚，而隨去者何心？隨去而不晤予者且二十年，予冉冉以老，君且壯而復仕者，又何心？噫！磐石即不言，予亦不問，要之必今日而後見所爲磐石焉。譬之委蘭之女，守貞不字，將髦矣，乃委禽於不知所爲何人，而後悔其呈身之晚也。磐石之詩，有楚粵有滇黔也，志地志游也。竊笑予多磐石二十年游，而所游僅此楚粵滇黔也。抑豈有加於磐石哉！且有所未盡。夫楚粵滇黔者，將待磐石之楚粵滇黔補之。予終未解磐石之意何居也，請讀磐石之詩而已矣。

【校記】

〔一〕『予視』句，《文集》十六卷本作『予視三楚學政』。

〔二〕大將軍，《文集》十六卷本作『平西』。

吴正持文集序〔一〕

禹峯曰：自世人有唐宋八大家之選，而世人之能爲古文辭者日益多。然予獨以爲自世有唐宋八大家之名，而世之古文辭者日益僞。今試取八大家而讀之，有一不本之《左》《國》《史》《漢》乎？《左》《國》《史》《漢》，有一不本之《六經》乎？此世人所知也。間使世無八大家，寧遂無古文乎？抑八家果足以當大家，永帝不祧乎？甚矣！竪儒之腐也。

勝國以明經帖括羅士，士以此起家，獨勝大江以南，誠以曩者龍興所在，文物風氣歸焉。猶之西京東都，文昌之座環匝紫微，下此者，庶星耳，故齊梁六代以南紀統。論文者，歸之地氣使然，正無疑。曩者大江以南，帖括之工也。然工帖括抑有遇不遇者。友人吴正持以明經藝召號東南四十年，戰棘圍十餘次，竟落落未得一第。至作爲古文辭，則歷落嶔崎，不衫不履，戛戛自成一家言而論之。論古文辭者，則猶疑信參半。嗟乎！此無他，著書如子雲，而世猶以禄位容貌，不必盡知其人。閣以正持之遇不遇如此，又曷怪焉？

吾嘗持衡而論當代，國朝之文，弇州第一，繼之者吾鄉孟津，至何李七子，詩猶或有當焉，文不歸，此所謂傳之其人者耳。大率此道襲則不靈，創則行遠。世人多可少怪，見駱駝以爲馬腫背，宜其口嘖嘖唐宋諸家不置也。且不必深論，但使作古辭者，必規規以八大家爲文，則置此作文者面孔何地？爲田横所笑，不如不古文焉，可也。幸吴有正持古文辭，而一洗東南古文辭之陋。何也？則以今東南之爲古文辭者，是何八大家之多也。此八大家之多，而古文所以日亡也。則今日之有正持，古文之所以日存也。然則東南諸君子，豈盡無文辭者。曰請于其制義觀之，以制義爲古文，則有之矣。

【校記】

〔一〕本篇據《文集》十六卷本補。

鮑潔庵文集序〔一〕

江東，文字藪也。秦漢以前，文在江北。自晋元以後，文過江南，浸尋六朝，文盛極矣。又歷數百年，而以制義勝。無他，文昌之座，與紫極相連，理勢然也。顧制義有時不傳，而古文辭歷古今無二。江南自有制義而古文手遂退舍。事無雙美，在江南亦安之。往者王太倉起而收焉，猶龍哉！司馬遷、屈平諸君，不得分爲二人矣。顧天地生才，止有此數，或一世而有其人，或不止一世而有其人。其人者，是天下之所不得而争者也。吾往在京洛，得讀合淝龔芝麓及婁東吴梅村二公詩，私心异之，以爲太倉後身，惜其所爲古文辭者不見。又間於薦紳屏帳，見芝麓所爲古文辭，幾幾乎太倉，然坐艷耳。艷非文章奥區也，每欲持此意待商於芝麓，及與海内二三有心目之士共商之，而蘭陵鮑潔庵適以古文鳴。客桂林，獲其一卷讀之，大約不離古者近是，如柳子厚所論，出入《六經》、諸子，闌厥不義，以自著其説，不劫劫鉥心劌目，鞶組鈎棘，以期有聞於世。則其文之能自致其身，於可傳無疑也。

人生珠玉犀象珊瑚瑇瑁等物，無賢愚，不學而嗜。顧數有必窮，凡物皆歸於盡。人貴極，人臣，居鼎鉉，應九錫，云膴仕矣。而事會遷流，繁華憔悴，橐籥一時，後世曾不得而指名，况乎二者不能自主，有命焉限之。此物在人，是惟造命。士之自立于終恃此也，鮑君勉乎哉。往語合淝，吾從潔庵讀過嶺集，知《昭明》一書，近來爲芝麓火去久矣。未審所爲古文辭，猶如禹峯囊所言否也，亦爲其天下之所不得争者而可矣。

【校記】

〔一〕本篇據《文集》十六卷本補。

馬君輝集序

漢唐來，諸王大將軍皆有記室。輒自辟公府，疏其姓名，選舉與計偕等軍國重事屬筆視草，當事商確後行，士往往由此起家爲將相，迨其後凌夷矣。若夫負奇既已卓犖，側身幕府，熟識國家舊事，左弭右鞬，周回萬里，磨楯橫槊，構成絶業，斯亦偉矣。

今上定鼎海内，匡勷大業，王公諸征鎮將軍實肇造焉〔一〕。由今觀之，非特武功懋也。一時從游之士，良多文學之選焉。薄游昆明，從友人處得馬君輝《征行記》一卷讀之，既爲序以行已，而復得詩文若干卷卒業焉，曰：嗟乎！古參軍祭酒之風未盡亡也。夫王粲、阮瑀馳聲鄴下，劉穆之、鮑、謝諸人流譽江左，高十五被徵哥舒，韓吏部稱建封上客，諸君文采，掩映史册，一時英聲茂實，實藉以傳。由君輝觀之，安可謂今無其人？顧君輝有不止於此者。當勝國之末，天步方艱，君輝枕戈盧龍，叩司馬門上書，身爲偏帥，屹若長城，抑何壯也。而今老矣。區區以登臨所至，彰爲咏歌，談此道於舉世共棄之時，亦復何爲？我知君輝之志大略彷古人而行之者，丈夫不能龍驤虎奮，立功竹帛，當高帝時取封侯，而止碌碌。公等如趙國十九人銅盤飲鷄狗馬之血，此其人必不傳者也。幸有立言一途，與德若功并不朽，丈夫得自立於天地，恃此也。是君相所不能操，而禄命所不能限也，安可爲雕蟲藉口哉！某向來有兩願，一立功絶域，一著書，期表見於後世。今蹉跎衰白，功名如黄楊，計頻年篋中所得，誠不減封君與萬户侯等。噫！誠如是，是亦足矣。試執此意以序君輝，君輝自喻之，勿向他人言也。

【校記】

〔一〕『王公』句，《文集》十六卷本作『平西實肇造焉』。

馬輝征行記序〔一〕

昔漢高祖以一劍定關中，白馬之盟，不及异姓。至吴干芮獨王長沙，論者謂芮曾使其將梅鋗領百粤兵同高帝入關，故异姓真王，獨在盟書之外，未特典也。清朝定鼎，芟刈渠魁，首定九策，實惟平西，豈其苗裔歟？何其符也。當其時，皇輿敗績，金甌瓦裂，將相靦面，巾幗羞稱。獨平西一旅，大創關門，然後駾啄西奔，授首溢浦。使後世忠義之士，展讀史書，不致憾曰明無人則唯平西之以乎。間嘗思之，王既以義旗除先帝先王之難，雪中國之耻，恐匆匆戎馬，間關百戰之中，未嘗有秉筆而記其事者。使雲中節度，除驅掃蕩之功，缺略未備，亦當時學士之責也。

庚子昆明，得我友人馬君輝《征行記略》一卷，受而讀之，掩卷而嘆曰：『是不當以游記目之也。』君輝生長東浙，早負封侯之願，居常曰丈夫志在四方耳，安得如司馬遷歷盡名山大川，歸而著書，成一家言，顧安敢望三千年中事。時值鼎革，金虎方耀，得從上將軍出車萬里，似班扶風、崔清河輩，從楯鼻蘭錡之暇，操不律，記一時盛事，于願足矣。

會平西聞其名多之，爰以文綺名馬介千金渡錢塘，而致之幕下。維時聖人眷顧西南，獻忠遺孽，游魂尚在，念曰，昔孝武因西南未下，遣中郎將相如、唐蒙諸人往定之，不聞稱兵。爾時夜郎昆彌之君長，見璽書輒稽顙來朝。今非其時，巨猾跳梁，非折衝可致。王其選車從，彀甲胄，率羽林虎賁之士往征之。維時王方駐軍漢中，即漢中王築臺拜將故地。君輝襄先人事竣，由金陵壽春懸瓠弘農一帶入關，被褐謁軍門。王喜過望，以爲得君輝晚。爲王上客，相得甚歡。計王由蜀入黔，由黔入滇，顏行所至，周迴萬有餘里。君輝鞭弭左右，未嘗須臾離。凡王收服鬼國，底定六詔，以及飲馬金沙之江，磨石麓川之野，君輝皆奚囊貯之。王亦雅好文事，草檄之暇，時授簡焉。今讀《征行》所記西南遺事，盡尺幅中。記孫李優猱行徑尤悉，至不得與北齊後梁等。

先是烈宗末，寇起涼州，屠陷中原，獻忠尤酷。其後自成兕洛勢猖，獻忠避入蜀。甲申自成陷京師，獻忠據蜀稱孤，王師入川，中流矢死。其支黨孫李竄竊滇黔，假所事爲號。孫來歸，李猶負固，至此挾其衆奔緬甸，獻忠餘孽盡矣。然則亡明者二渠也。自成見戮，獻忠之黨復殲，明雖亡，無遺恨焉。誰之力歟？計本朝當璧十六年矣，乃得雲貴以稱一統。于此見真人崛起，帝命九圍，若斯之難也。至于平西横草功多，躍馬盧龍，而弢弓於越裳之西，視潁川黔國爲何如哉？讀是書者，謂平西西征實録可也。

【校記】

〔一〕本篇據《文集》十六卷本補。

鄒恭甫遺文序

撫孝廉恭甫魁岸裁決，目中少所許可。庚辰以前，公車同旅次，維予亦落落難合。一日過余案頭，讀予詩，乃投分與爲深交。然其魁岸裁決者，自在予心儀之士。處亂世之末流，矯矯如此孔北海，豈全身遠害者哉！否則得一堞而守之，張許何足道哉！

閲數年，予官楚，胤子乃以公狀來，披讀之，始知予言不幸而中。予爲署其尾，欲得仇人而誅之以爲快，庶不萎腰咋舌於朋友之讎者，告無罪於古人。未幾，以量移去，此事遂不可知，歷今又二十年矣。會以兵事羈始安山中，忽得一帙於鳳山麓下，則恭甫所爲詩若文也。噫！予初不意恭甫之能爲文竟已如此。讀此文，覺恭甫三十年前風雪燕邸，掀髯劇談斷斷不下若與人爭辯者，栩然而來矣。恭甫何嘗死？彼其之子亦安能死恭甫哉！恭甫自操其不敝之器於金石銷沉之後，不與勝國之社俱屋，孔北海、張、許諸公，至今存也。有數作常存天地間，恭甫死不足恨矣。

吾由恭甫而思之，前代時藝率多歸吴越，自陳大士、羅文止諸公出，而空明玄奥。豫章乃獨分一席於壇坫之上。楊機部詩搜羅諸史，鉥劇爲工，劫劫不與世人共卧起，古文辭則熊雪堂咄咄矣。躋吾恭甫於數人之間，未知鹿死誰手也。計予交恭甫時，年甫三十，私心方以孫伯符自許，一舉而收華子魚、劉繇輩，恨恭甫知我未盡。今復冉冉老去，古書雖多，每屬應酬登臨之文，不屑屑於四子之書，有所發明，未免抱太倉之悔。恐恭甫而在，其知我畏敬，我未審較三十年以前何如也。顧予終有所願告於恭甫而無從者，恭甫之文勝於詩，如子固、老泉諸公亦然，不惟吾恭甫也。吾於恭甫又何譏焉。

楊職方詩序

又仁職方之去長安也，適予以前後至滇，得讀其詩文若干卷。夫予之識楊子詩文蓋於楊子髫歲時，不自今日也。楊子之詩，大率手芟蓁蕪，靈境獨闢，楚之習氣盡掃，殊不似楚人之爲詩也。至身所經歷，多在莫靡爨僰髻跣之鄉。此時山高雪冷，劾窮徼外，益梁之神皋。漢唐以來，或車書罕到，或土蕃車里异類之所盤桓，犄成都，扼六詔，㑺綰轂。抑予嘗思之，士子留心帖括，風雅一道置爲後車。楊君早慧，十餘齡已有名字作者之壇，今年甫三十，倘自此而往，蓋不可量矣。

今職方方以天下爲己任，目今兵事少甦，房山之積寇已列京觀，海上之氛復草薙而獸獮，司馬門上書絶少，是海内晏安之始也。古之樞臣於保邦治政之要道，寧爲曲突，無爲焦爛，往往老成石畫，於斯見焉。今固非吾職方言詩之日也。又况王師路宿境上，經年水西，以二十將軍辦一巨猾，未易是皆職方之責也。如是，而詩文曷可易言哉！

乃職方之詩，固有即此見邊略，即此見廟謨者。夫職方之詩若文，猶是公安、竟陵之間，則詩可以不必作。若非公安、竟陵者，則職方之詩文又烏可已哉！此吾所謂殊不似楚人之爲詩者也。

予少年好作，老而不厭，顧今乃奔走荒徼，不得與於《上林》《子虚》之庭，展厥奥詞，一暢雄風，則予猶詩人之作也哉！如職方者，可與言經世之學矣。職方行矣，都御史龔芝麓，今之巨匠也。職方往質之，當不作詩文觀也。

袁氏族譜序

袁氏顯於汝南，著於東漢之季，四世三公，其家世與本紀相表裏。自本初誅宦官，而漢事以去。斯時本初即不誅宦官，火德亦熸，特〔二〕速之耳。要之，皆功臣劉氏者也。

棗陽古棘春陵，王氣在焉。漢世祖南頓，君之豐沛也，距汝南密邇。袁氏生長帝里之左右，世有偉人，根荄唐鄧，社既屋矣，欒裔不替，此袁劉之得姓於申謝間，固其宜也。

予讀寥嵐《袁子族譜序》，而愾然有感也。袁本劉姓，以人贅於袁，故袁之。袁之者，劉之也。人文蔚起，厥盛有〔三〕明，登賢能書，以制科起家爲御史及二千石皆有人。而侍御公某獨以直言骨鯁顯弘治間，繼以忤貂璫，連擯棄，今襄陽郡乘載其遺章，燀燀焞焞。方之古人，在谷子雲、劉更生之間。乃子雲長於攻君，而未嘗明言王氏，視公之直斥逆瑾，幾於折檻而請尚方，則公猶過之。

君子讀是書有感焉。爾時皇輿清謐，止一刑餘爲祟，似亦非關東之盜與夫劉石之比。而公侃侃言之，至竄其身勿恤，無他，防其漸也。若使生公中晚之季，其爲長沙之泪，監門之圖，誠不知何如，而天下寧復有今日耶？

寥嵐生鼎革之時，負命世才，既以無所申於前，復不忍以祖宗孤系之身苟禄於後，從野燹殘燼中繕兹編以紹先業，而啓來許。噫！志可悲矣。我聞上古之世，吹律合姓，明乎姓未分以前，則混乎一人之身也。後世乃有賜姓，賜姓之説，自漢高之於婁敬始也。由是觀之，則姓亦有不可憑者矣，豈非爾祖之爲之乎？劉之爲袁也，從乎母。從乎母，則非他姓爲人後者比矣，袁焉可也。

【校記】

〔一〕特，《文集》二十四卷本作『只』。

〔二〕有，《文集》二十四卷本作『皇』。

家譜序

古無庶姓，炎帝之姜、黃帝之姬其始也。黃帝子二十五人，得姓者十有四，蓋其重之也。後世或以官，或以國。自周衰，列國下及兩漢，姓乃日繁。姓以國者，韓陳許鄭。姓以官者，如倉庾、司馬之類。碩大蕃息，詩人所以致嘆於椒聊也。

如吾彭氏，實維高陽之苗裔，以其食禄於彭城，謂之彭祖云。噫！此彭之所以得姓之始也。彭之繁於前代，見於國史家乘未易，更僕而在宋明〔二〕之際，則豫章之族實隆隆起焉。如忠肅、黿年、文憲，時與其弟華諸公是也。雖然，此在五代時，太尉玕先爲吉州刺史，因家焉。有子十一，皆顯，實開先焉矣。是故今左豫章者，亦有數支，或以故遷徙他所。散見於天下者皆豫章，則皆彭城。皆彭城，則皆吾家一氣之人也。往吾祖來自臨江，籍于鄧，及予且四傳，族之一而十百，經兵火，且孔庶而蕩析，不可勝嘆。

予順治丁亥官永州，會家人抱譜至，爲作祖傳，并譜序，篋中稿今亦散逸，無復存者。閲四年庚寅，携長兒始起自里門，走謁定南王，繫馬衡麓之集賢書院，有同姓茂才應秋子鶴年，出其家系，源固豫章，是爲玗之子孫，與前譜合。予乃受書而讀焉，天下豈有無祖父之人哉！亡何，鶴年且磨墨求書，予乃紀其牒如左，蓋不暇以詩文相餉耳。嗟乎！水木之感，其曷能不淒然動予懷哉！宗子且好藏焉。後有賢者，或且不忘先德，重鎸此譜以示後昆，則斯文之作，其誠未可以已也。

【校記】

〔一〕宋明，《文集》二十四卷本作『大宋皇明』。

外史自序〔一〕

予自戊子投劾歸里，居東陬小園，課三兒奮司馬《通鑑》，尋欲就中治亂賢奸，但爲前史所未發者。或已發不甚妥者，各以己意著爲論斷，不拘長短自成一書。其不甚關係者不在是科，乃作此末意一卷。所親馬雲孫，以《紀事本末》一書相示，予燦然曰：『我固謂當有是也，欲中止則負祖搆，欲卒業，又耻雷同。』無已，仍卒業焉。昔人有云，九州之外，仍有九州。五岳之外，仍有五岳。安可以是遂閣吾筆耶？中題目爲本末所有者不敢逸，有出於本末之外者，稍稍一二付之。偶有所得，不妨創見大義。亡乎時，或僉同，仍存吾初志耳[一]。要有功於涑水，不假途於婁東，治亂賢奸，有成帖在。無爲複辭，恐滋挂漏。遼金元三史，原未有本末者，間爲綴其説如前。噫！古謂立言三不朽者，以其有用耳。傳記頌誄之文，既無關於經濟；詞賦詩歌之作，或有墮於玄虚。則外史一書，安知不勝予自作所爲詩文也乎？

【校記】

〔一〕本篇據《文集》二十四卷本補。

讀史外篇自序

編年一書，司馬温公祖麟經而作也。東遷而後，權歸列國，國各有史，故聖人以編年一之。春王正月，大一統也。班馬之書，各爲世家傳紀，降而晋魏及南北史，皆因之，事屬散紀，彙不歸一。温公折衷歷代，系接素王，則《通鑒》誠不刊之書也。故《通鑒》者，《春秋》之後勁也，實功臣也。然天下大寶，古今重器，九州分合之勢，五德終始之運，以至正閏相乘於玉衡乾坤之肇位也。中外迭主，夫金鉉陰陽之定理也。西京亡於外戚，東都亡於内竪，固矣。若夫鼎沸瓜分，金鐵交嗚，自劉石紛争而極。白板封殖，偏安鳥壖，至典午南渡而極。自有天地，中原變局誠未有若斯際者也。然天地之氣，西北常可以舉東南，而東南不可以舉西北。拓跋中衰，周齊内盜，楊氏起而收之，遂并江左淫虐是耽。雷塘變起，晉陽之甲攘臂，而復收之。迨其季也，强藩外拒，蟊賊内訌，桂林之戈，漁陽之戍也。廣明之亂，平陽之師也。亂賊之徒匪族，而有種危亡之法，殊途而同歸，於是北氣漸靡，南風日競，洛、汴、太原，五代相嬗。漢南、荆、越，十家用興。方之永嘉之時，聽勒遂爲前導。比之漢唐之日，陳橋因而當璧。凡此所謂正閏相乘，中外迭主，皆九州分合之機，五德終始之運，天地雖大，有不能出其範圍者矣。

然就《通鑒》論之，一人亦有始末，一事亦有始末，止就歲月之前後，不計人事之异同，差池交錯，從横莫當，如校獵然。此方獻豣，而彼復接猱。又如觀劇，然舞組未已，而吞刀吐火諸技又至。則宋人本末一書安可少乎？本末者，所謂一人亦有本末，一事亦有本末，如纙絲者，彼紛出此則縷晰之矣〔一〕。竊嘗譬之《爾雅》，《六經》之傳注也。世無《爾雅》，則《六經》爲宋儒諸家詘舛齟齬者，可勝道哉！《左傳》，《春秋》之副本也。世無丘明，則公羊、穀梁輩任意枘鑿者，又不知凡幾矣。斯予讀外史之篇所由作也。外篇者，經本末所已載者不著也，又近經婁東所已言者不著也〔二〕。予不敏，竊附於〔三〕郭象注《莊》，東萊博議之類爾〔四〕。大梁李東園讀是集而韙之，於是授之梓以行，而子爲序其意如此〔五〕。

【校記】

〔一〕『彼紛』句，《文集》十六卷本作『彼紛出此則縷晰之，究竟無加於《通鑒》，抑或有出於《通鑒》之外者，則一人之本末見，一事之本末見矣』。

〔二〕著也，《文集》十六卷本其下有『本末不過實臚其事，而理或則未明，天如亦不過論次其原委，而識或則未透』三十字。

〔三〕附於，《文集》十六卷本作『謂于此書有一日之長矣，否則亦』。

〔四〕爾，《文集》十六卷本作『也』。

〔五〕『而子』句，《文集》十六卷本作『予爲序付焉。噫！可傳不可傳，又奚問哉？』

續讀外史序

客問主人曰：『既有《讀史外篇》，周烈王迄南宋、金、元大紀綱、大治亂，與夫人材賢奸、將略優劣、國祚强弱、華陲正閏，燎若觀火，何以續爲？』曰：『唯其如是，則續曷可少也。』且續之云者，非直續外史也。續之中尤有可續者焉，抑續之外尤有可續者焉，兹續者概之也。曷概乎？爾猶曰：『史不勝讀，讀不盡外，外不盡續，續不盡史，故曰概之也。』如是，則續史曷可不作也。

間有十之二三出於讀史之外者，史收之，續亦收之。偶有觸發，不憚再三，間有外史所不載，而續及焉者十之八九，續收之，史不盡收之。隨手條達，印心往哲，總之外之云爾。外者，謙詞也。不敢言内，故外之續之者，又謙之詞也。尤不敢輕言史，故續之。然則史之外尤有史，續之外不勝續，此又在乎讀外史與讀續史者，由是言之，并外史命名亦不敢當矣，曷續乎爾。己亥六月朱陵書〔一〕。

【校記】

〔一〕『己亥』句，《文集》二十四卷本無。

自序

計有生所作詩文，凡三刻，兩失之矣。一失於澤潞九仙臺，在先朝之甲申。一失靖州，在今上之戊子。兹所存者，則數年來此物耳。澤潞焚者，板也，尚有墨稿攜以自隨。獨靖州爲酷，并草稿無存矣。予時有句云『十年知己推黄澍，半世文章付靖州』，恫乎其言之也，實録也。兹刻非予意，予門人江寧令所爲也。令之言曰：『師前集而在，弟子亦欲焚之。時當板蕩，中多怨誹，置之今日不類。庾信制作，世所傳正是入周以後。岑文本隨太宗入高麗，一切筆札皆出其手，其在江陵者，一字無存。文求可傳耳，可共見斯可共傳矣。』於是授之梓，以告海内之有同心者，不敢曰夔門而後、潮州而還也。

滇黔草自序

順治十五年王師收滇黔，予游滇黔在十七年。夫《滇黔》何紀？紀游也。滇黔在萬里外，今始臣服志游者，志王制也。先是戊子之役，予曾入黔，間有所著論，淪落兵間，不可考矣。兹所紀，則庚子、辛丑兩年中事也。然兩年之中，居滇甫六閲月，行路强半，則又一年事也。一年之事何以記？爲曰：『朝廷之於滇黔，既三路以開之，復更番以戍之，又建幕府，棋置星羅，鎮撫其地，計一年中飛輓東南金粟凡八百餘萬，此其意，未嘗一日忘滇黔也。如是，則游滇黔曷可無紀？紀曷可無詩？』此予《滇黔草》所繇作也。

説者曰：『子游滇并紀黔，何歟？』曰：『事有相連而舉者，此是也。登泰山者先梁父，道所必繇也。今越、嶲、益州及犍爲、牂牁、西南君長置郡縣受印，滇黔又何分？吾之爲此，所以志一統之盛也。』合淝龔芝麓貽我詩，有句云：『軍中轉粟青天上，使者論功大夏西。』爲滇黔也相連而及者，維楚與粤，集中亦及之。

予何敢比唐蒙、相如諸君，稱特使建節，還報天子。後之讀是集者，曰：『此人曾游滇黔。』

比之壺充國、吕越人，其亦可矣。辛丑秋，自題於伏波山下。

南游文集自序〔一〕

余少孤，訓於母氏。十五即好學古文辭及詩歌，母氏戒之。繼所受塾師亦每以爲言，故不竟。弱冠後乃始專家爲之，顧性豪侈，嗜騎射，妄欲立功邊塞，且自成一家言。常又自笑古人功言分途，今余發願過奢，後將不繼。運際興，王授鉞黔州，貫甲殺賊馬上，全帖寄行李中盡失。一卧滄江輒十年，里居無事，得肆業於讀書，間所爲古文詩歌之集，往往爲門人所録出，亦既刻而政之當世矣。

順治十三年，從軍長沙，補朱陵二年，是爲《楚》。移滇藩，過黔二年，是爲《滇黔》。再視兵桂林二年，是爲《粤》，此《楚》《粤》《滇黔》之集所由作也。竊念人生歲月幾何，丈夫年五十，頭白牙摇，上不能佐天子出政進退天下，次不能建節秉旄耀上公於一時，顧獨偃蹇遲回，卑栖西南，將所謂四方之志彼二方置之高閣耶？既而思之，燕趙冀州，少年舊游，故今宜以西南補之。且余不出，而老於菟裘，從何得萬里之游？即欲爲萬里之游，車馬貲糧，僮僕之費，幾累中人之産，又何能游？但令七年中得以補我前靖州之所失，又何憾焉？於是次論七年中所得者公之都闔。吴人張一庵二府、易水石允淑二君者，殫心制作，文苑之英，合辭曰：『公前集，海内共見，今兹所作，可當一卷，稱後勁焉。』復爲灾木，余乃自恧曰：『往者春秋之世，楚之大夫多卿材，散入吴晉，可以興王圖霸，在楚者獨寥寥。又漢業鼎造，遣陸賈開百粤，一言寤真定尉，稽顙北闕恐後，乃歸，而止以中大夫相酬。世祖開疆，使司馬相如持中郎節諭滇黔，迄今文教與中國埒，竟以文園令終。夫漢家兩帝，封侯如置戍長。彼韓彭衛霍其著者矣，俾二臣不在五等之班，豈謂功不出於汗馬？遂不裂土歟！抑謂二臣實文人，而命薄不足以言封拜之事也。今予蹉跎連年，行將老去，與古人門限之語適合，勿以所游之地使然乎？』吾爲名一集以厭之，而楚粤滇黔欲專之不能。嗟乎！今纍纍者又若干卷矣。既以自慚，又以自慰，彼楚粤滇黔亦何負於人哉！康熙壬寅冬日。

【校記】

〔一〕此序《文集》十六卷本作《自序》，置於卷前。

明史斷略自序

予讀《明史紀事》一書，掩卷太息曰：『自古治天下之道盡是矣！』府事修紀綱懋哉！至於國本安危，政府理亂，或左右近習而鬼物憑焉，或顧厨相煽而大命已去。究其始，思其終，未嘗不咨嗟留連於其際也。

若夫神武開天，樞機獨運，芟艾群雄，臣妾海内，尚已一傳，而雄王嗣藩手拉同氣，國有主矣。謂天道何？帝心厭亂，蔚爲宣仁，何啻文景？物大而豐，器習則敝，斯有土木之事，南内之舉亦云再誤，而締造有人，少保諸人不可誣矣。中璫擅權，赤子弄兵，洪支煽禍，革除一機，理數或違，三代之令主，皆數百年保天之禄，豈無辟王？賴前哲以免諒哉！斯言乎，世廟繼之，大禮説起，璁萼之後，紛紛拾瀋，因之起家者多矣。一時遷謫諸臣不無過激，要亦賢佞得失之林也。

江陵當國，綜練自喜，庶尹惕勵，疆埸敉寧，弊在攬權，然才固不容掩也。神宗晚年深宫日久，平臺日少，以致釀成三案，宫府水火，邊圉亦多故矣。忠賢亂政，海内寒心，懷宗早歲鋤大奸，如摧枯菅抑，何斷也？而逢天殫怒，周鼎用沉，至與亡國者并垂，識者疑焉。此無他，中書無人，貂璫視師，臺諫無公忠之實，而門户成不返之勢，所以媒成甲申之變者，豈偶然哉！

歷觀前代，亡不一局，或黨錮，或外戚，或中官，或盜賊。明亡於自成，是盜賊也，而亦黨錮，亦中官，外戚不與焉。有一於此，未或不亡，古今有同嘆乎？要而論之，吾論靖難之師詳矣，屠剥國良，天命不又其享國，不過其曆則以靖難之故哉！

文集卷四

序三

賀汝南分守戴巘犖撫軍薦序

傳曰：洛陽天下中，四戰之衝，宛汝實綰轂之。天子命分藩使者一人，奉簡書鎮撫之。自太守令長下，罔不率俾地居子午孔道，扼褒斜、江、黄之喉。兵興以來，轔蹀無虚日，其略有遺種，譬竇融西河矣。

皇帝〔一〕立國十年，宛職方所載，户口不增，物力不蕃廡。又閒商於武關，與桐柏固陵山中叢狐牙蘖，白晝甘人，竄伏嶢峭窟穴，與蝮蛇同出没。長若令且斷斷無如何矣。宛之張大將軍時鼓洪罏燎之，至則波駭，毋亦芻茭糗脯，徒苦聒左耳。天子一日南顧而嘆曰：『吾獨不得良方面敉之耳？』何憂宛汝哉！旋顧冢臣曰：『爾其遴重臣一人往視之。』冢臣曰：『俞惟司農臣戴可往。』天子報曰：『可。』維時我公豈不能引長孺故事不離禁闥，一旦別承明廬搴帷就道。公曰：『同爲王臣，吾何敢重内輕外。借口補衮，塞賢者路，吾耻之。』於是遂扶轂而南渡滹沱，涉易水，濟滎澤，叱馭發宛。

維時太守以下倅若令始而疑之，郡之薦紳孝秀與夫三老嗇夫之屬亦怪之，相私語曰：『公起家侍從，位台鼎，去天尺五耳。一旦乘使者車問封疆訟獄錢穀諸瑣細，吏之束脩篚篚與檢行罔治，其賢不肖得而進退之，地方水旱災眚用是鉥於心以時爬搔。況近年河伯爲虐，有瓠子宣房之役，羽檄秦楚，冠蓋相望，每以敝賦之不給爲使者羞，若是，公殆有所不屑矣。』又公以少年掇巍科，負淵奇之目，在掖垣所上封事以百數，皆切中時弊，如劉更生、陸敬輿復出，彼谷子雲輩有所依毗，而爲之不足數也。

公才高，富著述，文若詩與孟津齊名〔二〕，臨池自成一家，人以爲米襄陽復出〔三〕。如是而俯首稱外吏，手板臺使者前唯唯否否，微獨公難之，旁觀者爲公難之已。公顧逌然曰：『是不足以困我也。』謂守若令曰：『吾與公等約法三章耳，曰廉，曰明，曰斷。廉則不漁，《周官》六計，弊吏廉爲首稱。漢法懲貪獨嚴，終身不齒，勿曰廉吏可爲而不可爲也。明則不蔀，狐鼠乘暗而生鬼魅，見日月則遁，勿曰太清無魚也。斷則不撓，稂莠壞嘉禾，吞舟之魚肉小民，亦恃有三尺耳。若是者，吾與二三大夫共之。然而惟廉生明，惟明生斷，三者未嘗不一之矣。』自此郡縣奉公旨如建瓴然。其號爲二千石者，大抵亡慮如黄霸之在潁川，張堪之在冀州。其郎官宰百里，亦得以江陵朝歌自奮其功名，以無逢大吏嗔。向之膏腴化爲石田，今且菑畬朱紘黛耜有嬰嬰之聲。向之探丸爲奸利、椎埋走死地不少禁，今且盜牛者守劍矣。

且夫宛汝近楚，爲士君子者，得無以剽悍鋒疾污染習俗。其人不長者，顧何以在？昔盛時仲華、子將、黃憲、何顒、樊英諸君子，或奏匡王之績，光竹帛而勒景鐘。或隱約不仕，愛鼎全璞，名聞海內，俾天子安車蒲輪無所用之，今殆駸駸興起矣。語曰：『莫爲之前，雖美而弗彰。人文蔚起，誰實尸之。』凡此，皆公之自行所學以仰報天子不求聞達者也。

且公爲御史大夫時，兼攝大農，以風憲之司筦度支之官，所任舉與其所揚言於天子之庭者，得其一字，人且以爲九錫。公豈區區借中丞言爲重乎？乃中丞公聞而善曰：『有臣如此，何忍負之？宛汝得公則宛汝重，天下得公則天下重，庶幾與天下公之。』今朝廷念西南未開，牂牁、夜郎，若不得相如、唐蒙諸人，方推轂元老以靖邊陲，如公者可以借箸矣。吾又何敢以方叔、召虎爲中州私也。入告我后，勿令有識嘆曰：『此公何以不在中書！』天子報曰：『如撫臣言，吾方召之耳。』在公誠不必以中丞言爲重，而在中丞則亟亟以得公爲重矣。

郡邑父老子弟聞之，爭持一觴爲公壽，曰：『我公行，日以三公赴長安，撫軍之知我公奪我民也。』我公於是進父老子弟而謂之曰：『吾愧無德於汝民，獵聲華，非吾志，雖然，願以此觴爲吾守若令共之耳。』

【校記】

〔一〕皇帝，《文集》二十四卷本其前有『大清』。

〔二〕『文若詩』句，《文集》二十四卷本作『文若詩在司馬、少陵間』。

〔三〕『人以』句，《文集》二十四卷本作『弟畜米襄陽、顏平君諸人』。

代張鎮諸將送戴參政之廣西右轄序〔一〕

汝南之以大將軍開鎮，自本朝始也。之以司分守，不自本朝始也。兩者文經武緯，互相爲用，然習久者，相沿以爲固然。創建者未免因而多事。况聖人開天，諸君龍從之彦，皆以執殳立閫外功，值分茅胙土，右武之際，以視櫜者，以帖括明經起家者，多齟齬不相入。至如監司專制一方，其勢與建纛者，平牒相周旋，與爲膠漆，勿爲枘鑿，則又頷頷難之矣。若此者何也？則以彼此皆有私心，而不以國家爲念者也。

昔漢高以一劍掃嬴項，後來得平勃交歡，遂開赤祚四百載。世祖方定河北，而寇恂賈復，以潁川軍人小事，幾或睚眦。今觀其忍辱善下，化水火爲金石，建武之烈，允維懋著，真有古廉藺之風矣。凡此，皆實以國家爲心者也。

今之汝南張大將軍，與分守使者戴巘犖先生，殆其人歟？先生曾祖官大司馬，經營邊事，遴選將材，威名在瀚海、居胥之間。一時所得將帥，如郭汾陽之有李臨淮、渾侍中輩，名節鎮不可勝計。迄今展讀國史，照曜簡册。公蓋得之家學者素矣，以故叱馭入宛未嘗幾微，有司農之色與御史大夫之氣也。若曰君命也，何岐内外崇卑哉？隨地可爲耳。

觀白水之澎湃，卧龍之穹窿，而知人文之鬱葱也。觀武關商於之谽岈，桐柏大復之嵯峨迤邐，而知盜賊之出没生齒之凋枯也。乃與二三屬吏，三令而五申之，曰：『勿以呰窳貽俎豆羞。』博士弟子員，日命祭酒一人督責之。皆手執一經，兀兀朝夕，制舉藝。近附棗梨者，皆有龍翔虎躍之勢，誰之力？勿令羯羠日縱横閭左貢几上肉耳。爲蒐乘簡鋭，殲群猊而食之。淅酈光固間，蟻穴盡平。又爲我民假鋤犁，買犢牛，化而田爲膏腴，召杜溝洫，漸復舊觀。又誰之力？

維時巘犖先生舉而讓之張大將軍，曰：『非將軍令嚴，不擾閭閻不至此。』將軍不有仍舉而讓之先生，曰：『絲毫皆先生力也，武人何知，得享一日無事之福，方藉手以報朝廷耳。』二人相得歡甚。宛汝得以息肩，咏歌太平之年者，蓋誠依二公爲命矣。

二公者，真所謂以國家爲心者也。會以今上十一年六月，俄有粵藩之命，公且行，將軍以下，副帥及參游等，皆奉公指使，以免疵戾於地方。以爲公一日舍我去，其何以爲心？此其心在大將軍尤爲難堪矣。乃走健兒，以脂車言相屬。且曰：『先生之有造於宛汝，與宛汝之所以不忘先生，子大夫其知之，其已言之矣。盍言吾與先生之所以相與有成者。』故代爲覼縷之如此，庶幾不愧於古人哉。

【校記】

〔一〕本篇據《文集》二十四卷本補。

戴巘犖分守擢廣西右轄序

周官雖分内外，其實一之也。周召，内也，而有分陝之任。申伯，王舅也，而有藩宣之寄。至漢唐以後，郡守之賢者入爲三公宰相，或以他故出守外郡，其意大氐彷周官，不得岐視之矣。巘犖先生大農也，又兼都御史職。我聞《尚書》『在天作北斗，爲人君喉舌』，御史大夫、貳丞相皆紫微垣下三台位也。會巘犖先生一旦出參汝南政，海内士人知與不知，异之曰：『是先生佐天子爕理元化爲宰相者也，不虞先生之出都門而莅中土也，何故？』彭子從而解之曰：是蓋有故焉，非天子意也。古將相以直道取厄於時宰〔一〕，去天顔咫尺之地，投諸惡地，備試艱虞，莫不藉口曰：『其實才匪斯人，罔克有濟。』以故朝而金華，夕而岩澨，纔離中書，便乘驛傳。蓋古來繁劇衝斥之地與下濕炎瘴之鄉，皆聖賢豪傑之蘧廬。而若人者小遂乘此地以懋建非常，勒金石以傳不朽，後世得以其地名其人。至如朝廷之上，一旦公道大明，璽書乘馬隨其後，而向來厄我之人，餘不足食，則君子之道用是長。

汝南爲中州南徼，三十年來戰骨如山，城堞焦爛，荒烟野火，白晝鬼出，是亦今日之邊疆也。則我公之今日之出參汝南，由此其選也。雖然，汝南固已過矣。又從而粵西之，此何以故？曰：『粵西去中國萬里，在昔漢逐秦鹿，不暇有事南方，尉佗稱帝。得陸賈片言，而番禺來朝。又孝武之世，女子徵側徵貳反，皇帝命樓船將軍往靖之，而後即安。蓋其俗，南近交趾，西北接吐番、夜郎、昆明，苗獚雜處，叛服不常，實衣冠鱗介之區也。』今皇帝御宇，百粵入王會獨早，而滇黔猶在《禹貢》外。天子曰：『吾且以方伯勞來之耳。』於是冢臣復踵前説，而以巘犖先生往。時宛中士民思公保釐我民，在桐柏、固陵數千里間，犬不夜吠，邑有弦歌，田畯有篝車豚酒之樂，山澤無叢祠群狐之嘯。二年來，恃我公以有此日也。今一旦奪我公而南徙，小民其何以堪！相爲灑涕遮道，赴都御史臺控訴，且邀請於經略相公，以入告我后，爲我民請命，顉顉乎其不能已於斯也。即今日之宛汝，可以卜他日之西粵矣。會經略駐師長沙，去京師四五千里，使君之命且旦夕下，而公不爲吾民少留，且束裝爲南粵行，曰『君命也，雖所以得此者，固别有在，如吾前説』云云。而公習安焉，一如向者之出都門來宛汝也。視他人怏怏於去就之際者，何如哉！

公郎君奇穎叠出，長公未弱冠已舉孝廉。又兩尊人白髮杖履善飯，公初意欲請歸養，而當事堅執不能行，且將以簡書議其後。是行也，與經略相公左右周旋，臣服西南，諸未下者，則新息銅柱諸葛戰壘之間。有公名在焉矣，則向者之厄我者未必非益我者也。今會且召矣，朝廷固無分於中外，而中外之間亦不足以榮辱公明矣。

【校記】

〔一〕時宰，《文集》二十四卷本作『奸權』。

送戴巘犖入桂林序

自昔鼎革之際，必誕命世之人；盤錯之交，會見救時之手。是故勁羽凌秋而上，不避飆風；駿馬乘勢而馳，直衝絕澗。承平者，庸人之厚福；震懾者，英雄之先資也。開國承家，安常居危。後分茅胙土，相必兼將權。所以姬公列冢宰之尊，東山因而破斧；召公總方伯之任，南國以之留棠。世祖中興之際，鄧高密爲雲臺第一，以有河北之功；太宗建義之年，李藥師稱貞觀碩輔，獨懋江陵之烈。

維我巘犖先生，夙具穎根，偶謫仙籍，徐僕射來自天上，東方朔乍落人間。迴滄海紫瀾，奔走蛟龍於筆下；掇香山秀色，羅列象緯於胸中。赴闕陳言，會上洛陽之歲；束髮破敵，適當公瑾之年。如贊皇之於文饒，箕裘再振；抑老泉之有東坡，堂構獨隆。作鳴鳳於朝陽，屢折朱雲之檻；毀白麻於禁地，不數馬周之書。爰秩大農，遂秉都堂。蕭相國轉餉於關中，功在良平之右；劉度支持籌於漕運，恥言桑孔之流。八座凜風憲之司，獬豸豈必識字；御史貳丞相之位，執法久列三台。帝曰：『我瞻中原爲國家腹心之地，二十年來不勝憔悴。』公曰：『欽茲王命，正臣子膂力之時。三千里外，敢憚馳驅。』叱馭而渡黃河，宋家宮殿魚龍夜；搴帷以臨白水，漢室園陵狐兔平。蕪没召杜之田，豈無太守；慘淡風雲之會，莫問南陽。念力田不如逢年，豈君相所以造命；抑學書不必學劍，爲俊傑原在識時。西門治鄴，全憑水利之功；文翁化蜀，日奏作人之效。既蒐乘以詰戎，萬竈轟貔貅之烟；復矯詔以發粟，合郡消沴戾之氣。豈謂帝簡量移炎荒，長沙以南，原係三苗之故壘，亂靡有常；象郡以北，適當百粵之要衝，匪公莫任。顧天下方伯，惟掌圖籍；而西粵右轄，兼司鹽鐵。雖哀牢交趾之相連，是曰荒服；乃煮海鑄山之并用，實惟國本。新息擅伏波之名，原以將軍度嶺；諸葛勤五月之師，更以丞相征蠻。如公今日，有合古人。

時維七月，序屬早秋。碧梧争下，轆轤摇金井之寒；鴻雁初賓，蒹葭動玉露之色。過郢城而登宋玉之臺，大王雄風來浙瀝；入鄂渚而臨庾亮之樓，胡床良月正繽紛。載酒渡洞庭，八百里湖光重賡少陵之句；騎馬問祝融，九千仞山色還開昌黎之雲。將見智高望風而來歸，不用狄青三鼓；還看佗尉去號而内附，全憑陸賈一書。奇章公甫離台司，橐鞬迎節度之使；柳宗元舊是御史，詩文滿瘴癘之鄉。某等才慚下乘，分屬編氓。感驪駒之載塗，忽憶王孫公子；思高山而日遠，何堪故吏門生。顧祖士雅節鎮梁宋，謳歌既遍於兩河；羊叔子棨戟荆襄，涕泗猶傳乎三楚。置子儀於散地，計日還作中書。召晋公於外藩，再來仍是相府。聊因遠別，是用作歌。

送戴巘犖侍郎奉召歸朝序

巘犖先生以御史大夫出守汝南藩，在今上之十年春。其奉上傳復召歸，則於次年之七月朔日。離天顔出使車，蓋一年有奇。先是冢宰量移公粤西右轄，郡人德公，至遮道不能行。又時論頗爲不平，公曰：『君命也，不可違。』計歸省畢，且治裝南發，度嶺有日矣。一旦天語出禁闥，温然如春，命銓部臣俞旨，旦夕須公至。郡之薦紳諸生父老輩則又大喜過望，執巵酒往賀，蔚有辭。維時張大將軍謂不佞某曰：『天子神聖，明見萬里之外，勤宣老成，留心政本，太平自此可興。』然而朝廷有公，宛汝無公。爲策所以留公者，且曰：『中州數年軍興旁午，繼以水旱，我公咨詢，柔能爲閭左造命，如尫羸久病人得扁華，癃瘵初起，纔思飲食。其士子之得從公游者，束脩匡飭，蒸爲譽髦，鬱爲國風，稍稍有問矣。不穀方藉手車輔以奏卧鼓之效，一旦扶轂日邊，如宛汝河？』

某曰：『先生此行，霖雨天下，宛汝爲公過化地，公曷能須臾忘之哉！顧將軍不記先生前爲我等言之乎？曰：西南方用兵，王師之往來，宛汝實綰轂之。芻糗紛紜，亦孔之邇近。河患頻仍，庸調未已，宛汝距河干千餘里，奔走繦屬，宣房之築無日，嗷嗷征鴻，蓋望河伯而灑涕矣。又順治之十年、十一年，上帝殫怒，雨師不仁，宛汝所隸俱大水，平地深尺餘，民生日蹙之數者，皆先生所痌瘝，乃心赴闕時急爲吾民請命者也。先生此行將并天下而宛汝之矣，又曷嘗真去宛汝也。』

將軍於是揚觶而進曰：『先生之治宛汝，前此士民祖餞入粵已有言矣。玆言其公之所以出與今日之所以入，可乎？』某爲略徵史事而祝之，先生一身耳，前此之出，豈非帝意哉？而顧玆昧昧思之，曰，或者非帝意也。東漢甘陵之禍，一時號爲黨錮者，皆賢人君子也。或以貶，或以放逐，其皭然奮竹帛之光者，皆斧鑕之餘也。迄今李膺、陳蕃諸人，終以其嚴氣正性表見於後世，與日月争光。唐朋黨之議，始於對策。牛、李兩家，轇轕幾四十年。此出則彼入，某進則某退。以德裕之賢而不免，與僧孺、宗閔同譏，《春秋》責備賢者，贊皇能無少褊乎？宋安石出公著於潁川，章惇處大防於安陸，熙寧、元祐之際，以正直而遭逢不偶擯落荒徼者，大都執政之爲也。俯仰古今，薰蕕之不同味，邪正之不相容，漢唐宋此其大著矣。故曰：公前此之出非帝意也。雖然，即以帝意論之，又豈無説以處此？宣帝欲用蕭望之爲宰相，先試之於平原，又試之於左馮翊。若曰燮元贊化，非先治劇不可。武帝時會更五銖錢，楚地多盜鑄，吏民不相得。帝乃以汲黯爲太守，曰君薄淮陽耶？吾今召君矣，合二事觀之，則公今日之入與前日之出，皆明主歷試之於艱難瑣細之地，以爲异日政府地耳。以視漢唐宋諸君所遇之時，公爲罕觀矣。周以冢宰權國用，唐以宰相領度支鹽鐵，皆此意也。自此後，天下事無足爲先生難矣。又聞客有自長安者，爲言聖人見公手迹而重之，復憶及先臣王文安公鐸遂有是命。噫！古以文字動人主之知且大用者，鮮矣。公權書法得陟御座，元稹詩章流傳宮中。他如司馬相如之賦，皇帝嘆不與之同時。眉山之文，天子詫爲奇才。今又見先生矣。且以見天子之重文，而公相業之有本也。

將軍曰：『善！請先生爲我兩人酌一石。』

新野令汪耑木擢西曹主政序

今以名縣宰之所自期，與人之所以期名縣宰者，慮罔不曰清華之選。夫清華者，內地也。言其去天子近，如臺省，如銓部，如詞林，世之所爲四衙門者是也。以其居地要津，得行其言，慷慨論天下事，彈劾不避權貴，爲名侍御，名諫議。否則進退天下士，以次列清卿，否則讀中秘書養公輔望，優游金馬石渠間，且循例爲宰相，是四衙門之榮也。外是則他曹有所不屑，曰：『是仍將外轉耳。』而西曹尤所不欲聞，曰：『刑官也。』於四時爲秋，於五行主殺，既以斷擊爲事，失出則有乖士師之職，失入則又非祥刑之義。情勝於法，則爰書無以儆小人。法勝於情，則大獄止以罔君子。此道家之忌在兵，而士人之居官惡刑，古今之通義也。雖然，此非可意爲取舍也，時至則爲之耳。我聞刑獄者，天下之大命也。得失輕重之間，國家之治亂興亡係焉。説者曰：『秦有十失，其一尚存，治獄之吏是也。』然原其所以失，則用商鞅之效也。漢高布衣起山東，甫入關中，即約法三章，與天下更始，不一再傳，幾致刑措。原其所以得者，則任張蒼之力也。

今天子固崛起之時矣。我讀皇帝詔書，於刑獄之間，每三致意焉。其視司寇一官，蓋非他部所敢望也。我耑木先生之以七載新野而有是命，好公者皆執前説爲公慊慊焉。有識者獨爲公幸，以爲非公不能爲此官重，非此官亦不足以見公也。於何知之？即於其治新邑知之。新居宛洛孔道，郵亭驛絡，冠蓋相望。龍興以來，西南諸國，滇黔未下。其洞庭以南，蒼梧而北，猺苗獞蜑爲類不一，時用揭竿嘯聚，侵敗王略，天子赫然震怒，屢簡六師往靖南服。始於定南將軍，以迄今經略相公，中間貝勒續順等師，十年之中，蓋四用兵矣。此四師者，無一不取道於新邑者也。新斗大耳，其里甲衰耗不敵先代十之一。公乘一款段，入蔀屋，與父老相勞苦，人皆體公意，出其毛髮絲粟之力，以緩急縣官緺屬勿絶。於是王師之過新者，一皆兼數人之食，其幕府偏裨以及都虞候百夫長，皆以公爲才吏。士馬無餒，人人得其歡心而去。至於設防駐其地者，知公如此，亦遂嚴憚公。一笠之細，有誅勿赦。新之民雖日苦兵，而若不知有兵，吾民何以得此於公哉！

且如治河屯田二事者，近來非常之舉，朝廷之上，議在必行。治河大吏與屯田使者，督責不逴，意欲旦夕奏效，閭左間無秉耒矣。公手自檢舉奉行，較他邑獨爲得法，人稱便〔一〕。而〔二〕椽吏執簿相對如履春冰，公真神明哉！又聞公之造士矣，曰：『浙，帝鄉龍虎奮蒸之地也。雲臺將相强半南陽，新實中分之。下及子山景行諸人，或嶇崎兵間，流爲文采；或清貧自勵，自依芙蓉。用能聲施後世，安敢謂今無其人？』士之聞斯言而湔滌磨勵以期遠大者，且連翩起矣。是數端者，皆所謂公之能自見於斯者也，又何古循吏之是讓云。而吾謂非公不能爲此官重，非此官亦不足以見公，蓋此物此志耳。

雖然，將無所取以實之乎？曰：『有之，惟循吏乃可爲法官也。』堵陽張季事漢文爲廷尉，天下稱平。如驚渭橋之馬，盜高廟之環，人主以爲必誅，而廷尉以爲必宥。又如温長君上書宣帝，極言秦漢之得失，而其意歸於尚德緩刑。能殺者，能生者也。其後二人子孫皆至大官，史著之曰，循良之報也。則公今日之行舍是言，烏足爲公勸駕哉！是吾所謂非公不足爲此官重，非此官亦不足以見公也。如是者，何必清華？何必不西曹？何必如向者所稱四衙門哉！行見于定國，且代黄霸爲丞相矣。

【校記】

〔一〕稱便，《文集》二十四卷本其下有『他若廉以律身，一杯淯水而外，則不以污吾篋簏。明以燭奸』

數句。

〔二〕而，《文集》二十四卷本無。

張大將軍舉子序〔一〕

汝南張大將軍奎庵公，行年五十三矣，以今上之十年癸巳五月，始誕佳兒。合郡紳士，及閭左負販輩，莫不歡聲雷動，以手加額，以爲天道福善人。今既有子，克昌厥後，人爭持一卮往賀，有同情矣。

維時巑犖滄州戴公，適以大農奉天子命，出參汝南政。星軺甫至，聞而善焉。曰：『我在中朝時，耳公名久。搴帷臨白水把臂公幕，此旬日事耳。于公行事，不少概見，求部人之有辭者，爲將軍壽，是莫若鄧之彭子。』爰東郡伯郭公、司李任公，報予書云云。

彭子曰：『是予志也。計將軍與我交且二十年，竊附將軍知己，莫予若者。然庶幾海內爲予知己，莫將軍。若者，是宜有言。』

將軍起在三韓，初從陳大將軍東明者游，劍珮履舄，都雅儒素。予初不知其爲武人。東明一切軍機，皆與密謀，知公爲大將材。不減韓擒虎之與藥師、宗澤之與武穆矣。

未幾，陳公投兵符歸海上，公乃統原隸尺籍若干，奉大司馬檄，受節制于寧南侯左。左公善用兵，麾下不乏名將，然半多羯羠不逞之徒。新受戒索，牙蘖峰起，鄂渚沔湖，水陸未免騷然矣。唯公一營，奉法惟謹。間以其所聞見，與爲禁止，所全活保聚甚從。寧南實恃之以保，有江漢潯陽之役。名爲誅賊臣馬士英，舳艫蔽江而下，此大類舒翰之在潼關，說者以爲宜首誅極國忠耳。其實非寧南本意，一時惑於黄御史之言，聞公泣勸屢矣。寧南亦坐是痡于厥心，因之不起。然公所以全寧南者至矣，抑所以全大江上下數千里之生靈者，又何勝算哉！

少選，渠魁東遁，義旗南指。寧南百萬之衆，艨艟連綿，如鼎沸江中，方洶洶不知所出。此時有云直下金陵者，有云取道鄱陽南下者，公力排群議，譬曉之曰：『公等不識天道，兼不識人倫。夫李自成一夫犯闕，九廟爲墟，此天意也。今皇清提一旅之師，掃清中夏，雪耻除凶，恩在率土，此人倫也。』衆皆感泣曰：『惟將軍命。』於是公用李勣故事，不敢自以爲功，遂率兹百萬之衆，同寧南子今固山夢庚謁英藩於帳殿。王大喜，多將軍功。隨承制推轂將軍，以提督鎮武昌。公固辭不獲却。武昌人聞公至，携老提幼，焚香迎道左曰：『我公來，遺民再生矣。』蓋由從前所全活保聚甚衆故也。

居亡何，皇帝念豫州重地，汝南一郡，實控秦楚要領，二十年來，猰貐之出没蹂躪，較他郡爲獨苦。且商於、褒斜之間，餘孽未靖，非公不能奏膚功，以清反側。則又移節駐宛。宛距楚一衣帶水耳。稔如公在武昌時事，私相賀，以爲得公晚。今且八年矣，加一日，猶以爲得公晚也。

公行陣不假偏裨，每親歷行間，甘苦與士卒共。務以殲渠爲期，其脅從者即時解散，不肯妄戮一人。

曩者信陽軍一帶，與黄麻相接，多鷹眼負固。以及武關入秦路，久成鼠穴，如前所云。公屢出奇兵大創之。東而光、固，西則析、酈，近且如砥。而尤嚴中紀律，卵翼我烝黎。以將帥之尊，而下軫閭閻疾苦，如親民之吏，且慈父母不啻焉。以故人皆號曰佛子，以視當世之建牙開大纛者有間矣。我民得以休養生息，呴嚅于窮檐之下者，誰之賜歟？如是，則我公有子，以逾艾之年，值兹螽斯之慶，謂非天道福善人不可也。則夫同事諸君子，自參藩以下以及十二城之守若令，徵一言爲將軍壽，固其宜矣。

抑予嘗讀史有感焉。凡古大將之功在社稷，澤在生民，其後世未有不昌且著者也。昔趙充國年七十餘，成金城之功，得其子中郎卬之力居多。班定遠在西域三十餘年，威收五十餘國，不有其子勇上書闕下，何遂生還玉門哉？乃世所知者，妹昭耳。他如周勃而有亞夫，曹彬而有瑋璨諸子。或及身而以侯封，或相繼起而爲名將。又如李忠武、郭汾陽俱有子不下十餘人，各以功名顯。由今思之，應亦非一人之産也。又豈以早晚論哉？

况夫公之元配太夫人，慈和性成，寬以御下。當熊羆之未兆，每焚香以告天。將桓少君之共挽鹿車，不足多矣。抑班大家之《女誡》七篇，尚有進焉。以故《關雎》兆和，《樛木》衍慶。從此繩繩緝緝，愈出愈奇，不足爲大將軍限之，實不足爲太夫人限之矣。今日者，石麟來自天上，爰誕徐陵；金甲入自夢中，遂生祖禹。又何怪焉？漢高提三尺劍，同豐沛諸公，馬上以取天下，帶礪之盟曰：『爰及苗裔。』苗裔，諸子孫之謂也。非是則鐵券金章，無所用之矣。

今我皇上開天崛起，再造夫婦，一時從龍諸彦，鎮撫以下，例蔭執金吾一以酬殊勛，昭來許。我公先是顧獨歉然于此，今日得郎君一實之矣。故曰：人不可以無子。又曰：將門有將，亶其然乎。

巘犖先生暨郡伯司李諸公聞予言，稱快曰：『彭子誠部人之有辭者。』遂以此言往賀將軍。將軍其酌百觥何辭。

【校記】

〔一〕本篇據《文集》二十四卷本補。

麻參將守禦鄧州序

會順治之九年壬辰，滇南劇猾騷動。夜郎、百粤間，桂林、蒼梧及洞庭以南，如邵陵、如武岡、如辰沅一帶，處處望風土崩，人無固志。於是天子震怒，整飭六師，簡名王，稱撫軍，建玄弋之旗，竪華蓋之旌，用逿蠻方，問罪不庭。我中州南鄧之區，實介秦楚要害。西去漢水咫尺，即所稱謝羅山。岩谷深邃，盤鬱連綿，可八百里。曩年餘孽竄伏其間，伺隙而動。南漳之役，我師左次失一偏裨。鄖中丞趙公上書司馬門，求所以虔劉之以敉寧此一方者，行報可。下樞部議，樞部又下之。督臣馬公、撫治趙公與豫撫吴公共酌式廓之，議僉同。於是乃以襄鎮張駐鄖，以汝南鎮張任撲剿，聽楚督調度。而以宛城一郡責之開歸鎮高，且檄撫標一營并河北鎮一營，總受鈐轄於高大將軍，爲防禦計。且漱之曰：『維將軍使。』將軍念曰：『宛城邑逼楚者惟鄧與新爲然，記先代之末，流寇縱横，渡漢江如飛，每每取道於筑陽酇陰之間，地名號白馬羊皮諸灘，冬水腹堅，賊輒竟渡，不容舠矣。以新邑較鄧，受敵尤緩，此非得一魁宿之將，駐要害，飭蘭錡，嚴邏卒，時爲偵諜不可。而又鄧二十年來凡三屠於寇，膏腴化爲甌脱，人死骨相枕，幾無遺種，倘復爲將者無紀律，恃武[illegible]，逞其鑿悍，民何堪也。是庸愈於寇乎？』乃以撫標兵任新，而以河北鎮之麻副戎來。

副戎未來時，鄧民岌岌危之，曰：『此麻將軍且不知何許人？鼎革九年以來，閭左蕭條，近且略見鷄豚，得似順治四年時高大將軍鎮鄧，則小民實有天[illegible]。否則庵廬一至，劫遻相尋，我民不得安堵矣。』蓋先是高大將軍曾以蕩王逆故，挂弓鄧之浮圖且半載，士卒皆貫行，唯謹劍彘，不聞嚐霰之聲，民至今思之，若曰庶幾其有此耳。亡何，麻將軍捧高大將軍檄至，至而與鄧之士大夫刺相通，則帣韝鞠跽，鎖頤折頞，不勝謹。予獨心异之。明日下令曰：『嚴刁斗，常如遇敵。芻糗有常額，犯民秋毫，法不赦。』既而詳其里居，且詢其家世，乃作而嘆曰：『有以也。』今夫紫塞雁門，天下之神皋也。將軍生長雲中，當昴畢分野，爲《禹貢》之冀州，與朔漠僅隔一墻。嘗試披覽圖經，大氏雲中之俗，多驅還而感慨。如武靈王之自奮於趙，拓跋氏之崛起北魏，皆能資其山川雄拔之氣，起北邊以鞭笞萬里，削平方夏，較三代以還逐鹿中原者，且中分主盟矣。且人之生兹土者，又習見秦之蒙恬與漢之飛將軍廣，魏雲中尚，其人宦迹此地，莫不有赫赫之聲，盪滌雲擾之才。其人之功名至今與白登并高，桑乾之水俱永。則吊古興懷，雲蒸飆起，安得不曰地氣使然哉！所以將軍先世累葉閥閱，皆以橫草取通侯，磨盾鼻，勒石紀功。將軍以將門子早歲登壇，則又曩者販繒屠狗之流，與夫人奴黥徒翔貴爲大將軍者，所不敢相提而論也。

將軍駐鄧且改歲，將兵千人有奇，憚漫衍凱，與鄧民逌然相安，郊坰外若不知有五兵。乃時時與民張飲，留犁撓酒，民亦樂得以一巵相慰勞，人觀其鞮鞪卑笥之武在，知爲健兒。至於尺藉伍符，慹服將軍，不敢取民間一笠。與民爲家人昆弟，則又依然似鄧民也。古節制之師何以過兹？昔者程不識嚴肅而李廣簡易，若是其有畸趨歟！至於畏其嚴而奉其約束，與樂其寬而裏其誠信，皆足以取勝，不至於敗，如將軍者，我知西山小醜不足平矣。蓋在寬與嚴之間也。

時十年癸巳孟陬，鄧之父老弟子采花洲之芳若，斞音居，舀言。南陽之菊水，爲將軍勞苦志勿諼也。不佞代之言，僅言其守鄧者而已。一人之私言，實鄧民之公言也。若他戰功，將軍束髮從戎及天步底定，江南多懋績，异時自有彤管紀之，不敢累牘也。將軍行，且以此意達高大將軍，爲報鄧人念公固未嘗須臾忘也。

三鎮壽里總督序〔一〕

吾觀開天之際，雲雷肇起，建侯聿興，必有居重馭輕，權以鎖鑰重地，兼制方州，以敷一代首出之治，陽壓寓内草竊反側之心，較之守成，固不可同日而語矣。

國家以一劍起風塵，南薄朱垠，北臨玄菟，西盡流沙，東暨于海。十年之間，提封萬里，臣海内，子元元，望端門而來百濟，開明堂以受王圖。其何道以致此？曰：『此居重馭輕之得其人故也。』譬之人一身然，燕其元首也，齊魯中原其肩背腹心也。大人一身元首肩背腹心，得其理，是車軨之脯糒，而針石之指爪也。元氣充足，康寧壽考，誠不必過東萊訪神人，而覓肉芝名髓于洪崖浮丘諸公矣。今大司馬三省制府李公，亶其人歟？

按今制府，即古制置等，掌經畫邊鄙軍旅之事。周三監，監於方伯之國者也。秦遣御史大夫監郡，漢文帝遣丞相出刺，晋爲大都統，後周爲總管。先代兢名總制，其被邊負海厄塞，斯稱節以往。本朝定鼎舊燕，東巨海，南跨河，所稱繞雷之固，天府之國也。制府之權，視下國爲重，常以夏官長爲之。大司馬李公，以今上之某年，御天子命，以儀同三司，開府大名，是爲燕齊豫三省總督云。

嘗試取三省形勢而論之。三輔之地，譬古扶風馮翊諸郡也。其地左盧龍，右雲中，是曰神臯。上谷漁陽居庸，天下之險厄是焉。今誠披督亢之圖，登黑闥之壘，吊重瞳鉅鹿之戰，思蕭王鄗南之軍，與夫慕容之所以興燕，澶淵之所以疲宋，其斷戟遺鏃，銷沉黄沙廣漢之野者。誠古來都會，亦古來戰場也。若夫清濟負海。太山作礪，田單火牛以闢疆，酈生憑軾而下藩。以致東漢之興，耿弇平張步于濟南。李唐之季，裴度擒師道於楊劉，固小用武之國也。二國趾相望，疆土牙錯，所謂元首肩背也。中原居天地中，四面受敵，跨韓魏而帶陳梁。官渡一戰，漢祚遂移。拓跋南牧，懸弧一城，白骨如莽。又如淮蔡之役，幾抗天王之旌。昆陽一鼓，遂定入關之業。諸如此類，未可更僕。然則中原之所係，又何如哉？

天子曰：『諮，維汝督臣，爲我經營。奏此膚公，勿廢朕命。』公曰：『俞維兹三面，金城半壁，敢不乃心王室，以丕揚一人之休！』計公開幕府天雄，且三年，所問群狐有聚嘯叢祠，赤子有弄兵潢池者乎？曰無有。問水旱流離饑饉薦臻，有監門之圖未繪，長孺之粟未發者乎？曰無有。問將帥之臣有廉勇善戰，身先士卒，投醪挾纊，分甘絶少，如古名將之風者乎？曰有。問印綬郡吏，有簠簋云飭，冰蘖自凛，堂可羅雀，野無奥草，名士受學於長安，苞稂不溷於嘉穀，聿高循作之聲者乎？曰有。此數者不足以盡公，要所稱古制置經畫邊鄙軍旅之事。公之政迹，其已見於燕齊中原之間者，於此數者，固無遺憾已。此所謂居重馭輕之得其人者也。

公起家閥閲，年甫弱冠，身爲臺司，手握天憲，過此以往，圖麒閣而標銅柱，只餘事耳。區區鄧高密、周公瑾諸人，不足驂乘也。予昔承乏禁地，與公同官。既出使宛汝，又與君共事。值公攬揆辰，因三鎮之請，聊攄蕪詞爲公侑爵，其何以不文辭？

【校記】

〔一〕本篇據《文集》二十四卷本補。

衡山趙令保障序

古者封域，南不盡衡山，北不盡恒山，西不盡流沙，東不盡東海。又五岳爲天地尊貴神，天子五載一巡狩，柴望祭告，百年者就見之，以時舉，罔攸懈，是萬國朝宿湯沐之邑也。王者坐明堂，朝群后，立政於此，而五岳以内，職方視此。

衡山載《禹貢》荆州之域，其帝太皞，其神祝融。岳麓邑，是爲衡山縣，去岳甫三十里。沿湘水步口，崇岩衺嶂，蜿蜒間左，不逞之徒，往往窟穴其間，椎埋剽劫作奸，走死地如騖。頻年中原多故，洞庭以南，封豕躑躅，九重用厪南顧。順治五年，山東趙君〔一〕，實曳長民符，來眎兹邑。至之日，父老冠蓋，舉族長跪曰：『邑新闢四年夏，平南大將軍恭順王，奉天子璽書，勤王師遠略，爰有湖南境。而衡山一邑，爲長沙、桂陽、零陵要衝，芻茭脯餼，縣官奔走，實疲於他郡。民力維艱，又苦無雉堞，時睥睨，緣以資守望。萑苻間發，衡且隉杌虢虢，不於其鄰於其躬矣。』侯曰：『善！敢不拜？』乃嘉言，惟敬用，罔敢失墜隕越，以辱一人命，且貽二三子憂。

時則有夙盜渠魁，藏徙山谷者若而人。初以爲令固進士起家，直文吏耳，寧復嫻戎馬、揳鳴鏑，揄長矛牙孽相角逐？侯曰：『賊技止此耳，無足以難我者。』於是約縣功曹廣文輩，暨前之父老冠蓋謀曰：『是賊之狡焉思啓者，嘗我也與哉！易與我耳。某且分汛守，廣積儲，厲精鋭，嚴巡緝，多詗諜。』俱如約。率仗下健兒，介馬戰場，出奇殲散互用，則長吏是視，自令來以迄五年之十月，與賊争此土無虚日，賊亦用耗，且散亡蕩盡，而衡邑屹然無恙。誰之力歟？誰之力歟？衡郡所隸十邑，今之巋然魯靈光殿者，曰衡山衡山而已。他如永，如邵，如常，其間所存州縣，落落晨星，固賊氛充斥，何地蔑有哉。而有令如此，民亦勞止，汔可小康，是誠長子師貞矣。

《漢書》：度尚爲荆州刺史，殲桂陽渠帥卜陽、潘鴻等，秣馬蓐食，明旦，徑赴賊屯，乘鋭破平之。又蒼梧、桂陽猾賊，相聚攻郡縣，楊璇制馬車數十乘，以排囊盛石灰於車上，繫布索於馬尾，奔突賊陣，弓弩亂發，賊用波駭潰，説者以爲與田單火牛意相發，俱載往史。公他年此事見志乘，行與二子爭烈矣。他如杜甫作《石壕吏》，悲追呼也。監門上《流亡圖》，苦新法也。侯一一籤之汰之，不遺餘力而讓德矣。

學博黄生，江夏人，予弟子也。是年十月，習侯久祖衆戴侯意，屬予作文記其事，他日勒之衡山一片石，不又峴首哉！去年予過衡山，登祝融峰，觀日出，有記文，亦佚去。衡邑郵亭，有近體四首，聞爲令所好，不忍即去。由是觀之，令又不耑以材勇擅能吏名矣，固文人。予且旦夕覯止矣。

【校記】

〔一〕君，《文集》二十四卷本作『公』。

楊蓼莪二府篆鄧序

蓼莪先生之篆鄧，事在今上順治之八年。先是皇帝以沖齡居負扆，政猶出居攝，不盡爲海内所矚。今聖人當陽，百度維新，中外遐邇，歡聲雷動，自九卿以至百寮，庶事罔不毖飭。庶幾乎海隅日出，山火賁而雷電章矣。適會鄧守以報最擢禮曹去河南，御史中丞與藩司諸大吏作而謀曰：『鄧，劇州，爲秦楚咽喉，無事，民力農重本業，陂田洫渠，有召杜遺風。有事，兵革輒先受之。

先朝末年，巨寇起關中，出没盤據二十年，相爲終始。地居子午孔道，兵戈所必争之地，昔人所爲用武之國。禍患以來，道殣相望，白骨如莽。大清定鼎二年，二虎餘孽嚙城，不潰者僅三版。孑遺瘡痍初起，急借軫恤。刺史以帝命來，報諜啓事，非半載不得即至。夫鄧民之望治也，如嬰兒之待哺，搤其喉乍可止啼，恐不旋踵斃耳。又若尫羸已極，厲氣欲絶，非得秦越人爲之指爪針石立起結脉，號太子豈有幸哉！

維我公生長燕趙，去長安僅尺五地，得見天子都邑，邸舍方國，貢獻羽林武庫之藏與。夫朝廷利弊，生民休戚，皆從輦轂下討論而熟悉之。而又家世蟬聯鼎族，冠蓋相望，不學爲吏，視已然事惟公有焉。當其筮仕時，剖符秦隴鄭國白渠之間，至今有謳思焉。南陽五馬與聞二千石事，其不足以盡公才也明矣。於是御史中丞與藩司使者僉曰：『非公不可。』遂以公來。公莅鄧之明日閲城，又明日行學，又明日行田，不設鹵簿，不牽拘文義威儀，跨一騕褭，執轡如組。於是城禁嚴肅，夜柝漏箭，欽欽如敵人在境，不敢以無事懈。雉堞百尺，若增而壯。於是宣王宫殿燦然改觀，瓠葉菟首棣棣俎豆，士子無鞶帨之行，皆執一經稱公門下士，不減楊伯起之在關西時。與虞放、陳翼諸儒講明歐陽《春秋》，蓋其博覽窮究，大有祖風。於是桑樞蓬户間聞我公至，黨正嗇夫相爲戒曰：『公且來爲之申表。』啜迎猫虎鹵潟之地化爲膏腴，蓁莽之區化爲稻糧，是所謂舉臿爲雲，決渠爲雨者。是耶？非耶？之數事者，有司之所難也，而良有司之所易也。即良有司之所易也，而篆有司之所難也。我公不以傳舍視官，不以草菅視民，奉此以往，於何不臧？稱曰三善知，不以彼易此矣。

抑公所爲，單厥心力〔二〕，民亦勞止，尤在河工一事。吾嘗讀《河渠》《溝洫》諸書有感焉，河之爲天下利害也，中土爲甚。禹鑿龍門，辟伊闕，析砥柱，破碣石，墮斷天地之性，而後即安，此古之所謂神人也。自周秦以後，海水東南風浸蕩數百年，九河之故道以失，於是漢興之際，酸棗不已而金堤，瓠子不已而鉅野。而且決於館陶，而且分爲屯氏，諸如此類，未可枚舉。或百年，或數十年，或數年，堤防之築或在百里，或二十五里，水衡之錢，動費巨萬，迄無成功，彼賈讓所謂三策者何居焉？或曰：『堤防之設，始於戰國。先是皆因其勢而利導之，故鮮患齊與魏。趙以河相竟，故設堤防求各利其本國耳。漢武帝天下一統，又何不順其水之性，乃至作宣房，湮寶玉，與河伯争此咫尺之地哉！』今亦漢武之時也。伐淇園之竹以爲犍，傾曹衛之薪以相屬，茫茫洪流，不知紀極。謂中原民力何？且如民命何？乃汲黯、鄭當時輩，以耕地千畝一夫爲準。自大河南北所屬郡縣，視此上之天子，勒爲簡書，奉爲功令。嗟乎！此非皇上之不念我中原而棄此民也，正其念之深而爲一勞永逸之計也。

我公日夜鰓鰓焉，爲民咨度，凡徭役將發，爲之計路程時日，屬錙齎糧，皆手自經營，不假胥役聽事，左右無不見其憔悴之容，嘆息之聲焉。此其勢不能不勞民，而於勞民之中寓不忍勞民之意，則又不可一一得之良有司者矣。使公瓜期不至，得以搴帷問俗，遲之又久，得如潁川借恂故事，其仰體新天子厲政之初意，所以乂安我民，不自此無窮邪？雖然，宛去鄧不盈百里，公之在穰，固足爲穰重。即其去宛而重念夫穰也，尤足爲穰重也。公蓋未去矣。

【校記】

〔一〕畢厥心力，《文集》二十四卷本作『畢心厥力』。

楊公篆鄧序

宛二府楊公視鄧篆，甫四月，國之長老有辭，縉紳有辭，於以德公甚悉。會諸生以督學按宛不果行，公既去宛十餘日，諸生梁生、丁生謁予言曰：『維二三子前以文試入宛，不獲從耆舊先生後，爲我公進一觴。今我公去，諸子且來，無一言以對，揚我公之休，諸子其何以爲心是恍也。』予曰：『是不然，前此故有言矣。』

諸子前進曰：『每見世之守吏，一入簿書中人，便與士類爲仇。凡子衿有不得已事干謁，輒傲睨視之蔑如，廳事上，如帝盈尺之地。士如奴，反不得與齊民等。以故士人下帷明一經者，坏園自守，既不屑以歲時見守吏之面。間有期期不能言之士，或素封不出庭户，一爲里豪猾胥所中，不得自明，以爲守吏之尊若此，士寒微若彼，其爲胸臆莧訴也，固安之耳。嗟乎！東橫之下，固他日人材之地，言路之所從出，而厄塞若此，則亦爲守吏者之過也。如是，雖有董江都司馬相如之學之文之士，不識大夫爲何物矣。豈能於車轍既平之餘，求所以志其不忘哉！』諸子乃爲予言公所以待士之狀，無少長集於賓廨，或手一卷相問難，或以地方水旱徭役田宅之事捧牘來請，公一一以客禮待之，長揖不拜，無惰容，無誶語，如家人父子，如黨塾師之於蒙童小子，如主人之於佳賓嚴客。公曰：『吾以養士氣耳，且夫士亦何嘗之有？失時則爲鼠，得時則爲虎。今乾坤草昧之際，將相王公貴人蟬聯多出遼海。乃甲乙取士，三年輒一舉行，於此見科目〔一〕之設，天地與爲終始。噫！獨非士哉！且鄧，固人材之淵藪〔二〕也。西出國門有阜隆起，是爲獨樂之山，昔人所爲抱膝長吟也，一出而王業成焉。管樂方之懸已，若夫博望之侯，冠軍之里，雲樹接而嵯峨相望也。士之能崛起爲天下雄，安在今不如古？』

是故公待鄧士有敬心焉抑，豈惟待鄧士爲然哉！而鄧士之思公曷無已也。觀於國之長老與夫縉紳，固無疑於鄧士矣，公好爲之耳。

【校記】

〔一〕科目，《文集》二十四卷本作『制科』。

〔二〕之淵藪，《文集》二十四卷本作『精兵處也』。

送李道士歸衡山序 以下方外

順治庚寅，客寓衡北之香水庵，晤道士李常庚，談方外事甚悉。生青齊，長游南陽，以今上乙酉，乃卜栖衡岳之九仙觀。修軀黄面，風髯鬖鬖，如澗下松。著藍袍，揮棕櫚扇，神峰秀朗，岩壑生眉宇間。時天氣蒸暑，流石爍金，群蚊成雷，與道士談，殊翛然不爲所苦。爲出《九仙觀圖説》乞予言往鎸之石。予謂之曰：『是名根也，道士固介出世入世之間者也。』道士乃爲予言：『往歲來衡時，彝庚未闢，猰貐方隆，道士爰出死力以解兩家之争，視其舌尚在，衡民迄今尸祝之。』是豈黄冠之流也哉？爲人排紛解難，飄然物表，仲連之徒歟？抑其功成身退，爲而不有，誠有合於道家守雌守黑之説矣。若夫九仙觀自有説，不必以此重累道士，《搜神記》固知非干寶不作耳。

破門僧詩序

予嘗讀《唐書》，重有感焉。何感乎爾？曰：唐人以詩取士，詩之盛在於唐。而詩人之好禅與浮屠交，互相聲援引重，以有聞於世，亦莫如唐。若是乎詩人不禪必不成詩，畢竟逃而之禪。而爲禪者亦往往資詩人爲名高，間復爲詩，戛戛然可傳於後世無疑，則亦非此二三詩人不爲力也。其最著者如盧仝，辟居洛陽，止一赤脚老婢，唯是鄰僧乞米作供養，日訂三傳同异，豈鄰僧外闃無人哉！又如白樂天，初亦犯顔直諫，刺名郡，自所作詩，上自郊廟，下及委巷里嫗，罔不知名。乃歸病東都，尋諄諄以如滿塔側爲自老計，何見之拓落也。他如輞川莊上，裴迪而外，唯事禪悦。靈隱寺中，臨海舊尉，句湊浙江。是則唐詩人與唐詩僧之大氐也。

詩與禪事不相需，而情與勢每至於相緣。此其故，何也？所稱芙渠處污泥之中，亭亭然不滓，則昌黎伯一人耳。史稱昌黎伯於文，比於武事有摧陷廓清之功。當時天子迎佛骨鳳翔，王公以下奔走膜拜，至於炙頂薪指舁大内三日，舉國誠若狂焉。公以佛骨一表得貶，名以籍甚，學者乃舉此一節比於子輿氏之闢楊墨，是誠然矣。而亦知此非公意哉！蓋公之所駁者，佛骨也，非佛也。佛爲西方聖人，不生不滅，即使生滅，亦超然於輪回劫灰之外，顧安所得骨焉。而且遠托中國乎？迹昌黎之意，當以爲必非佛骨，故投之耳。且使真佛骨而亦投之，此正佛意也。若使佛果有骨焉，則是中國之人而已。彼中國内冢纍纍，沙場枕相藉人骨，正復不少，佛又何足輕重哉！則天下從此無佛矣。無佛何以治天下，非聖人神道設教意也。於何知之？曰：此其以公之意而知之。

今夫尋常交游中，有所齮齕，不相能於其人，則并其人之相與爲厚善而亦絶之，且惡之如仇讎焉，况於椎殺其父而舐其犢乎？當公爲京兆時，賈浪仙撞其前導，公引爲布衣交。如謂公果不事佛，則島固佛弟子也。於佛則焚之，於子弟則友之，是葉公之好龍耳，曾謂韓公爲之哉！當其去潮州上皇帝書，言封禪者屢，意固可知矣。衡山西址，舊傳爲公開雲處。噫！彼子瞻自作文字耳。且不如是，不足以甚憲宗耳。今衡之雲如故也。予登山者兩：一則皎月如晝，鷄鳴得觀日出。一則新霽，四望空闊，無片翳，豈雲亦不必韓公始開哉！

破門僧，吴人，栖衡凡八年，字飛舞，翔鸞糾螭。絶句猶可逸，衝口成言，無僧習，并無詩人習，予亦樂得而交之。因衡麓集賢書院有韓公木主在焉，輒不禁嗇夫之諜諜耳。

文集卷五

序四

宛理任公太翁榮封文林郎太母方晋太孺人賀序

皇帝龍飛之十二年乙未，以册立皇后，覃恩海宇，凡在京三品以上，進爵賜級有差。而又孝治天下，榮及所生，俾外吏有三年報最者，例得以子官封其二人。南陽司李任公莅宛且七年，治獄政成，注上上考，往與例合，天子乃命中書撰制誥，用璽書勞之，其詞曰『維爾封君某，起家大東，韜光盛世。如黄叔度之在汝南，當代挹千頃之波；譬龐德公之在襄陽，名士羅床下之拜。而又義方教子，早歲登朝。雋不疑平反，久傳渤海之聲；張釋之决讞，再見漢皇之里。是父是子，爾今日應高駟馬之門；移孝作忠，予一人豈〔一〕愛車服之典。况乎范滂有母，乃成李杜之名；温嶠絶裾，空灑關河之泪。慈顔永謝，内則如生。其以封君某，爵文林郎如子官，母贈太孺人，欽哉！毋廢朕命』云云。

當是時，綸音汗涣，黄麻重《六經》之色；龍章蹮跜，紫泥揚九錫之文。維時太守郭公以暨郡丞若倅諸君，揖十三城，屬吏而進之曰：渥哉皇恩，丕冒箕裘。螭階寵加，虎拜敢後。唯是我二三兄弟，竊吹竂寀，潔齊蠲吉，以敬受一人之休命，望象魏遥拜，毋滋隕越，爲天顔咫尺羞。因酌醴爲太公壽。曰：『鑠哉我公！邦家之光，古者酬勳之典。周禮司勳，鑄器君牙之篇。祖父成績，紀於太常。漢高起山東，剖符封功臣，與山河帶礪同壽，且爰及苗裔。大約人臣自通籍以後，公爾忘私，國爾忘家，則人君之念其勤勞，亦且上及祖宗，下及後昆，此君臣交感之道，亦曰求忠臣於孝子之門也。』

今我東暘先生爲太公冢嗣，年甫弱冠登上第，理宛六載，囹圄草生。异日者出其治郡之餘力，上佐天子平允之治，我以知天下無冤民，緹縈不須上書，肉刑不必議復矣。且夫天下治亂，大獄大兵是也。東漢黨錮之禍，初起於獄。一時賢人君子，周内不解，其後遂肇兵戎，釀爲國運。唐貞觀以後，周來用事，鉗羅靡遺，未幾即有天寶之事。然則司寇一官，國家治亂之所倚仗也。而推之於天下之郡城，則司理實基之。司理之枉直，大司寇之枉直也。噫！可不慎哉？而後乃知我東暘先生之理宛爲不可及也。

先生理宛，大都温厚愷悌之意居多，而擊斷嚴酷亦時用之，以待城社之奸，斷斷不以施之我民。居常發憤曰：『曼倩有言，凡爲吏太剛則折，太柔則廢，威恩并行，永終天禄。大約止争一念耳。吾之治獄也，寧失出勿失入，寧使情有餘於法，而不敢以法竟戾乎情。每見世人居是官者，或博鷹鸇之名以行草菅之實，則民命幾何矣。或漏綱於吞舟而威挫於破柱，則强梁得志矣。二者交譏，吾未嘗不深夜静思，廢箸而嘆。』今試取我公歲所録囚若干册，所鋤穮莠，魚肉吾民，爲虎而翼者若干人。則公之理寃，治行爲天下第一，又豈待問哉！若是者，寃人知公，天下知公，且大臣知公矣，亦公自爲之耳。而聖人曰：『封君之教不可誣也。』於是推木所自，用示褒嘉，异日山川土田實始基之。上以廣朝廷仁孝之政，下以盡臣子水木之情。一時太守郡公榮之，遂相率鋪其盛，且以見世德之隆，得邀天王之拜，非偶然也。

【校記】

〔一〕豈，《文集》二十四卷本作『敢』。

送韓燕貽之官瓊州序

今上十六年己亥五月，某以兼攝下湖南，陪巡邵陵。維時下湖南分藩使者，少參韓燕貽奉天子命，晋副使，爰有瓊州之行。當斯時也，楚南右路鎮王將軍與公同舟協恭，共造南服。暨同城文武將吏，編户中父老子弟薦紳孝秀，咸牽羜執爵〔一〕，謀所以遮公轅者，願得某一言以志戀戀，誠以某游南楚日久，且與公鄰封相望，習公政及公生平，宜莫如某者。

於是乃稱觥揚言，曰：昔姬周將興，周召分陝。文王之化，自北而南，召公實尸之。按《地理志》，寶即古南國。召公布文王之政，舍於甘棠之下。後人思之，不忍剪伐，作《蔽芾》三章，即此也。距城東四十里，有甘棠渡，厥植輪囷離奇，虧蔽雲日。萬曆乙卯而上，根幹猶存，父老能言之。嗟乎！《六經》，文章之祖，而後世去思碑、循良傳，與夫柙種遺愛，如峴首桐鄉之類，皆因之而起者也。故《甘棠》者，去思之祖也。今公行且去矣。公在官甫六月，即有政安，能遍及彫瘵。而二三黄耇，顧津津道之，殊不可解。解之者曰：『事何論久暫哉！傳曰：召伯布政，憩於甘棠之下。憩者，少息也。如是則六月爲已多。』已計某十二年以前，事在戊子夏，以撫黔之役，駐師邵陵。爾時雉堞墟矣，餓殍殣相接，狐嘷於隍，鵬鳴於室。又黔滇巨猾，烽燧之警與漏箭循環，十年之中兩大亂。十一年，經略丞相治兵長沙，寶復開。王將軍治之，近六詔夜郎底定，寶爲腹裏。公來，與將軍爲塤篪交，不設城府，表裏相洞達，閭左戍卒有乾餱愆辞語反唇，公即跨馬共爲剖決。大率將軍治軍，如程不識、吕子明諸人，公則能以吉藹相勸勉，如人與周公瑾交飲醇醪，不覺自醉。則成將軍之令名者，公也。寶民之德將軍者，實德公也。

昔陸賈論陳丞相及周太尉事，曰：『將相調和則士豫附。』古未有文武矛盾而地方得相安無事者。近來寶城以外，鷄犬蕃息，稻粳綉錯，時方小亢，桔槔夜相聞，是有民然後有寶矣。此公之大略，首著於善將軍者也，下而及於裨將參游之屬，肅肅如也。盡寶之介冑化爲敦詩悦禮之徒，殊絶南紀矣。念惟楚有材，兵燹久，學校用廢，則爲斥大官俸，月課制義若干首，拔其尤者爲异等。鐘鼓之念，絶學久湮，道統失傳。此中舊有濂溪書院，歲久而圮，首倡興作，維圖與書，是用丹雘。其有功於教化風俗，斯二者，又其大者也。抑吾聞之，楚爲鬼國，人信巫覡。昔有妖神能攝人魂魄，惡少媒孽其間，假爲神憑，妄言禍福，人有曲直，則任意笞其臂，近竟用斧，斧訟者一臂。咄咄怪事，淫俗罔覺，縛而置之於法，神亦卒不靈。此一事者，有西門豹、狄梁公之風矣，此皆近事之在寶者也。

今且之瓊矣。瓊在東南大海中，自昔明王祭典，以配公侯。至唐天寶中，册爲廣利王號，爲祝融。今邵陵距南岳百里，亦祝融之位也。公負光岳之靈，舊爲蓬島客，乾端坤倪，夙具胸中，其平生宦游，宜其名山巨浸相近云。又公前官西寧，爲甘凉厄塞之區，赫連、回紇、元昊諸君常用之矣。公吊姑臧之故墟，想見蒸土爲城之經營。憑軾靈武舊壤，依稀唐世一代興亡之本。且北眺黄河，瞻青海，而凄然於竇融之率土來歸。慨慕東都之烈，張重華父子之割據，屢世奉表，建業不忘本朝。與夫趙繼遷等之盗有西陲，皮幣金繒，卒令范韓諸人辦之不足，而宋卒以南。此其邊情兵略上下古今，蓋已吞東南十八九矣。

瓊島海國，此後天使來臨。百靈效順，穹龜大貝若前若後，鰲身蟹眼若出若没，我知來享來王窮海隅日出之邦，并路博德、楊僕諸人可以不用，一公治之而有餘矣。此又朝廷之上大冢宰諸人知若秦若楚不足以盡公，而必欲置之朱崖、儋耳之外與？夫朝鮮、日本之間爲中國大一統，而爲公用所未足者也。公行矣，甌粤既平，海若永靖，天子拊髀思公，公且歸矣，吾爲公作頌可也。於是王將軍合城文武及前孝秀之徒，咸爲公浮白大釂東門之外，而别予亦北征矣。

【校記】

〔一〕爵，《文集》十六卷本作『爵』。

于撫軍晋秩制府序其一〔一〕

順治十八年，今上嗣統。念薄海内外率臣服，大業用集。維是崎嶇山澤，草竊不逞，蜂蠆未殄，下親王諸大臣議，每省設督臣一人彈壓，授鉞專制閫外。向來撫臣璽書中，一切軍務畀焉。又每省添提督一人，專治兵，受方略，皆督臣是視。考之古出師祭禡，帥六軍，夏官之長爲之，厥道維揆。

粤西居嶺南荒服外，舊撫軍于公誕膺厥任，聞命之日，公謙讓未遑，固辭者再。皇帝勞之曰：『汝舊臣，祖宗朝帷幄日久，幹略在南土，其往受乃職，用彰予一人之寵命，勿得辭。』維時于公虎拜受命，粤之父老蠻彝長官受公澤久，喜公以新銜開大府舊地，率猺獞蠻部椎髻之屬，兜儷窈停，釃酒期門下，爲公壽。不能致辭，則走一時游粤諸君乞言，諸君有善予者，則又束書數千里，求不佞一言，爲公侑爵。

予竊維曩側綸扉，得讀行間諸公所上軍書，極服嶺南撫軍于公材，慨慕公，則顧汲得效一言於左右以爲快。今乃承賢士大夫之請，效輿人誦，其何能辭？按粤翼軫分野，次朱鳥，位祝融，九州荆域，南楚徼，唐虞謂之南交，秦郡縣之，漢高帝使陸賈説尉佗下之，剖符通璽，統稱交廣。其所稱廣者，無分東西。勝國三路開粤，因即楚上游，置廣西省，與粤東分治，此廣西省會建置之始。

大清定鼎，粤西凡再定。公撫粤且七年，公之有造於粤，與粤之斯須不可離公，約有數端：粤山嶢峭，種落雜沓，毒矢藥弩，漁獵而食，動以租税力役抗天子命吏。往者藤峽之役，歷三十年而後定，此其一也。地多土司，三江左右，岑黄二峒主，最豪健。故事不設流官，然往往以宗姓起釁，喜殺戮。曩以岑猛告變，至動王師，度嶺者再，此其二也。凡此二種煽亂，大約起于奸民勾連，舞文之吏借官司貪財貨，因而釀成蛇蝮，爲地方憂。公鎮定如山岳，令行禁止，不法者誅。而又冰霜自礪，人勿敢干以私。故官常化之，狃獉之俗，得所安枕而不敢爲非，則二者之患亡矣。又國新造，屯岳雲擾，桂林、梧州爲兩帥開閫地。粤既瘠，所需餉幾數百萬，仰給江楚。過洞庭而上數千里，至全爲分水嶺，水身狹不容舠。地勢又高，淺則膠，深則梗。嗷嗷萬衆，庚癸是虞。公爲意創杌桿船五百號，受水僅尺許，一舟可載米五六十鍾，往來過陡如鳧雁。軍興不致乏絶，賴此也。抑吾因論粵而有于安南之事。夫安南原與西粵相附，本内地，勝國三定之。自三楊失策三百餘年矣，今公一旦折柬致之，遣使入貢，比于内臣，足掩前烈矣。凡此皆公之有造於西粵，而西粵之不可一日無公。聖人知之，此制府一席，九重臨軒拊髀，惟公是屬。所謂聖天子真明見萬里之外歟！不佞始悟前在綸扉時，讀所上嶺南軍書，至今日而乃有以悉公之深也。

雖然，竊有進焉。今天下所煩聖人宵衣者二事：曰滇孽，曰海氛。南寧路通六詔，今平西大將軍昆明之旅已抵金沙，則我當出師南寧諸地，以防狶突。海氛雖爲閩患，實連廣粵，東粵震則西粵隨之。今樓船下瀨之旌，露師瀕海，有日矣。戰艦既具，大舉在即，是又當以一師綴兩粵間，以爲聲援，則内外兼顧之術也。前數事爲先生所已行，自此以往，經綸之始，請更以是言爲先生滿引一觴可乎？异日者東西咸歸底定，皇帝南顧慨然曰：『吾兹用某督粵既效矣，西粵不能常有先生也。』爲賜文侯之命，賡江漢之什，而先生入政府矣。致語粵游諸君子，執不佞此言觴公，且謝粵人之請，先生勉是哉！

【校記】

〔一〕本篇據《文集》十六卷本補。

賀粤西制府序代〔一〕

粤西撫軍于先生治粤八年，粤人德之。今皇踐祚，首顧南陲，晋公爵制府，仍治西粤。壬寅孟陬，爲公揆覽辰，國人游粤者，乞言於予爲賀。予惟《周禮》保章氏以星土辨九州之地，翼軫鶉尾逾嶺嶠，而南爲東甌青丘之分，安南諸州屬焉，今之粤西是也。唐虞之世，命羲叔宅南交，平秩南訛。《禹貢》曰：『荆及衡陽本其大者。』言之不盡於衡也。周之東遷，權出列國，魯僖公四年，齊侯伐楚，楚子使屈完與師言曰：『寡人處南海。』此時隸楚。秦焚棄詩書，典册缺略，世徒以秦漢爲肇啓，不知不自秦漢始也。顧前此交廣合而爲一，殊易治。後世交廣分而爲兩，殊難治。其易治者，交中列郡縣有守令，地之所産金錫翡翠之屬可借上國之用。粤瘠土得其物力貿遷有無，稍依之爲利，而國以立。自失交後，而粤以孤懸矣。又初南粤建號，止稱廣，未分東西。東西分，而在彼者稱善，地多海舶异物，爲商賈資饒益。在此皆石田，雜種部落居之。肥瘠遂分，星壤太平。在十五國不足當邾莒與黔等，此西粤之大較也。

本朝順治七年開粤，閲明年再定，民出湯火之餘，驚魂甫定，藺錡而外，巷無居人。又值滇黔震鄰，風鶴時聞，亡命或假僞符召號草澤，不逞羯狨之徒從而煽之，則又大亂。自于先生撫軍八年，西粤以治。至是有每省督臣之設，皇帝南顧良久，慨然曰：『撫臣某，西粤山川形勢，士馬强弱，爾填撫久稱治安無事，今茲督臣一席，非爾莫任。爾其往贊乃事，無廢朕命。』公疏辭再三，不果。予竊惟《周禮》夏官之職，大司馬掌之，有事奉天子命九伐，無事則仍歸制軍。後世疆域多，故要地宿重兵，或出元臣作長子，則今日督臣是也。雖然，督豈有加於撫哉！皇帝若曰：『即以其撫之者，督之也。』

先是公撫粵時，經制未定，公爲請於朝，設三帥鎮其地，曰桂，曰梧，曰柳，外有十路裨將治之要害，皆有戍。公兵略夙嫻，在行間久，御諸將帥恩威互濟，如指臂腹心，内外洞達，無城府計。每年金粟仰給吴楚凡百餘萬，公檄行數千里外，越洞庭瀟湘泝流而上，過分水嶺，舳艫相銜，不至乏絶。又躬自蠲潔爲群吏先，公庭外不受私謁，群吏奉冰霜唯謹懼，以簠簋獲戾。土司有訟獄至公府，胥吏畏法如斧鉞，不敢舞文上下其手，其處猺狑及編氓稱是。至於賑凶饑，興學校，寬徭役，開維新之路以安反側，間道出奇以制鐵橋之勝，不煩師武臣力一介行人交趾内附，奉表詣北闕下。此數者，皆公之所以撫粵者效，已見於前事矣。故曰：『即以其撫之者，督之也。』説者謂撫與督廣狹不同量，凡撫所不能行者，督得而專之。督所斷然以爲必行者，撫不得而問焉。今璽書所載文武提撫以下，胥歸鈐轄。是前日之西粵爲撫臣所已行者，今日固行之。撫臣之所未及行者，俱今日督臣所不能辭也。即何得不謂督之權大有异於撫哉！雖然，今粵西督撫前後皆公一人，督撫有异，公無异也。即公之爲督撫有异，而西粵之賴有公無异也。如是又不止以撫之者，督之矣。

漢元鼎之際，皇帝雄材，事遠略，衛霍楊路諸人分道出師，開疆萬里，置海外等郡。公今日者實當斯任，但出其緒餘以緝柔百越，永奠南極，足矣。然而區區之粵，猶不足以盡公也〔二〕。今值龍飛首歲，公適以是月爲懸弧期。予鄉人桂林守某君〔三〕，屬予爲文，爲公佐觴。予因撮公撫粵時有造於粵者，引滿爲公進一卮，爲粵人喜，實爲朝廷喜也。

【校記】

〔一〕《文集》十六卷本標題作『廣西制府文（其二）』。

〔二〕公也，《文集》十六卷本其下有『某昔讀書中秘，追隨公於論思間。出游秦楚，又獲執鞭弭。與公周旋，私心未嘗不爲朝廷慶，每欲效言於左右，以勒伏波之石』四十八字。

〔三〕『予鄉』句，《文集》十六卷本作『予鄉人桂林守楊君，走價數千里』。

賀粵西制府序 其三〔一〕

翼軫而南，厥維朱鳥祝融之君位焉。厥星熒惑，熒惑主小兒，訛言故其人易亂而難靖。《書》曰『平秩南訛』，正謂此也。其地駱田裸國，其利金錫齒革，其民一男二女。山川險阻，趙佗之役，邯鄲夫人内屬四路出師，歷五世乃定。漢中葉，遂有捐棄朱崖之議。江左立國，有時借嶺南兵力遥制中原。唐之亂，實因桂林戍卒而起。雖磽确邊陲乎，如人手足盭戾，無以成身，故聖人必起而争之。

今之西粤，百粤之一也。本朝開闢，再煩兵力，厥惟艱哉！自今司馬于公撫此八年，喁喁稱治。説者曰：『民亦何常之有？張博望使月氏，初謂不得要領。趙營平辦先零，曰至金城圖上方略。治粤西者亦然。』試取公撫粤諸政思之，土官猺獞，二者互相依，亦互相煽，得其理則貢租納税，即我編氓。稍一處置失宜，輒以毒矢藥弩相從事。出没陰崖邃箐間，爬梳實難。前代之官嶺南者，往往以細故釀亂，耗財用，費兵力，數世不止。公撫粤之日，下令國中曰：『粤人，吾人也。有以非事干者，罪無赦。』峒長部落謁軍門，則椎牛饗之，騰歡而去，傾心帖服，不敢生事。又念粤西荒徼，人文湮没，則爲首建學宫以移風俗。於是守令化之，郡縣有鐘鼓之聲。粤既鄰邊，向者猰貐所踞，爲逋逃藪。公爲開向化之路，奉明詔，牒山谷舊染匪彝，概爲滌除勿問。拔其材武者，聞於朝官之。故鷹眼之輩，率而來歸。待諸將帥尤有禮，按月給餉，以飽卒伍，必不須臾緩。故士皆投石超距，唯敵是求，而以不用命爲耻。居常念曰：『安南本吾内地，自勝國宰相失策，以致歷代相傳之土宇四千餘里淪落异域，有識者悲之。况彼既不爲我用，必爲我害。』遣一介行人布揚朝廷德意，説莫陳諸長下之，永稱外藩，勿爲邊患。

先是十五年，滇南之役，一軍從柳慶出夜郎，由間道達鐵橋，敵人駭喙，六詔以開，説者謂將軍從天而下矣。抑孰知皆公之密謀先導，有以出其不意乎？此皆所謂要領方略也。宜九重之上南顧良久，督帥一席非公莫任，有以哉！然此止就西粤言之。而西粤殊不足以盡公也。

我先皇開國初年，公自中秘出守覃懷，時南征之師如雲，畜牧其地，縻費巨萬，公措置裕如。時值儉歲，公捐賑築館舍各如法，如青州事，全活萬億人。尋分藩弘農，靈陜寇起牙孽山寨，王師進討，且盡殲焉。公單騎往邊寨門，諭以擒渠，脅從罔治，復保全善類無算。二事者，豫人至今德之，比之召棠焉。他如在秦在晋在楚，歷方伯連帥，所至皆有能聲。識者蚤辨其爲公侯之器，豈待今日哉！抑僕猶有進焉。今皇定鼎，六合混一，粤之開，在滇黔之前，豕蛇震鄰，故用重兵戍守。自滇黔既開，西粤便成内地，羽林禁旅似可量去留，以甦民困。且以粤兵用江楚糧，原因滇黔未復，爲一時權宜之計。今天下金粟，强半供西南。而樂浪玄菟置郡無期，縻費復與西南等，大農幾何不持籌嗟無策也。粤在今日，亂萌既已，無自而起，則三鎮十路爲多。或止用督臣之兵，或稍留一鎮以藉督臣指臂之用，歲省金錢億萬矣。否則莫若稱此兵力收復安南，萬世一時也。莫陳近日雖遣使入貢，然實畏我師，借以嘗我且緩兵耳。彼國與滇相接，昔之有事安南者，多取道西粤及滇。今兩地大兵現駐境上，一鼓而下，兩都直振落耳。或當密疏當宁整旅而郡縣之，收漢以來九郡之數，不亦可乎？恐後來有議及此者，莫謂今日當事不言也。

【校記】

〔一〕篇題《文集》十六卷本作『粵西制府文』。

賀線伯再鎮廣西晉爵將軍序

古將軍之任，天子推轂曰：『閫以外將軍制之，閫以内寡人制之。』此不御之權也。然古重車戰，其時之爲將軍者，皆以六卿之長爲之，即今《夏官》文武合一之道也。兵書有上將軍之稱，秦漢以還，乃以將軍專主其事，尤莫重於漢武。維時以衛驃騎爲大將軍，六將軍附之，建旄萬里之外。南粵當高帝時已臣服，閲五世，以邯鄲夫人之故，吕嘉再變。帝命樓船、伏波兩將軍往定之。所謂伏波者，路博德也，此進兵西粵之始。又東漢之季，以徵側徵貳之亂，上命新息侯馬援底定之，亦號伏波將軍，此已事之見於西粵，有兩伏波兩將軍者也。

今我大清定鼎，又見之廣西伯線爲老將軍焉。按廣西歸我版圖，在順治庚寅。維時將軍隨定南藩，實始開闢之定南，忠勇蓋世，佐命功高，得將軍爲繼，而南鄙用寧，定南之功不衰。將軍之功見於入關以後及渡江以前者，露布時書，姑不論，論其在粵西者與事之關粵西者。當王師駐衡、永日，爾時雲貴未下，西粵一塊土猶在荒服，渠孽馬進忠踞伏西延萬山中，將乘機伺便犄角我。又王進才諸逆狓猖，武靖一帶與嚴關爲聲援，曹志建竊據龍虎關爲巢穴，時有此三大寇相牽制，欲長驅搗粵，其道莫由。

爾時王謂將軍曰：『三寇不除，吾終不能得志於粵。吾固知非將軍莫任。』將軍簡鋭師，授方略，先掃曹，繼剪馬，而武靖巨寇方數十萬，非身親剿除不可。計鳴鞭所到，築爲京觀，不旬日之間，三寇一鼓而下，將軍跋馬圖粵西。維時行間士卒望嚴關而嘆曰：『此天險也。』觀其壁壘横亘數十里，鉦鼓沸天，山谷皆應，未易敵也。將軍唾曰：『竪子耳，保爲諸君破之。』躍馬揮戈，率健兒五百先登，後軍繼之，斬獲不可勝計，粵城風靡，直抵獨秀山下，而趙印選、胡一清等抱頭鼠竄矣。此順治庚寅十一月冬也。

爰發偏師，汎掃遺孽，克龍城，定象郡，平蒼梧，下邕州，指揮咄嗟之間，粵疆全收。斯時雖握算在王，而先登在將軍，此將軍入粵第一功也。是時粵之衣冠薦紳髫椎猺獞之徒，無不封羊釃酒相慰勞，喜曰：『嶺外小民，復沾王化，自非將軍，誰爲爲之者？』

閱二年，壬辰，將軍奉命守南寧，距省方千有餘里，何物小腆乘邵陵之虚，摇蕩我邊陲，虔劉我士庶，遂有七月之事。將軍聞信，帶甲飲血，電發星行，破賊桂林城下，餘燼再收，省會用復。嗟乎！此時若不有將軍西粵之爲，西粵能有今日乎？此又將軍之功也。皇帝得捷書，喜過望，設朝告廟，恨得將軍晚，命下禮臣議，報將軍勛，於是刑白馬，勞璽書，念將軍百戰功，晉爵五等，封廣西伯。在將軍方謙讓未遑,而成命難以固辭。於是將軍因以伯,伯西粤矣。此二事者,皆其在粤西者也。

順治十五年,上遣六師及經略丞相,三路收滇雲,廟堂之上念滇黔險遠,須得智勇如將軍者,出奇兵,從間道進發,會師於滇黔之喉。大司馬授將軍兵符,命將軍行。將軍昔在南寧時,習知滇黔道路,中爲土苗所梗,深林密箐,惡谿峻嶺,飛鳥莫度。將軍解甲緤馬,崎嶇山谷中,得達黔之都匀。而曩者兩路之師陸續俱至,於是鐵橋關嶺一時失險,而滇黔入吾囊中矣。此又將軍之功,此事之關於粤西者也。於是天子多將軍功,召將軍,所以恩勞之良厚,進都統得稱將軍。將軍云:『噫!此异數也。』本朝之制,諸王貝勒固山受命專征,始以將軍名之,外是者不與焉。今將軍顧以屢積戰功得之,亦榮矣,顧將軍矣,若使將軍而不粤西,如將軍何如?粤西之人心何?今將軍再至粤西,粤西遂復有將軍,二者交相得也,交相慶也。

某承乏粤疆,不諳兵旅,與將軍共事有年,習見將軍勞苦功高。又西粤殘黎在將軍覆育保全之中,是佐某不逮者,將軍也。某亦以粤西之戴將軍者,感將軍也。間新命幸甚,敢率諸屬揚觶爲將軍壽,將軍坦懷豁達,不以齷齪苛禮責人,敬接賢士大夫,有名大臣風,一時藩臬守巡郡邑諸君,其感激將軍,樂得將軍,復與某同。不揣無文攄蕪辭以紀將軍之盛,俾异日青史傳之,視漢代兩將軍。後之視今,亦猶今之視昔耳。

送西粵胡方伯開府南贛序

嶺而南，中州清淑之氣至此而窮。氣窮則磅礴蜿蟺，鬱爲金銀丹砂石英鐘乳諸物。天地之有嶺，天地之長城也。其人多鳥言卉服，往往風氣殊焉，好勝而喜亂，險阻結隊，以待將吏。虔居嶺之上，重山枕籍，漲海鎮東南，甌駱百粵居之。北接豫章，蒼梧崎之，於西是一都會也。往者物大而豐，牙孽其間，師動於疆草，薙而禽獮之，凡厯有年。夫然後設司馬兼御史大夫治之，一如腹裏。而後纛旗在指，四望寢謀，其最著無如王新建，至今薦紳先生能言之。顧其體統，與各省之稱撫軍者稍异，大率與鄖陽撫治控制四省略同。其地綰轂數千里，地方視爲安危，較之專制一方者，猶屹屹乎難之矣。非得文武兼通、敏辨閎達之材，不以輕授。

今我皇上，冲齡嗣統，值龍飛之首歲，宵衣南顧而念曰：『頃者安南之來，我聞方伯臣胡某實始經營之，爲虔撫簡材。』爰命以我公填撫其地。斯時也，嶺南冠帶熊羆虎貙之士莫不灑酒走賀，爲皇上稱神明，兼爲虔慶得帥。二三同人執盞而言曰：『維天維祖宗篤生聖人，今者四海一家，嶺嶠蟣虱叢梳爬，維艱簡虎臣逖蠻方。天子萬壽，宜爲我公進一觴。』又覽輿圖酌而祝曰：『維番禺，尉佗舊壤，藩臣治之，新罹湯火，未得蒙業而安。樓船師連年置戍，應截鼠子置海上。至於洪都江糧之困，南楚供億之煩，息肩何日？我公之來，軍得嚴師，作慈母於甿，忍使國無鳩乎？其爲我進三爵。』我公則旋旋焉謝不敏，曰：『余小子覆餗是懼，念地當百粤，上游幅員延袤，扼數省之吭而撫其背，一方警則三方應之。諸公何以匡不逮，幸以我觴觴諸公。』

維時注跗短衣于公幕下者，弓韔服矢，插房帓首，袴靴揚觶進曰：『武人不諳祝頌，願以諸君子前説爲我公壽。』父老耆舊感公德，有泣下者，爲公洗爵如前。公笑而起，起而答，一如所以謝二三同人者。帳供東門外灕江兩岸，觀者如堵，盡九郡士女爲公遮道擁留不即解。公曰：『大君有命行矣，幸謝父老，勿稽王程，諸公愛我矣。』于是開鹵簿，振鐃歌，兜鍪前導，軍吏捧簡書斧鉞，望虔州進發，而我公行。

代粤撫送〔一〕胡德輝晋南贛開府序

今上御極，康熙龍飛之首歲，猛緬來歸，大統用集。維時南贛居江楚上游，控制百粤，填撫需人〔二〕，於是天子下明詔，命諸王大臣議求名位克配堪任將帥之選者以進。舊例，邊撫乏人，則遴方伯資俸久及地望相符者。上請近例，或出自上意，簡公卿作節鎮，黄麻一下朝野未能悉其人者，往往有之。至南贛一席，聖人拊髀而思，與群公推轂而請，若合符契，則唯我粤西左轄胡公德輝先生一人而已。若是者何也？曰：『是蓋諸王大臣知有先生，而深宫聖人亦知有先生也。』

夫先生之行能見於天下者，自守牧至監司，自監司至藩臬，功自積累而上，而治以所至成聲，與世人之驟躐膴仕未嘗歷試諸艱者，不可同日而語矣。吾姑置他事不論，僅論其治粵者。夫職方考天下輿圖，太史陳列國風，今日之西粵，是亦邾莒之地而曹滕之民也。竟楚而南，躔朱鳥之次。秦漢以後，中原之勢分合不一。五管以南，或治或不治。至勝國初，乃即楚上流建置中書行省，與東粵分治，此西粵省會之始也。鼎革前爲逋逃藪，窺闞號澤之徒因之爲利，借首事者爲名稱。而又密邇滇黔，時出甲楯犯我顏行，三十年疆埸之事，一彼一此，朝廷之上，殆甌脱視之矣。予以順治十二年莅[三]粵，日杌隉是懼。自先生以左藩來自浙東，與予商度疇咨勰勰焉，爲粵計長久，而後西粵能爲國家有也。先是戍粵者，屢經風鶴，人無固志，動以庚癸之呼釀揭竿之變，公曰：『枵腹荷戈責市人以戰，孫吴不能爲。』下羽書，纂運艘，萬竈色起，而後三軍可用，則事以轉餉兼治兵有如此者。先是交趾震鄰，封豕長蛇實竄上國。公爲余言：『曷遣尺一下之？』於是安南諸國喻風指稽顙勿敢後。時酎貢而來者，爲之擊鮮刲羊豕，出金帛以勞之，毫不以動公帑。其體上德意柔緝遠方又如此者。他如勸農桑，興學校，平獄訟，以安土司懲吏卒而馴猺獞，凡事之有益於民生者皆燭照，而計卜無遺行矣。此公之見於西粵者。而西粵固不足以盡公也。

客曰：『德輝先生之在西粵既聞命矣，南贛之行豈無一言爲先生佐觴乎？』則應之曰：『吾即以先生之西粵卜之也，譬之湛盧太阿隨人，持之可以水截蛟螭，陸剸兕象矣。又譬之堅車良馬，得王良造父爲之御，是處成五父之衢矣。何有孟門井陘哉！』今夫南贛，東南一都會也。其地東屆福之汀州，西至南康，南則廣之韶州，北則吉安，《禹貢》揚州之域。天文斗分，是江湖嶺海之樞鍵也。先代中葉建節樓，其名雖一中丞，其實居然制府，與鄖襄同。其見於《漢書》者，曰：『以漁獵山伐爲業，健伉工巧，好佛信鬼。』淮南王安曰：『贛水之上，限以高山，人迹絶，車道不通，天地所以隔外内也。』領水之山峭峻，不可以大艦載食糧下也。由是言之，君居桂林爲一嶺，今虔州爲一嶺，五嶺之間君有其二，即以治西粤者，治南贛何有哉！

然吾又思之，其權固有所不同，而其設施固當有進於是者。以四履之地制千里而遥，於是引領東望曰：『今日航海之師，露節頻年，其何計而使樂浪玄菟入郡縣歸底定乎？』則又南顧而念曰：『番禺雖下，朱崖儋耳游魂未息，其何計之從而使九郡山歸如高帝時乎？』又西北而望，大庾嶠水直奔豫章。越人爲變，必先由餘干界中，此亦邊城之慮矣。又況郴陽一帶、水道上下擊石林中，多蝮蛇猛獸，萬山巑岏，蟣虱易叢，士馬難以得志，皆仗君之所有事矣。是故虔之治亂，數省之治亂也。數省之安危，虔之安危也。是前所云名中丞實，制府之説矣。而況今之制府其幅員之廣狹，鞭笞之遠近，不過一省，其視虔又當何如耶？先生勉乎哉！

往者洪都之變，王文成實以此官起事，得列五等之爵，論者以爲有明一人。今海宇一家，宗子磐石，萬無意外之虞。然公才略素具，春秋復當鼎盛之時，揚歷秦晋齊魯兩浙之間，所在有聲，識者早卜其爲將相之器矣。與新建肩背相望，是固然爾。予承乏西粤，叨稱大府，與先生共事且三年，欣西粤之有今日，先生夾輔之力爲多。今先生以建節行，因同事諸公之請，敢爲一言爲先生祝轅，有出於尋常祖道之外者，殆有所感也。夫將伯助予，是所望於東諸侯矣。

【校記】

〔一〕代粤撫送，《文集》十六卷本作『粤西方伯』。

〔二〕需人，《文集》十六卷本其下有『天官之長爲啓事』七字。

〔三〕莅，《文集》十六卷本作『撫』。

送楚觀察陳自修序

康熙甲辰正月上元日，聞自修陳公有觀察三楚之命。維時藩伯糧儲閫司習公政祖，以言屬辭于而述。述曰：『予小子，黔臬也。自念《祥刑》一書首及苗民，勿以苗之弗類。自蚩尤以來，已然刑官者惟是之難，故《吕刑》詳哉，言之不得已。而闡發於贖刑一事，故亦聖人之不得已也。予自官黔來，寇賊奸宄未全屏息，劓刵琢黔，在苗習爲固然。而又今之聖人，鄙一切權宜之術，斷鍰禁贖，期與天下更始。予今日爲黔臬，而始悟《尚書·吕刑》之作爲苗而發，爲黔而發也。自愧作士無方，其曷敢贈人以言？』顧又念之，楚與黔唇齒，沔水以北，澧葉以南，蠻人居焉。邵陵郴陽，猺蠻雜處。沅沚五溪，酉陽槃瓠之遺種在焉。又洞庭彭蠡左右，實維三苗之國。黔，固楚之餘也，一國猶一國也。公行矣，抑知三代而上，所慮在苗。三代而下，所慮不止在苗。今日亦言獄訟之事而已。東周以後，士失其職，晉爲盟主，訟者取衷，他國不預焉。可知訟獄一事，天子之權也。訟獄之煩簡，生民之休戚，世道之安危係焉。漢之興也，止約法三章。文景之間，幾致刑措。自酷吏進而民乃重足以立，以致有黨錮之禍，染逮遍天下。唐之興也，太宗釋囚，而天下安爰有貞觀之政？迨告密啓，兵革用，興誅鉏，無噍類，而海内幾搖。由是觀之，此聖人所以嘆無訟之難也。

楚國自昔稱雄伯，江黄隨棗，風氣湍悍，剽利鋒疾。夏口晉山，財貨之所盤桓，養成奸利，爲藏污淵藪。郢城汋口襄樊，水陸之衝，駔儈窟穴，游魂間諜之所出没。西陵而上，近接巫巴荆州，用武之國，習見豪强陸梁，性生朱洲，下抵潯陽，舳艫萬艘，殷殷輷輷，波駭風涌，容易致變。執事一人作法官於上，控制湖山數千百里之外，覽牒聽斷，兩無遁情。公雖神明，費疇咨矣。又況皇帝清問功令迫之於上，大司寇程限有期，臺使者檄催，衣冠相望於道，欲以數月之間，山川之修阻，郡縣之往來，具備簡孚其於五聽兩造，難矣。雖然，不難也。公才長於吏事，尤留心典故。公務之暇，每入公邸舍，鹽米瑣細必手自抄録成書，平生所見人，一問姓名，終身不忘。向在吾鄧時，有里豪某，慣爲人居間，公面詰之曰：『爾某人，住某甲，嘗于某月日詣廳事遭吾笞榜之。』輒俯首不敢仰視。其他墾荒治河籌兵設防諸大政視此。

公饒將略，能治兵。二十年前，公曾肘斗大印鎮淮，淮壖至今思之。又曾一試之於嶺南，一試之於汾晋。曰蜑，曰獞，曰狸，曰獠，曰乪，無君長，違節度，公治潯三年，以上考賜璽書。句注太行，天下之脊也。公守太原，稱保障哉！又近奉制書，以某將軍分鎮定番，公往視事，旬日之間，建庵閭七千餘所。藩鎮義從南鄭移滇，以畢節爲襟喉，牛車負擔，用夫巨萬。公爲履畝定額，肥瘠必均，下令流水之源，而閭左不苦於奔命。凡此皆與楚無與，而即是可通於楚，可通於治楚者，則觀察一席爲公咄嗟而辨，豈顧問哉！

而述與公交近二十年。自刺吾鄧始，爾時述初服家居，伏臘歲時，與公斗酒相慰勞，歡如也。丙申之歲，羈長沙幕府，公逾嶺，復於軍前草草一晤。前三年，我自昆明入廣，公自晋入黔，咫尺沅沚，水陸爲隔，不復交一語，今以爲恨。康熙二年，我南來赴今官，與君良覿最久，與公知亦最深，輒言爲公佐觴，能自已乎？念述十餘年來宦游之迹多在西南半壁，此後或當中土齊魯之鄉，倘邀天幸，我兩人邂逅再如今日，此亦事之不可知者。闌珊杯酒，能不黯然。於是一時同游諸公，呼叵羅，滿引葡萄，與君决賭，雖百盞使君奚辭。

袁侍郎穩然庵將歸隱序〔一〕

吾儒與佛，互相齮齕者也，而其實乃相合。每見豪傑之士，既出而有所建明於世，爲傳大矣。後多栖心禪悟，以自解脱，此無他，用世非禪不果，出世亦非禪不净。禪者，英雄之退步也。唐之昌黎，詆佛骨，至潮州則又師大顛，且上書言封禪之事。蘇子瞻亦然。此其事起於柴桑，要皆借此一途以銷磨壯心，沉於嗜欲，沉於禪，深淺不同，用心則一也。

南楚袁中丞之歸也，謂所善曰：『吾家有穩然庵者，是菟裘也，吾將老焉。』所善怪之曰：『公爲撫軍，建節南楚，聲靈所及，在瘴海鬼方之間。當其受命西征，漱濟蒼生，恢版章萬里，斯其願力宏多，即身是佛，何穩然爲？』公曰：『非也。吾於佛非佞，於禪非痴也，寄之云爾。且我與穩然有言矣，不可寒也。顧舉佛家所稱願力宏多，普濟蒼生，無如世所謂白衣觀音者。又自象教入中國，至水陸百餘卷軸，而天人神鬼諸像，大略盡是。皆佛也，皆禪也。今且貯穩然一室中矣，不有穩然來衡吾，不與穩然言之於先，內子不有諸像之請，子婦不有香火之虔，吾將奚歸乎？歸于禪也。禪何在，即吾心而在。既即吾心而在，則穩然與不穩然，又曷分焉？吾之欲老於穩然庵也，亦求其心之穩然而已。』

客曰：『奉佛有徵乎？今觀內典諸書，徵應如響，永錫爾胤然歟？』公曰：『在《詩》有之，

「於以采蘩，於沼於沚」，此以語公侯大夫之妻也。夫婦人職内事，所重無過祭祀，不猶愈於鞶組女紅之事乎。徵應之説，吾不敢知也。』『今夫觀音三十二變，世之所傳則女裝也。一陰一陽之謂道，不如是則佛教無權，止能化男，不能化女，彼六經之旨，治内治外，修身齊家，又何以稱焉？今夫人之奉禮唯謹，有南國風焉。』公亦亹亹應之曰：『吾於佛固不深悟，要之息心知止，家食吉得易之遁，故有合焉。是之取爾，他非所敢知也。』

禹峯曰：『吾讀封禪書而疑之，武帝元封中，上祀神君於上林浩䖤氏觀中，神君者長陵女子。既化，現神於先後宛若，平原君祠之。其後子孫以尊顯。今世所稱白衣觀音，得勿近是。要其時，天子意在封禪，故甘泉之事興焉。今天子神靈武功，亦孝武之時矣。』予故因送中丞而復有感於鬼神之事也。

【校記】

〔一〕本篇據《文集》十六卷本補。

余聞宇初度序 已下慶祝〔一〕

禹峯曰：予於今上之六年己丑，始得交所謂余公聞宇先生云。公里居襄北之八十里，有東岳祠，去吾鄧亦八十里，蓋襄、鄧必游之路，昔人所稱冠軍之里，五劇之鄉也。去此蓋不遠矣。先朝景運方隆，商賈往來如織，皆緣是以暨於秦楚。人之生其間者，多置本業以廢著，貿遷爲務，以故士君子絶少。即有一二翹秀者，俯首誦博士弟子言，坯居一室，日見牛車負販之役，穽其氣不能擴於域外之觀。所與游者，又三老里胥駔儈嗇夫之屬，無士大夫薦紳與之爲周旋。即有之，不過經其地，以南北道逆旅主人待之，不復能盡歡周旋，深相結與爲莫逆而去。此深山虛落中有人，而烟井驛絡之區反無人。非無人也，有人而人且以尋常遇之故也。自予交余公，而始知前所見之隘[二]。古之豪傑非常之人，或避世於墻東，或賣藥於壺瓜，或鬻漿而屠狗，或販繒而吹竽，或廣柳於俠客，或傭保於酒家，其托業不一，其發迹亦不一。多不在窮岩絶壑虛無人之境，往往於都市京索肉簝餅肆之間遇之。此其人一旦得志，則鼠變爲虎，蛇化爲龍，開闢風雲之事與焉。至有艱貞晦迹，遁世無悶，與夫高尚其志，不事王侯[三]，此殆所謂逸民者非耶？吾謂今之余公近之矣。

余公早歲習舉子業，不就，則慨然念曰：『天下事，豈獨書生能辦哉！』於是束書高閣，投筆焚硯，專精猗頓之術，不數年間致牛馬若干穀，僮僕萬指，黍稌稻粳如京。則曰：『誠如是，是亦足矣。昔卜式躅貲以助縣官之急，身值漢武帝雄材主，以閭閻徒步之子，一旦爵關内侯。吾志不在官秩，散其羨以活溝中之瘠。』我聞之楚之南公云，公於儉歲多施予，不問其值，人待以舉火甚衆。蓋衣德滿方城漢水間矣。古之達〔四〕人，數致千金，數散千金，公其遺意歟！

公有二丈夫子，長含章，當本朝王師南下，奉親王令旨分符宛之中鄉。中鄉爲關以東要害，時黄巾赤眉新毀之餘，閭左殘黎，多不聊生。長公設法綏輯呴濡，而鳥翼之輿誦作焉。迄今菊潭丹浦上遺老猶能言之，皆太公教也。次公穎秀能文，年甫弱冠，戰楚闈，大有聲，常以帖括藝爲督學使者所賞拔。予每游楚，則執經相問難。觀其舉止，絳衣大幘，不死秦鹿不止，非公之積德昌，後能有子如此哉！

公又善頤養，不談淮安之鷄犬，亦不用葛洪之丹砂，惟是節飲食，省嗜欲，蠲忿恚，不與世人競長短，保合太和，安土而敦誠，於仁壽之理近矣。予每至公第，則出瓮頭鴟夷醉我，三爵輒涔涔欲睡，公曉辨無酕醄意。昔人謂劉郚曰：『克兗州量何大也？』吾於公亦云。

公長予可十齡，而予自風塵跛踦以來，漸就龍鍾。公善飯啖，能生少子，髮未星，齒亦不齵，則耄耋期頤何足以盡公哉！予每向公詢所以迪康强飯之道，而公辭以無他。予以私意窺之，如吾所稱節飲食，省嗜欲之數者而已，果無他也。今某年月日爲公生辰，里人李古城丐蕪言往壽之，予因道其與公交者如此。雖然，予固不能盡公之生平，而公之生平亦約略盡於此，則今日之鄧南襄北實一公而已。昔龐德公隱居鹿門，劉表以王公之尊不能取，而諸葛亮以名士拜公床下。習鑿齒雖坐風痺，爲苻秦所有，至比之爲二陸，以爲得半人。歸而作《耆舊傳》，其有傷心於南北之際者乎？二人者，襄陽人，公之州里皆龍德而隱者也，國之典型，鄉之士則也。如公者，其繼起者歟！俯仰之間，令我有古道之思矣〔五〕。

【校記】

〔一〕篇題《文集》二十四卷本作『余公聞宇初度序』。

〔二〕『而始』句，《文集》二十四卷本作『而始知前所見之隘也』。

〔三〕王侯，《文集》二十四卷本其下有『在《易》之上九』五字。

〔四〕達，《文集》二十四卷本作『至』。

〔五〕思矣，《文集》二十四卷本其下有『吾得進而衍《箕疇》之章，酌吾鄧甘菊水，引滿一觥，爲公引年』二十三字。

屈撫軍初度序〔一〕

康熙元年，爲今上龍飛首歲。皇帝念嶺表重地，在撫臣得人，今既文武分治，每省設總提各一人，戡亂事綦重矣。顧民爲邦本，衣租食稅，上貢天子，奠爲磐石之基，惟民是賴。若是，則撫軍一官，昔撫軍今撫民，可無慎毖厥選以輕畀。於是諸大臣僉曰：『廣南都會，惟學士臣某，克任厥職。於以控蠻荒，示震燀，揚風聲於遐荒，惟公允宜。』時聖人負扆而言曰：『如諸臣言，其以某往。』於是我公銜命乘傳，歷燕趙，走宋梁，涉荆楚，逾嶺而來。時維孟夏，蓋至今八閱月矣。適兹仲冬某日，爲我公攬揆辰。粤之父老子弟，衣冠薦紳之屬，謀所以壽公者。於是一時藩臬之長，及八郡守巡，各方任，丐不佞蕪詞，爲公佐觴。

竊嘗取西粤之四履觀之，南濱炎海，祝融之君位焉，是維交趾、黎莫、陳三姓居之，至勝國始棄。西通滇黔，牂牁六詔相櫛比，迤而西，則車里、緬甸、八百媳婦諸國環焉。東屆番禺，于甌閩爲近，海蟲淡菜，犀珠磊落，有下碇之税。昔尉佗、劉隱諸人據之，并有西粤。北界江楚郴贛，僅隔一嶺。此輿圖之大概也。在前代則統屬交廣，且二廣未分，故貨貝從安南海上至者，充溢道路。賈人緣以爲利，以牣其閭左。自交廣兩廣分治，而西粤乃瘠然貧國矣。其地嶢崅，龜圻，山稠濁，居土之十九，歲止一穀，不辨茂菽。人有五種，曰猺，口獞，曰狑，曰狼，曰貊。椎髻跣足，不火食。漢民止居十一。又山谷黄岑諸家，累世土地相傳，流土分理，貢上國之賦者無幾。以會計言之，不敵東南一縣。而地方綿結，輒數千里，得其人則治，稍不得其理，則又大亂。西粤之難治，倍於他省。西粤之貧，亦异於他省，而我公且何以撫有此民也？公若曰：『民雖有五，俱含天地之中以生。草媷而獸獮之，則异類也。推而納之膝腹之間，與吾赤子何异？且若輩俱爲官吏所擾，故挺而走險，匿深山峒穴，挾毒矢藥弩，以與公府爲難。今下令曰：「有蝨吾民者吾鋤之，外是者聽焉。」則亦何憚而不受吾約束也。土司各有譜牒，宗姓亂則爭，爭則訟獄起，干戚搶纍相屠殺，亂則不休。』吾公秉公矢慎，凡兩造之來，務得其情，而處以不爭。强者不得肆其蠆，而孱者不至伏而聽人之漁獵，故帖然服。又商賈者，國之大利大害也。西粵既無他産，鹽筴之至，皆由東粵。西粵食鹽，全視楚南三府。先代行之，亦仿漢武遺意，以鹽鐵佐軍興，歲得餉四萬有奇。近爲淮商所蠹，仍伸淮而絀粵，如是則民病，國亦病矣。我公下車，首疏鹽工程，鑿鑿行之，惜不令元鼎諸君見也。此其功在粵，固萬世之利。數者皆人難而我易之，人瘠而我肥之，真今日之西粵藥石粱肉也。於以撫粵何有哉？以宰天下可也。

公鎮撫甫數月，而民瘼國本，經綸肇端，已臚列見於此，宜乎爲粵人之謳思弗諼，而欲章之金石以慶盛事也哉！

顧我公天下才，今皇上春秋方富，如日初出，政訪落問道之時，念我公綸扉元老，恐一旦奪我西粵而去，論道經邦，身陟臺司。又或者念蕞爾蠻方，不足以展驊騮之用。又一旦陟股肱大省，出入相將，爲汾陽潞公諸人，二者皆吾公分内事也。竊粵人意中，戛戛惟恐粵之不能獨有我公也。若曰此以後，但得我公觀厥成焉。我公當不止是也。又若曰倘自此以後，不腆西粵，有我公在，西粵未可量矣。斯二者粵人之感於公，故期於公也。夫是以壽公也。吾故因諸大夫之請，而忘其言之陋，敢介是爲公進爵。

【校記】

〔一〕本篇據《文集》十六卷本補。

樓太公八十序

《禮》曰：『六十杖於鄉，七十杖於國，八十杖於朝。』杖於朝者，明乎天子得而尊之也。古之人，享耄耋，致期頤，〔一〕天子〔二〕隆之以上庠，祝之以哽噎，明王之治天下，由此其選，所以教天下以孝也。然而山谷之癯，熊經鳥伸，呼吸偃仰〔三〕，終其身，名不聞於郡縣，天子無從而知，以黄馘終，不得邀一命之榮。如是，則壽亦有時而絀。是則上壽非難，有令子之難也。令子上壽，合而爲一，世之所謂罕見之事，士大夫引之以爲戩穀之宜，五福之錫矣。今之南汝大參公樓太翁其人歟！

太翁生長越絶，東南佳勝在焉。穴藏金簡之書，山開干會之圖。而又歷薪膽以定霸，殫生聚以沼吴。以及廣明之亂，錢氏用興，黄屋左纛，金章鐵券，侍之弈世，五代終始，如是，則風土奧衍，山川雄傑，碩德名世，肩背相望。毓爲珪璋之器，流爲金石之聲，不敢謂越無人，實東南一都會矣。太翁席勝，流卓犖之概，好施樂善，克鍾象賢。聞大參公方成童時，太公手課一編，焚膏繼晷，兀兀無暇時。括帖稍倦，教之騎射，〔四〕佐以孫子、李衛公諸書。然則上馬殺賊、下馬草露布者，大參公也。文成隋、陸，武成絳、灌者，太翁教也。

先是大參公於今上之二年隨英豫兩王及今浙閩總督大司馬佟公鎮撫三楚，秣馬鳳凰山上，時逋寇一隻虎噛荆州。大參公出奇計，星行殲渠魁於陣，坐視江漢底定，兩王得以取次下金陵。又順治三年，復視師定南，開闢湖南八郡。大參公丕績懋著，當事者欲以公填撫偏沅，章已上，會班師不果。未幾西鄙有事，狪寇起燉煌酒泉間，狓猖日恣，當事者遂以公建牙其地，西鄙用謐。亡何姜叛之變，密邇神京，雲中上谷間騷然矣。緣是河東上黨一帶，所在振動，城無堅壁，岢嵐居萬山之中，西控河套，東引太原，所謂天下精兵處也。健兒虎鷙之士與亡賴子，牙孽其中，蹝跔科頭，蹝跔音侪拘。見《張儀傳》。貫頤奮戟，因而呴藉叱咄，削札組絣。從事於鐵幕革抉蔽芮之場。風涌霧靡，被甲冒胄，左挈人頭，右挾生卒，塞飛狐之嶺，杜倒馬之關。神京右臂，又復岌岌。天子拊髀，簡將帥之臣，冢臣爰以公應。公持璽書，誓師徒，談笑而擴清之。出脅從，保良善，不遺餘力，而讓能矣。元凶用得，式歌且舞，蓋仿佛裴公之平淮，杜黄裳之定蜀云。玆數事者，大參公英略天授，久在行間，出其囊中之算，固百不失一。然大氐太公之祕略暗授，老謀夙成，不可誣也。

惟玆宛汝，韓魏舊地，昔人所稱四分五裂之區也。先代之末，巨寇西來，走武關，下商於，燒宛葉，屠潁川，腹心之地，受苦最劇。與寇禍相顛末，民生其間，幾無孑遺。我公攬轡褰帷，呴濡卵翼，如秦越人之治病，起人於白骨之餘。朝廷之上無宛汝而有宛汝者，公也。方城西鄂，諸山連綿，熊耳伏牛，承平之日，爲逋逃藪，亂後尤甚。自本朝定鼎，雖不敢大肆鴟張，然往往白晝狙人於伏莽之間，出没巢穴，爲厲孔多。公下車廉知之，慨然曰：『此癰也，養之必潰。又虎也，畜之且咥人。』乃一鼓盪之。聞之吾友宗耿云：『公單騎入叢草中，爲敵圍三匝，時廢廟昏黑，公堅壁不戰，既而賊計窮，公縱兵蹂之，全賊皆没，其就戎索與反接者活之。』公曰：『蔡人，吾人也，何必京觀哉！』於是宛汝之人額手〔五〕曰：『公好生也，不黷武也。以定亂也，非佳兵也〔六〕。』大約公之莅官行陣，無一事不從生民起見，實無一事不從太公起見也。太公之所以教公者，有素公之所以奉太公教者無已。

列而觀之，在楚在秦在晋在豫，幹略標舉，不可勝紀，戰功最多，保全甚衆。太公之所以貽謀子孫，慶流天壤，稱仁者而享大年，豈顧問哉！於何知之？曰：『即於太公之身〔七〕知之。』太公今年八十矣，是《禮》所稱杖朝之年，天子尊之之時也。西方之書曰：『不妄殺者，其後將大有隱德者。』令名允終，由是進之。天子就室以珍從曰：『惟公九十，天子巡狩就見之。』曰：『惟公百歲，今日之舉，其足爲太公稱觴也。』時十三城屬吏逡巡執爵而退曰：『唯唯，請爲大參公賀。』大參公舉觴晋太公曰：『二三大夫之意也，庸可忽諸。』於是太公丹顴玄髮，揚觶軒渠曰：『請爲諸君，各進一巵。』

【校記】

〔一〕『享耄耋』二句，《文集》二十四卷本作『享耄耋之上壽，致期頤之休徵』。

〔二〕天子，《文集》二十四卷本作『皇帝』。

〔三〕偃仰，《文集》二十四卷本其下有『享遐齡，躋仁壽』六字。

〔四〕『太翁席勝』十句，《文集》二十四卷本作『太翁既誕名區，又具佛性，好行善事，遂鍾象賢。聞大參公方成童時，太公手課四子之書，及涑水《通鑒》，焚膏繼晷，兀兀無暇時。大參公亦夙具穎根，目之所經，輒上口。口之所誦，鉥于心輒不忘。括帖稍倦，教以騎射。大參公既生而猿臂多力，遂成穿楊之技』。

〔五〕頷手，《文集》二十四卷本作『聞之』。

〔六〕兵也，《文集》二十四卷本其下有『抑誰知此又太公之爲之乎』十一字。

〔七〕太公之身，《文集》二十四卷本作『其太公』。

文集卷六

序五

鄧人祝樓太翁八十序

我觀世運鼎革之交，兵戈倥偬，英雄草昧，號爲興王上佐顯親揚名聲施後世者，蓋非一途。其中亦有險阻艱難，天屬蕩析，此其人雖富且貴，終身有餘悲。如温太真身入江東，懋建非常，而遥望太原，終抱絶裾之感。徐僕射奉使北魏，父在重圍，而南瞻臺城，徒勞蔬食之戚。諸如此類，古不乏人，以見天倫離合之際有數存焉。古人雖位極人臣，終不以三公易一日之養，誠重之也，誠重之也。以觀我大參公之與太翁可以無憾矣。

太翁今年八十，大參公年甫强仕，有奇計。大參公别太翁膝下二十有餘年矣，曩者九鼎欲移，龍戰方興，長白山鳴，鴨緑水沸，遼陽傳浪死之歌，戍婦斷青閨之夢。於斯時也，朱雀既衄，庾信因之入關。江陵甫陷，文本折而歸秦，亦古來治亂改革，氣數使然。大參公無如之何者也。當其時，篝火狐鳴，陳涉爲之號澤。青袍白馬〔一〕，侯景因而渡江。先代雖肇造區夏歷三百年，非前事可比，然以堂堂皇輿亡於李自成，亦猶是也。維時大清皇帝蓋赫然震怒焉，謂二三碩輔曰：『嗟乎！在昔江左有變，百濟使者望建業而灑涕。繄彼唐明竊位，雲中節度指三輔以揮戈。況夫明，吾與國也，敢忘斯義？』於是縛馬舌，出火竈，貫甲星行，誓師百萬，直抵上都，掃清宮闕。得璽書於甄官，擒冤句於虎谷，罪人斯得，大仇以雪。曆數有歸，天命斯在，自古得天下之正，未有如本朝者。竊以爲聖天子之神武，不殺除凶湔穢，千古無兩，要之二三碩輔，左右周旋之力，未可泯也。則今之大參公其一也。

然而大參公之意常有以自下者，猶記順治乙酉及丁亥間，公視師楚粵，用逖蠻方，一駐節江漢，一秣馬九嶷。予時爲督學，既爲藩司，與公稱莫逆交，見公眉衡間，輒有憂者。又入其幕中，伏枕多泪痕，私訊之，則以爲錢塘一水未入職方，二老垂白，毛裹各天，是用忉怛耳。嗚呼！是吾所謂天倫離合之際有數存焉。古之人不以三公易其養一日者，意在斯乎？

閱八年，而公乃乘使者車，奉明詔，以分藩大吏參吾宛汝政。予以故人且近稱部下，謁公聽事，入而問狀，始知太公安車方寄寓代州，爲公迎養久矣。噫！是公所爲二十年離膝下，而今獲見之於險阻艱難，天屬蕩析之後，真堪一痛哉！未幾，而太公且以晋中來矣。黄髮丹顔，鳩杖芒履，望之如角里、浮丘諸公，即之乃善飯矍鑠六博，飛揚輒如壯歲，年已八十矣。由前而觀，禦兒冰寒，鷄鹿塞遠，南北分飛，各餘萬里，老父誰憐，游子靡依，馬頭之角未長，雁足之書莫傳，此何如時也。由後而觀，車書一統，萬國朝宗，身爲牧伯，父作國老，暌違半生，温凊一朝，黄麻之泥書方下，白髮之嚴君未衰，此又何如時也。然則值興王之景運，著竹帛之芳聲，風雲感召甚早，箕裘遇合甚奇，我公於君臣父子之間可云罕遘矣，是古人所難得者也。此無他，古人之天下處其分，今人之天下處其合故也。然則一父子之身而遂關國運之離合，可易言哉！穰人德公無已，乞言爲太公壽，知太公所欲聞無如此者，其他大參公政迹撫綏摧陷之功，固已見於前説矣。

【校記】

〔一〕青袍白馬，《文集》二十四卷本作『人心去梁』。

張奎庵初度序

順治十年四月二日，爲汝南張大將軍懸弧之期。宛之薦紳孝秀以及三老農人各製一巵爲大將軍壽，且借能言之士紀其盛，例及予。予進諸君曰：『諸君亦何言？』則曰：『將軍與子大夫爲僑札交，且十餘年，將軍素履，唯子稔知之，子不應無言。且將軍與子同官楚，當篳路藍縷之時，將軍開幕府於鳳凰山上，率甲士數萬，用逖不庭。大者成禽，小者就戎索，於時江漢澄清，南人不反，楚人至今像爲軀祝之。目睹其事亦無如子，子不應無言。』予曰：『唯唯，否否，將軍鎮宛八年，前此覽揆之辰，綴文之士業亭亭有言矣，唯予亦且有言矣。奚此之贅，諸君則翕翕然，退而更有請也。』曰：『子忘將軍之所以鎮宛者乎？曩者天未厭亂，城無完堞，申穰之間，斷斷如也。白牛以東，馬圈以南，幅員千里，石田無所用之。自將軍至，而流民日以繈屬，至今且家有蓋藏，中産以上，可以具鈞駟，誰之賜歟？子不應無言。』予曰：『唯唯，否否，此説吾前此亦有之，獨是將軍所以治兵爲向言所未盡者，今且與諸君昌言之，可乎？』

將軍之兵，强半出寧南戲下，世之所謂不逞者也。自得將軍爲主帥，如王良造父之於御，諸凡踶嚙跅弛之材，一入銜勒，則轅者轅，驂者驂，左之右之，馳之驟之，皆有規矩，勿相軼。又公之治兵如醫之用藥，惡草毒蛇，本以殺人，而入良藥之手，則足以引年。其大者無如屯田一事，宛城古帝鄉，爲前朝朱邸湯沐，邑多曠土，公率偏裨以下至於百夫長，躬墾若干畝，火耕水耨，各以主伯課其勤惰，荼蓼朽而黍稷茂。八年以來，野無奥草，博望淯水，南北數百里，皆成膏腴。人且曰：『此召、杜之舊壤也，公今再啓闢之矣。』夫此羽林孤兒廿尺籍，日仰給縣官。無事則如澤中之麋，時蒙虎文以魚肉閭左。有事則日費太倉之粟如流泉，揮赤仄佐摴蒱如泥沙，稍不得意，則揭竿而起矣。曰：『無奈此饑。』何也？此由於平時游手爲亡賴子，不知衣食之原也。公以屯田當治兵，深得兵農合一遺意。且令此羽箭櫜鞬，乘此寇盜衰息之時，化而爲鎛趙，爲襏襫，則胼胝習勤，人有京坻之積。天子方有事，西南内帑之儲，或有時不及期，我師不至無穀色，則亂無中起。

又公生長豐沛，習見皇帝以馬上得天下，每以獮狩之期教以躬獵纘武，逐伐狐兔，風生火出以爲樂。而其實攻圍擊刺之法略具於此，則公之餘事耳。昔趙充國在金城圖上方略，諄諄以屯田爲言，後世邊將以爲師。而諸葛武侯治新附之蜀，羊叔子圖方盛之吴，每於屯田三致意焉。公今者大抵無慮，皆悉此指矣。抑予嘗讀史，至漢武之際有感焉。爾時皇帝方好武，大將軍青同六將軍出北邊，得河南地，築朔方郡。嚴助、朱買臣等招東甌，唐蒙、相如之徒啓僰邛黔中。凡運餉千里，十餘鍾輒得一石。當時心計之臣，如雒陽賈兒、弘羊、南陽大冶孔，僅止知興鹽鐵之論，擬平準之法，不惜以天子爲商賈，抑何不返本而逐其末也。使當時有如公其人者，棋置星羅於要害邊塞之處，令兹良家子弟平時載南畝，勤東作，一旦有急，則芻茭餱糗不苦無出，於以削平禍亂，臣海内子，元元何有哉！

嗟乎！彼時漢興已七十餘年，今我皇上開國甫十年，而我公能用此法以鎮宛，推之天下之爲將者，準此法行之，我知無病國用之不足，如漢武之時矣。諸君試執此以爲大將軍賀，是吾前此言之所未盡者也。將軍且欣然進一爵，曰：『是吾志也，而未逮也。』

郭太守初度十三城公祝序

易封建而郡縣，秦制也。秦制有千百年不可變者，此其一端也。漢起山東，提三尺以有天下，踵而行之，太守之權與將軍并重。李廣之在雁門，魏尚之在雲中，張綱之在廣陵，李固之在泰山，皆以太守而兼兵事。後世專其責，於撫字以爲二千石牧民官也。其權視古爲輕，然而祁寒暑雨，小民之依，於是乎在，固已不啻重之矣。

宛，敝國也，於中州爲南徼。昔周盛時，《汝墳》之化在焉。漢自召、杜兩公後，宛之爲太守者蓋難矣。守即甚賢人，且曰：『有召、杜在。』稍有不稱，則曰：『是何？可令召、杜見也。』今燕山圖翁郭先生則真繼起者矣。

公以弱冠登賢書，生長三輔，習聞冀州平原故事，其爲太守之錚錚，因地得名者，此必有故矣。入宛以來，見宛之城郭殘毁，閭左蕭條，對父老而流涕焉，曰：『嗟吾民是二十年干戈水旱、鳩面鵠形之餘魂也。』近者滇粵未闢，六軍南下，統以宛爲襟喉，輪蹄輻輳，户口流徙，民之不聊生者，一矣。近年河伯肆虐，日事修築，刳赤子之膏血，付濁水之泥沙，又郡邑距汴，迤邐千餘里，庸租爲難，民之苦於奔命者，二矣。有此二難。而又天灾流行，饑饉薦臻，民間采稆而食，藜藿不飽，是三難也。如是而爲銅墨之長者，猶不呴濡休養與革菅俱盡，則南陽真不可問矣。爲下尺一之令，與州縣約曰：『若不記尹鐸之治晉陽乎？與爲繭絲寧爲保障乎？若又不記陽城之自注下下乎？撫字心勞催科政拙乎？』凡我公之齋祓神明嬰孺蔀屋者，一一皆出於至誠，而不徒三令五申之文。而又繪監門之圖，賦新穀之詩，爲魯山於蔿之歌，爲道州賊退之辭，幾於叩閽而請，補牘而進矣。於是十三城之刺史大令皆奉公教唯謹，亡不冰蘗自礪，如飭簠簋，如守女貞，懼以自點，且曰：『如負公何當？』是時民生亦少息肩矣。即竭胼胝力，出毛髮絲粟以佐縣官，亦曰：『分固應爾，有我公之恩勤，不敢告勞也。』近日朝廷遣大吏省察灾傷，或減田租之半，或復本年徭役，以受灾輕重爲率，宛南一塊土，疾苦得以上聞，膏雨得以下究，承流宣化，皆我公之仁也。不然，我公而上有監司，監司而上有兩臺使者，今巡方已久撤還都，御史開牙建節，位分懸絶，若使民瘼不以關心，封殖止以自固，上之人何從而知之？閭閻其何賴焉？向之所爲三難者，得我公爲敷奏。而監司臺使者，有所本以達之天子。天子有所憑，以愷澤下國，殆駸駸乎其有起色矣。

八月某日，爲公覽揆辰。十三城屬吏治一觴爲壽，部人彭子聞而善之，曰：『此非十三城屬吏之意，而十三城父老之意也。父老不能爲言，而長民者代之言，亦猶行古之道也已。』夫熊經鳥伸，延年之道而非壽國之道。鍾乳烏喙，沿其名則止以伐性，得其理則可以長生，此其説可通於爲治矣。公保合天和，鬒髯丹顴，望之飄飄如洪崖浮丘諸仙人，其期頤所至，有不知其幾甲子者矣。而諸君所以壽公者不在是，曰：『公固所謂，得壽國之道與長生之理者也，非曩者秦漢諸公區區以材勇見長者所敢望也。謂召、杜至今存焉，可也。』

麻將軍初度序

今以老革司兵子若干人，雕弓大箭，腰裹若干蹄，駐要害以防不虞。賊方隔巨浸，去來不可知，其廬舍儲糗一切取給於地方，且與居人習爲一家，未有不蠢動而怨生者。久之而詛出矣。又久之而腹誹之矣。求其與地方相安，十不得一焉。不惟其安，又從而稽顙奔呼，争執豚肩一巵酒爲當事者壽，惟恐不足，則執瓣香祈冥福，恐後又百不得一矣。我所以异乎麻將軍之爲之也。

將軍以去冬來鄧，歷兹凡七閱月，鄧民若不知有兵，兵亦若忘乎身之在鄧也。凡鄧人婚嫁喪祭諸大事以及里社報賽，烹羊炮羔相過從，無往不與軍士，與爲勞苦。軍士亦出大官緡醵牛酒，必與里人共，無幾微甲胄之色。或與里人誓爲兄弟，歡如中表，疾藥困厄，相爲周旋，罔懈勿論。逆旅過客難之，即族屬姻睦者難之矣。其諜者邏卒，一布帳罟郊坰，取火服烟，先以讓之行路人。南至襄西抵鄼及均鄖，數百里而遥，房竹蠢動，不信宿可達。羽檄紛沓，健兒如乘白駱駝，日行五百里，戴星奔命，毫不以煩民間厓嬴。公曰：『吾念兹一方重困耳，本以防盜，盜未至而先擾之，是與於盜也。』於是軍士皆能奉行公意唯謹，而公之威在軍士，德意遍閭左間，豈顧問焉。昔人謂人與周公瑾交，如飲醇醪，不覺自醉。吾竊謂周公瑾不及見，且吾與麻將軍交，庶幾近之。

將軍以將門子，自紈袴起家，與突起行伍者不同，能自下，有儒將風。殊不似武人，又不以地望驕人。猿臂燕頷，具封侯相。在先朝從楊武陵，以宰相行師立功秦楚，行致大將軍。會運值鼎革，登壇不果，六師渡河，英豫二王知公爲名將，遇以國士，念宋州爲中州南北咽喉，俾公以副元帥駐其地。是時劇寇雖逋逃南逸，支黨雨散，而草竊在中原者，憑險未下。公大小凡三十餘戰，繫渠魁，致闕下，脅從罔治，化刀劍爲犁鋤數萬人。未幾，河北大行一帶蟣虱伏起，角犄林慮孟門諸山皆響應蜂合，懷衛數郡且虩虩矣。天子乃俾公往討之。公爲出奇計，剪除解散，如在宋州時。此公將略之大端，今日之司馬職方氏知之，他時之景鐘旂常載之者也。

今年春，客有自河内來者，爲言彼中士民思公，具牒數十百紙上控，直指以冀公旦夕歸。則鄧民之今日勿忘公，寧遽在懷人下，究之無加於懷人也，皆公之有以致之也。兹六月廿六日爲公誕辰，維予初不知，聞父老子弟言則喜。父老子弟又殷殷求予文以往壽之，則又喜。喜有以報公，得盡之於言也。雖然，言遂足以報公乎哉？世之鶡冠虎幕以有事駐他郡，遲之又久，求如麻將軍則可矣。吾不知麻將軍而外果何如也？

高鄧州初度序

今天下尉侯萬里，罔不臣妾〔一〕，唯西南一隅沾王化稍後。皇帝咨大司馬，方勤六師往治之，鈎陳雲旗，燁燁獵獵，號曰百萬，用逖不庭。南陽帝子鄉，居中州之咽喉，爲子午孔道。王師之所經臨，士馬芻糗軍儲繁費以巨萬計。而鄧幅員尤廣，租庸獨劇於十一邑。我父母烏程高公戴星臨宛，與藩大夫三原王公郡伯易水郭公措置經營，略無難色。鄧民若罔聞，知時敬謹，親王大將軍喜甚，王師得資，其騰飽踊躍去，真所稱從枕上過師矣。師去我公來，某乃得從耆舊孝秀後慰勞我公，公告我以故，則以爲鄧凡出糈若干，犒下執事酒脯若干，里夫若干，視他邑倍之，鄧苦矣。於是憂民之色況瘁形於眉宇，若瞿瞿不自安者。予退而念曰：『甚矣！大夫之不忍用我民也。昔漢武帝方用兵，卜式上書，願輸家財半助邊，且告武帝以爲賢者宜〔二〕死節，有財者宜輸之，後竟賜爲關内侯以旌義。夫今西南用兵，正卜式急公之日也。鄧叨居中土，自皇清膺籙，享太平九年，人無晨服，犬不夜吠，即悉索敝賦以佐縣官，誼固應爾，易我大夫不少即安也。』乃二三諸生，則又言曰：『大夫之勤我民，尤在河工一事。』夫河之自古爲患不具論，獨計我鄧去河千八百里，不過此閭左彫敝之孑遺，更番興作幾一年。所非得我公屢牒上告，藉手河使者以聞，得稍休息，則吾鄧之死傷流亡監門之圖莫能繪已。乃今年封丘孟縣等處又復河決，誠恐當事者踵前以勞吾民，在朝廷方有後命，斯我公之焦瘠夙夜，正未有已耳。

抑我公生長吳越名邦，鍾浮玉天目之秀，則蜿蜒奇拔森鬱之氣，所謂生而有之者也。而又幼嗜异書，廣交偉人，博覽方宇以内名山大川之雄概，於凡古今興亡得失成敗以及朝廷之沿革人物之豐耗、風土之剛柔美惡，無不了然胸中，則一行作吏，天下事又何足爲我公難哉！

在今皇帝龍飛之二年，八閩居海東南，天使未通，公同大將某奉天子璽書，用宣德威於湖山萬里之外，陟芙蓉之絶巘，捫牛女之星紀，間出奇謀秘略，爲當事者借前箸。以故海舶艨艟山谷蟻聚罔不化，鷹眼而懷鴞音，皆解甲與熊耳山齊而去。左纛黄屋，如真定尉惟恐後此，其事天子亦知之，閩人至今能言之矣。至如飭簠簋如冰壺，聽斷兩造則燃犀而龜卜。而又仁愛好教化，如文翁之治蜀。視民如子，如翁卿之治上蔡，置之循吏傳中，曾未敢一二比數也。

會仲冬某日爲公覽揆辰，郡之耆舊孝秀，斟菊井之芳醴，挹倚帝之天漿，爲公進一卮，祝曰：『朝廷仁愛，特簡我侯。我侯莅止，克宣其猷。既有室廬，亦有田疇。楚楚衣裳，惟侯之由。是月天子，乃駕鐵驪。盛德在水，釁龜兆吉。惟公篤生，是月懸弧。花洲燦燦，湍流瀰瀰。』

惟予亦隨耆舊孝秀後，爲洗爵奠斝，而言曰：『我公之德兮，弗而康。造我鄧兮，惟居允荒。昔無鷄犬兮，今有牛羊。惟召、杜之在宛兮，叔子之在襄。公處中間兮，是曰古穰。豈謂古今人不相及兮，蓋左提右携而相望。樂只君子兮，壽考不忘。』維時國人鼓缶堂下而作歌，鄙師酇長里宰鄰長之屬爭持一觴爲公壽。公醉，予與耆舊孝秀輩亦徑醉矣。

【校記】

〔一〕臣妾，《文集》二十四卷本作『胥臣』。

〔二〕宜，《文集》二十四卷本作『以』。

州守陳頑龍初度序

漢唐宋取士之法不一，或舉孝廉，或以聲律，或以制策，至先朝則專以明經帖括爲本。而其博學弘詞於二三場見之，較前代爲囊括，往往偉人輩出，如束鹿王靖遠驥，濬縣王威寧越，以及王文成、于忠肅諸君，皆以制科起家，奏將相勛竹帛爛焉，人豈曰書生白面不能跨馬穿札哉！於此見制科之中文武合一之道也。

我皇清創有大統，崛起馬上，在爲中國除殘賊，是爲纘先代統，而得天下之正，爲漢唐宋所不及。於取士一法，人且曰：『制科無用，將爲本朝所輕。不則或暫用之，以羈縻文士，未必久而不甄識者。』曰：『不然，昔劉季以三尺造漢業，自謂不事詩書，世傳其溺儒冠，乃彼時一聞陸賈數言，輒納之，不聞有所齟齬。汲汲用叔孫通輩，經營綿蕞之間，爲後世立隆安在，所云禮樂百年哉！』我皇得國十年，凡輿服旗幟賦役出車諸大政，不免視先朝有所損益，以昭一代之尚。獨取士一道，一仿前朝舊制，行此八年矣。辛壬會大比，皇上豁然欲以文事治天下，謂宗伯臣曰：『二三從龍之彥，業以閥閱致天衢，棋羅星置於方州之間。然國之俊秀子弟從我游者，我能尊顯之。若使讀漢人書識漢字，不從制科起家，人且謂如紈袴，何毋亦羞朝廷而薄三韓之士耶？』維時禮臣曰：『俞繕疏請旨，定以鄉會兩闈，一准漢人例，名額若干。』帝制曰：『可。』當是時，淮海陳公頑龍先生以前代副戎坐收江南功，勒名旗下，將以原官赴職方，建牙專城，一日謂其長公曰：『我與若生長江南，少年習舉子業，不第，因蠖屈就此，良非素志，行且擁盾鼻，揮戈爭横草名聖人，方臨雍拜老，投鞭講藝，何如通籍金閨之爲愈也。』於是長君曰：『善！』操不律附乃公，後入棘闈，與海内豪俊鏖戰，凡六日夜，兩發兩捷，如取諸寄，遂登賢能書，成進士。於是頑龍先生乃盡裒其生平制義，公之海以内。比於武事，如晉、魏、齊、梁後，得見昌黎，真有廓闢摧陷之功。不則，或眉山蘇氏父子再出人間也，宜前後售知於歐公耳。

私念制義一道，在前朝工於大江南，彼中當六代之餘烈，據東南勝概，巨浸粘天，龍虎盤結，又爲孝陵豐沛鄉，擅三百年之長，固宜矣。今者本朝起東海，士生白狼鴨緑間，人人胸中具興王之氣，以故發爲人文，與江南爭勝如公者，固以生長之地與所從游之久，而兩美萃焉者也。昔庾子山自朱雀之役轉入長安，其所著書獨顯於周，而不附於梁。陸機年廿餘，入洛後見張華，文乃大進。葛洪比之玄圃夜光，雖繫於晉，而實出於吴。合二子以論我公，其他日制作成名爲本朝蘭臺石室所依毗，必有所歸矣，而豈知我公固淮人而且以副戎始基者哉！

而某白蟫半生，叨曲江末座，早齡作令，牛馬晉陽。壯歲又宦游南國，蹉跎於三湘五嶺牂牁之際，銅柱未標，薏苡旋興，今且老矣。自撫衰朽，無復四方之志，獨是明經帖括一道未盡遺忘。偶從坊間見君家父子制義，忽動鉅鹿之想。今公奉天子詔書守吾鄧，昔讀公文，今見公人，其何能不欣然慰周饑也。時防守麻將軍〔一〕，以及守禦沈君、馬君、孫君、張君俱托公宇下，飲公醇，以公揆覽辰介，儀曹李鑒湖屬予爲文觴之，諸公乃纚纚向予言公爲人，其材而介也如此。其爲我鄧民，則豈弟而樂易也如此。

頃者大水嚙城，四野白波，如在孟諸震澤中，人家廬舍五椋飄殺幾盡。公騎馬城頭，廢寢食，率丁男壅其潰，城以全。乃請命於諸當路，爲我民恤灾患，其租賦所出以供大農度支，絲毫不以病民。猾胥侵牟乾沒之弊蕩然洗矣。而尤以宣王宮殿爲念，以爲稷下垂聲，閟宮作頌，匪异人任待章縫必以禮。長老言，五十年來州大夫，公實鮮儷矣。异時河南吴公治平爲天下第一可决也，公獨以文字爲説，何隘也？予曰：『不然，是所謂以文章飾吏治者也，豈惟先朝靖遠、文成諸君爲然，又將見之本朝矣。』是予所謂制科之中文武合一之道也。噫！制科〔二〕取士之法，爲不可易已。

【校記】

〔一〕將軍，《文集》二十四卷本其下有『舊江防使者冒公，州刷唐公』十一字。

〔二〕制科，《文集》二十四卷本作『先朝』。

前題〔一〕

鄧人曰：『我父母陳公之子吾鄧，凡二載有奇，我民於其壽則執瓣香頂祝之，迨此凡三見。』我父母力却之曰：『天湇陽無計量，地化生無法崖，曷有恩勤哉！』鄧人曰：『舍此固無以報公也。』於是率軌長里司之屬長跽致詞曰：『氓生也晚，前此承平，世祖父休養生息，〔二〕咏歌太平，我儕小人不及見之。往者蚩尤竟天，旬始出雍梁間，突騎東走，關東流血。我鄧居宛洛孔道，綰轂褒斜析酈，巨猾出没，必經不腆。鄧城與戰骨争平，東望白牛，西瞻六門，叢狐晝嘯，怪鳥争喧，人生其間，幾無遺種，不絶如綖。所以天下之苦宛爲劇，宛之苦鄧爲劇。夫人民流亡則土滿，土滿則百貨不聚，昔之所爲一畝數鍾之田，今爲甌脱鹿兔窟其中，求所爲儋石之子，僅存四壁。朝廷大賦，軍國需尺籍，百不餘一。若是，鄧人曷賴焉。我公曰：「人惟不以家事視國耳，非天生地産也〔三〕，在吾嫗嫗撫拍之耳。尹鐸之任晋陽，專言保障，不事繭絲。陽城之治道州，勞於撫字，拙於催科，皆所以生吾民也。」我公於是得此意而用之，謏充末衡，謏音絢。謏充，管子言心之營求充動也。末衡，言耳目也。耳目欲端。槖籥宙合，近里井鄙舍間，哀鴻聿歸，遺㥨是孳，漸以有人。我公備厥規軸，減溜大成，爲我民鬻牛給種，經營斥鹵中，轂芟搶刈，別苗莠，列疏遨。上之租庸調，稍稍出三分之一以佐縣官。下則恤老羸，養孤窮，以呴濡於苧蒲襏襫間，無朝夕暇，鄧迄可小康，我公爲烈。昔東漢之季，經赤眉之亂，建武御籙，班史頌之曰：「肇有父子，更造夫婦。」我公今日之於鄧亦猶是夫。』

且夫士者，民表也。漢唐宋太學生得以上書陳言，談國家利弊，先王所以待之者甚爲隆重。我公以名士起家，尤雅意作人，徭役諸雜差不在兩稅之科者，一切報復不與，俾士子得一意究心帖括之業，奮翼青冥。其中材年邁者，亦得暫息肩，瓮牖訓厥子弟，以自异於齊民，前此未聞，他郡縣未聞也。

剖兩造如觀火，圜土草生，民無胏石之寃。間有非種爲卤禾害，鋤而去之，不後時。此輩奸宄或庇身公府，藏衛、霍牙校中以爲城社憑，公擊之不遺力，勿俾漏網於吞舟，以肉吾赤子。往時臺使者與藩臬椽吏之牒郡縣者，莫不霆其怒，虎其皮，以抗禮於聽事，至我公則蛇行膝語，勿敢肆，公亦厮養待之。若輩且屏息嚙指去，又何必南陽朱季哉！

公篋簏必飭，日用魚蔬，視市價常浮一倍。每公出稅舍，脱粟飯一盂，清茗一盞，皆行厨自携，不以煩供給。其自奉淡薄又有如此者。公冢君弱冠成進士，公教之如諸生，勿令仕。曰：『少年登第，古人所戒。務老其材，爲异時公輔地。』不似世人汲汲以榮膴爲念。公於書無所不窺，尤精於兵。在先代奮身驃騎，業致黄金印，如斗懸之肘。後當本朝龍興，乃俯首復爲文。人以科名起，例選令官，爲將，爲儒生，又爲循吏，公真不可測哉！〔四〕昔卓茂年七十餘，光武下詔，封褒德侯。魯公再爲三公，年八十餘。史雖不明言，君子得以意斷之曰：『此循良之報也。』然則公今日春秋正富，岡陵之頌遲之又久，請從此日始矣。

【校記】

〔一〕篇題《文集》二十四卷本作『陳刺史初度序』。

〔二〕『前此』二句，《文集》二十四卷本作『前此祖宗朝，休養生息』。

〔三〕『非天』句，《文集》二十四卷本作『民非天生地産也』。

〔四〕『爲將』四句，《文集》二十四卷本作『此海内所知，前此言之，不必喋喋耳。今七月某日，公生申期，鄧人相率爲公效華人之祝，而某代之言如此』。

壽鄧守馮公初度序

《春秋傳》曰：『鄧侯吾離來朝。』言朝魯也。斯時平王東遷，文侯作命，天王失入柄之權，魯姬公後稱秉禮之國。朝魯者，朝周也。則鄧人之忠棐不爲叨憤，地氣然也。後以南鄙鄾人奪幣一事，并於楚國，小而孱。居蓼鄀之衝，不足抗大國，供蠶食餘。往者寇起秦隴，蹂關以東，羽林之卒，手挽金僕姑，搴蝥弧之旗，與赤眉角可二十年，債帥居爲奇貨，以鄧爲戍。朝夕以魚肉吾民社屋矣。餘鵖猶噏我雉堞，不潰者三版。噫！鄧民無遺種矣，僅存者百六之餘，明其與禍患相始終也。以中州視天下，以鄧視中州，苦爲劇，尚可爲哉！

今皇帝十有四年，歲在丙申，天官冢宰爰以我江右馮使君來治吾鄧，鄧之遺民時則有若孝秀某，時則有若州長某，時則有若黨正某，時則有若族師閭胥比長之屬，謁使君而進之曰：『維天維祖宗，不忍棄鄧，故皇帝遣使君來。』先是鄧人先正李公填撫是州，與公有舊好。先正之弟截，截爲鄧人言之，鄧人意中有公非一日矣，非復曩者莅吾土不知所爲何人者比也。其責公也詳，而望公者奢，則聚族而謀曰：『鉗盧淤塞，庶草繁廡，膏腴石溜，何以闢之？六門舊堤，荷鍤成雲，靈雨桑田，賢於桔槔，何以復之？子午孔道，申宛之喉，冠蓋相望，芻茭是需，牛車負擔，何以省之？犉犢草馬，鷄豚若干，葱薤幾本，鹽米瑣細，何以周之？』則又曰：『野有狼莠，罔利嘉禾，摴蒱六博，奸宄攸叢，何以除之？』則又曰：『里有俊民，子弟弗率，紈袴慆淫，自即匪彝，不知稼穡，笑其祖父，何以教之？』凡茲數者，皆所爲責公詳而望公奢者。

彭子聞而笑曰：『是何足以難明府哉！夫當建業不守，朱桁兵敗，江總入隋之年，庾信歸周之日，公也臨江誓衆，借賓王而草檄，奉表勸進，遣温嶠以緘辭。凡此舉動，固可望之委瑣齷齪之人乎？』迨夫天命有歸，大物已定，公乃慨然於許平仲、王景略之爲人，走北平而上書，謁選人而受吏，爲蒼生起，所謂華子魚自有名字，海内之人無不知有盛孝章，又不止鄧民爲然矣。

閱明年丁酉，伻來，爲言鄧民之所以責望公者，今且次第舉行，有成效矣。噫！是何足以難明府哉！觀人者，觀其素而已。則吾鄧之所以責望公者，亦以其素也。某先世臨江與公桑梓相望，世有婚媾。自始祖徙鄧，迄某之身五世矣。聞之先大父，時言豫章風土人物之美，文章節義之鄉，而峽江馮氏尤爲望族。桀隽挺出，當世論者，比之關西之楊，汝南之袁。居嘗嘆曰：『安得當吾世而親見之。』不謂天錫哲人，來守是邦，不腆殘穰，待君冉造，鄧亦何幸哉！維時某策名幕府，羈旅潭州，聞公以六月某日爲懸弧辰，聊作輿人之誦，以佐公堂之觥，君無笑曰：『橘逾淮而北爲枳，鄭刀宋削，遷其地而弗能爲良。彭子吾鄉人，其於文也亦然矣。』

張將軍初度序

宛，一都會也。東達淮汝，南控荆襄，北走河洛，西引武關。商於是，昔賢所謂用武之地。而國家之治亂，每每視他郡爲先被之。漢高帝起豐沛，借南陽爲入關路，大業以成。建武中興，一時雲臺之英，半出白水。蓋嵩河居天下之中，而中原風氣所聚又多在宛。是故宛之所係在中原，而中原之所係在天下也。

先代末年，秦氛煽動，蹂躪半天下。而宛南一帶苦尤劇，坐以郡屬多山，連綿嶕嶢，洞壑迤邐，窈窕析酈多礦，往往不逞之徒萌芽其中，伺釁爲亂。以故黄巾黑山之侶以爲窟穴，大兵至，懸車束馬不能入，則又退。退而若渠乃猖獗如常，所以宛民二十年來受兵革之禍者，十室而九。揆以剥復之理，小往大來之運，聖人崛起，再造夫婦，宛當不至虔劉，歸於靡種之鄉也。

居亡幾何，天子乃命我張大將軍得以閫外權，持虎符鎮撫其地，是歲丙戌二年也。我公生長三韓，爲新天子豐沛湯沐之區，雲龍風虎，有開必先略，如盧綰與漢高故事。早歲倜儻有大志，兒嬉時輒以射爲戲，猿臂左右，力彎三百斤弓。而又好讀《陰符》《黄石》諸書，不好野戰，學爲萬人敵，其素所蓄積然也。先是親藩南下，略江楚南北地，維時武昌左寧南侯領百萬之衆，洶洶不知所爲，戈船戰艦蔽江而下，勢且糜爛，豫章吴會無可收拾。公乃於潯陽江干謂衆將曰：『天命有歸，大物爰集。昔韓淮陰仗劍歸沛公，起家於連敖。鄧仲華策杖從世祖於河北，今其時矣。』於是親王一見若平生，喜甚，自以爲得公晚，遂推轂爲三楚大帥。當是時，隻虎餘孽尚跳梁於緑林長坂之間，攻南郡急，旦夕城且下。公出奇計，自夏口兼晝夜行三百餘里，直擣虎穴，殺賊四萬有奇，所得錙重男女牛馬稱是。未幾，天子念中原重地如前所云，非公不可，公遂奉簡書移幕府來宛。公乃與左右偏裨諸帳下兒約曰：『宛，新出湯火，墟里恫寒，我兵駐節其地，勢必卵翼調護，此元元爲第一義。』於是招流亡，給牛種，延醫藥，恤孤煢，諸凡皆從我民起見。而又整部曲，嚴號令，有取民間一笠蓋其鎧者，誅不赦。蓋至是而宛人有生機矣。於是剪封蛇於鄖淅，殲短狐於光固，與爲摧廼，與爲塞蟻，勿爲滋蔓難圖，勿爲養癰待其潰。數年以來，犬不夜吠，人無晨服，大河以南，得以息肩。人人高枕卧者，此又將軍之功也。

將軍之功在宛，宛安則中原安。中原安然後，東之淮汝，南之荆襄，北之河洛，西之武關、商於一帶，可以有磐石之固，泰山之安矣。皇上聖治維新，行且論功行賞，分茅胙土，傳之無窮，豈區區我民桑户繩樞所能祝頌其高深哉！然我民究竟不能已於言者，良以我公德澤沁入於人心而不能去。以故父老子弟冠蓋以及嗇夫輿臺之賤，以公攬揆之辰，皆争持一觴爲我公壽。《詩》曰：『躋彼公堂，稱彼兕觥。』蓋謂此也。且乞蕪詞於予以佐觴，以予往爲楚督學時，得以兄事公。今日又從士大夫後稱公部下編氓，在公覆育之中，不敢以不文辭。於是從其遠且大者，爲公質言之，挹彼菊潭滿引而進。公其無辭。〔一〕

【校記】

〔一〕『挹彼』二句，《文集》二十四卷本作『挹彼菊潭滿飲而進，爲歌李白詩曰：「百年三萬六千日，一日須飲三百觴。」請從此日始』。

大梁兵巡原閩撫佟懷東初度序〔一〕

天爲太平生一聖人，卜曆衍祚開萬年有道之長，必先於其發迹之地，厚積蘊降其氣，以誕生厥將相。或散見他族，或苞孕一氏。使當世見者，以爲龍翔鳳翥，攀附綢繆，元化胚胎，結爲景運。而在後世曦昔帛之末光，覽旂常之偉績，未嘗不曰興王之難也。

讀《九五》之爻，知風雲之會不偶。讀《嵩高》之詩，知申甫之生居多。他不具論，如漢家兩祖，高帝未起，豐沛已有蕭、曹。帶礪論功，韓、彭不得而先。世祖甫起，南陽即有鄧、賈，雲臺之業，唯仲華爲首稱。蓋所以刱造天荒，分靈地脉，先後同符，外此者不得而參伍矣。

予常執此義以衡今世之名臣碩輔與夫貴族大姓，誠未有出於佟公之右者也。佟公世産三韓，以文武爲箕裘。在前代之以制科名家者，曰卜年。熊經略廷弼曾稱其英偉不凡，後雖未得竟其用，然識者惜之。嗟乎，國運之隆替，豈不關人材哉。

自我皇入關來，公一門中，大將軍以下，部院大臣與建大中丞節，外而監司郡守，夥難更僕。計海内傳誦撫臣所上封事，爲朝廷靖亂消萌，興除地方大利害，安反側，保有金甌，誠未有我懷東佟公之最著者也。

先是閩土初定，澨陬未全復。皇帝惻然念曰：『惟東南一隅，僭竊者已誅，而逃逋者未靖。

我聞無諸故封，憑山負海，夙稱都會，佟某爾爲舊臣，爲朕往撫之。』公持節至，會驄馬使者某，恣睢躁妄，多爲不法。黷於貨，薙人命如草，兩司大吏乃郡縣屏足懾息，奔走下執事唯謹，道路以目。公爲一一詷知，嘆曰：『天子命我稱重臣，一切安危，依以爲命。曾巡方弗類，爲疆域大杌。弗克以三尺繩之，謂執法何？』即日繕疏入告，用殲不法臣某。天子報曰：『都御史爲地方除殘，職也，如所奏。』維時閩地遠近聞者，莫不歡忻起舞，烹豕宰相賀，以爲撫軍實生我，否則鼎釜之矣。其跳者苟延旦夕命，又挺而走險。亂靡有已。居亡何，貪殘者以他事相巇污，公竟爲地方受過。奉天子命，出視大梁兵。

夫中州爲天下腹心，四方治亂因之，天子豈無意而置公此乎？冢臣抑豈無意而以此勞公耶？若曰閩海逼處渤澥間，公能指顧定大難，若以移之中州，則關係實甚。蓋中州自鼎革以前，受寇禍獨深。殘骨相枕，雉堞僅存。兼以河決連年，宣房未築。楚粵方用兵，又以中原爲孔道。非得老成幹略如我公，其何能有濟？

公治兵暇，試爲我吊魏公子故都。復有當時所稱竊兵符，袖四十斤鐵錐，以救邯鄲之圍者乎？又爲我登廣武之戰壘，搜敖倉遺粟，想見楚漢相拒時，復有昔時酈食其其人者乎？則斯時我公酹酒，公之將士揮戈樂未央。又公駐節鈞陽，我聞吕丞相、張留侯諸君，皆禹産。其人或以著書，懸千金於咸陽，或以圯上一篇，爲帝者師。公遇興朝，奮身爲名大臣，是真古人恨不見我矣。

適以七月某日爲公桑蓬期，開歸鎮韓將軍，爲言部下健兒受公投醪日久，丐一言爲公壽。彭子聞而喜曰：『是我願也。猶記順治二年，今少宰佟公爲七省總督，駐武昌時，予視三楚學政，叨公知最深。每杯酒相對，談及懷東公，輒極口許可，以爲命世才。後又從邸報得見公行事，如前所云，且以服少宰公之知人，爲内舉不避親也。抑又聞之錢塘徐玉伯爲予言，公能詩，擅臨池藝，兵機武略，其剩技耳。』如此則閩海故節，王氏青膻，旦夕爲公致，何有哉？請以兩漢諸君子爲公壽。公且於蕭、曹、鄧、賈之間奚取焉？

【校記】

〔一〕本篇據《文集》二十四卷本補。

分守汝南樓公初度序

今上甲午乙未間，南詔黔中之寇枝出東西川，延及房竹。先是豫楚大史上書設戍兵於鄧，鄧距漢水百里，賊豕突則鄧當其衝。故戍兵之設，視他郡爲急。顧前此受事者，爲雲中麻副戎名胤揚，將家子，治兵有律。兵居鄧可二年，與我民相安。亡何，麻以升任去肅州。一時民家盆盎扉牖不保，其初若輩齒齗齗與我民爲難，攫室中藏爲一快擪蒲，廛市爲空。而又斥候偵詷以殘黎爲驛卒，奴之矣，民弗堪也。鄧刺史痛心傷之，乃微以此意上控諸當事。未幾，樓使君乘傳抵宛，則首及戍兵一事，單馬歷新野，走大堤，既入吾鄧，檄千夫長、百夫長，飭之曰：『若輩健兒爲朝廷捍牧圉，毫不法，去賊幾何？有三尺在，尚慎旃哉！』於是一聞令出，如盛夏負冰霜，罔不攸戢。歷冬涉春，民以寧止，不啻麻公時。

父老因公仲春壽辰，執瓣香往祝，乞言不佞。某維時則進父老而告之曰：公當鼎造之泰運，附六龍而東來，節鉞凡四出矣。一使楚，一使晉，一使秦，今則使豫。其使楚也，在順治之二年。江漢未澄，苗猺負固，洞庭江黄，東接彭蠡，南連蒼梧，巨寇因而跳梁，如歐史所傳馬殷父子之在長沙，高季興之在南郡。公奉天子命，同今閩浙總督佟公出奇師，搗其營壘，擒渠帥，築京觀，開辰沅邵陵一帶，定五溪百蠻之地，不減馬新息之勒銅柱，而柳公綽之銘武岡矣。

曩時某爲楚督學時，所目擊者，公在岢嵐，居萬山之中，西控河湟，北引雁門、上谷，是唐祖發迹之地，五代李國昌父子借兵倡義之區也。我公經略之謹，器幣蒐軍實，河東股肱，屹爲長城。〔二〕其懋績大略視楚云又其甚者。某將軍以債帥肉公所部，公執簡與之争。天子直公付某司敗，仍用公以原官，分藩西陲，建牙靖遠。夫此乃所稱西羌吐谷渾舊壤也。張軏、竇融諸人常用之矣。高昌薛延陀之戍壘斷隍猶有存者乎？其難治又甚於楚晉，公一一得其要領而撫綏之，罔不率俾。此二者，則予聞之薦紳先生與見之邸報最詳者。於是聖人南顧中原，進冢臣謂之曰：『楚粵用兵，密邇豫南，徼聞司馬上書，言房竹鄖襄間，伏寇未靖凡十年，于兹毋以糗糧儲峙不繼，戎兵罔詰，爲六軍羞。維參政臣某具將相材，從先皇帝歷試行間有年，其以若往，則公之自楚而晋，自晋而豫，皆出自一人意，非若他人之以選人例資地升轉爲也。』吾鄧人所感公者一端耳，此何足以盡公哉！且汝不見方城近事乎？方城北山，嶢崅盤紆，中如杵臼，狹斜路如馬脊，如牛角，中乃膏腴如仇池，往往爲緑林窟穴。山東鳴鏑逃逋者，倚爲淵藪，乘間出周道噆行人有日矣。公唾手跨馬往殲之，游魂靡所，大河以南，無蓐食夜柝之警，异日者不爲鐵脛銅馬之先資，皆公力也。夫禍形秒忽之間，而事阻因循之蔽，疽蓄癰潰，寢不可藥。殷鑒在懸，恫乎餘疢，公真有心哉！[二]吾鄧之所感公一端，其實知公亦一端耳。

衆父老則揖某謝曰：『小民之所知者，凡以爲鄧也。子大夫所言者，則在楚在秦晋與夫在豫，其大者。穆如作頌，道在申伯之卒章矣。[三]』雖然，自此以往，我公方進秩大中丞以節度同平章事，圖姓字於麒麟，誓山河於帶礪，請從此日始，則我公之壽豈可量哉！凡我與爾之所以壽公者，凡以爲鄧也。

【校記】

〔一〕『我公』四句，《文集》二十四卷本作『我公經略之，如李勣之守太原，郭汾陽之在河東』。

〔二〕『夫禍』七句，《文集》二十四卷本作『以視昆陽之役，虎豹皆戰。伊陽之甲，熊耳山齊，孰謂古今相遠哉！』

〔三〕『其大』三句，《文集》二十四卷本作『其大者耳，如此誠足以壽我公矣』。

亢撫軍初度序

予所見古來瑰瑋非常之士〔一〕，遇鼎造之運，寅亮天工，翊贊草昧，第見其分光竹帛，爲羨風雲龍虎之遇，不知此中有天焉，不關人事也。其誕靈有地，遇主多奇，後世追論者，等之豐沛之湯沐，南陽之戚里矣。若是者，吾以得之大中丞亢公云。

某十五年前綰長民符於太原，聞晋陽長老云，公爲河東巨族。今汾陽蒲坂間，每有聞人往來，淮泗維揚，携重貲巨萬以佐縣官一日之用，下亦急人緩急，不問其償，在昔人任俠傳中固約略可得而稱之。公生負聖童之异，與夫慧業文人之目〔二〕。甫入膠庠，名動鷄林，在公方挾不律三寸，隃麋一斛，乘兹舞象之年，唾手秦鹿，取青紫如拾芥，行且執牛耳，主齊盟，鞭策山東諸侯，附庸曹檜有日矣。乃太宗〔三〕皇帝天啓龍興，略地汾晋，公年甫垂髫，即爲世所知名，遂應物色叶於夢卜。此正如漢世祖渡河，耿弇來自上谷；唐太宗入關，房玄齡、李衛公遇於三輔；趙太祖西征，得張齊賢於洛陽。其人始則逅遘，終作台衡，明良出於羈旅，感召捷於呼吸。此吾所謂天焉，不關人事者也。

維時先皇帝知公爲异人，拔公金馬石渠間，讀中秘書，專士文翰〔四〕。凡宣布中外詔檄，一切大著作皆出其手。蓋公與先帝所早作夜思，揚于文告涣汗之際者，十有餘年。定鹵簿，肅威儀，出入叔孫通、賀循之間。爲中國雪耻，除凶殄，滅寇虐，彼李昌國起雲中，削平廣明之亂。劉裕起丹徒，靖孫恩、盧循之氛，功烈固不啻倍之。大氐廟堂之密謀，禁中之頗牧，今皇所以奄有九有，丕基萬年，公力多也。

今順治十一年，聖人南顧中原，惻然念曰：『豫，天地之中也，於人爲腹心。人之疾疹，中乾先受於腹心，而後延之四肢，未有中原不治而海隅日出得以乂安者。』西南方在用兵，百粤雖下，牂牁未開。兩川雖收，昆明未靖。豈五帝三皇之土宇，而忍膜外置之。古來大一統之規，先從中原始。凡車徒之所往來休養，士馬轉餉牧芻之所煩費，中原當十之七。帝曰：『非公不可。』一時諸王貝勒固山冢宰諸大臣俱推轂曰：『有如王言，匪公莫任。』於是公乃持大中丞節填撫兩河，顧兩河弊極矣。

先是闖逆煽亂，宛洛受創獨劇。乾坤更始，喘息未蘇。繼河伯不仁，宣房日潰，熒熒孑遺，以有限之膏血傾無窮之巨浪，不知凡幾矣。庶幾少休息我乎？曰：『惟公。』夫閭左衰耗，美壤化爲石田。百里烟寒，牛犢貿於刀劍。以今日而議，屯田他省猶勉行之，河南南陽誠不可問也，所謂有屯地而無屯人也。無已其軍屯乎？以所在之兵，墾所在之田，自開歸南汝兩鎮。而下視此矣，庶其少變通乎？曰：『惟公。』且攬西周之舊地，保無有者作弘深爲西漢文運開先，如賈洛陽其人者乎？披汝南之輿圖，保無有風尚高潔玄鑒内朗，如苖叔度、許子將其人者乎？若夫王氣鬱於春陵，雲臺聚於白水，搜賦材於梁苑，訪俠烈於夷門，則卧龍、鳳雛、劇孟、信陵諸君子又可得而指數之，如是者皆公几案間物也。其亦取而揚厲於天子之庭乎？曰：『唯公。』此數事者，我公饒爲之，然兩河所以望再造於我公，豈有涯哉！抑古人有言，大器晚成，馬援矍鑠而定南方，鄧艾、王濬爲晋家成一統之業，俱當垂暮，事固有不可一概而論者。

我公今年方三十有奇，考之前哲，鄧仲華之策杖河北，周公瑾之著勛赤壁，謝康樂之破敵淝水，以若寇萊公、錢若水之爲名將相，彼其人皆年未及四十，又何以稱焉？噫！攀鱗附翼，及鋒而用，如公者殆天作之合矣。〔五〕况夫河東，天下之精兵處也。李淵父子起兵於此，造有唐四百年之基石。晋後，唐亦皆藉其士馬精强之力，於以奠王基而振絶業，皆公鄉人也。他如龍門之史，直接麟經。河汾教授，爲世大儒。裴晋公之業，建於淮蔡。柳河東之文，重於金石。與公所謂比肩而生者也。然則太行之巉巄，横亘塞外。黄河之蜿蜒，傾動西極。風土遒勁，人物奥衍，是帝王豪傑居處之鄉也。晋之爲天下烈也，豈顧問哉！

治某猿鶴人耳，何足以知公顧念？昔年宧游晋陽，知公爲一代偉人〔六〕。今〔七〕持天子璽書，慰勞中土，而某猶得以草間未老之身列公蔀屋之末，雖圖麟之志久灰，而登龍之願敢後？其得同黃髮之老咏歌太平之年者，皆我公之賜也。特因樓使君之請，盥手以代申甫之祝〔八〕。

【校記】

〔一〕『予所』句，《文集》二十四卷本前一句，其有『大中丞亢公以三月十四日爲懸弧晨，汝南分守樓使君，以某爲公部下人，且往年薄游晋中，得公素履，乞蕪言爲壽，而某乃拜手揚言曰：以』五十四字。

〔二〕之目，《文集》二十四卷本其下有『如嚴僕射之循書，百紙俱盡；如劉穆之之應物，五官互出。蓋誠昔人所云，羊祜之前身，曹植之天人矣』三十九字。

〔三〕太宗，《文集》二十四卷本作『先』。

〔四〕文翰，《文集》二十四卷本其下有『大都似岑文本之隨車駕於遼東，崔清河之在北魏』二十字。

〔五〕『攀鱗』三句，《文集》二十四卷本作『此所謂用其朝氣者也』。

〔六〕偉人，《文集》二十四卷本其下有『久以未識荆州爲恨，今十五年而往矣』十五字。

〔七〕今，《文集》二十四卷本作『公』。

〔八〕之祝，《文集》二十四卷本下有『雖然，治某豎儒耳，此揚子雲所謂雕蟲也。弄筆舌於巨公之前，知懼已，且滋赧已』三十一字。

孫母八十序〔一〕

順治癸巳上元日後，親貢士李充茂，投予札曰：『潙灘孫母某太孺人，年且八十有一。有子五人，孫暨曾孫若干人，以茲月之十八日爲母誕辰，里人牛酒仕賀。茂宗人某，誼屬蔦蘿，得以一巵隨州黨後爲母壽，藉子大夫一言以爲贈。』

予謝不敏，李君乃造予，爲從容言曰：『母以名家子，字孫叟乾峰，甫及笄時，孫叟產，纔及中人。家無素封之積，爲二人供匕箸，時復艱於鮮。母作而嘆曰：「丈夫生承平之世，不能致身將相，佐明天子，取封侯而徒呰窳以老，驕語貧賤，或智盡能索鄉里，無所比數，亦足羞已。」乃相夫子，克勤厥室家，自茹糲藿一盂，衣履不敝不更爲。雞鳴盥濯，飭棗脯以奉舅姑，宗姻以孝聞。而又手績麻枲，率旅力田作苦，化鹵莽爲膏腴。會孫叟亦多心計，長猗頓陶朱之術，數年間，屢致千金。谷量牛馬，輒斥去，里人鮮菜色者，亦無短褐不完者。曰：「恃有孫公耳。」其實皆母有以相之也。今且琅玕森邃，芝蘭紛郁，耄耋膝下，羅列四代。自運會鼎革以來，兵燹相繼，百六相摧，如母之遐齡，景福誠未敢更僕已。是可觴也。自昔雋母齧母，皆以子成名。有聞於後世。然或以能用母言而令終，或以不能用母言而終敗，要之，皆以祿養者也。孰與母之勤菑畬，績篝燈，肥腯甘脆，取諸家牢。不損大官之奉，不以仕宦爲榮，禍福不以怵其心哉？是又可觴也。若夫伯鸞之賃舂廡下，龐公偕隱鹿門，雖其丈夫皭然不滓之志，真有以泥塗軒冕，要之得力於婦人者不少矣。母誠再起者歟？不又可觴乎。』

李子復爲予言曰：『孺人有孫曰籙，稱弟子員，雋才堪大其户，是子大夫所善遇者也。』予乃起而謝曰：『如子言此，又可以觴矣。誠不必予言也，以予言誠不似子言觴母之悉也。』

【校記】

〔一〕本篇據《文集》二十四卷本補。

屈撫軍太夫人壽序〔一〕

考古名世之挺生，成就於父師者，史不盡載。惟夫不幸而出於母氏，與幸而出於母氏，而當世珥筆之士載之，彤管榮之。後世追論者傳壺範，凜風徽，以之表《内則》之篇，而著《家人》之卦，由此其選也。約略舉似，如陶八州、歐陽永叔、寇萊公諸人，皆以其身係天下安危，稱一代偉人，而推原其始，輒歸功於賢母。嘗引是以觀粤西撫軍屈公，蓋誠异世而同符矣。

按撫軍上世，肇啓三閭，是惟楚之望族。《離騷》一書，與《六經》相表裏。屈平之所由作，是爲公之先人。世代緬邈，不知何時遷居三韓，遂爲今之帝甲人。說者曰：『公侯之後，必復其始。』又曰：『有嬀育姜，五世其昌。』爰及我公而誕應焉。蓋先爲楚宗臣，以忠孝傳於史册。椒蘭芬芳之澤，留爲上帝之馨，且值春秋晋齊多事之時，楚子曾以勤兵至洛，有功於周室，故其後應大，亦此報施之常，天道有足徵者。雖然，不源弗流，勿根弗植。

今我公撫粤之元年，十月某日爲太夫人帨辰。維時公宁下同游諸君子，有善予，介予言爲壽。人亦有言，不知其母視其子，則予竊以粤人之祝公者，祝太母可乎？

計粤西僻在荒服，禹貢荆州之南徼。三代以上，或治或不治。秦漢以還，視爲腹裏。其在上國，若邾莒之於齊魯。或以爲影國贅龐，而要之土方氏之致日景，懷方氏之致遠物，與合方氏之通財貨，其海外雜國，耽浮毛人夷亶以及林邑真臘之屬，與交州爲鄰，海舶相連者，俱以粤西爲綰轂。衣冠玉帛，居然王會矣。勝國之末，巨猾蠶食。又土俗彝面，卉服鳥言，喜人怒獸，往往蠢動，如蟣虱不可梳爬。公來持大體，嘗對群吏曰：『積亂之後，當養元氣爲主。間左芥釁弗問，其土司世守者静以治之，弗擾獄市。』求其端于蓋公黄老，而謡俗帖然。人特推之曰：『衆人之母也。』抑孰知太夫人之教也。公曰：『吾何敢知，簡書所在，吾謹以持之而已。』又往公在太常，練習奉先明堂諸大儀，于天人神鬼之情深矣。既而佐樞密，剔釐將帥，務得頗、牧之選，置樂浪朱崖諸郡，而日南六詔日以式擴，用成一統之規，自非夏官得人，何以至是？

又公讀中秘書，窺天禄石渠之藏，於凡四方水旱兵戎，所上書，無不留心邦本。有嘉謀嘉猷，輒入告爾后，與爲報可，見諸施行。其迂闊不近事情，與臺省中，角是非，急恩怨，諸稗政，一切罷除。中書政本，可否一清，誰之力歟？凡此者，海内蒙休，黼黻光贊，不獨南粤九郡已也。又曷莫非太夫人之懿範微音所醖釀而成歟？

猶記定鼎之初，關門一戰，寇孽喙駾，我公時方弱冠，手抑蝥弧先登，肉狻猊無算。又先皇丁亥，兩川之役，我師大戰南充，賊連營破者百四十餘，所漏誅者，支黨鼠竄無幾。聞此時我公獨當一面，蓋誠文武兼資，上馬殺賊，下馬草露布，合而成一人之身。雖我公之英資天授，然太母聖善苞孕者厚矣。説者謂太母賢矣，太翁義方之訓，獨無可顯揚者歟？曰作述父子之常，惟出於其母，斯足傳焉。吾烏知太夫人之教，其儀型安知不出於太公歟？於是粤之父老子弟，以及孝秀纓弁，皆引予此言，爲太母跪進一卮。太母魚軒象翟，黄髮兒齒，惠然笑曰：『老身亦恃粥耳，何勞賢士大夫稱觴乎？』爲語中丞公曰：『爲我謝諸君，感諸君祝釐言拜賜多矣。』

【校記】

〔一〕本篇據《文集》十六卷本補。

文集卷七

序 六

長沙志序 以下志乘

大清皇帝御極之四年，爰簡恭順暨懷智二王開闢湖南地。維時草竊喙伏，陽德方亨。長沙郡在楚稱要害，爲交廣黔滇之衝，治亂恒由之，雲雷之始，實藉經綸，倍蓰他郡。關東張君〔一〕奉天子命守是邦，一切芻茭脯餼師徒牧圉飭庀惟謹，佐王定國，以師帥兼長。子曰：『維公伐暇日登熊湘閣，四望徬徨，乃東指彭蠡，北睇洞庭，覽九嶷雲物於零陵之南，窺五谿杳靄於夜郎之西。』喟然嘆曰：『偉哉！江山之秀，抑天下治亂安危之效，亦約略於兹地實關焉。』《易》曰：『高宗伐鬼方，三年克之。』《春秋傳》曰：『克者，力勝之辭也。三年言乎久也。』乃《書》抑又紀：『苗民弗恭，七旬乃格，厥惟艱哉！』今長沙其古宅也。是蠻蜑苗猺之所雜居，烏鬼椎髻，烏鼠穴居以爲隩區者也。

邇者清皇定鼎，大江以北，久隸職方。吴會浙閩兩粤，漸次削平。惟長沙一方，尚罹湯火且四稔，此聖人所以殷南顧憂煩師武臣力也。爰蒐故實，考天道人事之所由起伏，與古來全勝偏安之所以蕩平扞格之故，而黃髮無一存者。未幾，乃得郡舊乘於岳麓，斷楮腐篆，缺略不全，受而讀之，金簡玉册，探出宛委之山，亶其然矣。徵博士弟子員某某結其業，計鼎革以前事所未載者，十年有奇。乃爲之剔燈丙夜，較讎殺青，訂豕魚之訛，詳生齒登秏人物，黔皙地氣橘橙之産，匭茅舊貢，槃瓠异聞，綴之於篇，爲一郡良書，令後來守此郡者不致文獻嘆於不足。是長民者，不可以無學也。

今天子坐明堂，朝群后，三年計會之典既聿，斯行萬國車書如歸，以昭同文之盛。豈《江漢》之詩不載十五國，而周家王化之始實肇《甘棠》。今邵陵有古渡焉，未嘗槷遺《周南》也。自冬徂夏，剞劂告成，君爲走予曰：『長安舊雨，惟我兩人。再晤是邦，尚不惜一言以共，若役不朽。』

予乃退而爲言曰：『我聞上帝之傍有長沙星，於二十八宿列軫翼之外，爰有是名，他地或如附庸，然殊不盡有也。張衡有云：長沙一星，主壽命。明則多壽，子孫有慶。讀是書而但可曰：是文獻所稱哉！誠所爲天道人事之闕其然耶？其不然耶？抑予嘗讀《五代史》重有感也。彼時豈不業已稱制，而劉隱、馬殷之徒未奉正朔，遲之又久，至有宋乃歸版圖[二]。他如漢祖遺陸賈定桂林南粵諸郡，亦必須之十三年之後。時方有事，中原口不暇給耳。今長沙志成，乃在順治五年，其王化之遲速，氣數之隆殺，較之往牒，不待智者而後辨矣。』張君[三]，其先江陵人，具文武材。先是守朝歌，多异政，載别傳，兹不悉。

【校記】

〔一〕君，《文集》二十四卷本作『公』。

〔二〕歸版圖，《文集》二十四卷本作『混一焉』。

〔三〕君，《文集》二十四卷本作『公』。

攸縣志序

皇清定鼎，楚獨後服。楚南古黔中地，苗民隩區。曩者蜂蠆肆毒，密邇滇黔，屢勤王師。順治十年，上念南服弗庭，命洪丞相以經略視師規進取，以長沙爲治所，自此楚南乃入職方。攸居潭東偏，地接茶陵，肩背江右袁臨諸郡，爲潭東户，稱要害。攸以水得名，沿革不一。或曰一名陰山，或曰别有陰山，詳前史。城舊，範土爲之。先代癸酉，臨藍羯羭竊發薦紳文，其疏其事易以甓。勝國末，苦兵燹，萬事蕩然。會經略治潭之十三年，秦人朱某來治是邑，招流散，字鰥寡，鋤莠育良，興學校士。閱明年，政成。又閱明年，頌聲作。於是簿書之暇，庀館穀，徵文學，作攸志。厥成，問序於余。

考禮俗貞慝，揆物理兢絿，推户口之盛衰，權國賦之盈虚，凡武庫倉庾臺榭及宫墻刹觀卜醫，與夫歲時伏臘男女里社婚冠喪祭之儉奢好尚，一一如新豐市上鷄犬，皆識其舊，不啻繪圖而出，誠良書也。

噫！君子讀是書，今可知矣。昔漢當焚棄之餘，高帝入關，酇侯收秦府圖籍，得知天下户口扼塞，然後叔孫、董、賈諸人從而斧藻之，漢家一代，文治聿追成周，豈非文獻之可徵乎？今令居荒僻之邑，當草昧肇造，而能取久廢之典章文物，燦然釐正，以有聞於世。是役也，以宰天下可也。

嗟乎！楚之治亂，天下之治亂也。今滇黔既闢，車書萬里，長沙爲無事之國矣。抑知吴、越、江淮與中原腹心之地，連年冠蓋相望，牛車負擔，飛芻輓餉，如織如襁者，不絶於道路乎？是朝廷有滇黔而後有楚。有楚，南北數省可免重困。攸雖支邑，亦王土也。則是書之成，是同文之效也。予分臬朱陵，奉攝潭州之檄，己亥秋杪，蒐兵過攸，穫讀是書而善之曰：『佳哉！是所謂以經術飾吏治者，今真其人歟！』

靖州志序

自武岡迤西楓門山，皆山矣，則靖山國也。先爲黔中地，楚莊王之後名蹻者，定其地，後遂爲楚。不獨靖也，因革載舊乘不必悉。自皇清御宇，順治三年〔一〕，定南王實始開闢，不久復陷。至十五年戊戌，王師三路下滇黔南楚，撫軍袁公帥三將軍師直抵沅靖，則寶慶以西郡縣再歸車書，撫軍力也。叠遭兵燹，載籍焚棄，州志蕩然矣〔二〕。嗟乎！無志，是無州也。雖有《通志》及輿圖諸書可考，然前徽軼事，安能盡收？志之不可已也如是。

夫延安高將軍以順治十六年奉命駐節黎靖，訪故老，蒐遺書，於苗猺溪峒中得州志殘編一帙，將軍讀而喜之，遂將敦禮名士，綴緝見聞，爲剞劂之舉。時方羽書告警，有黎平之役，深入苗壘，蕩平山寨數百里。方在鋪叙，入告未即行，會歲庚子孟夏，予以滇藩使者，道經其地。將軍出篋中示余曰：『爲我序而傳之，此明公昔年戰場也。』緣予黔陽之役，破賊靖州西門外，事在戊子，距今十三年矣。夫趙將戰鉅鹿下，漢孝文猶然思之，卒每飯不忘。廣武爲楚漢交鋒處，阮嗣宗亦復低回不去，至有英雄豎子之嘆，又無怪乎戰場文所由作也。予應之曰：『予志也。』時州守六詔楊嗣光捧檄甫至，遂欣然竣厥事。予不憚珥筆，爲數言弁其首，以昭同文之盛。他日太史陳風，借輶軒之采，如吴州來晋大夫諸人入東魯觀六代之樂與夫《易象》《春秋》，則靖其猶文獻之國也。同事者判官李萃并書。

【校記】

〔一〕『順治』句，《文集》十六卷本作『先是順治三年』。

〔二〕『州志』句，《文集》十六卷本作『州志一書蕩然矣』。

武岡志序

郡國之書，以備輶軒上之天子，张家界彙圖籍成一代之典册，至重也。武岡居楚南徼界荒服，自順治戊戌滇黔歸，乃入版章。本朝得天下之要，實備於此。岡之有志，成於康熙二年，距得滇黔又七年矣。兵燹後，户口稀少，城無完堞。又值羽檄甫息，時之不若，閭左侘傺，實甚未遑也。且遺文剥落散失，故老湮没無所考究，欲纘前啓後，刊磨成書，非遲之歲月不可。當是時，吏兹土者，又能休養生息，收民於况瘁之餘。百凡興作，務還舊觀，雖物力贏絀不盡如承平，而規模宏遠是可書矣。

會癸卯七月，予過嶺而來之官黔州，從令君吴公處讀其草本，倉卒馬首，約略流覽，已私心喜之，曰：『賢哉令。』自予以順治戊子持節入牂牁，時岡方麻沸，疆場彼此，而今乃列其溝塍亭障及方州之辟舉，與農桑繇役，纖悉畢具。武雖僻壤，一統之業實醖釀焉，宜其大夫多材庀文獻乎？既而思之，上此者，猶堪念也。使非臺使者及司守諸君文治在念，留神禮俗興革幾何，不以爲不急之務，而草莽委之。吾游天下多矣，壯哉！州固望國也。維是山川深阻，紫犵花苗綉裍椎髻之屬，雜種羅列。而居又與巫黔相隸，羅施、鬼國、烏蠻板楯，蟣虱相附，喜則人，怒則獸。自前代戰伐，亂多治少，用武之國也，故以武名焉。是書之成文教覃敷止戈之義，於是爲著，是亦昔人櫜弓卧鼓之先資也。异日者上公車，會計朝宗，獻琛同泗上，諸姬奉盤匜於壇坫之上，陳厥蒲璧，得與典章文物之會，一洗藍縷陋習，藉此書爲聲施矣。昔列國之運，楚歷九百有奇，享諸侯之祚獨長，豈非從王之效哉！

新寧志序

康熙癸卯，予自桂之官黔州，經新寧稅公署中，諸生挾邑志問序，成書矣。時維陰雨，頓一日，登放生閣，觴焉，作而言曰：『序之無當於書也。其書可傳與否，係乎書，不關序也。』諸生進曰：『子大夫游楚舊矣。楚之山川形勢，星物人文，久在輶軒，宜有言。』予乃泚筆弁其篇曰：

予生平轍迹强半楚。順治丙戌，予爲三楚督學，閱楚十，覽勝江漢。戊子，分藩零陵。丁酉，復有朱陵之役。又攝長寶使者篆，凡稱楚南地主者再而三。又辛丑自滇藩逾嶺，道復經此。今入黔，復經焉。楚之戀予不去也，輒二十年矣。贈人以言，贈地以言，一也。况久要乎？且夫官此者，不可誣也。人一旦辭山草，稱長吏，綰方寸之印，勞簿書，孜會計，事上官維謹，供厥職不暇事經術。外此者，胥史行文書宴樂游賞居其半，聞人談筆墨仇如敵，兩者皆無當於此書之選者也。讀是書見邑政焉。邑之元本禮俗具載於書，不必予序也。

湘鄉縣志序〔一〕

余戊子撫黔之役，繫馬湘郭，極目荒蓁，狐狸所君，豺狼所嘷，鮮見行人，私心惻念曰：『兵劫一苦至此哉！』去後又十年，中間兩大亂，尚敢謂湘有人乎？曰大清定鼎，唯楚爲劇，緣以密邇滇黔，車書未通，戍鼓時聞，邑井之不復舊觀，固其宜矣。

自順治十年，天子念南服未靖，命太傅洪丞相往經略之，於是建幕府，置節鎮，棊置星布於衡永常寶間，且耕且戰，用規進取，數年中司牧之賢者，勤宣惠德，以呴濡此孑遺，而後乃保有此一塊土，以仰報天子。天子巡五岳，望衡山，則潭其首事者也。

歲在庚子，予復以朱陵使者補滇藩命，有六詔之游。甫抵湘廨，汪令君手是編問序。予讀而韙之。志者，史之所從出也。昔漢世祖征河北，覽圖籍示近臣，未嘗不歎然于得天下之難。在今日滇黔既闢，翼軫分野，漸爲腹裏，守若令報户口大農，大農獻我后。又其中風物禮俗，山川丘陵，以及夭扎豐稔，畜牧種樹之書，皆上陳於天子之庭。至於地氣所種，産爲人文，與夫官兹土者，其黔晳祝詛，自有縣治以來，犁然具備。則是書之成，是誠不可以已矣。是史也，是本朝得天下之概也。嘗讀史，見羊開府治襄陽，至於屯田交鄰，各守封域，非不善，然下吴之功，必待杜當陽而後成。若是其鈍也，抑意有所待耶？

今太傅洪公以十年治兵，以十七年振旅，名王歸來，闢土萬里，俾朝廷之上，有潭斯有楚，有楚斯有黔滇，有黔滇斯有天下。古人不足偉矣。計予自戊了游楚，迄今十四年。天道十年一變，即兹一湘，而盛衰興廢之感具是矣。是書創始者，前令某，今令汪君實纂成之。今吴，多异政。莅湘甫六月，以讀禮去，父老思之。是書而在，令固未去也。

【校記】

〔一〕本篇據《文集》十六卷本補。

平越府志序

《禹貢》《職方》，志書之祖構也。其言九州、十二州，或擴而大之，亦或空虚無用。今乃踐而土之，總不外九州者。近是至漢武乃設益州，益者，益其所本無，亦益其所本有，即嚮者二説是也。其言益州者何？曰：『越嶲犍爲牂牁是也。』其地荆梁之徼，昔爲蠻彝所居，自今開之，故曰益州。今滇黔之支郡旁邑是也。吾讀《平越志》而有感焉，何感乎？爾曰：外之則荒裔部落，内之則春秋奉祀，恐後於此見聖人之大也。平越之爲衛，肇於洪武之十四年，時隸於蜀。平越之爲府，肇於萬曆己亥平播之後，繼乃隸黔。可見山川啓閉有時，雖有聖人不能無端而啓草昧之土宇，劃山河而守之。究之無軼於九州之外也。平越之有志，當國末祀僭竊相尋，剗刮屠毀無虚日，文亦湮没不傳久矣。

先皇帝十五年，凉州徐公乃以乘傳至，留心訪緝，又閲數年乃成。嗟乎！使者用心良苦。夫王者，頒正朔，會車書，陳常藝極，茂昭王治，非此書莫由。而况經營草昧，出瘡痍佗傺之後，搜葺故乘，咨度編摩，以昭一王圖籍之盛，爲荒陬遐壤考户口，上司農大夫之不忘民事，何以加諸。予小子。讀是篇而善之。往者經略丞相治兵長沙，徐公方握金僕姑躍馬沅湘，饒具蕩平西南之志。今一旦釋甲胄，嫻簿書，而僕僕焉。原本山川，考核租調，采輶軒，摭耆舊，抑何博雅君子哉！聞之移風易俗不可得之俗吏，以經術飭治行，往往見之醇儒碩彦之手。出而搴車帷問疾苦，考雲物美慝水旱機祥，以成風俗之書。進而黻黼皇猷，光贊笙鏞於清廟明堂之間，非言辭不爲功，皆是物也。抑又聞之黎峨之俗，人鬼雜處，巫風流行，其人夭仲猍狫，與夫犵兜紫姜，率皆多力善鬥。自設流官，開衛所，軍民長官冠帶，苗裔漸化於禮義，用漢法，斯比於人矣。否則一睢睢盱盱耳，何以稱式廓免魁髻侏儒乎？今郡志所載，州一，縣三，衛三，所四，幅員不過百餘里，其中高山絶鑿邃穴深箐居其八九，其實蟲蟊耳。得與於大國之數，周旋盤匜於邾莒之間，則播州之役楊應龍實啓之。夫以一叛人之故，而今乃建牙勞璽書，其地所以示强壓，建置亦重矣。由是推之水西而外，以至芒部四郡，不得已而用兵，可以觀風氣焉。要之非茡人之得已也。

禹峯曰：『諸志棣棣矣，湄書尤蘊籍哉！』余弇黯無文，治刑於黔亡狀，得從諸君子後，一展覯之，如觀樂讀易象焉。未幾，又有逾嶺之行，前此繫馬未久，又復匆匆道路，不獲徵集合省全書，廣搜文獻，以付剞劂，貽來茲，是余之有愧於徐君也夫。

旋吉歷試草序 以下時文

予與旋吉交，蓋約略二十年矣。記歲丁卯小試入宛，連床玄寺，風雨淅瀝，手一編口不絶吟。既攬夷門轡，復同旋舍，晨爨夕烟與之俱，因得盡觀其人與所爲文。殆恂恂處女，外不勝衣，走筆則二十八宿盤心胸，萬斛珠璣隨地涌出。且式穀似之，即何得承明著作廬下，不虚此君一位。會子辰間，予以糠粃先售，一官牛馬，遠寄并州，望長河烽火爇之，旋吉亦專守一經，兀坐半畝宫，董帷蘇錐，白虀黄精，罔以易初服。招之以弓駔儈，不受，確如也。

予繼避亂南游，滯淫長干且五年，饑驅復起而爲吏，稱楚江祭酒，縱觀雲夢瀟湘鹿門白兆諸奇勝，若時時有一旋吉在几案間，而旋吉不知也。

今年夏，予奉先慈靈自藐姑歸合防故山。旋吉攜弟侄輩瘞我草土中，生芻光我先壟。予德佻福淺，蓼莪貽恨，自視慚仲弓。旋吉殆居然與士之稱南州者比緊，豈文章一流哉！梧葉初飛，南樓月色漸次窺人，予于役衡永，匆匆轅將發。旋吉出敝篋中數篇，往時爲督學執事所鉛丹以冠宛軍者，爲予佐行觴。三尺秋水固在，非張司空，則老表斑貍一物幾千年不出，知言哉！抑是又何足以盡旋吉也。維旋吉孝廉冢兄隆吉避地入吳，卒於鳩茲五年，骨未歸，每對予言，涕泗滂沱。以爲古人死不惟其地，如李白青山，子瞻常州，杜甫炙牛白酒腹漲耒陽，皆非故鄉也。其後或以子，或以女，或以孫，皆負骸千里，重妥一丘，安在延陵季子博陵一事遂爲不刊哉！予聞其說而感焉。

予與君家兄弟友善，兄事之即若也。微若言，固久慮及之，只需時耳。兩郎君能讀父書，無墜薪，遄其行，是予志也。旋吉乃爲之拉泪掩卷，欷曰：『予兄弟辱大夫交，且半生天倫朋友之際，砥礪有年，蓋不徒以文字知，曷即以數言弁我簡端，鞶帶華袞，無寧茲世？何必皇甫謐能重《三都》，揚子雲果藉桓譚哉！』遂略其文姑不言，而獨抽繹於天倫朋友之際，以見予之相與於旋吉，非徒然也。

龍雲師敬益堂序

予識雲師在丙戌之春，時楚疆版章方歸，草昧甫啓，人文肇矣。雲師負命世雄才，奔走棘闈凡四十年，洞庭以南，雲夢以北，無不知有雲師者。如雲師又何必以制義見長，抑予之識雲師固不盡關制義也。

雲師幼携奇姿，出將相之門，於玉笈金簡之書無所不窺。而又性喜任俠，與海內賢豪長者游，不屑以蠹魚自了，乃坐念帖括半生士死知己，不忍以場屋一日之遇等之。空花泡影，勒之剞劂以竢後世，又何須拖青紫排金闕博取人間富若貴，如世俗之所稱高官巍第，而後敢以文章名世哉！予今而知雲師志矣。黄鵠樓頭，賢書初成。鹿鳴方闋，五馬在郊。雲師猿鶴盟堅，招弓不受，獨持敬益堂數藝遮我行馬，索片言以壽名山，此其胸懷浩浩落落，殷遥孤迥，尚可以尋常利禄功名之念相天下之士云爾哉！

雲師乃祖虎躍天門，筮仕我中原栽花鄢陵，至今郭外菡萏燦如雲赧，事在李空同集中。空同以直氣亮節高天下，詩若文亦復如之，〔一〕爲先生所捃摭。囚雲師又可以想見乃祖矣。又予常聞之，譚擬陶以爲雲師先伯氏，友夏之所畏也。夫友夏與伯敬崛起竟陵，於風雅源流之外別异而爲凄清寒苦之習，遂令宇内三十年來，〔二〕三尺童子人無不喋喋鍾、譚者。予知雲師久，雲師固絶口不爲予言。雲師若曰：彼鍾、譚者，楚人也，豈有雲師而楚咻者哉！

【校記】

〔一〕『空同』二句，《文集》二十四卷本作『空同，先朝之屈、宋、司馬遷也』。

〔二〕『於風』二句，《文集》二十四卷本作『於文章風雅一道，命爲方舟，宇内三十年來』。

雲南考卷序

滇國僰爨地，居西南徼外，隸《禹貢》梁州之域。三代因之，黍離之後遂復荒落。秦常頞開五尺道，旋罷。漢興，方有事南北，未暇收復。其車書上國，闌滄白崖聲教覃敷，率自漢武始矣。世傳漢武雄材大略，臣妾海以内，非前代所及，不知仍還九州十二州之舊也。先皇帝纂圖膺籙，混一六合，滇最險遠，遲之十五年之後。自皇清得天下論之，滇沾王化最晚，宜先皇帝軫念殘疆於昆明，甫聞之，曰：『隨發帑金三十萬與民更始。』若是乎，其不忘滇也。所謂聖天子明見萬里之外者，非歟！

惟是山川既開，人文斯蔚。先是大將軍與經略丞相於得滇之日，即以學臣請，上爲報可。爰以今大梁李東園乘傳往視之。庚子秋冬，乃得校滇中士。閱明年辛丑，撫軍袁公以補鄉試議謀之，督撫趙公曰：『勿後。』於是衆議僉同，合疏啓事，且酌之往例，地方新復，取照常額減半。維時皇上新承丕基，體先帝念滇遺意，竟得以原額報。噫！此异數也。滇入版圖最後，被國恩獨渥，可不謂有天焉。間嘗即滇已事論之，自漢臨邛銜命之後，浸尋至宣元，亦遂若滅若没，不復以滇爲事。唐自天寶以後，獷不可制，間爲土蕃鈎染患巴蜀，禍延内地矣。六朝江左，繫名正朔，輕重無關焉。五代爲段蒙所有，輒數百年。宋因之，至元明乃合。

嗟乎！滇之治亂分合間發，草竊割據與蜀等。有聖人起，則囊括之。滇以不近中國，而不能常自附於中國。又以遠中國，而復不能自外於中國。於此見一統之難，而聖人之不易生也。東園兩試竣，刻滇文以行，問序於余。余以右藩官滇，不數日即有粤西之行，不暇作。行李戒途次楚靖，適逢信使之便，走筆寄此。若夫文之品目有東園丹鉛在，勿竢余言也。余言滇事而已。

黔考卷序

黔居國西南偏，不隸九州〔一〕，名始見於戰國。地近楚，爲楚莊王孫蹻所開，以爲入滇路，則黔之所由肇也。秦霸西戎〔二〕，張儀欲以武關東地易黔中郡，知其路可入滇，并吞六合之心已見於此。漢高乘秦弊，中國力殫，不及收復。至孝武乃起而有之，念西南荒獷，古未通文教，不須師武臣力，命司馬相如乘傳往收之，此即《虞書》舞干服苗之義也。蜀漢定鼎，先定南中，而後議中原。南中者，合今之滇黔。而言有黔始有滇，有滇然後蜀可用。此武侯先後立國之模也。若是，則黔雖瘠，實諸國之鈐轄大一統者，不得以遥陬部落棄之矣。

今皇御中夏十五年，滇黔始入版圖。其復滇也，六師三路皆由黔進，黔視滇被王化又先。經略丞相念曰：『武功既收，文德當茂，古有道之世，頒遺經遐荒，遣子入太學，用以見人文化成四海一家之意。况黔爲内地，深山密箐，種類實繁，覃敷文德，其敢或後？』於是上書入告，以學臣上請，且以今山東霞湄趙公當之。詔書報可。維時霞湄方備兵江漢，乃介馬星馳趨黔受事，時順治十六年三月也。

今十七年庚子，朝廷公車徵天下士，以明年計偕，爰有鄉闈之舉，黔遂同十五國風，得與盟會。計匝歲以來，霞湄所録拔黔中士卷若干將以行諸世，而壽之梓。余以滇藩之役受而讀之，曰：

嗟乎！黔有文乎？計中國不見黔中文十有七年矣。向者巨猾未殄，金虎方耀，章甫縫掖之士罹於强暴，化爲豺虎。中有奇服自好者，抑且匿迹墻東，隱身牛儈。其文弱不能自立，則又迫於饑寒，填溝壑不可勝數。士子有此三變，黔無人矣，焉用文之？今者王師所届，有同時雨。銅馬青犢之渠就我戎索，一時觀光之彦，搜遺書於壁裏，探腹笥於老生，思樂在奏，稷下傳聲，黔之所以有人也，則黔之所以有文也。如是，則霞湄作人之功，安可没哉！昔人謂文翁化蜀，比之鄒魯。今霞湄之於黔也亦然。

嗚呼！天地生長之氣聚於東南，肅殺之氣結於西北。皇上崛起盧龍，三方嚮應，不數年而席捲八荒，獨西南一隅，蚩尤在懸，長纓之繫獨後。今者車書untitled而山川效靈，瑞氣蒸而麟鳳斯應，可見天地之氣無往不復，萬物生長於東北，成熟於西南。國家一統之業起於東北，收於西南，亦造化之理也。黔之有是録也，是同文之盛也。語曰：『維楚有材。』黔亦楚也。楚有《離騷》，黔何獨無？讀是集也，爲君載半去矣，夜郎王豈真不及漢縣哉！

【校記】

〔一〕『不隸』句，《文集》十六卷本作『不登九州，春秋以前無之』。

〔二〕『秦霸』句，《文集》十六卷本作『秦欲并天下』。

桃花洲社序

制義一道，垂今三百年矣。其先猶雜選舉、刀筆、儒士，或作相公。漸積中葉，偏重甲科，然奮身爲將相尚自有人。如新建、威寧、靖遠諸公，皆進士起家，得封拜。至末流衰極矣。詞翰專言詩文，褒衣博帶養相體。兩臺諸君子專事要脅，如九關虎豹，逢人而噬。尤慣談兵説劍，掣邊臣肘，挫元帥之氣。身居要津，家爲金穴，彼此樹黨，名曰聲氣，中外交訌，滃訿不已，浸尋至於甲申而不寤。噫！流毒曷至此極乎？凡此皆科目之效也。竊謂興朝定鼎，凡事聿新，取士一途，斷宜改作，此不待智者而後辨也。

今開國十有六年矣，前見某給事取士一疏，有欲改制藝爲詞賦者，此其意，蓋明知此道之無用而欲去也。亡何，議者依違其詞以致未果。如是則貽害將何所底乎？揆厥所由，源流始於荆公，孰知宋家一代，元氣耗於荆公。其後强鄰乘之，降而江淮，又降而海上，雖有理學諸公，迄不能挽其垂絶之緒。〔一〕則荆公實禍宋矣。世知變青苗，而不知變此，何异代而同符也？

常令江寧張子刻常邑諸子藝求序於余，余不敢以此意正告，爲婉其詞，引新建諸公以壯之。科目中豈盡無人哉！亦求其所以不愧科目者而已。則此篇姑存之可也。

【校記】

〔一〕『雖有』二句，《文集》十六卷本作『理學諸公，腐氣未化，猶津津稱道，誠止無絶』。

湖廣考卷序

予奉督部二公題補楚學使之二年，乃始得披武漢士而閲之。先是銓選有人，綸音久未下，爲歸計，且日夕去。既則直指宋公，援七省例，疏補鄉闈，檄予試。適逢王師奏凱，南郡餘孽駾喙，大將軍駐節漢口，天事飭地事懋哉！爰掃舊棘闈地，拾瓦礫登進之，督諸子僶首攻八股藝，哦聲喁喁出四壁間，松籟相答，烏啼互起，甫經旬，合兩郡十二邑士之尤而成書，乃爲一再讀之，嘆曰：『楚師其可料哉！』

曩者蜂蠆頻仍，鏑鍔相望，金木竹箭空，連徒以無存，杞梓皮革與卿材而俱盡。即有一二踔踸嘉遁之士，脯糗維艱，鬼中殤宮爲鄰，民氣索矣。底滯不震，誠有然者，求所爲文章之林府，嘉麗藻之份份，戛戛乎其難之矣。乃今觀之，夫孰爲是鼎鼎爾，夫孰爲是奕奕爾？大都雲夢欲吞江漢長流，大別小別之矶硉，鳳凰鸑鷟之跂翼，尺幅中無多讓焉。《仙經》曰：神山五百歲一開，得其石髓食之，壽與天相畢，此金玉之精也。史稱明月之珠，藏於蚌中，自有蛟龍伏。此間之能有諸子，諸子之能有兹篇，固不盡關人事爾。時繽紛以變易，蘭芷變而不芳，屈大夫蓋有爲言之也。

予行矣，後予而來者，將無北野之嘆乎？縱有他樂，吾不敢請，抑説存乎馬肝矣。

庶草自序

皇輿敗績，衣冠南渡，中原大姓，强半江隩。予以癸未重九，先慈不造，客殞并州。爾時商於道茀，骨立心摧，合防靡計，爰卜兆姑山之阿，草蹙襄事，歷羊腸孟門諸險，間關星趨，而邶鄘，而清淮，而瓜步，遂達武林。虎吻鯨波，狐嘯鬼泣，不可爲狀。一介行李，都賦子虛。向來穴黎數紙與脱腕藁問行所謂古文詞者，遂復一切遐棄。男兒心血無多，汗浹指裂，風雨廿年，一旦遂爲暴客所譏，求爲覆瓿不得。譬之懷人，草木臭味，寤嘆殊深，然何一念至立言者，古人不得已之業也。非復窮愁，不獲以著述自見，自悔少作，見嗤壯夫，詎惟一世哉！矧夫鼎沉少海，天造草昧，向來文字之孽，世道受之，生心害政，有開必先，則亦行道置之不復追憶矣。

亡何，今年秋，出九華，解纜揚子，式歸郙鄧，迎先慈柩窆土，謀丘壑終老勿兜，不圖復爲當事物色，簡補一官於焉。匏繫顧念，鑒衡文司也。不文如予，濫竽斯任，則真辱朝廷而羞當世之士矣。賈人以例請，予謝唯唯，且以前言質。賈曰：『不然，庚辰之役，明公名在天下，人璵璠而家結緑。漢代博求遺經，九十餘齡之老尚能口授。存周宣於鼓，起魯恭於壁，民間俊秀薦紳先生猶能言之。』予謝唯唯。未幾殺青成帙，爲主人徵序，主人笑曰：『別來五六年矣，烽燹雜沓，經笥縹緗，總歸焰焰，汝何以自存之物者，無一語似與予從未識面者。』逌然曰：『此非予草也，毋乃庶幾乎予草乎？』合次兒二作付之賈人，此賈人大屬有心。若夫散漫委逸不可收拾者，賈人不任其責，兒輩或將從而補其缺矣。

送襄陽劉燃長序 贈送

壬辰臘月廿一日，襄陽劉子燃長，衝雪跨蹇驢，謁我稱州之百花洲次。劉子，予廿年前舊交也。噫！丁丑之歲，鄧城不戒，屠於巨猾。予自長安放歸，故里鮮片椽，燕且巢林。予同張王兩孝廉賃廡大堤，時襄爲鄖撫屯兵地，甲胄如蝟毛，羽書旁午周旋。羈旅中者，半皆目不辨丁。鷃冠之流，不則二三駔儈市上紈袴少年耳。士子唯劉子閣星、汪子鷺每手携一尊過我，或夷猶習池，或登覽隆中，晨而往，暮而歸，或不歸，籠燈檀溪，醉模峴石，略同庾信之哀江南，渾忘仲宣之在荆州。別來且十餘稔，每翹首襄雲，想結漢水，政如昔人所云魂魄亦應戀此耳。

亡何，丙戌之歲，予弭節鄂渚，校南北士，劉子乃走雲夢漢陰一帶，復晤我黄鵠磯下。我謂劉子曰：『古棘陽，今之棗陽也。爲光武中興舊地，山川葱鬱，綿芊春陵，王氣在焉，盍往觀之？』劉子遂以廣文官其地適來。又七八年，予鎩羽故山，猿鶴夢穩，回首故人，星歷雨散。鄭玄已去，嗟扶風之帳空。任安不留，憐平陽之幕冷。乃春風閣下，雨雪瀌瀌，尊酒屬客，劉子徑醉。歲時如流，朋曹聚散，真如更闌燭後得不悵惘，後會有作何時乎？

劉母八十序〔一〕以下閨閣

往游南都，見其山川秀拔，蜿蜒森鬱，風物隱賑，士大夫冠側注，衣長裾，吐爲文章，莫不振厲風發，權衡一世。其士女懿訓内德，筐篚筦籥，外教令子成名者，閈相接，則嘆曰：『東南王氣在焉，顧不然歟？』在昔嬴秦亂德，真氣出揚州，宜在建業，秦政改丹徒爲秣陵以厭之，數百年而孫氏實興其地。中原蓼擾，司馬氏猶因之，以偏安江左。閲劉石五季之亂，長淮以南，華風巋存迤邐，至鳳陽〔二〕龍起，江北一時人物，雲蒸霞蔚，則山川之包孕，天地之所愛惜者，厚矣。若是則圭璋麟鳳之姿，不應獨在男子。侯王將相之傑出，不應獨在壽陽一帶。千年之内，五百里之間，其蘊崇何隆也。

進士劉覺岸先生，金陵人也。其母鄒太夫人以予前所稱懿行内德，教令子成名者，惟太夫人則固犖犖最著者。吴夫人生而静慧，性行淑均，有《關雎》風，嫻家人之義，其素所蓄積然也。覺岸之先大夫兆熊最晚舉，丈夫子者四，皆出太夫人，覺岸行一。先是太夫人禱瞿曇而覺岸誕焉，以故其家戒殺，不嗜五葷。見世人刲牢牸羖鳧鴽等物，吞腥啖腐，饕餮刀俎，輒憒懣形於色，若將仇焉。日用所需，惟是果蓏蹲棗栗。江南之俗，羹魚食蠃蛤，覺岸猶多方勸沮，若是人身犯大戮不齒名教者，然皆遵太夫人教也。太夫人之言曰：『西方之書有之，世所以罹刀兵劫者，以不戒殺耳，小子識之。』以故覺岸迄今奉教唯謹。次孝廉，次諸生，奉太夫人教一如覺岸。

今年太夫人年八十矣。先是覺岸以西曹長得以例分藩南粵，覺岸念曰：『古人不以三公易一日之養，慈親垂白，萬無母子俱往理，吾得菽水侍膝下足已。且兩弟耳，一以薄禄羈縻番禺，一以子衿游學四方。吾爲冢子，應不敢違杖履。』志决矣，太夫人漱之曰：『是何言？爾不聞得禄以養親者，仕宦之榮也。先公而後私者，人臣之義也。今南方未定，聖主旰食。昔漢高之世，尉佗自帝南海。陸賈一書生耳，奉尺一之詔，當百萬之師，未幾南粵稽顙[三]，望風稱臣。且汝又不見孝武欲開西南，唐蒙、相如諸人，身實先之，迄今名照竹帛。度五嶺，開九郡，豈必將軍哉！汝人臣也，義不辭難，行矣勉之。』覺岸弗獲已，灑涕登舟，望洞庭進發，然其意固未嘗一刻忘太夫人左右也。

今年夏抵潭，上丞相書曰：『顧其實，病不任官，且小人有母，以今年八十，惟某以不能就養爲恨，兼有狗馬疾，願乞骸骨歸錫類之仁，是在臺閣云云。』丞相讀是請感焉，爲具草章啓事，報可有期。維時二三同人聞其事爲咨嗟太息，曰：『非是母不生是子哉！』夫王陵建鋤吕之勛，温嶠延永嘉之祚，功名非不卓絶。然而伏劍絶裾，千古痛之。此其人雖位極人臣，隱微不可問矣。又潘安仁板輿而迎慈顔，毛義捧檄而喜親在，此其人或運際隆平，禄養易致耳。今炎荒用兵，蚩尤未退，爲人臣者，以一身試不測之淵，爲萬里之游，曰：『大君有命則然耳，如老母何？』此覺岸所以摧然引退，棄此鷄肋而不顧者也，誠所云不以三公易一日之養者，是耶？非耶？此豈王陵諸人所敢望哉！

抑吾聞之，覺岸伯母今年九十餘，太夫人娣姒相對，霜髮皚皚，善匕箸，不事杖掖，一門之内有兩壽母，亦奇矣。吾讀天官家言有云：『河鼓之旁，星爲婺女，又其旁爲織女。皆在吴之分野，主布帛裁製絲帛珍寶之屬。王者至孝格神明，則厥星明，女工畢。』今皇帝方以孝治天下，劉公起而應之。二母者，母亦其即二星之精歟！然則攬勾吴之俗，覩延陵州來之風，又不獨秦漢以來王風江左矣。

【校記】

〔一〕篇題《文集》二十四卷本作『劉母鄒太夫人八十序』。

〔二〕鳳陽，《文集》二十四卷本作『皇祖』。

〔三〕『未幾』句，《文集》二十四卷本作『未幾南粤稽顙解辮』。

傅母節孝録序

讀史至東漢君子，傷之曰：『是何節義之多，而無救於國家之亡？』既而思之，亡者有其存者也。當其時，内竪外戚交訌，關東諸君子以討賊爲己任，汝南名士爲多。四世三公，袁本初兄弟實倡之。袁氏，汝南人。諸以母成子名者，如范滂、孔融諸君子。或身被戮辱，而甘心與李杜同歸。或藏匿亡命，而一身先二子同盡。大抵成東漢節義者，汝南也。成諸君子一時忠孝之烈，不與漢社俱屋，留爲史册光，諸母力也[一]。

我讀和鳴太母《孝節録》，而愴然有感焉。和鳴，今之汝陽人。汝陽，古所稱節義之鄉，而諸母成子之名因之而著也。按婦人之有懿德，令子名動天家，爲夫爵子爵所不盡者，則朝廷得而君之，且得援引古諸侯及五等之爵子見存者，母得而太之。噫！以筓翟之細行，不越中饋酒食之間，而天子得而君之。且太君之婦人盡辭也。然婦人之義，以節稱婦人之不幸，而人子之所不忍言者也。

太君以十六于歸，以二十四稱未亡人，且四十年，嗟乎，節已！太君有子四人，長者屏翰，既已旬宣青齊表東海。仲子和鳴，視草中秘，讀虎觀書，官太原郡丞，有能名。今守邵陵，值滇黔初下悉索敝賦，與老兵雜處，庚癸是慮。和鳴能兢緑胥泯無誤，乃公事德業固有進於是者。夫世間婦人以節著以苦節著有矣，然大都得令子而名益彰，如和鳴兄弟。至於繼和鳴起者，如渥洼駒，如鸑鷟五色毛，皆天之所以報太君，而太君自食其報也。然吾所謂婦人之不幸而人子之所不忍言者，固未有若斯者也。若夫瀡瀡以事二人，蘋蘩以供孝饗，固太君餘事。婦人所難唯節耳，節未有不孝者也。

予小子少孤奉母教唯謹，今老大無所成，慈闈復見背，讀《孝節録》不覺涕泗之横集也。抑吾因叙太君復有感於東漢之季也。夫東漢世祖起南陽，一時將相半在南汝。至於黨錮，禍起汝南，人起而倡之，而節義之報斯烈。今寥落幾千年，何將相不常有，而節義不絶於世耶？且尤在婦人女子也。是又汝南之不幸也，是可感也。

【校記】

〔一〕力也，《文集》十六卷本其下有『若此事相合，故可以連類而舉之，故曰亡者有其存者也』二十二字。

廖母内則序

教養，君師之責也，施之於家則父母分任之。《易》曰：『家人有嚴君，父母之謂也。』言父可以不言母，曰兼之也。人不幸，父不得終其教，而以母任之，斯民之最悼也。故古來父教子成名可以不傳，謂其不勝傳也，亦曰此人之常不必傳也。獨母氏則起而收之，而人子之心苦，而爲母者之心愈苦，於是司風教者録之史册，以示天下後世之爲母者。人子常，本是義於母氏佐父之不及，則母亦父也，故可以言父而不言母，亦可以言母而不言父也。所云兼之矣。歷觀古英流名傑，或位居台司，名垂竹帛，成於賢母居多。其有負母而隱忍以就功名，與借母以行其干祿冒進，皆君子所耻，名教之大戮也。如漢丞相陵、温司馬嶠、潘黄門岳諸人，其最著也。若此者，其於人賢不肖何如也。

廖爲長沙著姓，今郴衡間往往多有之。茂才元愷，兄弟三子，衿之孝子也。時以晤樞相長沙，將有六詔之役，三子執其母行狀示予，且借予一言以傳其母於世。予心戚矣，尚堪爲他人傳其母傳其子而可矣，抑予又何能傳其子？自恨少失怙，受母氏教養得至長成。丁亂離，碌碌無所表見，今頭顱衰白，尚局促若轅駒爲萬里之游，獨不悲故園風木哉？蹭蹬游宦，雖异絕裾之情，終缺攀輿之奉，[一] 負阿母，尚堪爲他人傳母哉！予滋愧矣，滋戚矣。

【校記】

〔一〕『獨不』四句，《文集》十六卷本作『豈其志，果在狼居胥哉？噫！徒令博望諸君笑人耳』。

衛母貞節序

河東衛猶箴先生以名進士起家，屢官黔中，督學使，以今上二年鄉試竣。舊例皇太后壽，則僉舉監司一人賫捧之，期在明年仲春。黔去京師萬里，恐冠蓋不能時至，臺使者爰命猶箴，星趨就道。維時仲冬初五夜，藩臬守巡諸君酌酒於華燈之下，爲公祖餞。酒數巡，猶箴乃垂涕言曰：『是役也，爲太皇后祝釐也。普天率土爲我后稱萬年觴屑錫類之仁是矣。顧私心猶有未盡者，小人有母，今且髮毷毷，亦恃粥耳。顧其初稱未亡人者，輒數十年。今爲子者既策名爲人臣，抑思其所以爲子乎？因攬泣而起，願借諸大夫一言志母，兼貽不朽予小子乎？』諸大夫聞是言有泣下者。

因詳母狀，系出太原之王氏，其於歸猶箴之太翁時尚未笄。相太翁力學，曰：『士貴以文章得名耳，止取青紫博富貴，非丈夫也。』會太翁不祿即世，遺藐孤方十餘齡，即今猶箴也。爾若煢煢四壁，人鬼是居，母引刀自誓曰：『天乎？使天不有是子，吾何用生？抑使天不使二人在堂，吾又何用生？』於是躊躇於孤兒老親之間，欲死不能，欲生不可，志亦憯矣。既而姑姒多方解慰，乃焚香泣血，曰：『但得吾子成名及雙親七箸不匱，吾少緩須臾，正復有待也。』謂猶箴曰：『吾之不死爲若也，若能繼父未了之志，他日得一命以報死者於地下，吾願畢矣。』又泣慰二人曰：『媳之所以徒存，以有遺孤耳。』二人庶其瞿瞿杖履，視嬰孺長進，則死者猶生也。於是課奴婢耕織，罔有懈於風雨。紡車軋軋絡緯，寒螿相爲斷續，左右土檠瓦燈，猶箴兀兀其下，歷寒暑無輟，蓋數十年如一日也。亡何，二白相繼告殞，太夫人則爲鬻釧釵易半院，含斂衣衾之費，不敢以家計菲薄儉吾親於窀穸。迄於今，猶箴已貴，坐念母節尚未邀九重之知，宣付史館，俾天下後世想聞風烈，此猶箴之所低徊欲絶，壯游而猶有不豫之色乎？且忠孝一揆，今之載皇華而往者，皇皇我后，實以孝詔天下矣。若使人子如猶箴，而猶不能傳其母，則世之未如猶箴者，當何如也？迹猶箴太母之心，既不能副當年同死之願，雖子爲三公，身被九錫，不足爲榮，豈有心於華衮之及。而窺猶箴人子之心，若有所忍隱不能置諸懷者，則不止猶箴之心，而天下爲人子之心也。

述論列至此，輒不覺廢書而嘆，述亦孤子也。先王太大人撫孤同，葬父母同，而述厠名於士大夫之末又同。今者玄壤久閉，遺烈未闡，今爲猶箴代傳其母，是重予戚也。猶箴將行之明日，述感猶箴之意，且聞二三大夫之言，爲此説以待輶軒之史。

文集卷八

記上

再游衡山記丁亥初登，止拜岳祝融頂，有記，今失

去集賢院不二里，即爲陳白沙、胡文定二公讀書處。各有屋數間，略有樹，不偉。再即寧波橋，再上有巨石，没草中，刻『天下名山』四字，體砢落『晉史學遣書』。又上有絡絲潭，環道傍，衝流而下，直至御班橋。乃取他道登山。水聲甚激，俱行石上。橋左右，石頗巨，樹稱是御班橋。而上數里，舊有萬壽寺。相傳宋徽宗遺迹，橋以得名。夫徽宗北狩，且其時都汴，尚未南遷，當從玉板橋爲是耳。橋上有頹庵，一捧茶道人臃腫甚，少憩。水聲瀧瀧如碾雷，人語咫尺不聞。又上三里爲半雲庵，今其迹存矣。再上爲小竹竿嶺，庵僧種王瓜、紅莧，桃樹數十株。道傍又上爲大竹竿嶺、鐵佛寺，竹樹頗茂。自嶺上望兩山傍，密林叢生，西爲上火場，其東下火場，俱有僧舍。其下東望，林壑森陰聳秀，客曰：『此紫蓋芙蓉諸峰，其西則烟霞、天柱諸峰，苦無樹。』

丹霞寺，丹霞本南陽山名，以宛人鄧天然曾栖其地，故以今名焉。餘則有詩記其事。入寺

飯，僧種有黄豆，甫結角，此南方所未有。四年過此，有老人年九十餘，今已没化爲异物。予初游衡山，詩中有云：『黎明偶過丹霞寺，九十忽逢嘉靖人。』蓋謂此也。寺臺上望湘江，盈盈如練，凡四五支，紆回亂山。記《水經注》言湘水『帆隨湘轉，望衡九面，到此應轉』一語，曰：『登衡望湘，湘水九轉，惜不令酈道元見耳。』

過丹霞寺而上，一曲乃有大樹蔭道周。湘南寺有巨泉没其下，上書大觀趙岍題絶句一首，名貫道泉，字深以寸，古人好名，殊不似今人草草也。玉簪花發寺檐下，娟好可愛，時羅克生携鷄酒觴客，寺中有造香僧，剉木屑爲粉，凡數人。自貫道泉而上，石磴乃峻，輿人趾與坐者膝相撞。稍上即南天門，門皆石墻，中乃病道人。輿夫牛飲山茶無算。迤東百步外，爲飛來船。船嵌空架兩石上，首尾舳艫俱肖，人行其下，其南下臨無地，岸石三層，約圍十餘丈，風吼篔簹簌簌，人立其上，毛髮皆寒。此時方在三伏，已似十月天。岸藤如蛇虬相攫挐，根盤石窟，躍而上，與石争怒。熊開元『箕雲鈎月』四字，寫魯公，少爲精遒。茅舍前芭蕉樹一株，復西折，又至南天門。南天門爲登祝融及入各山路口，以丁亥冬曾一謁岳，未及入山看各禪林，今以爲恨。此番願力，專以中山、茅坪、九龍爲主，祝融乃其故物。於是由南天門迤而西，俱下山路。路上老木扶疏，溪聲如瀉瓶，秋蟬虫響如急管繁弦，凄切嘹嚦，迭進更番，真是應接不暇。漸離燕市之筑，聞者泣下。越石太原之笛，鐵騎北走矣。

未幾，即中山寺。寺弘厰偉岸，三面皆楹，緑碧相輝，朱門白砌略如戚里。竹大如椽，可數千頭，森森如壯士執戟列於階下。取水法，用竹筒接山上水，批其半通流。又一竹直竪，鑿其節以受灌，而下復以一竹卧埋地中，復通其内，與前竹接，滿躍而上。又一竪竹貯而吐之，徐引厨瓮間。法共用竹三節，其東西皆竪立，其中納藏於土，水行地中，其實行竹中，匪夷所思矣。

飯畢，飲月下。倚徙階前，領略色籟。是夜七月十五，月上最遲，爲山所遮，約可半天。山不能藏月，月來山間，與樹石烟蘿摇曳相浸蕩，如空水晴雪，澹泊難名。覺凉氣襲人，白露滚滚而下，追憶曩昔廟前歊熱不可當，如此境界，咫尺錯過，不無伊鬱也。北看祝融，全爲月魄所攝，如徑寸珠貯冰壺中，洞澈表裏，絲理皆見。是夜鄉僧空印即招往佰彼處，以從客頗衆憩於此。夜半禪榻冷風水聲樹聲交度，草窗如千輛車過，如駱駝喝音洽，駝鳴聲。韓詩：『載實駝鳴喝。』不可懸名一物，因憶住山僧屢爲予言，山中六月每用絮被。向乙酉客池州斜川山中，同劉伯宗約登九華時，方盛暑，伯宗亦云，撫今能無慨然？

次晨游空印彼岸室，室前朽樹作山，數花點其上，作醬豆一瓮曝日中。僧城東温姓，自丁丑鄧城爲張獻忠賊破後，流落襄漢間，出家於兹。予丁亥分藩永州，來晤。戊子駐兵湘潭，又來晤。是時方冬，賊氛暴至，僧幾不免。今談之，猶堪色變。兹乃得一瞰其精廬，言念往昔如夢，兼訊及故鄉親知，爲之愴感。

茶畢，看樹王。樹王者，就衡山之樹而稱王也。乃爲槲樹，僧以其膚外，見呼爲赤膊槲。北與祝融峰對，可大十圍，高亦可十餘丈。在群山中如巨人立群小兒中，跣足坦腹，頹然自放，意欲與祝融爭雄，且不爭雄不止者。

自樹王往茅坪，水樹各如前。間行日中半，崖縣岌嶪百丈，私念若輿夫錯拇，則此身便爲澗下石，他日應傳故事。將至茅坪，僧偏袒執香，躬迎道傍。坐懸樓上層，西窗外柚樹頂與窗平，伸掌可摩，然下去根又且不下十餘丈。窗上聽水如在耳，然此水實出對山坡陀，去此蓋二里。

僧方發午鐘，食大衆寺。僧爲予言，寺舊爲桂藩香火，故今懸榜示皆定南王，國易主矣。門外野荔枝結果如渥丹，約可摘數十斗。午飯畢，入九龍盆。盆背祝融身西，泉九道，濺沫噴珠，萬山皆響。寺後一流猶巨，吴僧寒濤談法華石橋。凡五級乃進山門，僧曰：『此九五之數也。』予曰：『若是，則九龍旦夕且飛去矣。』坐橋上飲酌，寒不能久耐，輒罷去。

次日，尋前路下山。由下火場殊寂歷，去此尺五爲羅克生石浪居，數石頗瑰偉，如睡象駒駒未醒。海棠牙石縫中與修竹爭茂，一石平如掌，闊以丈計。予謂克生曰：『此雲母屏也，何以不華屋，而空谷爲外。史曰衡山當以祝融爲主，而中山、茅坪、九龍三禪林次之。予丁亥年既專謁祝融矣，此番雖欲不三禪林不得也。三禪林者何居？』曰：『俱由南天門進，進而西。是曰祝融之麓與祝融親，無如三者。』又聞僧言，三禪林俱開自萬曆天啓之歲，在明代始開山矣。若唐宋以來，剎觀及名賢所經歷，如昌黎開雲、鄴侯讀書之處，俱在山南，如上火場、下火場。山之南路，東西可望，俱焚毀，僧亦零落。方廣路去此尚三十里，舊傳林剎最盛，亦敗於燹，并未及游。然則南天門者，楚漢之鴻溝也。百年以前，門外鼎盛。百年以後，門内崛起。維山盛衰固，亦氣數存焉。雖然，山之遺焉者多矣。

湘行記

湘與瀟并著長沙，而上統於三湘。瀟不復名，小臣於大，不獨瀟矣。湘之游以七月十八日，是日爲白露節。亭午發舟，風大作，舟逼側簸水中，硠磕訇砰，時半醉，反以爲快。暮抵岸，艤古祠下。赭樹根半死，赤膊挐雲，猶二十餘丈，鸛巢其頂。是日始蟬鳴，自四月抵長沙，凡五閲月，城中尚有木數株，獨不聞此物，聞此令人作家園想。晨抵昭潭，遥望山椒瓦屋數間，雲鬟羃歷，通體緑染，極欲扶筇覽其勝，復匆匆不果。回飈枉渚，行十餘里，輒昏黑，蘆中蚊如虓，螫倮甘人，亘宵不寐。次早風利，耳邊微聞謖謖之聲，兩岸山背如走馬，苙蔻花盛開，朱房紫莖，綿君遷平仲間，如結褵稱好合矣。連卷案衍，或如覆鐘，如欹甑，如百萬獮猴渴飲沙際，接臂引跗。其猛者如六駁之搏豹，爪牙怒張，齟齬踳駮，獨不偉。造物生此爲南岳作宿衛，物無兩大，顧不信歟！

同行多米船，以飽邵粵健兒，詢之長年，自丞相駐星沙，本三年於茲矣。計漢建元中，出師嶺外，用遏蠻方。樓船、伏波諸人，罔不取徑於此，則湘江一水固南北戰伐之喉也。古之有事安南、甌粤、六詔、牂牁間者，潭其要衝歟！五代馬氏以茶鐵致富强，小朝廷數十年，與劉隱、高季興等相終始。又吴芮傳，五世長沙，定王徙舂陵，後徙南陽，遂啓世祖，不謂地氣不可也。亂後居人鮮，間有頹垣庵閭叢生，遺民俱住山後，秋雨晻㫲，彌望橚矗，惟見短狐夷猶屬玉飛鳴而已。宋大夫曰：『悲哉！秋之爲氣也。』此語施之於楚尤爲難堪。

舟中無酒，笋豉外無他物，客况索甚，獨其山靈眷戀，雲物追隨，自登舟來，山未嘗頃刻離，雨亦未嘗頃刻離，安得謂山水無情哉！水或清或濁，如行河濟間。解者曰：『清者，近山細流。與石帆水松相映帶，久之汨矣，總之是湘也。』岸無不山，山無不樹，樹爲栟櫚，爲綿杬，爲杝櫨楈椰。樹無不鳥，鳥爲鷓鴣，爲孔翠，爲山鷚。其他猿父獋子不可殫述。樹間有竹，竹間有花，花間有雜草，碧者，丹者，堊者，緑者，玄者，不辨何名，亦不詳其性情。或曰：『是王芻、留仁、揭車、射干之屬矣。』予曩庚寅自粤還，開舟桂林，由此過，時隆冬，坐小鬒，擁一舴艋，竟不知湘乃如此，以廿五抵衡州。噫！予之負湘也久矣，抑酈道元曰：『瀟者，清深也。』如是，則前云瀟湘二水或妄也。

游飛來峰記

是日晨起，騎黄騾，勒武林門西，直抵昭慶寺。謂青樵，買小舠，貯豉笋瓜卵諸物，謀慧泉釀一甌。舟子策行，歷數湖勝，幾其一中，獨不及飛來峰。予乃指西山森邃有巒崖某某，舟子知不能匿，具以告。因撥棹向六橋取涂之，從而致之。

兹是時方盛夏，菡萏競裂，紫莖緑房，窟窊苞珠，綽約便娟，令人意迷。過斷橋，贔屭深穴，梁腋檠行，急不及讀。忽有雉，戛戛突蘆葦間，綺頸衮背，卉沸叢篁去。登岸半里，遇老儒，黃帽皂蓋，踉蹌而來。問其姓名，南陽舊太守汪公子避齊魯亂來此，居山麓下，將二年矣。予爲惻動，汪治宛，多惠政。予垂髫時，及耳公名。乃傾壺與之酌，遥望楔題大書，心喜欲狂。蒼頎僧拉與之偕西行，不數武，水聲潺潺，液丹崖緑壑間，丈許孤塔衝北道立。予戒僧勿言，然已知舍此當別無所爲飛來峰者。側身徑入，石狰獰瘦怒，如不好客主人作要遮固拒狀。度狹斜盈尋，石乳浸浸，滋沙決踵，寒風衰颯栗人，全不似五六月時。忽一蟬喚絶杪，伺之亦不見。飛鼯竦軀弄枝，如投梭機上舞絙索間。快哉！鼠誰復易此者，欲登絶巘，殊榛蔽之。西行有石洞，自下望上，罅隙庵藹，剛容尺天。僧爲予言，數年前有采樵人誤墮者，竟亦無恙出。僧乃指前塔，云是智果藏舍利處。且言此石根因乃天竺小巔飛來者，予不爲辨。太氏石之外互奇詭如寒玉古鐵，以骨勝寸膚不著，雖高偉尚不滿志。然蒼鷹到此弭毛，玄猿臨而眩視矣。巨靈老拳，胚胎域外，僧之言是也。

別去，入靈隱寺。樹大數十圍，梢雲礙日。木魚響，經聲出罘罳。稍進〔一〕，寺門石柱鐫貝文，乃大宋南渡建者。精楷如拭，稍損犖确，坐是愈增其古。口斜曛，前僧仍送予過石下，得讀董思白楣額泉聲月色之句。取進路歸，携酒盡矣。與客入肆中，酌大斗而散。湖風清切，後乃飀颼大作，棹返蘇堤北，舟裏荷葉中，幾不能行，久之乃得歸。

【校記】

〔一〕稍進，《文集》二十四卷本其下有『乃執薄望，人作檀越，纏綿刺刺，容微告苦』十六字。

齊山記

出郡城門，遥望山色，剛一握已行秦公堤。湖草荒芊如烟，有薙氏刈去，云將朽以康田者，如農夫之畔勿或斁。有孤磯跨湖中，草樹茸茸如毛，甚可亭負。擔者鬢插映山紅花，迤邐二里，柳容澹冶，旖旎如麗姝高眠，微聞薌澤觸人欲醉。予既帶酲到此，蓋時復一中之抵山址〔一〕。

稍上，見巨人迹，長可盈尺，深涅石膚中以寸三。兒憒甫五歲，嬉其上，能解語耀我。下有洞，苔蘚剥落，風穴窔然出，未及穿入。客曰待下山時，補遺箕疇。阿衮〔二〕示蹻捷，先我輩往，從下視上，目突勒，意甚得。

再上爲翠微亭。《輿記》：『翠微亭在齊山之巔。』殊可商，此去山椒尚有百十步。《爾雅》注：『山半爲翠微。』建亭者固已得之，《輿記》訛襲耳。因杣念此山緣唐刺史齊映得名，猶之廬山藉匡家兄弟以傳，當其在周唐前不知幾千年。如女子乃貞不字，既遇二氏，人遂以此歸之。而二山亦聽焉。今二氏安在哉！山猶斷耳封髮，瞿瞿焉，爲伊人稱未亡也。山陰類地道也，於人倫爲婦從一而終，二山有焉。

又有洞在亭左口，踞三老儒，饕胡床上，塞我路，笑曰：『此殆張公石笋耶〔三〕？』取道下，聞度曲聲，數騶儈鳴臂傳觴，一少年褻赤履於側，相羊氍毹，若無人狀。客曰：『此學莠兒，殆肖子也。』予倦甚，假寐，脱屝，中懷作酸，生平苦酒此爲最，於山靈無緣，不得深交，傖矣。

大氐此山以石勝，石亦堅肥礐礐然，少嶔崎嵌空者。樹復不滿人意。李元方嘗刻石於有待岩，謂齊山大小泉凡十一，而半岩爲勝。岩壁之號凡十九，而有待爲大岩壑之號凡十九，而上清爲最。洞之號凡十四，而潛虬尤清遠。是日似都未見。予游詎何記，以俟他日。客爲皖之張玉華，以青囊業旅秀山門外。當予輩躑躅石橋，悵登山侶，斯人應諾。而往談九華甚劇，山中曲折皆知之〔四〕。噫！是豈賣藥之人哉！

【校記】

〔一〕山址，《文集》二十四卷本其下有『買陽羨茶二罐，爲登山計，以備臨邛客』十五字。

〔二〕衮，《文集》二十四卷本作『袞』。

〔三〕筭耶，《文集》二十四卷本其下有『忽見西山麓，赬衣女郎追逐一小子，如風旋蝶舞，蹬蹀磽确，間作戲。九玉魂逐飛去，不復認舊路來矣』三十九字。

〔四〕『山中』句，《文集》二十四卷本作『感覺中無小大事，皆知之，於章臺一徑尤嫻』。

杏花村記

舊址去城可二里，猶是郊坰也。繫以村名，殊不類。往有亭，今爲弁鉼斧以充薪，屑礫班班石砌，似兩月内事。上有額，楔『古杏花村』四字，欹側頹垣間，如醉客揺曳欲卧。杜公刺史秋浦時，故城固不在此耶。抑公之以九日登齊山也，賦詩峰巔，有曰：『江涵秋影雁初飛，與客携壺上翠微。』是曰翠微亭。今其亭乃在山腰，父老相承，沿革舛互，而又何疑於兹村乎？毋亦捃摭故實家，意存景仰，往往於昔賢風概流連之迹，不於其蒨邃而偏於九達焉。取償之亦是一病，獨其所云古者，則固不必有疑於今已。

先是出秀山門，行窪塍芊草中，茗戰三聖庵。深菁作壁，白菘滿畦，日氣茶烟，沉檐篆午，殆不知身之爲客也已。入古佛寺，松杉無數，多百年間物，濤沸雷輥，倀啼狐嘯，森森栗人肌骨。理池王孫，較閲戟臺，距兹尺五，禮佛出，乃得一看〔一〕。是役也，杏花村爲主，殆始終於三聖庵已。

【校記】

〔一〕一看，《文集》二十四卷本其下有『尼聖庵僧，仍隨喜精藍中』十字。

湘山寺記

寺爲無量壽佛道場，在全州西郭外。自湘北涯，緣山根行，見山巃嵸而㢮㟸，如蹲象，如卧黿，如螭蛟相怒攫，如鸞鳳翔，如懸閣遺構絶壁嶔嶔欲下，爲勢不一，大約山之以骨勝無如此者。行石砌可一里，入寺門。甬道光滑平潤，遥望棟宇，氣概雄整，想見香火盛時，奔走如流泉，千官曉仗，列戟建章〔一〕宫耳。妙明塔在殿後最高處，夾道蓬蒿穢蕪，虫聲草籟交响。東西兩廊各一弓二門，豐碑如林。飛閣淡紅，繞山腰。佛堂穹窿，幢幡褷褷。稍後即爲前塔，塔下爲無量壽佛遺骸，黄袍漆面，軀貌甚偉。皮燈光煜煜，危坐俯首，撮笠銜額，如欲落者，千年於兹矣。按内興佛出唐武皇時，幸不在鳳翔，恐舁入大内，爲潮州刺史增價耳。登塔甫三層，風颯颯來。木葉黄者、丹者，不知何樹。不及上，下坐樓間茶，與僧語。念十年兵火彌天焰劫，金石火化，惟此老殼得免焚割，詎不謂佛力廣大哉！且皇帝制世，服色丕變，緇流乃不改舊觀，人亦有言出輪回之外者，是耶？非耶？九江以南，沿湘山無加於全者，永州乃獨以柳子厚得名，無量佛不得而争之，此又文人習氣，所以終墮黨人，與毀佛之昌黎同一機杼而不悟也。

順治七年庚寅十月初五，隨定南王入粵，札營城西之五里，帳中記其事。

【校記】

〔一〕建章，《文集》二十四卷本作『大明』。

游九仙觀記

觀在岳廟北十里，靡迤北折，行田塍溪流間，蜿蜒犖确不可逕。西望岳峰，歷歷都可數，但不見祝融，爲近巒環拱最高者，反失所在。若是千里内，則所見惟祝融耳。北望水簾洞，瀑布自頂飛下，皚皚方畝，如積雪，如層冰。與石相逼，砰碕作霹靂聲，霧粟之氣，射人百步。外熱客到此，如對玉壺。道士爲言，是爲朱陵洞天，鐫瀑水石上，爲水所激濺不知若干年，字形楷模固無恙。時日正午，溽暑方熾，未及游。

不數武，入夾道。兩山皆峭，壁中通一綫道，礧礧皆石子。平溜而下，可二丈，無齒級，乃下鞍，扶肩而行。將至觀，猶不見觀。北林深處，茅屋數椽，意中欲定爲觀，殊不類。兒子始起已策馬先馳觀門，投鞭樹下。予乃悟觀方在西隅，短松修竹，蓊蓊芊芊。時乃七月，秋桃約數十株，纂簋將熟。山門前碧塘泓然，荷葉如蓋，荳架麻圃俱開花，娟嫵可愛。入座，道人乃以山蔬白酒飯啖客。

抵下春，道人爲言：『此間蚊不減郡邑前鄉。』僧爲我言山中無蚊者，何妄也？抵暮，即堅卧帳中，聊避其鋒。漏甫下，雷雨大作，列缺熠熠照屋壁，瓔珞荿羽皆見。予私擬此物，定當退舍。披衣而起，看山中夜氣，檐風殊厲，汗體不可當，復寢。

次晨，爽霽异常。時道士策杖引看懸崖，在觀西南，趾草屧未晞，朝暾晻靄，懷新可佳。洞裏可容十笏，石乳滴下如檐溜，約略似鈷鉧、朝陽洞之類，而讓其人。前此埋没幾千載，逢今乃開生面。道士又爲予言：『此觀肇於唐，曲江張九齡游後名乃滋盛。今九仙壇石乃九仙飛升之處，見道藏與名山志。』又其石槽石床俱有宋元年號真迹，而樞密院學士孫沔題額，字畫飛動，猶遒逸。流泉潺潺，自觀東北角來，繞菜畦瓜棚而行，嗚咽不去。先名爲劖石，作方盂瀦之，斧薪作養，不費汲綆，殆釜鐺間物耳。欲求水源路，乃槎枒蒙薈不可行，遂止。聞其上舊爲武當宮廢址，猶存道人，蓋曾一至其上云。

彭子曰：道士在先朝，游公卿賢豪間，掉三寸舌爲人解紛，銷鋒鏑，蓋一二數矣。既乃棄而不居，不肯顯名於世，逃而至此，心亦良苦。顧又手斸荆榛，拺瓦礫，起九仙之後爲此觀，表其湮没此意，豈直爲九仙而已哉？正恐李鄴侯他時晤子應悔曾多一出，不曾拜公床下耳。道士青州人，李長庚撰有《九仙圖説》，兹不盡詳。

游慶祥寺記

寺在鄧正西四十里，東面文水河，有石梁，甚壯，明高祖唐藩王孫建。梁之西有古槐二株，幹可十餘圍，蔭方畝，下舊有茶庵，今圮。迤而北折，即山門，壁平嚙於水。門内有銀杏樹，其一高五丈，不結實。一可二丈餘，結果如顆蒜纍纍，與枝葉相虧蔽。老僧云，此是一雌一雄，每微風扇動，花氣薰蒸，則成實。果中之有匹偶者，大類禽經所云鵁鶄之類，以目交矣。

稍上，檜柏如柱，紫薇參其下，根發石階下，如巨蟒膚，如赤膊無皮。人爪之以驗其動静，全體皆簌簌欲舞。予向年游此，有句云『紫薇知痛癢，銀杏有雌雄』，蓋謂此也。

佛殿三層，在昔二十年前，金碧琳瑯，近經兵燹，僧生死去住靡常，稍殘缺，不復舊觀矣。住持朗然爲我言曩游南海及閉關隨棗山中事甚悉，然脚齒衰不復能游，多應老死此山中耳，意殊凄然。予聞此言而感焉，自念二十年來碌碌風塵，無晷刻暇，流徙亂離，周回萬里，今日得以投閑之身營老菟裘，方自愉快，何僧言之枘鑿也。語未闌，陳敬盤携冬醸一大瓮呼蘆筒飲之。予爲諸生時，麥秋里社慣多此物，爾時年少，豪於飲，一日或兩三醉，以冷水盥其面即解，以爲常。自宦游後，不睹此久矣。因與敬盤復一大醉，時將夜半，坐佛基上，見星辰歷歷可數。⿰登鳥鳩鳴⿰登鳥者，俗言榨油郎，一名鳳凰皂隸，四五月間夜鳴村樹，一名夏鷄。凡所巢處不許其類更巢，蓋隼類也。尤惡鴟鴞皂鵰諸惡鳥，呼群逐之，不懼，誠羽族中獬豸矣，於沙門護法最宜。

晨起盤桓，緣娑上看晴沙，回谿頭，涔涔痛，夙酲未即醒。僧爲談寺往事，指石梁獻曰：『此唐敬王布施，凡費萬七千金。』僧祖譚，性守其成。先是王無子，會一日，王坐堂皇，見此僧袈裟杖履入端門，竟入宮，問之不答。未幾，閽者報，後宮某宜男矣。是爲端王，享國最久。此事載皇明小說中，可見果報之說非盡荒唐。僧乃爲泣下曰：『君不見此穹窿如虹者橋乎？今王孫舊邸化爲灰劫，咸陽鹿走，姑蘇臺空，古今同嘆。而不能與國君俱亡，有如此橋，則在當日，安知不以爲無用，而聊復爲之。孰知天步雖改，細物常存。後人猶得指名之曰：「此唐藩橋也。」橋一日而在，是唐藩子孫所借之以傳也。且橋至此百五十年矣。老衲相傳凡三經水厄，甲午爲甚，乃有數板落水中者，繼此而興之，豈止爲一橋哉！』予曰：『志之，此一說可以存慶祥矣。』

叔度園小記

叔度別業在白水之壖，距郡城三十五里。屋東有古橡數十本，虧雲蔽日，枯枝老硬，如龍虎骨，班鳩蒼鸛巢其上，喧豗殷殷，人語近不聞。皮幹溜雨積霜，蝕銅土鐵，輪囷可四十圍，是三百年外物無疑。

迤而北，多小塘，隔籬即菜畦，綠縟争茂，青槐兩株復不減前樹，陰陰作車蓋。井一枚，百步外聽轆轤之聲，令人作灌園想。稍西折入門，琅玕森邃，有紅花綿結枯柏上，高可二三丈，爲赤黄色，如芙蓉，如〔一〕槿，如紫荆，不可名。叔度曰：『凌霄花也。』予猶不謂然，疑是祝融峰下石壁秋海棠，爲善攫者移來。明聖湖上飛來峰，安知不是天竺國一小嶺〔二〕？諸雜花稱是，紅蓼尤奇。叔度曰：『此非水族，當别是一種，以待考。』

書幌皆精絶，案有銅瓶，古色蒼鬱，不辨其爲何代。或曰漢諸陵中物，或曰秦政驪山下所藏者，千年爲金銀水晶之氣所攝，本質盡矣。指以爲銅，恐不受。予曰：『叔度藏之神物，當自有知者。异時波斯胡賈片帆從海上來，携方物入貢。叔度出此以貿之，是燕昭買駿之日也。』

【校記】

〔一〕如，《文集》二十四卷本其下有『木』字。

〔二〕嶺，《文集》二十四卷本其下有『耳』字。

東郭看桃花記

鄧昔稱桃花國也。自癸酉寇亂且廿年，頓擗荒餘，種桃人無復在者。城東隅逼湍河，土黄，墳坐河壖，居民稍有存者。老樹婆娑，逢春輒發，含香泣露，紅霧羅披。游人馬上見之魂醉。然俗物敗人意者花，亦路人遇之，輒無他奇。

一日刺史陳頑龍自郡城來，謂我言有桃花在某塢，距河十里，爲訂花期。舉網獲細鱗數枚，携釀一瓮往觀。三里外望之輒痴，忽見殘籬梨花數株，如虢國夫人蛾眉淡掃，開且落，落且欲盡。予爲策杖問之，曰：『是不與桃花争妍者也。』不幸與之同時，素魂寧馨，熱客不問，爲之嘆息。乃少坐招提中，茗已，返轡渡河，未至百步，有美人袨服靚妝，珊珊來遲。報客曰：『幸托弱質，流落荒干，鉛華將謝，老去誰憐？不意明公眷焉，念及惠我光塵。』言既泪下，血痕在衣。客曰：『此處何得有人？』予與客相顧，恍惚忽失所在。咤曰：『此非王弼之家，則干寶傳中父婢之墓也，鬼物哉！』良久與客下馬展氈，徜徉其下。

桃約略百餘株，開落如前所見梨花。刺史與予不能作一語，意蓋爲桃花所攝。醉而歸，夕陽在馬首間矣。同游者爲錢塘沈國菁、大梁賀人龍，刺史名丹，淮人也。

大水記

水發析酈以後，六月十八夜至臨湍城，乃猖尋出岸四奔，南佐以刁河，猛迅過之。平明西城遥望，彌數十里，勢欲粘天。略辨村樹，人家結短筏木簰，巢其上，繫老樹，或立危墻高冢，號咷之聲與澎湃相鬥。牛馬野豕鹿裹波浪中，枯楂腐薪俱下。人家京坻穜稑無遺，間存者墮泥沙中，不可食，瓦屋皆飛無完堵。閱三四日，水猶没人腰，婦子抱樹根啼，無釜甑處。

先是西城石橋爲水嚙，如怒龍蜿蜒猙獰，石板片片而下如落葉，頃刻盡矣。聞長年宿河下者云：『是夜三鼓，陰雲靉靆中，見上流如巨人可二三丈高，列火如炬。又如曙星拖白練，如長虹橫亘而來。』或以爲水頭，或以爲龍神，夢中驚愕，不辨何物。乃反顧昨宵舊岸舴艋，已在樹杪。聞之長老言，自崇禎壬申此水再見矣。順治十年再六月二十二，聊爲小記記之，書畢，復大雨如注。

獅洞記

從湘山寺左掖登山，石蹬盤曲，竹尾松鬣連蔭道周。從東岐得慈慧庵，庵前茶樹枇杷各帶娟膩撩客。後圃菘蔬約百本，南方少此，因想見家園。呼僕挹山泉煮菜汁嚼之，門人向日葵供胡餅，堪一飽。北驅一再轉，乃見獅洞殿刹，嵯岈錯立，碧鬖映林谷。跨馬行簹篔中，楓葉微醉，拾級數武，乃登閣。穿閣入，乃覯所爲洞者，魁然者石耳。一穴谽谺欲吞衆山，殿閣適梗其喉口中，乃磚甃，瑩潔如掃，有鼻孔，上見天，吐舌蜿蜒數尺，束炬小門，傴僂乃得進，闊然如一間屋，時衆客已入獅子腹中。腹中乃見水乳石二座，結成佛像，酷肖佛，亦在腹中。距無量洞天不遠，笑謂此豈舍利藏身處耶？冷甚，不能耐，乃出，與衆客撫掌大笑過望，幾不免獅子口哉！

沿壁看題署與其歲月，茗東角樓，遺有龍眼殼，念是定南王昨日舊游處。大殿俯前崖顛側，欲隨爐火烟寒，唯聞山虫亂嚮，鼕濤作怒，學獅子吼而已。客爲粵臬司王鼎鹽。中州禹峯某記。

鳳凰山記

乙酉二月廿七，泊舟此山之陬。晨興，風遂厲，舟子告不可行，復一意待王九玉。日且亭午，篷軒遥看山色茸茸，僕人遂藉他舟陟西岸山，在東不欲易竟山。行市中時，雨初霽，濘没人趾，見魑髻貌渥漆，作縛袴狀，溷渠厄石道之左右。爰登舴艋，得石梯，即上山。路多松根，斧痕猶濕。木梯錯石蕊間，凝悵久之。東望孤磯立江中，即《寰宇記》所載板子磯是也。一名反秦，粉堞隱雉閣其上，私念是昨渡曾經地，幾失之，今得一爲領略，目應無詛吾脛。東南一山腋，林木甚葱菁，青碧欲濕人衣。百步外，其近磯者似墟落，樹皆蒼疏，如冬宗生族盤，不辨何種，大似并州二月時。

登絶巘，乃有松二三株。此山差威儀坐是，然不能爲此山保已。日洸漾，與江相射，魚舠可數十，織紅波。客曰：『此俱網河豚時，春月甚珍之，能以身殺人者也。』按《本草》，一名鯸鮧，但用菘菜簍蒿荻茅三物煮之，亦未見殺人者，土人固應解之。爰蛇叢篁，見一夫控候露田，風起蘋末，予謂客曰：『妖姬頑童，冰綃霧縠，飲烽嚼鼓，風生火出。』客曰：『雀舌鷄骨，白苧竹枝，鼠藤鹿藿，雨蓑曰笠。』維時九玉咍然笑曰：『前説近壯，後説近幽。壯苦喧，幽苦寂，我則衷之。』

時崦嵫從北道下，見二人晋巾碧，餚四肴核飲酒，右數武乃得庵，甫入門，聞棋聲，髣髴子瞻在白鶴觀。九玉阿郎八歲，如小猱，緣石笋上折桃花一枝歸。

游巾紫峰小記

歲在戊戌，正月十六日，僧諸諸爲予言巾紫峰之勝，訂游侶若干。騎騾穿衡山城内出，望岳門，門墳起，傳爲昌黎開雲處。門外市屋聯綴，歷歷如星置。虎落鷄栖，花猪子纍纍，或卧，或喧逐不一處。人屋角種葱蔬，南方霜力薄，厥類繁殖，似北方二月時。

西南半里，即山麓。石梯層叠，盤紆夾道，多長松。山腰風甚厲，望湘江如帶，城如弓，烟林巒嶂，如小兒痘硌硌然。又如陣雲輪囷，疑有精甲百萬藏山谷間欲出。山頂爲真〔二〕武觀，觀三楹，僧寮湫隘，僧燒山栗煨芋，懸榻炭穴中。吴衲破門，吟　絶，予以寒疾初愈，憊不及和。下山尋舊路，兩骭酸痟，若不勝軀，手拊奚童，著狐裘，墜然而下。坐輿中，夕陽在石壁間矣。

同游者，爲閩之黄抑公，衡協高將軍，及前僧諸人。禹峯曰：『巾紫峰者，衡岳七十二峰之一也。予自丁亥游楚，至此凡十二年。住清凉寺最久，初不知所爲巾紫峰也。知之自諸諸始，即以諸諸爲此峰五丁可矣。』

【校記】

〔一〕真,《文集》二十四卷本作『玄』。

郴東桂陽小記

郴四面皆山,東尤劇。至羅漢嶺,斗絶横亘,霸此山嶺半。東望烟霧蒼茫,疑有百萬騎竄其下。俯察之,則柔蕪如掌,田界歷歷,如楸枰局。一溪瀠洄如練,紅樹渥丹,彌漫川谷。憶曩年癸未,走太行,出青山峽,纔出山門,遥望共城一帶,騰騰白雲,芊眠無際。久山者忽見平壤,如游子歸故鄉。如行窮漠海外,忽見中國人,則大喜過望。至赤石司,夕陽殘霞,萬山如醉,新月出東山下,峰巒可數。桃花嶺無甚异,至文明司,山復怒作態,如羅漢嶺,而詭譎過之。坐笋輿緣猴路行,陟澗上,殊不堪,下視令人魄慄。石棱如劍戟,古木槎枒,但聞亂石流水,潺潺作聲,急管爽籟,疏越玲瓏,密蔭重匝,樹如巨蟒,疑鬼欲出呼之。或走上,則輿人脛搪車者,額下則車者,兩手如握槊,兩跗鐵立,厥躬如壁,竊意用力苦於負者。十步一折坳,五步一斷橋,曰七里坑,曰八里隩,立名不雅馴,不足記,記其險狹軋茁而已。

山前後皆猺居,材勇喜鬥,負藥弩長竿數百,羅拜馬前,今皆爲我用。捲唇一沸,山石皆裂。

離桂二十里，復見籬落，屋甚偉，面水一曲，石頭伸出，如虎豹蹲，如黿鼉現身。隔岸爲太保里，坊額儼雅，在空山中，里人榮之，事在明代成化。太保姓朱名英，兩爲秦粤制府，見《國史》云。

禹峯曰：『山以險著曰蜀道，曰孟門，曰井陘，衡以南不著焉。非不著也，大江以北爲英雄王霸所必争之地，戎馬戰場，人耳而目之，故險焉。桂居楚南炎荒之徼，名王起以省郡爲向背，甲馬將相不至，故險不及焉。然則桂陽山亦不幸，而不生中原齊魯，其險不著，止以産仙佛見長也，亦不得已哉！』

桂陽西石洞記

洞在邑西十五里，官道南二弓，遠望之層冰峨峨，如雪山石逗青靄中。由石徑盤屈而上，礐礐硌硌，苔滑，履不任受。抵洞口，仰視皆甓砌，爲雉堞形。旁一小扉，扃鑰甚固，洞人他出，僕子有力者，手大石斧之，久乃啓。燃炬入，即聞中暗泉瀌瀌，如瀉巨瓮，堞牖寬豁，可容二千許人。光透入，可看半里。上懸石乳如蜂房，下垂大者如金剛杵，再大者如車輪，皆乾燥。下流水潺㵎，如促織鳴，如摇環佩。上下左右可二丈，深不知其幾里。水源岩委與之俱，聞山下人言，土人避兵其中，約略貯數萬人，牛馬鷄豚諸雜物稱是。二里外復有兩門，皆外狹而中闊，數折，然後達洞身，即無人守，外亦不能入，爲山澤通氣，洞中以爲室家，恃此也。

三里外，水嚙石爲澤，距數丈必假小艄然後渡，厥深無際。前讀貴州邸報云：『王師克某洞中，有大舟三隻。』初以爲异，觀此世人多可少怪，見駱駝以爲馬腫背，豈不固哉！洞中遺穗陳倉，柴床竹籬，狼戾兩崖下，皆亂後人去所餘者。因思此中若乘鼎革不出，但多積貯，其中老且死何必都聚哉！顧天下無常不見天日之人，故入者出之。此山遠近百餘里，恃以爲長城。賊去，則甌脱之聞兩桂間。如此者尚有數處，爲猺民祖業，則不復以我法治之。歷運會陵谷，而不知有兵革之事者也。由是觀之，楚以南，山川邃奥綿結，到處是武陵源。今之世，豈無有不知晋魏其人者，則此物無怪也。又山民爲予言，此洞在成化中，邑中丞朱英玑事，用緝以備不虞。去此十步，廟門石刻云：『元人避亂之所。』推而上可知矣。

然則桂陽當東南楚尾，扼江嶺之喉，爲閩粤右臂。中州山川平易，芊眠殺伐之氣至此且終。若大亂，值英雄逐鹿，時中原爲血國，天若不生此等洞壑於巒岏巖業中，爲孑遺寄生之鄉，則人類無遺種，是大造之不仁也。恐天地之奇有不盡於此者，予爲此説亦猶洞中之見也。同游者，郭師古，二子始起、始騫，游擊楊一光也。

沅撫軍古柏記

今皇御宇之十五年，王師三路進取雲貴，南楚撫軍袁公帥四將軍闖武靖沅州，則沅州之開自袁撫軍始也。沅舊爲撫軍治所，棨戟所駐，綰轂四省。兵燹後，朱甍檐牙化爲瓦礫，一草一木非復舊觀。撫軍至，芟除蕪穢，丹堊聿新。廳事東偏有古柏一株，銅幹鐵膚，如虬龍攫拏矗矗干雲。顧而异之，會方治兵滇黔，軍書旁午往來，驛使一切飛輓，士馬繦屬不絕於道，倉猝無須臾之暇，與賓客偃仰其下。

歲在庚子，余以朱陵兵巡奉滇藩，檄過沅，謁公且宿，叨公，知三年於兹矣。公遮飲後堂，歡留彌日，時仲夏廿七日也。坐中因及地方險狹及山川風物，約略舉似，以恣劇談。公指東近墅曰：『此中有古柏一株，距此尺有咫，曷〔一〕一往觀之，此千百年物也。』余隨公步趨東廊外，果見古柏如前所云，因爲公觴其下，審諦良久，不知何代，大約自有沅以來便有此柏，或柏在前而沅名居後，亦不可知。則爲酹酒，而問之曰：『昔張儀爲秦脅楚黔中地，今爲沅，幅員幾何？且此地舊屬黔，後爲楚，莊王孫蹻，據而有之，遂稱楚，果在何年？又《尚書》所稱七旬有苗，格今之苗壘，見係何處？且漢伏波及唐柳節度諸人俱立功此地，照耀史册。當時從何處進兵，何處成擒？柏耶爲我言之。』

於是袁公浮余大白，曰：『此事固應柏知之耳，當爲我記之，且以賀此柏之遭也。』乃援筆爲之記，歌曰：『維沅有芷兮又有柏，虧斗蔽日兮氣蕭瑟。南望邵陵兮召伯有棠，讀三閭之遺書兮蘭蕙在湘。此柏爲之中立兮，乃柱石乎南楚。惟撫軍之威德兮，彼銅柱乎是友。』

【校記】

〔一〕曷，《文集》十六卷本作『幸』。

文集卷九

記中

游浯溪記

己亥六月，余以校士卒入祁，會分藩關東，胡公亦至，訂游浯溪。公飭行厨治酒茗，先之肩輿出南門。邑新灾，瓦礫焦爛，人處煤炭間。沿湘西行，岸多古竹虎茨，人家烟蘿中種胡麻木綿，大似江北風土。時天亢暘，污邪龜拆，塵沙滿面。可五里，對岸石壁嶙峋，下俯碧潭，山勢鉤連，或如斷環，如渴猊，洲石作虎豹牛羊形，厥狀殊詭。輿夫曰：『浯〔一〕溪也。』甫至，長年具小舠艤北岸待久矣。邑令燕山孫兼符導而前，水面可二弓，躡衣上，不數武即見磨崖碑。碑非碑也，崖也。高二丈，闊如之，上書元道州《中興頌》，顔魯公書。石字大如熨斗，威重難犯，如細柳之軍。中有十字磨滅漫漶，時久，搨〔二〕者衆。碑四面皆有小碑，碑亦崖，極多南宋及大元時題額，大都瑣細潦草，鮮佳者。倘石有知，望中興碑，汗浹踵矣。

低徊久之，摟身石硤南，向東折，復北面從石梯上，得窪尊亭。亭新創，四楹傑立，風來欲飛去。余及二三游侶酒其中，看窪尊形如臼，爲牧兒石子時，杵似新鑿者。亭東南，嶺樹虧蔽，不及遠望，惟西北堪遥睇。下瞰可數十丈，山骨戍削，令人目眩。因憶古來帝王盛德大業，必歌頌垂之金石，以彰不朽。兹巉然岩懸者，非天寶遺事乎？嘗讀史，見唐家天子以出幸爲家法，自玄宗始也。其後幸陝，幸奉天，幸涇源，而唐祚以移。故以靈武而言中興，則中興之變也。道州詩中有頌而無規，是一恨也。毋亦哀定微詞，漫郎故宜云爾乎？至魯公以希烈之變，抗節不屈，與張、許争烈，其人自足千古，况重之絶筆耶？

嗟乎！靈武已矣，漁陽之羯鼓已息，馬嵬之香魂久散，晋陽舊業，已付斷燼寒烟，不可復認識矣。而南楚荒徼山角水涯之間，尚有巋然片石，蛟螭糾盤，經千年風雨不散，爲墨人騷客臨摹傳流於天下。後世之書幌雲屏欽爲璠璵，令後之觀者感慨歔欷，如游天寶之世，則文字之所關誠大於帝王曆數哉！如是，則《中興頌》曷可已也？四坐客愀然不樂，謂予曰：『登臨之際，興會之所乘也。古興亡不一國，止有江山無恙耳，君何見之晚乎？』予亦不復置辯，爲作下山計矣。

從舊路西趾，大樹蔭畝，腰如巨蟒。邐而西，又轉一臺，有佛寺，中種茄瓜。有石柱，鎸云是道州舊宅，因顔書，前人并立二公祠，今貯金仙，不爲二公有矣。出門東行，魁丘墳起，暗泉潺潺，雜木葱護，微逗石梁。僧曰：『此即浯溪。』殊不稱其志氣。人已暮，遂登舟歸。同游者爲關東胡公養忠，潯陽孫令斌，予二子騫、奮隨侍。其約游未果者，孝昌戴生天恩也。

【校記】

〔一〕浯，《文集》十六卷本其前有『即』。

〔二〕搨，《文集》十六卷本作『塌』。

飛雲洞記

黔山多童樹，不及寸，石亦頑。自沅入鎮遠可四五百里皆然，疑黔山止此矣。偶鎮遠北道傍，忽見山，半壁如墻堵，百仞嶙峋，色態青緑，結陣而來，馬上神眩。同游者曰：『此即前所云飛雲洞也。』嵚崎歷落，萬山飛動。予驚悟曰：『何奇怪乃爾！城濮之役，一戰而霸，何求多爲？』先登者呼曰：『此中大有物，盍先内而後外？』爲拾級而登，朱門照耀，時官題楔。折而上，有巨象一軀，可十餘圍，自山椒俯身下，捲鼻與檐牙相鬥，雌雄未決，若有待者。又晋一階爲平臺，爽塏如飛樓數間，闊可數丈，下臨絶壑，有石欄爲遮。欄外三峰，肺石鼎峙，山額溢出，飛檐四蔽，懸瓠下垂，乃族光怪。樓中左右壁大且瑰者，如陣雲、戰馬、劍戟相列，如怒獅搏豹，有鳳翔者，有鸞舞者。其慧且黠者，如獮猴數百，纍纍引手飲澗下。如鼯鼪跳躍追逐木末，如鷙鳥愁胡攫身欲動。其樸而定者，爲甑，爲釜，爲尊彝，爲胎銅，爲珊瑚，或旂荇藻，或結芝蘭，或圓若璧，或半若珪，種種不可思議，洞中兼而有之。嗟乎！此明堂考王會圖也。

又折而右，有巨蟒塞路，猙獰矯首。而出石梯，再下數武，又有一小洞，水潺潺流出，石乳亂下，其詭譎欲過之。聞此中二三年大水涌出，輒出龍一枚，以爲常。噫！龍，神物。洞，龍宮也。變化不測，故應爾爾。《易》曰『雲從龍』，非誣也。寒神酸骨，不可久留，尋前路下，審視門外半壁，大約與門内所見相勝不相學，難爲兄弟。石唇掀舉，窢然穹然，乃仰觀門前古柏，高四十丈，磐錯離奇，似在漢孝武以前，唐蒙、相如所未見者。與柏正對，山腰飛泉一股，瀉瓶而下，不雲而雨，灌田無算。旁渟爲古潭，惝怳若失，久之，然後始悟黔山之童石之頑，蓋有由來，殆此洞之故乎？

此洞尤物足以奪造化之巧，罄天地之藏矣。彼山靈者，尚有餘力以飾諸山哉！昔夜郎王謂漢使者，孰與漢大？即此一洞觀之，誠哉是言！又予嘗思扶輿精靈所鍾，不在人則在物。黔中地自莊蹻闢，以王滇誕，爲名賢供上國之用者絶少，爲此洞所奪無足怪者。吾行天下多矣，洞之奇未有如此者，抑何偏生此於荒陬蠻裔之鄉乎？若置此在中原五岳間，爲人耳目近玩，反不奇矣。抑王者不貴异物，宜秦漢以前之君棄而弗取也。

嗟乎！自孫渠負固黔滇，萬里隔聲教之外者十有五年矣。今六師式廓，盡有西南之地，此洞欲自外於天地之間有所不能。雖然，此洞不見中國人久矣。又頗怪見之而不爲异，與夫不能傳者，則洞亦有幸不幸焉也。路經平越，乃檢篋中是作，質之少參徐公，太守喻公，鎸之片石，附洞不朽，用漱山靈自愛。時二子始騫隨侍并記。

桂陽山行記

桂陽城在四山脚下，中有泉四十八。東一峰尤聳，浮屠冠其上。日暮陟顛，古刹頹然。西望一小山爲芙蓉峰，云是蜀將趙雲屯軍處。按吴蜀分地，以湘水爲界，桂陽州先蜀而後吴。城内流水滃滃四出，家家門巷碧玉環戛，復多暗泉響。覆草敗瓦間，荒寒寂歷，不似城中矣。出南門，見平田千畝，穟實垂垂，朝風婀娜，芳烈襲人，令人作太平想。詢之，則城中泉所灌也。路俱石砌，不任馬蹄。兩岸蓊薈，狹不盈尺，五步六步一折，如蛇盤，如蚰蜒路。肩輿隨路紆回，車上人作苦覺倍輿。臺下則入雲根，多斷橋，上則游木末，升絶壁，到處是獮猴宅也。石大者高闊數十丈，小者如拳，如胡桃。怒者如象搏，如獅子奔。喜者如羝卧，如群狗嬉。又有如長大將軍兜鍪披鎧握槊相鬥，又有如美人遥睇約相待者。數弓輒得一泉，或咫尺三五泉，山民處此，雖旱魃不能死。因悟東南澤國，不止左洞庭右彭蠡與夫三湘五溪也。

自衡而東，桂陽南，地無寸不山，山無寸不水，水或在山趾，或又在山腰，或在山背，或在山腦，如人之有血，與山周流。山不童，水不腐，大河以北，太行、王屋山非不偉，石多敦龐，材木不生，甚之竟無一毛，無他，水少故耳。推而廣之，百粵甌閩諸國可作是觀。己亥七月臨武署中記。

桂陽游記〔一〕

昔人論建都云：『天下，常山蛇陣也。關中首也，洛陽腹也，吴越江南足也，未有足而可以舉肩背者。』吾論山水亦然。人盈尺之面，眼有泪，鼻有泗，口有涎，有時而出無幾也。其便溺二道俱屬下部。故東南爲天地之尾閭焉，桂陽其小者也。吾久行桂陽山中，忽作一想，以爲今之天下猶是《禹貢》九州也。九州惟荆揚梁在中國南，其六州名山大川封内岳瀆皆有名字，或千里而一石，或百里而一水，中則眠芊，如掌空闊無際，故爲萬國朝宗之所，帝王聖賢生焉。有英雄起，必以中原爲戰場，登曆數大江南，置之而已。《尚書》懲荆，《國風》絶楚，吴越不入盟。會聖人之意，不事遠，略亦可見矣。

吾觀楚國洞庭以南，自衡山而外，湘東即連郴桂，萬山矹崪，綿結橫亘，殆無隙地。其民傍山陬水涯而居，與猺獞苗頑雜處。其人騎卑脚馬，乘笋輿，畜鵝鴨，織葛績蒲，種稻火耕水耨，歲止一穀。其土産金鐵、連錫、丹漆、材木、竹箭之屬，故聖人羈縻，南不盡衡山，意謂此也。自秦漢以後，好事諸君始開五嶺，通百粵，置滄海珠崖諸郡，啓牂牁六詔，下西南彝，而荆揚梁三州始多事矣。其先號爲三州者，大都有其邊幅，納其貢賦，未如後世之遠且大也。

吾觀楚南山川，嶢崅汪穢，非人所居。游子乘肩輿急行，不過一舍。上者如蜥蜴緣壁而行，下視邃谷唯恐墜。下者沿苕葦與黽鼉朐腮相結隊。四望不見半箭之地，如行墻堵中，雖有飛騎到此，化爲駑駘。山民則出藥弩桑弧長鋑可以得志，宜乎爲帝王之所唾也。且山川雖阻，内無平壤可以托國。昔五季之亂，劉隱據嶺南，馬殷據長沙，高賴子據荆州，錢鏐王審知諸人據吴閩不再傳而旋失，則荆揚之域猶不如梁益之險也。由是言之，則蜀猶可用哉！因記桂陽之行并及之。竊附於陳同甫之論形勢云。

【校記】

〔一〕篇題《文集》十六卷本作『書桂陽游記後』。

游岳麓記

己亥十月二十日，亂湘，行沙界中，皚如霜如縠。可三里，躡細流，得西岸衰草蓬迷，僅得路。距岸五步，石表穹然，上書岳麓書院，蝕，略有字形。乘肩輿，渡危橋，甫三里，古木十餘本，可蔽畝。石級參差，躡而上，頹然四壁者再。中庭壁有短碣，鐫宋儒諸理學格言，最上朱張二公祠。祠亦蕪，是日同郡守蔣公新是堂，諸公酒其中，鼓吹之半酣，登山背，憩八卦亭。又陟絶巘，得小屋如囷，覆禹碑，碑虬螭披拏，古氣肅魂魄，爲岳麓永鎮，衡祝融峰亦有之，疑禹留此神物爲山壽考，否則山且化去矣。望長沙城，粉堞委宛，不盈掬中，有破邸朱門照雜夕陽間，人烟數點，蒼蒼如蘚痕，惜不見盛時十萬户也。望西南小山作傀儡，微茫綿結無際，日下春微，見小溝映籬舍，或鬱林殷賑，不可見也。迤南山顛爲真武祠，祠俯瞰郡城，亦如前予曩客幕府，同王御史佐吉、郎中允迪、張僉事武烈諸公游。題有二絶，今半存矣。

小憩〔一〕其中，扶奚奴由東北面下，得陡澗陰森，萬鬼搏人，謖謖瀧瀧，殘葉敗籜填堙舊路。出澗，走數武，復見茅屋，有浙僧在此説法。路逼側不任履，小不任車馬，五步一跌喘。甫定，得平壤，詢道林遺趾不可考，乃觀所爲李邕碑者。碑在書院略南，殘缺者十之二，書似摹《聖教序》，想見唐家一代，書祖貞觀。太宗珍重右軍，彙帖以傳，今空山野烟，猶有存者，同文之盛，千載可想。未幾，仍合書院來路，力倦且暮，因騎馬歸。

禹峯曰：『吾游此再矣。前此未暇記，繼因攝篆長沙，有事新之役，碑之矣，而未盡也。按書院始宋開寶中郡守朱洞建，李允則、周式二公請於朝，爲藏書所，錫以今名。歷紹興毁，迄乾道中安撫劉洪葺焉。孝宗時南軒、晦庵兩先生會講地，當時學者至千人，田五千頃，舍至百餘間。又廢三百年，至明弘治中再建，四明陳綱、王瑫、楊茂元實尸之。自弘治迄今己亥，又百餘年矣。力復舊觀，勿墮先緒，郡守同事諸公實有力焉。珥筆記事，予小子豈敢後諸？』附記於此，以補前碑之略，則此游非游也，仍是記書院也。

【校記】

〔一〕憩，《文集》十六卷本作「飲」。

飛山記

戊子黔陽之役，道經靖州，破賊城西門外，見飛山之奇，欲一覽未果，迄今十二年。歲庚子仲夏，以滇藩役，復借道於靖。故人高將軍、楊太守約飛山之游，是月十九日癸卯，初霽，同諸君往觀，行田遂中，可十里，即抵山麓。山四面石壁鐵立，自成輪郭，平闊數十里，凹内忽起一峰，斗絶插漢。惟山南一路可達，石砌鱗次嶢峋，不任馬蹄，以肩輿又不任，乃徒步前導而上。大抵無慮二弓一折，凡十餘折，得亭，亭半頽。又折得泉，泉山腰迸下。又上再得亭，亭三楹，有大樹數十本，離奇蔽虧，行者憩焉。又東折，旋又北，乃得玉皇殿，是山圩頂處也。上下殿東西廊階除林園，如村落。原隰膴膴，流水潺湲，羽人耕牧其上。東角一刹，竹樹尤美，叢桂大如輪，距此尚五六里，輿步兼行，得虛館，檐窗蘚碧，多題額，鮮佳者。再上得三天門，距頂猶百餘仞，狹險不可登矣。予與將軍止其下，州守與同游者或至，或不至。風高天空，萬壑窅然，耳邊如聞獵獵之聲，四體生栗。州守竟陟絕頂，及捨身石上，掉臂回翔，隨風遂欲飛去，亭下望之魂悸。予笑謂將軍：『君常將兵數萬，先登破敵，未嘗心動，竟不登飛山絕頂，勇怯何似？』將軍嘆曰：『戰場易與耳。』爲坐三天門上，遥瞻近觀，約如千瓣蓮花，青碧一色，不可窮際。環郭秧梗溝洫如綉段，如楸枰局，缺月連鈎不一狀。江南火耕水耨，民亦勞止，大約八九皆山，田居一耳。

將軍指西南諸峰謂予曰：『昨者黎苗梗化，奉使者檄介馬行間崎嶇數百里，渠帥卉服鳥言，生食獐鹿，多毒弩藥物之屬，犯我顔行，幸一鼓下之，中有馬伏波及諸葛二公碑，何歟？』予曰：『以地理考之是也。予按東漢之季，五溪蠻反，世祖命馬援征之，時年已六十二。據鞍顧盼，遂定五溪之亂，今會同有雄溪，即衆水所會，因地得名矣。』按伏波征南凡兩見，一在嶺外，謂女子徵側徵貳，最後乃有此行，史所稱矍鑠哉！是翁謂此役也。諸葛輔幼主，定鼎益州。雍闓之亂，先定南中，而後北定中原。南中者，合今之滇黔而言，二國唇齒，滇既亂，黔應之，擒縱之烈，所謂南人不復反者，此其聲靈所及乎？前事者，後事之師也。二公功德在人，苗民猶且思之，則爲酹酒。囑將軍太守曰：『三苗負固，三代不臣，書記千羽。今上御極十五年，孫渠來歸，滇黔始爲我有，此黎靖一塊土，固三年前戰伐之場，而滇黔之喉也，今爲内地。苗人吾人柔遠能邇，是在司牧。』二君曰：『有如公言。』於是下山。

從道士觀昔人城塹處，道士云：『廒倉舊地有遺粟，可愈心疾。』僕子争掘瓦礫下，果得數十顆，依然稻也。史稱潘全盛洞酋據有飛山，湖南馬王平之山有馬王城云。夫馬氏因唐末中原之亂據有潭州，與荆州高季興、廣南劉隱之數家互相首尾，號大楚，計至今且八九百年矣。粟非金石，安能久存？存而不論可也。

會日且西，下山及半，太守則又指予曰：『雲臺佳處在山東腋。』乃之洞，洞有瀑布，二僧巢其下，水石砰訇，迸玉濺珠。或出洞中石乳，下松蘿陰森，積雪峨峨，潤澤山下，阡斜陌横，皆是物也，昔人據之有以哉！夫以十三年所未竟之願，而一旦償之，則飛山與予成久交矣，安可以不記？高將軍名成旦，延安人。楊太守名嗣光，雲南人。同游干聘及次子始騫、并州判李萃藩。

游白蓮山記

自永興入郴，未至，西三十里，官道折而北，又三里，是爲白蓮池。騎馬走山脚，行田塍中，路止一綫，馬陷泥中，衣履盡濕，乃换竹輿。山下望白蓮，如盎，如寠，數四面皆赤如肺。山椒平闊，麓反狹。曳而上，列嶂如屏。宋紹興中，有好事者鎸字其上，踵之者甚多。至山門，四望彌際萬朵芙蓉，簇簇逼人。進山門，有圓石，大如屋，傳爲蘇仙奕棋處。頂有池一區，冬夏不涸，應是石髓所化，近爲繲纊且溷渠矣，是水厄也。民舍雜羽人居，籬落數百間，沿邊下視，令人目眩。畜鷄豚累累，入主人座几案間，皆有銘，率以仁爲歸。有枯樹數株，俱數圍。日斜下山，主人遮留至再，仍坐石上，命觴，爲談鼎革之交，嘯聚渠雄萬甲過其下，但目之而已。真一夫當關地也。使是物能引而伸之，便爲劍閣仇池，生割據心，惜容不過千人，然兵鋒不及。父老八九十以上，丁離亂劇盜，干戈如麻，得以天年終，爲郴福地，功不小矣。

予自丁亥迄今戊戌，稱朱陵長凡二，行部入郴，此其始也。因憶昔嬴秦兼并楚，不祀。楚將項羽立楚王孫，逐秦鹿，爲宗國報仇，抑何光大哉！乃王業已成。王義帝郴縣，正以山川險阻，常奉熊繹血食，且中原方用兵，四分五裂戰場也。勿以賊貽君父，此項王意也。乃江中之弒，反蒙以惡名，計羽必不爲此。予另有《吊義陵詩并引》，兹不載。因白蓮一山想及郴，又因郴而想及昔人王郴之意，聊爲《白蓮記》。

主人爲誰？曰喻國人壬午孝廉，曰國仕、貢士，皆以道學自任，絶仕進，家山上，於山爲久要云。

游蘇仙山記

山在郴之北郭，可五里，出東門，過石橋，穹窿如虹。橋頭有招提一區，僧遮馬，意不屬輒去。迤邐秧田，遥望山身如黛，松雲邃緑，謖謖風下，心增爽。刺史曰：『山峋，馬蹄不任受。』乃易笋輿，以布糾結其竿前後，扶掖乃克濟〔一〕。甫二里，即爲山趾，曰白鹿洞。取道女貞林下，路傍白菘，甚豐碩，佳蔭篩葉，鷓鴣叫東山上。見一石門，高丈許，闊如之。高刺史爲贊，記蘇仙事甚崛奥。洞内石乳如拳，又陰森詰曲，匪炬不可入。僕子有獷黠者，矯而入，可五步即返。土人云：『再數武，當得他孔出。』未及試。又云：『去此北，高石十餘丈，有秦少游、米元章題額。』路荒蓁不可得讀，回舊路。上山又二里，爲中觀，是維山腰。刺史云：『下山將酒其中。』未入，掠觀傍上千章，十圍，獵獵蓬蓬，四面風來，人肌生粟，輿人用力如牛，裹而上。耳邊聞水聲潺潺，一綫環山而走，不及細領，痴情爲此輩所奪。又數折，得極巔，軒闌聳潔，石梯兩層，斑駁如鱗，碑苔蝸涎缺殘不可句。從中霤繞屋西角，忽得敞地，雜蔬半畝，豐碩如前洞。紅柿離離，形如江北棗，味酸澀。一石如蒼象，昂首突出懸絶崖，下之是蘇仙跨鶴凌雲處。噫！設此山不有此石，蘇仙豈不飛去？乃此石之在此山，若爲蘇仙而生者，事誠有待耳。坐石上望遠，邇山如群兒觀劇，各露圩頂。又如後輩見父執，拱揖就子侄位。唯東南一山倔强不爲禮儀，觀瑰瑋無人臣之度。說者曰：『仍有仙人主之。』噫！兩雄不并世，彼東山者何以在蘇仙境内哉！

予舉酒屬刺史曰：『彼郴城而西，芃然馬鬣者，非義帝冢乎？計郴居楚南徼，重黎子孫熊繹傳國八百年，爲嬴氏所殘滅，王孫起三户，以江東一旅破秦，定關中，爲他人先驅，不食其報。而蘇仙乃俎豆至今，豈帝王有時而盡，仙佛無時而窮乎？』刺史曰：『大氐郴之山川〔二〕，蜿蜒森拔，當中州數千里。而南又值五嶺之北，不産帝王聖賢，則生仙佛是或一道也。』說在昌黎之送廖道士矣。

日下，春杖奚徒行下山，乃觀所謂中觀，黄柑如斗。僧獻石桃如鴿卵，主人餚核雜陳，飛白無算。黄昏抵東郭，觀橘井，古柏虬龍，石甃霜溜，俱是數千年物。老道人年可八十許，爲予言，先是仍有一株，萬曆中爲大風折去，是蘇仙手植，然不可考矣。刺史山東進士高公名爊，號晢湄。廣文袁一鏡，州丞王興邦，潮陽郭映日，皆游侶也。

【校記】

〔一〕克濟，《文集》二十四卷本其下有『一一如法』四字。

〔二〕『大氏』句，《文集》二十四卷本作『如是何以處夫九仙二佛也。大氏郴之山川』。

半山亭記

黔山無奇，載在前譜可得而記者二：一曰飛雲洞，在鎮遠之北。一曰天台山，在普定之東。皆夾孔道，遂如趙家姊妹并麗，一時論者多不及，緣以生在僻壤，距中國遠，或湮没不傳。由是觀之，山川之或顯或晦，毋亦實有命焉。獨不見半山亭乎？亭在黔省城南陬，嵌崟作勢，清醥竇出，漾爲小池，逢雨則怒。後面傑臺涌起，石梯三層，雜花樹，稱是督學東海趙霞湄居焉。字之曰半山亭，非山也，石也。然除石無山，則亦匪山不石，自霞湄以爲半山，則竟半山矣。視前飛雲、天台二者，此亭實鼎峙焉。黔有此三物，黔且日大矣。猶恨前二者之不得專主人以傳，吾更欲以霞湄實之，祝半山勿妒也。

神峒至南源羅塘記

永福迤南可三十里，是曰神峒。近峒多秧田，頑石填砌，新漲溢淖，深尺餘，馬幾躓。靴行，旋輿。群水西匯，没人腰股，橋尌屴不任。峒在山半壁，嶕嶢烟一縷，四面山來，突人作怪筍林立，錐書雲際，千百爲伍，皆精鐵也。南源在山胸，兩山夾之，一屋隆然，茅房綴左右巷，洿泥淤塞如前。秀才龍章尾馬邀之，不及赴行。朐膍中可十里，抵羅塘，藤森欝，覆古廟，丹緑剥落，未審何神。民多瓦廬，獨不茅。於山腹得宦亭，青嶂霞舉，繞檐二匝，主爲先朝零陵令，扁額現存，藐孤赤脚一身了鳥，可嘆也。陽朔山，人多奇之，無奇也，不似山。不似山，所以奇也。禹峯曰：吾行天下多矣，陽朔之山米鹽耳，其細已甚，百里無一人，無一稔田，皆穜類，善盜。有不盜者，人輒指以爲怪，宜其荒服之矣。

桂林山記

獨秀居省會中，突然拔起，四壁無依，舊在藩府後宮。朱樓冠絶頂，石道巉岩，盤桓而躡，古樹蒼藤四匝。前後有峒穴，聞是大蛟窟宅，間歲一現身，約十丈，廣數圍。定南遇難之歲，蛟夜出，雙瞳如炬，身廣大如前，照耀山上下，宮人駭怖欲死。未幾，有李定國之事，説者以爲山精。七星岩傍江而竪，以峒勝，山無奇者，止青壁嶙峋，礙雲日。林刹竹樹亭子涌山臍，是爲佳耳。劉仙岩去城南十里，折而東，丹艧嫣然，隱山爲宮，拾級得三十餘，尋俯瞰平蕪，長松數百株護門，是前客來路，此郡城山勢之大都也。迤西百里，得都狼嶺，是爲永寧道。笋輿曲折，肩卒蜂擁而躋，喘以汗，逢最險處，徒步約得半日，塊然無他，臃腫而已。壽字岩在永東，隔小溪，爽塏可布十席，壽字盈尺，邊傍腹裹書小壽字百枚，皆篆隸，宋人所鎸。東面有趙孟頫書寧壽二字，詳其筆意，當不贋，以爲州之勝地矣。南去二十里，有穿岩，是爲柳州路。穿可三十丈高，讓是四面皆石，人行其中，剨然作聲，想見《吴書》中有云：『歷陽山中石屏七，穿駢羅中，有黄赤，謂之天印發。』固亦此類。

陽朔山沿江爲多，純石不生樹木，野草葳蕤，异鳥不栖，止多猿狖類，十百成群。山無故而起，峰不及數尋，圍不及十餘畝，高高下下，隨地而敷。如塔，如老佛，如劍矟，積舉麻立，米鹽瑣細。或如筐篋中物，方匡廬真培塿耳。

伏荔蘇生娫悦爲我言：『無山不洞，自本朝戰伐以來，非此山人無遺種，此竇融之西河也。』予作而嘆曰：『以貌取人，幾失之矣。』苟如此，則天下之山當無如粤西者，造物之中人爲貴，時逢劫運，大地血國，嶺南荒服，争此土幾二十年，間左嬰兵戈者獨少，則此山之以乎？吾不敢復相天下士矣。因自念曰：『吾視師行間九閲月，止以莫扶豹一人未殄，三軍之士午貫梳爬則不可得，可知此地非用武之國矣。在昔三國鼎峙，交廣爲孫氏所占，及王龍驤自益州下西陵，所在震動，賫印綬，交廣猶爲吴守。後交州牧陶璜得孫皓手書後降，則粤雖僻壤乎？爲國家安危所繫不小矣。明之亡也，奉正朔獨後。自順治十年乃歸版圖，則守貞之驗哉！如是，則山之有峒，峒之有益於生民，固造物之仁也。』

陽朔縣觀龍舟記

予率兵捕賊，駐馬陽朔。朔城夾山中，東南枕灕江，城中片瓦不存，止茅茨數椽，荒寂難堪。予爲是日晴明，買舟順流而下，可五里，見岸上有樹，樹下有屋，步邊石級齒齒，浣婦洴澼其上。予心喜，艤舟訪焉。甫登岸，見茶亭三間，不知何樹，緑蔭覆檐，村落連綴山左右，彌望皆瓦屋，則又大喜過望。粤西之房無不茅者，是夥頤者，從何處得來？又人家門前鵝鴨雞大喧豗，如鬧市三匜，真避秦處也。頃之，水面六龍蜿蜒而來，旗幟鼓吹，一龍背上着四十餘人，身跨短襦茜衫，頂戴平上冠，各執畫槳一枚，簸動争進，如蝴蝶亂舞，萬山鼎沸。龍則昂首矯尾，鱗甲開張，岸上人林立，魂魄皆眩。又口中作歌，歌曰：『雜糅兮角粽，五色迷離兮照龍宫。神之來兮容容，肥腯修潔兮願年豐。』又曰：『羽葆兮藍黄，虎豹遠兮蛟蛇藏。蜑種馬人兮石田無租，赤跗椎髻兮猺女哺兒。』歌罷，群響雷動，砰訇旁魄，如王龍驤水軍十萬鼓譟入石頭時也。頃之，水工告曰：『龍倦矣。』士女觀聽亦闌，龍遂徐徐而退，鳴金收軍，各歸處所，是日之觀止矣。此康熙二年癸卯四月廿七日也。

粵俗記

自入粵來，與稠人語，多不解。兩不解也，因思聖人之難也。開闢初，人各用其土語，多類是。自聖人以書同文一之，然後四海九州之大，其辭孔昭，物之大齊，詩書禮樂之澤取鱗介，被衣冠，言炳如矣。

嶺外居洛陽南徼，秦漢以還始歸，方域聲教之通在諸國後，士大夫之宦游此地者，多城居，足不到山溪。故雜種之生石穴山草間者，苦不得漸染。愧娥子作兒，狖啼蝸鳴耳。彼《春秋》之號爲夷狄者，今之齊魯燕趙也。曷嘗有一非中國哉！曷嘗有言語之疵纇乖异者哉！若再千年而後，一統在御，王言周洽，遐陬我知，猶之中國矣。雖然，有异焉。鳥獸之類各有百聲，音之不同如之，維人亦然。曩游滇黔，其所稱僰爨靡莫烏蠻生苗之種，率皆摇唇鼓舌不可曉，何獨於粵而疑之。由是言之，佗尉之功大矣。今粵中人文强半能爲華言，固真定人之遺教也哉！

水西記

六月八日，自貴州出北門六十里抵敷勇衛也。城之矣，然半圮。西抵六廣，行深箐中，萬緑一氣，竹樹沉沉，夏蟲嘈雜，溪流箭激，動人秋思，是爲六廣河。河纔容舠，寺觀庾儲皆盈，爲大軍之廪餼矣。行一日得水西。水西，木城也。昔爲城，苗毁且盡。再六十里爲六歸河，河即六廣也。行六十里抵果勇底，即安坤老寨，羅甸國基也。萬厦林林，今爲王師駐節，無片瓦矣。四面皆山，爲宅吉十二所，今王軍已壘其六，中多峒與箐。箐之廣者，可三百餘里，蠻人以爲穴，每皮甲精鐵毒弩長鈹相戰，則跨果下馬，捷如飛。其甲我箭不能傷，性耐戰，尤善用鈎鐮巨矛，中人於百步之内。乘夜犯陣，萬炬星列，曉則散入箐深險。木大者如囷如輪，干霄薄日，中多老蛇厲蠚，善啖嗜人，不屋而居，藏身箐茅以蔽風雨。或不避，習慣以爲常。人馬到此，俱辟易焉。此箐之能也。峒可千餘，有懸岩絶巘，下際於河，亦可數十百丈，有額溢出，如蓋蔭峒門。門又最小，人則斬藤結蘿而上，纍纍婦子相負戴，扳援而入。初入絶狹，少即寬廠。或峻石崚嶒，或谽谺無底，以舟楫渡之，以火燭之，如行漆夜中。過則又平坦，樓閣巋然矣。縱横或有數十里連他山者，其屢代所畜珍异珠寶皆在焉。年高最貴者，謂之庚尊，才略者謂之幕擢，命官取職皆彷天朝之儀，他名不雅馴，准是庚尊授木杖，鳩刻其上，往往宣慰。有軍國大事，則庚尊以鳩杖往决之，但首示可否而已。木皆用番書，多不可曉，王師用計攻之，百日不下。又以大炮雷其門，及斧斤椎鑿火其山，刊木伐石以窮之。又創作木廂之類，以牛皮裹其中，四角以鐵衣之。又復煉鐵爲絙，懸石椒上，懸縋而下，以大石劈其門，乃以健兒乘前藤往覓之，究亦不得入。坐是數月，人流腫其中，死者僵尸滚下水中，至日不可數，乃計窮出降，此峒之大略也。

大兵自二月提師入果勇，歷六月半取糧於敵境，或賊中峒裏仰給十餘鎮，無缺乏者，黔旅萬餘亦如之，至是乃檄黔中，萬石運入六廣，餘丁自取之，計秋成，賊糧滿地，遵義家口已盡入滇，合力一鼓。又加遵義之糧一萬有奇，可以成事矣。禹峯曰：『水西僻處黔壤中，實蜀滇三省要害也。歷漢唐以來未復，至明末猖闔黔年餘，幾克之。後撫臣王三善以議招，中計，喪師三十萬，得會稽督朱燮元始定之。然六衛而外，皆賊土也，兵力亦稍衰矣。將軍佐上定天下，開黔滇於十五年之後。至康熙三年，念水西蠢動，圖事機先，奉命征討入隩區，建奇捷，亦偉矣。若夫式闢垂成，天子將開明堂而受賀，予將作頌焉，以傳金石可也。此不過記一時行間之先聲而已。』

游天台山記

天台之游，先是庚子予自楚入滇曾一覽焉，意中耿耿，常有此山。會甲辰又六月廿八日，予復以滇藩過，爲償前願。是日宿平壩，戍守備盧君大濟馳肴榼往觀，至三十里外，則見孤山壁立，戍削遥空者。爲下車，策馬從田塍中行，得小阜，有石門，又稍平，即山麓，可策馬而上。磴凡數十，折乃入山之城門。城門内有厦屋數層，歷落參差，懸岸壁上大樹數十圍，其皮半死半生，插雲霄。乍入，如鷄犬巷牛圈馬欄，聲聞四遠。上面多居人，婦子雜沓，苗仲之所盤桓，倉庾豆釜堆滿房櫳，群房連亘，高高下下，束身而進，不可窮拂几經册儼飭。四窗軒敞，萬山腰臍間，未審此山由來，訊老僧，曰：『此某某，此某某。』僧但指方所曰：『某蜀某越某滇分界而已。』亦不能詳舉，大約皆黔也。

黔在漢武始開，夜郎君長見於《漢書》，其實未開境土尚多，今之由黔入滇路，大率自明始。此山寺之立，自萬曆十八年僧白雲始開山卓錫於此，今日爲滇黔所必經之路，由此得名於人間，時時與中國相見，皆二祖力也。山北四十里有一水，名思臘河，號曰水西，安氏居之。相傳爲火濟之後，雄長一方。自天啓時乃割六衛與明，種類實繁，幅員大可千里，與此山僅衣帶耳，時相抄盜爲番漢之界矣。今將軍親帥三軍，創其地，殄戎首，以啓開闢以來未有之疆土，他日王化歸來，壁壘烽燧盡撤，則此山可以無事防守矣。

又問僧，自三十年兵燹來，孫渠割據，民夷受荼毒不堪命，此寺何以無恙？則此中屯聚藏畜有以生息，此方之性命非偶然矣。宜其不爲游觀之地，而封殖之場也。又頗怪大變以來，都邑郡縣城郭瓦解，此寨常存，勿以其小而忽之矣。山高百餘丈，純石無寸土。西北二面皆削壁，天生石楠諸樹蔭山身，周圍皆鑿石砌之，高與山等寬平，稱是貯可千人。井在山足，若大盜攻之，久則苦渴，是亦山民之急智乎？

又記

安順迤東三舍而遥有山，曰天台。傍道而立，憑空結撰，四壁無依，林木葳蕤，迥出雲表，行人心异之。予馬首經過，駭矚良久乃解。驂平蕪徐步山麓，見其半壁戍削，崚嶒孤起。又兼僧俗錯居，瓦屋連雲，如結菡萏，雖仰面審視，神飛山椒矣。是日右股方病風濕，苦躋勝，乃命二卒掖而前。始猶坦，繼稍峻。周圍山腰大樹如蟒，喘汗者數，乃陟山門。層折而上，行暗室中，捫壁匍匐，忽遇暄霽，是惟階除，是惟罘罳，斂躬游廡隱房曲榭，乃及廣閲登絶巔焉，則已身在雲霄矣。乃詢老僧，考厥四履，南望蒼梧，西眺昆明，覽五谿之雲物，瞻僰爲之鳥道，曰：『此四隩神皋，滇黔綰轂之會也。』

顧此山有數勝，亭然中立，不借偏黨，有丈夫獨立之概焉，此一勝也。高臺斗絶，攀援莫附，倉庾畜牧，襁屬而至，爲土人生息永絶鈔略，此二勝也。有此二勝，則此岩然一刹，鑿山開道，非登眺游衍之場，乃居人生聚之本食貨之源也。於此想見國家盛時，城郭之設以及鄉村堡塾之相望，無非有備以扞牧圉耳。迨其後一無可恃，因知此山僧之有功德於州里，何必守令哉！

僧又爲予言：『近日水西興師，繇役煩重，老衲負戴佐縣官之急憊矣，長者能爲一言請命乎？』予應之曰：『是，烏可已哉！且汝不憶天啓之已事乎？一夫不逞，貴陽城下饜肉流血矣。止以六衛雖歸，水西未復，此黔中膏肓亦西南之憂也。今將軍提各路征鎮之師，汛掃蠻庭，庶其蟻穴一空，率土悉入職方矣。賢者當爲天子死邊陲，況國賦哉！且汝等坐此窮山，得以養安享無事之福者，謂非此數仞數椽哉！若使水西既下，則同軌一統，不必人私蓋藏矣。即使毁垣撤籬，而人無晨服之警也。』僧謂予言良然，遂釋杯盤果核，作下山計矣。時甲辰閏六月廿八日也，同游者爲兒子四人。

文集卷十

記下

長沙至寶慶日記

庚子三月戊寅，别經略。次晨，肩輿南發，守令各弁將祖潭垌十餘里，風大作，車壁砰訇。抵湘潭昏黑，舴艋渡北岸，浪甚巨，不辨天色，舟幾覆。前令史宗堯念舊，留一日。

辛巳發，潭令復餞三十里竹寺中。抵湘鄉，薄暮，令汪觀寧國進士執詩文相商，復留一日，得讀魏石生所選《觀始集》，中多余作。

癸未西征，火魚塘見敗壁，爲余題詩，事在戊子，爲後人胡粉所塗，匕首刮而讀之，爲之一慨。歇永豐，昔爲巷市，石橋如虹，多徽商舊邸，但餘四壁荆蓁蕭槭，想見當年華屋，亦五劇之衢也。

甲申早發，飯武障司，宿豬塘。

四月乙酉，西來，人漸稠，道傍田皆播種，村姬市豚酒茅店下。去郡十里，所親邵鎮王將軍定宇迎郊外，三爵入寶慶城。

寶慶至沅州日記

四月己丑，天小晴，早食。太守傅和鳴齋守，汝陽人，前大司馬公振商孫，以蔭歷今官，有幹材。王將軍祖予西郊，飲帳中，未數杯輒行。宿長烟司，距城三十里。先是爲孫可望行宫，自皇清定鼎，可望抗王師，凡十餘年，寶慶城以外即賊壘。凡一舍一行宫，自邵達滇黔如之。噫！是沅沅者王居耶？

庚寅抵紫陽河，四山烽臺屹立，五里一戍。日暮坐河干，見漁舠兩枚，畜魚鷹五六十，以長竿驅入水捕魚。長年云：『一鷹可值三五金，祖祧相傳，以爲箕裘，供繇役，繫名官司，與田租埒。鷹歿則卜地葬之，名爲鷹冢，云得地氣則其子孫健捕魚。』理或有之。

公廨左有大樹，産芝如斗，昔可望東游封爲樹王，今禿幹尚刻歲癸巳秦國主云云，餘無存者。

辛卯，夜雨不止，晨尤劇。山路峭險，車輪不勝，跨馬行埶隘中，山石昂聳多狀。石田多牟麥及蕎，北方無异。距武岡百里曰西橋鋪，州守吴從謙來迎。日未晡，以濘宿此。

壬辰，霧大作，跨小黔馬，走石路如飛。過一木橋，長可千餘丈，髣髴十五年前提師過此，如夢，不辨先爲石爲木也。田亦多蕪，城内外全破碎，無復廬舍。先是丙戌武岡爲舊藩邸，西南半壁車書來會，父老想見威儀倉猝嶢峭間，比之臨安靈武。丁亥秋，間道走粤西，憶前游此公廨傍鑾輿尚在，左纛黄屋俱置城隍祠中，今不可考。仍宿前廨，嗟嗟武岡，固戰場也。興亡之關，而滇黔之喉也。城郭人民十年之中一彼一此，其蕩析死亡可勝道哉！

癸巳，晴甚，天無片翳，憩一日，行劉國公舊第，画閣丹梯，隱房曲間，備極儼雅。柱間偶句如新，近爲防兵屯扎，稍改非舊觀矣。

甲午，早發，行田陌間，兩邊山泉洸洸流出，居人椎髻赤脚，家家栽禾，彌四十里，水聲瀺灂，與石齒相拒。路砌石子，小者如拳、如升、如瓠，大者如甑釜、如瓮。南楚俗，水耨火耕，陰雨泥淖，草履易行，既非邯鄲道，驥足蹇產，固應爾爾。日晡，抵楓木嶺。郵舍無壁，傍北山，行蛇路可五里，得破屋數間，買莝豆，山中微雨作，遂頓。是夜檐溜涔涔，蛙腹蚓脰，吹息嘈雜，群蟲和之，急管繁弦，與哀蛩怒濤喧豗凄婉，不可爲狀。間以螢火上下樹杪，奪扉隙來，是山侶之雲門，樵子之夜光矣。未許市井人終身窺見。

乙未，雨不止，取他道上嶺。嶺下有溪，青削黨天，陡壁絶澗，石牙齟齬，烟霧緬結，輿人縴率而上，選縫受趾，行霄漢間。側底多猺人，鳥言卉服，王化不屬。昔柳公綽定武岡蠻，即此子厚銘，莫考。窮一日力始過此。按史州有楓門及樟木山，二者必居一，於此俗訛爲風摩或分茅嶺，誤矣。噫！此亦武岡迤西之劍閣、孟門也。及四路進兵，遂棄此而遁天險，何足恃哉！西下宿會哨坪，乃武岡綏寧界。從蚰蜒路投宿逆旅，得朽厦如煤洞，積石灰如陵雲，用以殺田蟲。有牛欄，主人聞客至，則移孥深澗茅間中，不知去向，自兵燹十餘年來以爲恒。夜蚊甚獰，噆人膚如蝎。

丙申，尋舊踪，出官道，不數里則又登山。山下復有溪，高如前絶巘。雨來稍霽，四望大小山頭約千萬餘枚，作揖拱退避之狀，或爲白雲所裹示半面，或全體不見，俯瞰則空濛一氣，不辨下界，但聞水風之聲鞺鞳噌吰而來，如百萬浴鐵鐃鼓互奏，殷殷訇訇，令人魄壯。是爲磨石嶺，與前嶺可稱兩雄。下春抵雙溪歇，可望行宮。

丙申，雨甚劇，乘小舫渡溪。溪暴漲，作勢北岸，有大觀閣，丹楹魁傑，據山口上，奉漢壽亭昭烈，今亦頹敗。梁記蜀人劉之復某年立，自此入綏寧六十里，峰回路折，嵯岈弇中，百轉千回，或行山腦，或臍或肘，急雨奔岸，山漲怒吼，車輪外不盈尺即無地，厄塞如前二嶺，似尤有補二嶺之所未足者。至綏寧，得平地可一弓，遂以受城。辛居城南樓以應接，驛使城荒落如村，人烟五六十家，燕子來署甚多，向來人屋密邇，今希少，故望屋爭聚，夜半聞膈膊聲。漢口二蔡生來晤，云將隨滇覓母，予感其意，偕之行。

丁酉，辛萬邦和留一日，飲南門樓，作六詩。

戊戌，行山中路，略如前，入靖州熏黑矣。陰雨不止，爲高將軍及州守楊嗣光遮留數日。歲戊子，予以提兵入黔，大破賊兵靖西門外，距今十三年矣。今復再經其地，騎馬觀昔年戰壘，登飛山，與諸君醉，凡五日。

甲辰，發靖州。自武岡楓門下西至靖，皆崇山險狹，到此山稍懈。北十里有山石，學人立，遠望或如老儒頭巾身逢掖者，或如猛將軍兜鍪介胄者。傍溪行，彌日抵會同，九十里乃渡，仍前水所寓，猶十三年前。署邑令甘有言滇中事甚悉，米價尤翔。予此行，每逢人輒以米價爲問，則江東首問米價，不爲妄矣。

乙巳，發會同，山復東，路復隘，如武岡以西，峻微遜耳。宿相見坡六十里。

丙午，霂霢路傍，崖多絶壁。晡抵黔陽縣，即古龍標地，今爲某將軍幕客，駐予佛殿。曩年靖州戰後，收兵入長沙，記自此渡洪江，亦是四月，天雨淫淫，與此日無异。爾時義從星散，唯阿周是再來人耳。是日寂甚，思酒不可得，倦而卧。

丁未，微晴，渡河，半晌三十里，抵竹坪鋪，斬竹伐茅，補葺舊舍頓焉。茹令送鷄酒。

戊申，抵沅，張少參石城歡然而晤，別來三年矣。是日聞張移嘉興。

己酉，赴石城招。

庚戌，偏沅袁中丞留飲。禹峯曰：『自寶至武岡，路尚坦，山稍遜。自武岡過楓門嶺而西，皆山，無復平地矣。中間唯靖至會同稍又坦，自此抵沅，山險如武岡以後。予前戊子經此，皆舊游也。所胸憶者，唯靖州破賊飛山一事依稀在目耳，餘皆恍惚莫辨，與初行無异，但此番行路艱難，差勝往時耳，抑果憊也。』

自沅抵貴日記

時四月癸丑，新霽。發沅，過石橋，橋上作屋。張將軍及少參石城祖西門外，三爵別。坐車中，熱甚。沅爲滇黔總路，十五年王師進取，部檄臺使者及州縣，務盡削平。路可横一丈，斬山堙谷，芊眠如邯鄲道。雖峻下不一，要之非狹斜如沅以南矣，止一舍。

甲寅，早發，苦霧罥，馬首不可行，山壓下瞰，如在空中，傍水涯縈回，輒數里一過。飯波州，抵滉州，宿八十里，倦甚。同行江右夏坤談天文奇而辯，云：『日大於地可百四十倍。』此説從西洋來，予姑妄聽之。驛後古楓樹，蔭數畝。四桂陰森附其下，夜蚊如虎，摧帷陷幕，飽揚而去。

五月乙卯，早發渡河，自沅城下見之，至此凡數見。從貴入沅，自鎮遠下船，即此一水。五溪之一謂之潕水，至沅名芷，取屈原『沅有芷』之義也。六十里宿平溪衛，城郭甚壯，今蕭槭無復居人。此中有舊紳萬年策，予爲孝廉時，晤習池王孫坐上，時公爲左帥監軍，因變後音塵杳然，今詢其里人，尚在潛山中，聞棄相印謁洪丞相，禮甚厚，以離城遠未及晤。

丙辰，抵清浪衛，衛在山上，懸絶闤，基猶存，今無人守。弁某貺菜窮途，得此殊堪一醉。自平溪至此，民皆菜色，輿夫鵠形，肩不勝輿。跨馬行，未晡即頓，前水復繞郭下。

丁巳，發清浪。有小關門石梯直下，馬蹄不任，拍奚肩行，下臨沅水，一面絶壁，青石千仞，有小枯樹數枝，鳶不能栖。自平溪而西，黔山皆童，碎草芊芊，不見一樹，故稍見有樹者而喜。江石相間，山泉暴發，鞺鞳之聲不絶於耳。每山顛十里建有竹樓，戍卒擊柝其上，用以防苗通商旅，是爲制府趙公立法云。飯焦溪，至鎮遠，東門面山，山有懸崖，崖有峒刹數椽，雛僧弄朱檻上。城下見鎮遠河，即沅江，有虹橋。得沅州橋十之八，米船上鼓吹亂沸，云鬥龍舟，亦山城之繁華矣。守令接款甚歡。

戊午，游東山觀，昨所見峒，峒斗絶不能上，至腰而止。守令復留，過五日。

庚申行，出西門，傍山行，即油榨關。關頂純石鑿路，行人鐵蹄砰訇，綫逕險絶。關半有題額，未綴年月。走相見，坡甚紆陡。又西看華嚴洞，洞中作人馬象兔形，竅然寒峭，苦穢雜，又苦無水，有鄴中張侍郎鏡心鎸詩，時維庚午，距兹三十年。計爾時公作給事，校黔中留題，時方承平，不似今日荒寂也。抵偏橋，橋可十餘空，上是木板，偏沅巡撫之設，取名於此，以爲黔楚襟喉兩處駐節。本朝開國，撫軍居沅督運滇黔餉，沅州水舊止通鎮遠而上。去偏橋十里，有諸葛峒，兩山夾立，青削萬仞，中有巨石不能通舟，近爲當事鑿開，運舟上行猶可百餘里。去黔有咫，此萬世之利，滇則米不能及，全以鑼代之。

辛酉，觀峒如前所云，但水勢轟雷，兩邊石如輪如屋不可計，今但斧棱角碎石填其陡處，恐山水大作旋刮去矣。聞可望曾以千人役此，未竟而罷，予爲作碑記其事。

壬戌，微雨，行三十里飛雲洞。洞真奇矣，自吾觀洞以來未有過此者。西南半壁百仞，石皆玲瓏，窟窕俯仰侵讓，各當人物之形。級而南，如大厦數門，仰視十餘丈，石愈作怪，不可名狀。人心但作一想，石無所不有，予有詩及記另載。洞以不生中國，名不甚著。又偏邦遐陬，通人游此少，鮮有能傳之者。間有一二石殊不類，張侍郎復有詩。及近日趙制府記哺，憩興隆城，堵頹廢居，人在荆榛中。公署古槐聞鶺鴒聲，見斑鳩巢其上，雛將出巢。

癸亥，宿重安。讀殘碑，乃壬午因苗變，撫軍李若星始成城。城下爲重安江，江深湛青緑，出入苗中，不可舟。土人云：『自此入洪江，與五溪會。』倦甚。

甲子，過觀音坡，甚險惡，直令武岡西楓木諸嶺難爲兄。可二十里，入清平衛。隸都勻府，節推及令來晤，駐孫邸，熳爛魁傑，臺八九層，榴花亭子布置儼雅，與靖州署同，想見此人雄材，乃竟踉蹌，抑天之所廢耶？門外銀杏樹如巨蟒，枝幹扶蘇，雜鳥吟其上，近者亦在唐以上。

乙丑，大雨如傾盆，與高楊談苗中事，云此中并無居人，皆苗。苗有九種，反側不常，今有武將軍爲鈐轄，得稍寧息。但地方苦魃，蒸黎饑殍甚多。武將軍會稽人，以萬曆末從總督朱燮元來官黔，後因中國亂，遂土著於此。長子孫世爲苗峒所服，至本朝經略定西南，奏爲副戎，剖銀印蔭其子云。

丙寅，復陰雨，路多凸凹，不可行。楊老守備來迎，是武將軍舊部，云將軍威信及數百里，至葛鏡橋，山凶頑弗類。橋在絶澗下，三空高數十仞，行者生怖。父老云，水出麻哈，即前重安江，可通洪江。前總制府張大壯有碑記及詩。入平越，城内皆石，多古刹，民屋殘缺者尚多，皆徐少參所留，否則火去久矣。

丁卯，赴徐君飲。後園青李甚佳，及蘋婆得一飽。

戊辰，抵黄絲。昔爲驛，今驛廢。與老儒談孫渠時事，甚悉。

己巳，行冷溪，入新添衛。一小河凡十一渡，上逼山，下逼石，又逼水。石大如輪、如瓮、如斗、如盎，鋒者如劍戟。輿夫草履赤骭，行崱屴中，左右支吾，苦不可言，車中人亦怖不可言。城中空闊荒凉，敗厦殘基，羊馬缺剥如行諸袁墓上。此距黔省甫兩驛，遭劫尤劇。

庚午行，暮抵龍里衛，坡内有小山，陡峻，屋其上，有僧住，未登。

辛未，抵貴陽。禹峯曰：『自沅入黔，止綫路左右皆苗犵雜種居之。古羅甸國，偏橋以東，楚猶遥制之。入滇非此無路，彌望皆山，山皆不毛，行李往來，苗慣鈔掠，自督公趙設哨官十里一戍，邏甚謹，故稍戢。雖有郡縣，大抵石田，朝廷無利焉。傍路思南銅仁諸府皆設重鎮，糜費仰給東南，黄平尚未成功，歲苦饑，流亡殆盡，輶軒之使目經心痒矣。數年後禁旅撤還，或議如曩者沐黔國故事，兩地息肩，車書萬里，可謂和樂者乎？』

貴州至雲南界日記

六月丁亥，早發出北門，行數里，見一山孤起，峰頭數刹，烟林晻靄。將至，又見城東一山，如前人云活佛山。舊有犵狫爲人牧牛，遇老猿授丹一粒，若赤珠，拇大，吞之，遂不食亦不便溺。可望以爲妖，囚於一室，餓半載不死，釋去，後栖此山。是日逦望遠近山，約略有小樹，不似貴陽以東童童然也。城殘缺豁牙，竟無居人，驛官亦匿去，宿郵亭。自會城至此五十里，路尚坦，久雨稍濘。兒騫病新愈，坐車中。予跨馬，殊不倦。

戊子，早霧，至食時霽。離威清十里，地名狗場，高燥平善，皆黄土，與河朔道無异。十餘里，半晌望見有雉堞隐現，隔一河，淖甚，是即平壩郡。山三匝，戍樓生几案，衛官曹捷，秦人，以詔使者，過栖予旅。寓門前有石砌，泉根流水汩汩，多荇藻金魚，跳珠可愛。有自滇來者，言近時米價稍殺，南塘之事亦稍衰止，爲之展眉。

己丑，早雨。出平壩二十里，道傍見有异山。出兩山脅中，獨立亭亭，緑樹陰森，樓閣隱現，自入黔見飛雲洞後，僅有此。跋馬往，觀石磴凡十餘層，山腰軒皆村民。維椒僧住飛樓，曲間丹碧，爛然有石臺絶頂溢出，短垣莳盆花，可望遠，萬芙蓉羅掌中矣。旁女貞石楠樹，銅根鐵幹，約略千年。僧云諸葛征孟獲時有阿烈王據此，後走緬甸，初名阿烈，後改爲天台，作二絶。近爲居人避亂，牛欄鷄栖山門外，雜穢如家巷。從南路入普定，是日兩舍平，尤在狗場上。自沅入黔，無此普定。昔爲衛，改爲安順府，宿威清道舊署。六柏參天，與天台樹争壽。

庚寅，初伏，太守富平石天瑋及鎮帥王永祚盤桓彌日。城内老銀杏尤多，一山拳起，塔其上。辛卯，始行。天雨，石路滑甚。晡抵鎮寧州安莊驛歇，孫渠〔一〕廢邸，但餘朱壁棟梁，瓴甓皆易其舊。雨淙淙不止，州守復他往，自寶慶西來及沅，至此勿慮。數千里郵亭半頹唐草昧，客來無所。凡此一椽一瓦，征人不至暴露强半，行宫原厥，喪國釁起，同盟爲之三嘆。是日作二詩報太守。

壬辰，行白水，觀石馬洞，過關索嶺，有三异焉。白水河身高下凡數丈，或數尺從峻坂滾下盤渦，雪浪排空，飛沫二三里。六月過此，毛髮皆寒。寬十餘丈，縈官道傍，屢見不去，一最雄孫。有觀水亭，在河北岸，正面水，今亦火去。一白馬洞，在高山領下，四面陡絶，遠望之，門可容象，中有一物，皓質匹練，大如犛牛，昂首振鬣。客行山下，耳邊如聞長鳴之聲。土人云：『昔年此馬作妖，常夜半下噉人稼，爲狹中者懸梯斧其一蹄，馬至今立洞門，不再下。關索嶺則青削萬仞，危峰從人眉端飛起，與天爲黨，想見武侯征南時，將軍爲前部，開山通道，遂定南中，成蜀漢富强業。其戮力王室，不愧家風，血食此山，揆以祭典，宜矣。是日宿嶺下玄帝觀。

癸巳，行北口安龍，抵頂站，三十里，險少遜關嶺，高下紆折，石子齟齬過之。中象鼻嶺臬臬嵌崎，斷岸壁起，兩邊絶澗，林蓊鬱。聞孫在日曾以闌干爲陸，今已不存。大率黔路自關嶺以西始有樹，險乃著嶺爲第一關云。宿永寧守官舍，茅屋新竹，聞天使自滇將至，人馬辟易數里，守徐國維主客禮甚殷。

甲午，次官舍，以待使過，放馬北山洞中。聞洞可容二三百人，未觀。守翁邦順前代以裨將守鳳泗，談乙酉南渡事甚悉，不但鷄坊小兒説天寶遺事矣。

乙未，雨未行，作《關嶺》二詩，遺州守，爲鐫石。

丙申，霽。以使者尚未至，與太守書佐論孫李交惡事，聞制府趙亦將至。坡頭斗大，上漏下濕。

丁酉，曉晴。飛檄昆明縣令，掃除公廨以待。是夜鼓初下，使者至。一里外喝聲如雷，人馬羽箭，奔騰而來。主人刲羊豕無算，霍霍震鄰，余居草屋離數弓地，永夜喧聒不成寐。

戊戌，雨作。出門即大嶺，三十里將至盤江，泥滑石大，雲霧迷離，咫尺不辨。屏去車馬，徒步躑躅，一步一踉蹌，江勢兩山相逼急，如箭下深無地。鐵鎖橋去水四十丈，長如之，巨絙七根，兩岸鑿石鍥入，兩以大獅子縛其上，颭颭欲墮。過江三十里，路稍易，竊以爲盤江、東山可與關嶺稱兩雄。

己亥，抵新興衛。六十里，歷鵝鳴、納伽、牛場諸險，如盤江以東。坐道傍，鋪司聞操吴音，自言上世明洪武初從黔國公沐英入滇，爾時以三吴從軍之士置貴州迤西至滇十八驛爲郵舍，走卒遂爲世業，迄今三百年，土音猶不變。坐公廨看月，覺中州月出之際稍居北偏。萬頃一碧，去天尺五，想此地勢西南使然，抑人意中自爲之耶？

庚子，中伏。行鸚哥嘴、軟橋、水塘諸路，蒼崖如鐔，斷壁絶澗，高者雲表，下者地肺，因依不可了。松樹滿山，幹不甚偉，然其中古拙離奇，差快人意。凡兩渡水梁，云是盤江上源，殊易與黔山。自關嶺以西始有樹，自新興以西始有松，不徒爲松也。是日苦熱，日亭午，炙人背馬脊，火焰欲流。晡小雨，抵普安州，路可八九十里。自入黔來，唯昨日安南至新興、新興至普安可謂長站。險譎爲勁敵，與關嶺相較，未知鹿死誰手，爲問宦游子當此際而不回車者，獨非人情歟！州在山上，殘礎碎瓦，寥寥數間屋。黔中城大率皆然，不盡爲賊所焚。噫！誰爲爲之乎？

辛丑，發普安。出門五里即巨嶺，號雲南坡。想此處可以望雲南，故名。然無他奇，止蜿蜒冗長耳。過此山稍僻，不復樹。行蒿子、海子諸鋪，碎石确犖，泥雨助虐，笑謂此碌碌者，所謂因人成事者耶？六十里抵一字孔，是爲滇黔接壤，驛官换馬。厄此名楊忠，重慶諸生，甚敏辯。再一舍即滇南界〔二〕矣。

禹峯曰：『黔古荒服，自楚莊王孫蹻始開，入滇自王，此則黔祖也。至漢孝武直因之耳。長老有言：「黔之設原以爲滇，非滇則黔可不用。」此語似是而非。今黔東南接楚粵，西北則滇蜀，犄之深林密箐，九種蠻夷俱以黔爲窟穴，深山大澤龍蛇實生。有楚粵及蜀，安可無黔？不獨滇也。滇爲沃壤，貨貝所出，天以黔界之，所以戒後世聖人不貴難得之貨，不貪遠略也。目莊蹻鑿混沌，後世遂視爲内地。叛服不常，甲兵用興，國家從此多事矣。』

自平溪而上，及一字孔而下，中間凡二十站，千里而遥。自關嶺而西，崇山峻嶺，虧蔽雲日，岌者、峘者、宫者、霍者，至一字孔而止。凡五站，盤江尤爲要害。度索尋橦，其他更無渡處，此黔中二天險也，善用之亦足以霸。先代於孔道設衛所，武弁治之。又往往安置有罪以禦魑魅，比之古者燉煌合浦，明乎其外之也。居城郭者半流官，及廢棄之後，十餘里外非吾族也。山居十九，地居其二，故不足以廣生聚。近九種之裔，惟安龍最强。前天啓中，安邦彦犯順，圍貴陽經年，合天下兵力，費金錢億萬，而後大創，然國家元氣亦頗衰耗矣。本朝定鼎十五年，黔中始入版圖。師武臣力，兵不血刃，猓猓、犵狫之屬皆嚮風慕義，奉正朔恐後。惟是大軍之後，夭札不時，米價一石至十餘兩，城中皆瓦礫荆棘，舉目寒烟。窮而思搏，獷荒天性，爲善後之策，尤厪當事之慮矣。

【校記】

〔一〕渠，《文集》十六卷本作『王』。

〔二〕界，《文集》十六卷本無此字。

一字孔至滇南日記

壬寅，一字孔西來三十里即滇境。甫出一字孔，山泥險滑，齕馬足，不減從前數日。一入滇境，山勢頓縮，覺黔山東來，造物生山之力亦殫矣。立滇南勝景坊下，彌望衆山，如群兒見塾師，俯首不敢仰視。界忽豁，如釋重負，小有梗，不足當黔山之半。山多石笋，如人物鳥獸之形，古陸凉謂之石門，今爲平彝衛。至此亭午，此入滇路之始。

癸卯，因舊路水没，傍山行，紆折樹林中，輿人指兩旁稻畦，皆土司安氏私田。平彝安氏與黔中水西安坤同族，皆以土司雄長兩省。白水鋪飯，有殘城，行小岡上，地皆蕪穢，父老云此中上下六七十里水從箐裏出，寒甚，古來不任耕作，開種蕎剥，劈松板燒所掘土一晝夜，然後可用，此火耕遺法。至交水，從來處高望，盈盈水國，烟樹蒼茫，一望平曠無際，有人家村落綴其上，約似漢沔。自入楚黔來，眼無十里之地，地無十里之田，到此覺别有一天地。想造物重山疊障之外，特生平壤爲滇南一塊土，頗費心機，與生蜀同意，爲割據資，宜哉！時六月炎暑，風物柔善只似春二三月，不似黔中厥山頑硬，闌人意興耳。

甲辰，馬疲頓。交水交隸沾益，合盤江、蠟溪二水得名。有城，城内大有人，近苦牧馬，民稍從深山去矣。

頓三日，丁未始行。出西門看龍華寺，乃黔國公香火，氣象雄偉，今稍剥落。未入，行三岔口及響水鋪。多土山，雨滑然，山妥平，俱揖拱官道傍，不敢唐突行客。兩旁平田，自交水而上可四五十里，横亦不下十餘里，可謂小江南，行將萬里，僅見此耳。三岔高阜乃孫李戰場，此二人成敗之關，而一統驅除之資也。二人俱獻忠部下，初刎頸交，稱四府，孫長，李次之。艾早死，一劉文秀犯蜀保寧，我兵大破之，尋亦死。孫李稱兩雄，孫尤驁，號令一出於孫。先是張獻忠西充授首，可望等踉蹌入黔時，黔國公沐天波方有叛部沙定洲之變，圍坡重匝，可望星行解救，梟定洲首，於是滇黔一時人心以爲有桓文之舉。又值甲申國變，未有所屬，故爲可望所制。會舉事者立號西粤，孫求封秦王，不報，遂銜恨自爲之。脅所事黔之安龍所，易龍爲籠，爲陽人聚，以虛名召號鑾長。後忌定國粤西之役，將甘心定國，篡心益決，定國伺其意，乃自粤西精甲間關輦所事入滇。孫知事洩，急從黔整旅，與定國合戰交水下。可望大敗，東歸經略，因上書收滇黔。滇黔平，定國復跳。噫！師克在和，古之明訓。彼餘、耳、淮、汜諸人，其初協和舉事，兵聲肆夏，一旦星離相吞剥，不旋踵爲人擒，孫、李之不成，豈顧問哉！則交水者，二人成敗之關，而一統驅除之資也。然歟！否歟！道傍見紅果，如硃砂，大如豆，纍附小樹，可二三尺。大者扶蘇丈餘，如貫珠瑟瑟綏綏。野人云：『名救軍糧，可度荒歲。』掇嘗之，味殊甘。又一物，紫幹緑葉白花，是爲土瓜。掘地取之，如魁䲭，亦凶年穀也。午抵馬龍，州守楊天然，年家子，蜀長壽人，爲言乃兄喬然以抗節死可望手。憶予庚辰同譜，二十年來運值滄桑，零落殆盡。今予亦衰白，浪游萬里，言念前游如夢，爲之涕下。

戊申，行烏龍箐板橋一帶，傍山溪行，微蹇産。上關索嶺，可及前嶺之半。嶺頭柏大數十圍，一根兩幹，獵獵簌簌。下有碑，大書『諸葛會盟於此』，年深爲苔所蝕，歲月不可辨。雨將至，廟貌陰森，不堪久坐。抵易龍，雨大注，霹靂异常。

己酉，路如昨。至羅峰，古槐如巨蟒，花盛開。將至楊林，山盡。下見平川，約似交水傍涯，村落亦稠，土人經煆煉餘，百有一存。闤闠樓榭嵬峨，近充健兒馬厩。是日，書佐迓至，皆是餓莩。歇楊林驛，復雨。

庚戌，早陰。行未數里，雨復至。板橋離省尚四十餘里，行高阜，遥望昆明池，洸洸煜煜，如白虹一道束山腰。將抵省，一望如長湖，恍置身西南天外，見彭蠡洞庭矣。附郭戎菽黍麻皆如中州，誠一都會也。順治十七年六月二十七日也。

禹峯曰：『滇爲黔受惡名久矣。自關嶺以至一字孔，凡五站，路之險，見前黔記中，皆黔也。徒者剪繆附屐，騎者鑿蹄受鐵。中國人聞滇黔路畏之如虎，抑知其全不關滇哉！自平彝衛而西，滇無譏焉。此自黔入滇路爾爾，他非所敢知也。地平衍，多小沾，益之交水與嵩明之楊林，皆如漢沔秋夏間，是維樂土。奈師初定，道殣相望，斗米至三金。天子念遐荒離湯火，盡出大軍所俘，帑息用還天屬，可謂明見萬里外矣。維是大將軍屯戍，飛輓東南，金錢佐六詔，庚癸之呼，道路繦相屬。然墟落烟寒，膏腴爲馬場，長此安窮。歷觀往事，自漢武建元以後，叛服不常，李唐覆衄尤烈，趙宋棄之。大度河外，元明相繼視爲腹裏，本朝踵而有之。毋亡矢遺鏃之費，式廓萬里，掩前烈矣。雖然，豈可不爲長久之圖哉！』

出滇日記

予以庚子六月抵滇，以辛丑三月辛亥去滇。是日早，送弓箭啓行，至歸化寺，日將午。同官李嵩岑、崔修庵、史質輔、家駿聞，及胡都閫來餞，半醺，灑泪而别。滿客趙張三君再送之，日將晡，太守孔、同知石、通判張候我三十里荒祠中，大醉别如前。年來老態逼人，又性不耐離别，古人云并州故鄉，又曰黯然銷魂，非欺我矣。抵板橋宿。

壬子，二兒始騫爲留滇，别去。同江西弟祖述返昆陽，抵楊林，途中遇暴客六人甚獰，羽箭滿箙，回旋良久，向北山而去。此物以畜牧爲名，狙商賈行李匪一日，不爲所攫，已知之矣。楊林周生諏同閩將軍張琮拉步玄帝祠，作三絶。

癸丑，與遠公同行，道逢詔使，始知春王正月丙辰天王崩。戊午，太子立，屈指殆兩月矣，詔始到滇。宿易隆鎮，即木密所。荒寂破樓數間，兵巡使者趙叔文酒我，破岑寂，爲談先帝升遐事，念十八年宵旰一統，已集古未有如斯者也。惜得滇黔，詔書謙讓未頒，爲遺恨耳，然實録自在也。

甲寅，行關嶺。即前記諸葛丞相會盟地。古柏一株，如四五蛇龍盤拏空際，根大十餘圍。右有關帝祠，林木陰森，未及登，叔文別。是日宿馬隆州，州守楊天然握手契闊，計去年六月過此，今九閲月矣。時序迅駛，萬里征塵，丈夫以衰白之年浪游天末，不能建節秉旄，立功絶域，爲兒曹笑，何爲者哉！作《鼎湖詩》二首。

乙卯，至三岔鋪，南寧宰程封及曲靖守李率祖、陸俞二廳官來晤。抵交水，日尚午，二麥垂穗，天氣温熱，田家作苦似中州，是孫李戰處。予集中有《交水戰》，即此大清一統之關，二子敗亡之喉也。天以此屬孫并屬李矣。爲張遠公作詩序。守與予有舊，遮留一日。

丙辰黄昏，今皇登極詔至，數日之中，吊慶迭至薄海，哀樂集於一時。歇古廟中。

丁巳，大風，行空山中，虢虢哀草，紅花掩映，想雲南命名與雲中同，地勢高，故多風。抵白水，茅屋如煤峒，坐卧其中不能俯仰。程伯建牙兵持赫蹏至白水，求贈詩，中云：『公有《雲南集》而無贈建詩，後世讀公集者，勿以爲公失此人哉！』壯哉！伯建能料禺峯爲傳人乎？爲作《白水行》。

戊午，早發，面日行。自雲南起身，凡晨皆面日，則雲南在中國正西。是日，山始多，始有樹，苦竹山花蒙茸馥郁，下看深箐在絶壑，大率山皆下。昨年自沅至貴，自貴至雲，無日不上，地勢計之，此三十餘站高低相去奚啻百千餘里？高與長正等，則夜郎以下皆入坤軸矣。抵平彝衛，日甫午，草屋數間，新經火後。是日又作《道中詩》貽伯建。

十日己未，十五里有棹楔，鐫『滇南勝境』，滇地盡於此。山始壯，無山不石，無石不樹，樹皆拱把，鮮輪囷者，陂陀甚遠，愈趨愈下。亂山鷓鴣叫，架上者跳擲互答，若有鄉關之念。午，抵一字孔，黔驛始此。丞逃去，所憩草舍更破於前。是日口占二詩。

辛酉，行娥郎海子鋪，山愈頑，石愈弗類。昔人謂黔山土堆糞壤，誠非虛語。雲南坡側尖刺漢狹，不容咫，兩旁下深無際。四面山頭，童然雜出，不知幾千萬，疑是鴻荒以前侯王將相冢墓，中國難容，造物者安置於此。又巨靈不散，擲此物於中原九州之内，獨磊落於西南絶徼，抑所以隔限華彝，殆有深意，後世聖人無故鑿開，自擾之耳。又黔山木不生，草亦不茂，山山轇轕硌礐渾砌，若無隙地可以種田，人何以生？宜其爲苗，爲玀，爲犵狫，爲烏白蠻，自相君長，不知有漢矣。抵普安州，守他出，禦弁將守咸來謁。十二，天陰將作雨，及午晴。軟橋一路，壁立萬仞如削鐵。隔東澗，牽馬而行，立車上下視駭，眙如入眢井，更凶於昨日雲南坡。至新興，晡，守備某送莝豆，云定南舊部，王爲予知己，欷歔良久。道間輿夫談馬乃事甚悉。馬乃在普安境，土官龍吉兆居之，蹊鄰民田負租，有司檄責之，遂負寨以叛。總督趙出兵，符令馬寶、閆鎮二帥擊之。兩月，潰寨出，并其弟吉佐就擒正法於雲南。先是二人畜亡命，鈔略狙商旅，椎埋爲奸利，時已久。自本朝開滇黔置吏稍戢，今故智復萌，遂不免於覆亡。趙督此舉所全衆矣。

壬戌，行江西坡。兩雄并立，與軟橋争霸。抵安南，晤閆總戎，談軍前舊事。

癸亥，過盤江，視鐵鎖橋，山勢見予前記。橋爲趙公重修，并石栽橦，凌空而起，上架亭檻，頗極人工。予爲作二絶付游擊王官鐫石。是日宿頂站，爲永寧州。

甲子，與徐太寰飲，言驛遞疲苦，夜半驛使至，牧如奴矣。因憶昨盤江道上僵尸四枚，皆走卒也。云是喝死，其實馬棰也。太寰者，守國維父也，泗洲人。先爲史閣部裨將，會鼎革，絶意仕進，胸多用世略，遇當道輒昌言之，亦鮮能用之者。

乙丑，至關嶺。先是予之滇宿關帝祠，殘礫中茅屋數椽，比來聚族而居，有起色矣。私念曰：『次日過嶺，嶺以外無復山矣。』自一字孔以東關嶺以西數站，皆天險也。上突鬱藍，下掘坑呀，中國之隘曰蜀道，曰孟門，曰井陘，方之於此，未堪伯仲。予前記悉之詳矣。

丙寅，逾關嶺，鷄唱盥沐，登山至馬跑泉，尚昷曖，抵安庄衛，是爲鎮寧州，出山矣。守備張汝德，祥符武舉，爲訊故人張給事譙明，云已物故。張名文光，壬辰進士。先是國變甲申，春，予自山右抵輝縣，流寇渡河，上黨、覃、懷，草木皆兵。予與張傾蓋共城，遂成刎頸。連轡避亂山東，及鼎造，公爲錢塘令。九年，入爲侍中。予以順治十二年冬走長安，再晤公旅邸，歌哭交集，旋別去。予官衡州，公亦出爲池州副使。海氛變，公適以署臬篆得免，今胡爲而死？且云其死或在金陵，或在淮。噫！計予生平肝腑之交，如譙明，指不雙屈，遂復不得再一把晤，如青齊燕邸時。良友零落，知己略盡，可勝悼哉！突然四壁，淺紅慘淡，義王行宫也。遥望四山，便有隙地。山如戰衄之兵，轍亂旗靡，紀律不整，麓邊砌堤插稻，埒如叠錦。又如瓊浪掩映，苗婦仲族髻插山蘭花，襲人馬首。

丁卯，鷄鳴啓行。安順守石昆圃郊迎，道故至郡城，晤總戎陳德，執子侄禮甚恭。憶及其尊人與予有舊，談河南前事。先是崇禎末葉，流寇血中原，其先將軍名永福平寇甚久，潁汝人多廟貌祠之，守汴尤著。暨河伯肆虐，百萬葬魚腹，竟無一人降賊者，以故兩河間至今稱陳公父子云。是日，太守爲我刻《關嶺詩》。

戊辰，宿鷄場鋪。去大路二里，在山坳中，瓦屋數十間，尚有子衿出謁。太守送我至此，不即去，作《寄題天台山詩》。黔中場即中州所云集與墟，村民鬻有無，不設垣茨，五七日群聚，以爲常。此處有猪場、狗場，皆以支干取名，謂之神囂矣。

己巳，東方甫白，行狹斜，入孔道。晨看天台寺，在半天，不再登，昨日所寄詩即此也。是日由平壩抵威清，行兩站。

庚午，入貴州。時更番禁旅，將至舊戍滇黔者，及瓜當代行旅戒途，未即行，每日赴藩臬諸君召。

是役也，自三月二日以至入貴二十一日，皆晴，抵貴次日即雨，而且不止。臬司山東王鍈〔二〕

能詩，有奇氣，予亦作詩酬之。禹峯曰：『予以庚子六月過此之滇，城内如荒郊，比來甫期，商旅稠叠填城郭矣。羽林四旗駐者，亦稍稍守法，改前習，説者皆歸功撫軍卞公云。』

【校記】

〔一〕鍈，《文集》十六卷本作『瑛』。

自貴至鎮遠日記

三月丁丑，早發，至午，憩隆里，行凸凹中如平地矣，由有關嶺諸地在胸中也。詔使雜沓，冠蓋相望。宿茅舍，兵子作主人，雜布商而居，不奈喧嘩。門前有小山古廟，登之爲補遺云。

戊寅，催夫朝食乃行，行瓮城乾溪道中，有兩山夾壁，石洞谽谺，水從中出，噴雪排浪，跌成盤渦，竟爲一河，霹靂喧填，即近不聞人聲。因思層山綿結水不能出，則又入山自尋孔穴突然涌出，此天地血脉周流如人身然。若使有物限之不能入，復不能出，則山石成痞塊，水成壅滯，何以成造物？又思天下水皆東流，惟滇水向西。自黔入滇，一步高　步，層叠而上，幾於雲霄。水性就下，折入西海，故倒流耳。水之東流，非性也，善下也。宿新添，守禦掃庵閭以待，夜來大雨。

己卯，泥甚又大。其更番有司治塗，多鏟砌石坂，上經雨滲淖，馬蹄行膠漆中，又不知何來。

飛泉數妝，東西織錯十餘渡。安順守曰：『雲風貴雨有以哉！』抵黄絲，又雨。

四月庚辰，行雨水中。至平越，夜復雷雨大作。太守鄭、巡道徐二君酒焉。鄭先爲衛輝别駕，訊長沙舊守張調鼎起居，爲言善飯，有三男。張關東人，卜居衛。予昔戊子與此君共障長沙，患難交也。别來多歷年，所聞鄭公言今昔之感，滋予戚矣。

辛巳，謁張三丰祠。吾鄉多三丰迹，此其得道處。石盆叢桂，爽氣颯颯，孤峰突起，城在山腰，爲作二詩。守云十里外有手植四時桂，大數圍，花盛開，未及觀。

壬午，取徑黄平州。山絶險，徒步數里，以不在官路，故險不著，竟可伯仲關索嶺、江西坡等處。宿打鐵關，村媖皆赤脚，草履髮鬟如雲。

甲申，路愈險，抵黄平州。州初係衛，萬曆末因播州亂，改爲州，隸黔。平川一望，烟林茂鬱。宿城隍祠，在半山，夜雨如傾盆。學官余夢鯉，安陸人，爲言予校楚時簡拔士多所翔舉，已顧落落，僅博一氈。予曰：『何獨子不見舊使者江漢先生乎？士之遇不遇，命也。』祠前多梓杏樹，有黄鸝榨油郎交鳴，如見故鄉風土。胡將軍茂禎以予告寓此，爲之盤桓。見苗女游坡市，身綴海貝，椎髻頭邊，傍手提魚網，市魚蝦坡北。東二山甚异，一名鼓臺，渾石上有神祠，有泉，盛夏不涸，可供千人。土人避亂於此，後爲寇殘毁，剛存舊址，予曾一跨馬從石硤中登山腰，斗絶不及覽。一名銅錠，突然孤起如筆頭，公但目之而已。數日聞守言大兵往來所需，夫役千餘里，正呼催甚亟。又黃平新開河渠，轉黔餉至州則陸運，山程險惡，峪坂絶谿。貯倉中又恐紅腐，追賠是慮。驛站馬骨如陵，西南民力如此，長此安窮？日與胡將軍及孝廉張拱北飲高粱蘆筒酒，小醉，陰雨連旬，涔涔在漏天中，留凡十四日。

丁酉乃發，由小路，雨新霽，時夾石狹斜中，倍苦往時。將至興隆三里，有一泉突出山脚，上面一片石黑如墨，瑩者如脂，處處爲乳漿漬下。孔中雷鬥，下澆田阪。禁旅新過，行營土竈羅溪岸。守備秦傑，越人，素習儒。爲予鎸《飛雲洞記》者。宿前者，雙槐如故，夏鷄來巢，無復向來鶺鴒存矣。謂去年五月，予初過此時也。

戊戌，發興隆。兵新過，萬馬踏藉，叠爲巨埒濁水，因依上龍爲梗，觀飛雲洞，讀前碑。至偏橋午，劉廣文三奇來晤。劉夏邑人，以諸生游將帥間。不得志，曩遇予潭州，予爲介黔藩使者，博一官，在此三年矣。當事亦未題授。予笑謂：『古之署官不立除目傳者，略可數杜工部，實嚴武署之，亦未聞命下。迄今人，輒以官名之，止求人能重官耳。至大將、記室、太守、功曹，皆得自置，豈必選人哉！』樓居爽塏，眼界爲闊，是處隸楚，便有霸氣。水自黃平通沅，近日爲裨將王可就疏鑿，頗有成效，詳予記中。

己亥，至鎮遠，過相見坡、油榨關，山石雷雨新破填咽，亦難行，與張、胡二將軍飲，是日舊僕阿魁走。

鎮遠州至沅日記

四月辛未辰，舟行鎮遠橋下。兩山夾水，去如竹箭。水清泚可鑒毛髮，如在溆浦、瀟湘間，但多磽确耳。可十里，乃遣役求亡奴。午過清浪城，對面見山額，架屋數間，百仞上摇摇欲墜，云是土苗避亂。運黔米船滚滚而來，風石相觸，間飽魚腹。戈船下瀨時爲所碎，水之爲利害矣。

壬申，過平溪。見山寨甚鋭，石如笠孤起斗絶，居人屋其上，舟子呼爲狗牙寨。向來孫李竊據，數十萬攻之不下。兩岸山勢色態各出。

癸酉，甫午，抵沅。禹峯曰：『鎮遠下沅六站，陸行須五日，計程纔三百五六十里，水行曲折倍之。自高趨下，舟甚駛行。石上磊落砰訇，雪浪軒翥，林木皆響，至沅不過兩日半耳。故從鎮遠來者，必由之灘之最著。鎮遠下則有大王灘、二王灘、金坪灘。清浪下横石灘、刺灘，平溪下王侯灘、滿天星、灘鵝灘，是何灘至沅最險？又莫如王侯、滿天星二灘。其小者，不可勝紀也。其鎮遠而上，至黄平，沅而下至常德。由是而推，當以是爲率此潕水也，五溪之一。《通志》以爲五溪屬黔，今半屬楚，至會同乃合，故曰會同焉。昔五溪蠻亂，馬援征之即此也。今王師駐滇黔，東南米運黄平，省人力百倍，然而運力艱難，間有一失，則性命殉之。如當事爲久安之計，流土布置，漢苗妥帖，大兵永撤，荒陬無事，則五溪者存而不論可也。』

文集卷十一

碑記上

鄧州重修文廟碑記

《記》曰：『建國君民，教學爲先。』又曰：『家有塾，黨有庠，術有序，國有學。』若是，則惟國有學，非郡縣之謂也。其云：『皮弁釋菜祭先師。』先師無所指，猶《易》之言文言，不似後世專祀孔子也。學之立郡縣與先師之定爲孔子，當自漢高帝始。嬴秦焚棄《詩》《書》，愚黔首，故鹿走中原。而天下不知有君，由於天下不知有師也。漢起豐沛，以馬上得天下，曲阜以大牢祀孔子，開設學校，旁求儒雅。然後載籍間出，武、宣繼起，表章『六經』，訂异同白虎觀，漢家文治雲漢昭回，皆立學之效也。

今國家乘乾御極，誕應天命，起日出海隅之邦，臣妾億兆，與漢高同。皇帝冲齡踐阼，念典於學，期與海内更始，屢下明詔，潄宗伯祭酒暨提學諸臣，肇修天下郡縣學宫之隳壞者。近日邸報，見吏科臣張文光有釐定廟號一疏，主先臣丘濬至聖先師之議，皇帝報可。嗟乎！神人天啓河洛，因而效靈。聖主龍興奎璧，以之著象。觀天文者，觀乎人文而已。

鄧居中原南徼，屢經兵燹，鄭門之椽已去，昆屋之瓦皆飛。宮墻數仞，鞠爲茂草。璧水環流，有同乾時。《春秋》紀异，徒丹桓廟之楹。《詩》人作頌，未侐魯僖之宮。維時郡守馮公作而嘆曰：『有是哉？我聞古之王者，不卜禘，不視學，明乎學與天地祖宗并重者也。今夫君臣、父子、夫婦、兄弟人之大倫也，天子非此無以立國，士大夫非此無以立身。我讀箕疇，慨然於彝倫之所以斁，所以叙焉。我讀《學記》，復慨然於教之所以興、所以廢焉。故學者，人倫之本。而吾夫子者，率天下萬世共適於人倫之路也。象魏不崇不足以幽贊，輪奐罔飭不兄以蠲蒸。』乃下令曰：『梓人旅人若者，代斫若者，職埏埴其爲我興廟貌崇祀典如令甲。』維時閆師黨正襄厥事，斥俸金若干，垸音完。《考工》：『冶氏注秤之重三垸。』國中起。而左右者，爲某閱。』

明年丁亥告成，當是時，肯構肯堂，既丹既雘，弘訓大貝置於西序，鼉鐘鞾音運，攻皮治鼓工也。《考工》：『鞾人爲皋陶。』鼓在乎東榮。檐牙連雉堞以浮空，氣徹文昌之座。土圭測朱鳥而定位，光分離火之明。自此氣運蘊崇，蔚爲國華。安弦操縵，士多鄒魯之風。折馘獻囚，人挺將相之器。文不在兹乎？《傳》曰：『受命於祖，受成於學。』類乎上帝，宜乎社造乎？禰是誠所謂與天地祖宗并重者矣。今日之舉庸可已乎？不然，城郎浚洙，所有明誠，用民之力，歲不過三日。豈爲此無當緩急之舉哉！大夫乃率倅丞師儒落之，其詞曰：『惟素王宮闕兮，肆好孔碩。列俎豆以勤對越兮，威儀卒度。』客屬和曰：『文教覃敷兮，爰使君之明作。化民成俗兮，乃歌豳以吹籥。』爰記歲時於牲之石，成禮而退。銘曰：『天開草昧，皇帝崇儒。禮所不臣，厥維尸師。世運升降，爲污爲隆。尼山宗主，萬古長明。何以弼教，詩書禮樂。何以傳心，濂閩伊洛。昌黎有言，長民所祀。社稷而外，繄惟孔子。非聖無法，誰啓瞶聾〔一〕。考亭而後，道乃折衷。惟我宛、鄧，西鄂南鄙。東漢遺鄉，三甥舊里。賢侯作人，媲美文翁。〔二〕猗歟澤宫，惟乃之功。』

【校記】

〔一〕『誰啓』句，《文集》二十四卷本作『泯泯棼棼』。

〔二〕『賢侯』二句，《文集》二十四卷本作『賢侯莅止，遐不作人』。

鄧州魁樓碑記〔一〕

鄧居豫南偏，肉薄舊楚。春秋爲侯國，秦以後郡縣之。至東漢世祖起南陽，將相挺出，鄧乃日大。觀厥風氣，漢水蕩其胸，嵩魯拊其背，西犄商於，東絡淮汝，平衍膏腴，水土甘厚，中州之神皋，西鄂之隩區也。史傳夏人之居，謠俗愿慤，敦詩説禮，然冠軍五劇之鄉，世亂失太平最先，復業獨後。要其人天性，無羯羠不均之行，節義廉隅自飭鮮墮，得地近周南。

先代末，巨寇起西陲，自秦關而東犯，光、固、汝、潁、鄧爲中逵，青犢銅馬受禍最剥。芟除夭札，百僅存一，閭左草昧，鍾釜荆棘，學校廢而城闕歌。上賢能之書者，比歲有間，講養教於今日吏兹土者，難言之矣。

今皇上定鼎十有八年，關東陳使君捧檄治吾鄧，進父老子弟問之曰：『爾鄧固猶昔日之鄧也，軌物倫紀，皇風再沕，其何道而登進？吾民於古往見郡國冠蓋之使，頖宮而外，建有文昌魁樓諸祠，贊風教襄人文，予小子豈敢愛焉？』父老子弟長跽請曰：『唯唯，惟大夫命。』爰勤龜卜，考陰陽，建樓於城内之東南。甍甑欂栭，欒楶梯階，閲數月樓成。時予官滇，走予爲文記之。

予竊惟天官書，按北斗第一至第四爲魁，魁枕參首，斗爲帝車，斗魁匡戴六星，曰文昌宮。將相及司命、司中、司禄在焉。魁下六星兩兩相比，名曰三能，皆上帝之貴臣，人間禄命之元也，故往往郡邑於頖宮之外多建之。或曰文昌，或曰魁樓，義取諸此必於東南者。何中國於四海内，在東南爲陽位？陽爲文明之象，萬物始乎震，出乎離，猶之天街王國界，而街南爲華夏。樓建於此，於地爲宜。且文昌既兼將相，合三台，士人禄命在焉。使君之意，若曰天地之文、天地之心也。河洛爲天地中，中者，心也，龜龍之祥應之。今鄧距河洛近在畿内，昔聖人則之，闡爲文字之祖，則九州之文皆中州之文也。將相禄命之説爲鄧人祝之，實不足爲鄧人限之矣。往者東漢之季，雲龍奮起，環紫宫而襄，景運亦其驗也。若是，則斯樓之建誠不可已。

夫予鄧人也，多使君意，且聞使君諸政有不朽於斯樓者，故樂得而書之，以告後來之爲牧者，鄧人勉乎哉！

【校記】

〔一〕篇題《文集》十六卷本作『鄧州陳刺史鼎建魁樓碑記』。

重修寶慶學記

皇清十有五年，雲貴始開。先是寶郡爲南湖西鄙，巨猾弄兵城下無虛日，守土者視如甌脱，至是乃衣租食税貢於天子，而武靖而沅芷皆爲我有。君子曰：『武事兢矣，文德不敷，庸貽長吏羞。』姬周盛時，文王之化自北而南。寶，南國也，召公布政，爰歌《甘棠》。周家八百年治平，寶實先應之。今景運方新，金虎匿彩，天下文明之會也。相兹寶城學宫圮毁，俎豆草莽，梁木其壞。維時分守使者濟南韓公右路鎮關中王公，文武協和，共造斯土，乃龜策而謀曰：『學校廢而城闕歌，其周轍之東乎？此曩者王澤不下，究禍亂所由作也。古者建國，立學與明堂靈臺社稷相左右後先，出師類禡，獻馘獻囚，皆在泮宫。則學宫者，文武合一之道也。衡，火位也。離火，文明之象，位居朱鳥之次，翼軫所躔，天地以爲火太盛，故以水濟之，左洞庭右彭蠡焉。水火既濟，天地之仁也。聖王開天下，左弓矢右櫜鞬，耆定既歌，乃賦棫樸，此物此志也。文武合一之道，亦猶天地水火既濟之道也。』二公各斥俸薪若干爲多士倡。

維時直指趙公按部莅邵，予攝星沙兵使者篆，例得隨驄馬備咨詢列，聞而嘆曰：『甚矣，賢者所在，人國有同心也。』計余南游且三年，雅意化成，共相砥屬，孜孜以建學爲先。實爲用武之國，士子初出綉韷音屈，半臂服。《光武記》：『諸將服婦人綉韷。』之餘，久不睹司隸威儀，毋亦人文骫骳，而俗不長厚。甚之違明詔，失聖意是慮。今王、韓二君此舉是先民之矩也。顧韓，文士也。被服儒術，緣飾吏事宜矣。王將軍以金僕姑起家，鑙龍虎之文，而窺道德之淵，毋乃越俎乎？曰：非也。是文武合一之道也。今上四年戊子，予填撫黔中，驅車邵陵，時猲狣方熾，鴞音未集。予以孤軍駐邵東關，晝夜接賊烽，爾時邵人方匿溪峒中，蜂蠆爲鄰，鉏耰白梃蔽芮，蔽謂楯，芮謂繫楯之後綏。見《蘇秦傳》。錟戈相依爲命，衛生不暇，安問禮義？今閱十二年而往矣。而闤闠熙穰，商旅雲集，士子入郡者，皆執一經與府主相問難，有《周南》遺風焉。即此學宫一事而知韓、王二君之爲政矣。古之政出於教，教者，政之源也。古之兵出於學，學者，兵之母也。今而後，梓材丹漆味道之腴，若泥在鈞，若金受礪，密邇滇黔車書萬里，觀於邵學，而知王道之易矣。

是役也，太守汝陽傅鸞祥，邵令江寧濮萬鎰，鳩材庀工，厥勞維均，例皆得書，時順治己亥六月也。

永興學碑記

歲在戊戌，舊制以冬杪閱所隸將卒，有郴桂之行。以是年十一月某日抵永興，憩公廨。次日盥沐畢，謁文廟。廟在邑西郭，古瓦殘砌，榱題剥落荆棘中，蛛網罩結，鼬鼠晝游。進諸生問狀，則告以楚介江嶺南徼，郴萬山巑岏，先代甲申國變來，爲渠盜藪。本朝定鼎，自順治三年衡、永始入版圖。又十年中再亂，猰貐黨相攻，孑遺受屠幾盡，城郭爲墟，民間雲棟雕梁化爲塵土。永爲郴桂要害，渠帥巢此，稱雄霸，毁聖滅教，宫墻棘榛，理固然也。

而述慨然太息曰〔一〕：是司土之責也。自昔王業草創，辟雍斯建。漢祖馬上倥偬之際，大牢祀孔子。古帝王治天下，必自人道。始人道者，君臣、父子、夫婦、長幼之倫是也。聖人立教垂訓，必以人心爲先。追琢於仁義道德之途，以趨聖賢之路。要使斯世有治而無亂，人心有泰而無否，陳常藝極而天下理，此古帝王立學之意，與社稷明堂并設，良有以也。曩者金虎方耀，喋血禁廷，大厦莫支，九廟斯移，揆厥所由，學校之官非人，而王澤不下究也。安可不尋其本哉？夫教化之盛衰，人心之淳漓也。教化之興滅，人心之存亡也。今聖人崛起東北，提太阿芟刈群盜，拔中原塗炭於衽席之上，八紘廓清，重譯入貢，近滇黔以次入鴻臚，煌煌乎武功哉！而抑知文教覃敷，遠人慕義嚮風，固有自來。先是今上躬親視學，命禮臣參會古今，以至聖先師爲聖廟定稱，又嚴重學臣之選，俾甲科高第，有才望郎官署名列進，皇上自爲考定，此其心何心哉？夫兩階以格有苗，一夔之化也。一紙以平南粵，中大夫之職也。孝武表章《六經》，爰開西南諸國。宋祖右文重科目，取江南、南漢之地如指諸掌，詎不謂异世同符哉！

於是顧縣令閻君之麟曰：『勉爲之。』令君作而興起曰：『是司土之責也。』計自捐俸薪若干，閲明年己亥二月，文廟成。令走吏報厥績朱陵兵備使者，爲記其事。前兹斯廟成毁，邑乘不可考矣。自今以始，後之君子其亦知所考知所興哉！

【校記】

〔一〕『而述』句，《文集》二十四卷本作『而述瞻晋竣，愾然太息曰』。

重修祁陽文廟記

祁陽學先在城南隅，漸就圮。今上丁酉〔一〕，燕臺孫斌宰是邑，莅學之明日，與鄉士大夫約爲鼎新之，斥俸若干，闢荆蓁，除瓦礫，爲建置。會晋江藩使者黄抑公相土更置之，於是灼龜樹表，規度方圓，取材於山，徵工陶埴，凡聖殿及明倫堂兩廡，蘭橑辛楣，朱綴方連，層軒廣夏，長陛陂陁，較舊制倍之。閲明年，學成。湖南提學劉公既碑之矣。

予以己亥夏蒐車乘假道祁邑，拜新廟作，而嘆曰：『知本哉！令乎令。』夫聖人開天建國，首重辟雍，知本也。夫《六經》者，五倫之書也。聖人者，人倫之全也。世有孔子，二帝三王之道備於一身。世有二帝三王之道，天下萬世有治而無亂，有安而無危，皆是物也。今上寶籙應運，敷文德，嚴學臣之選，著爲令。曰：『學臣黜陟，以聖學舉廢爲差。』孜孜以重本之治治天下也。

祁居大湖南徼，綿九嶷百粵，地多毒溪惡菁，紫犵花苗猺獞雜種之屬與我民蟣虱而舍，自盤瓠以來不能剔爬，難服而易畔。本朝定鼎十餘年中，反者數起，亦足信楚人之難治矣。令曰：『吾修其本以勝之而已。古之王者聲教四訖，車書一統，蓋亦反其本乎？其見於經曰：「荆舒是懲。」懲者，觀感而化也。又曰：「舞羽而有苗格。」格，如土之受範，金之受冶，習與性成也。』斯言也，知本之言也。二帝三王之道治天下，固千古不易之法也。如令者，可謂知本矣。

【校記】

〔一〕丁酉，《文集》二十四卷本作『十四年』。

重修黃平學宮碑記

黄平之名州也，自明萬曆壬寅始。先是州隸蜀之播，稱衛，以黔千户守禦之。播之亂，改州，隸黔。其有學宫也自州始。又所屬餘慶瓮安學，皆統於州。州治建學，流官遠商寓厥中蕃子孫，荒裔聲教喁喁矣。以帖括明經孝廉登進宦達，走四方，多顯者。明末遭藍寇，城復於隍，學隨以燼。今上十有五年，王師定黔，州守學博爰爲肇啓襄事，學宫川成。時方用兵，歲絀不堪舉贏，然而宫墻在望，俎豆孔修，良有司事也。

計立學以後，址凡三遷。初在城外，以風氣涣散不利，士人移之内。既毁，今復相度，更置於此。正位乎離，朱鳥文明，枕衣帶水，面銅鼓二山，文瀾澓洄，峰出雲表，龜筮僉同，終焉允臧矣。君子謂是役有三善焉，以遵王也，以訓俗也，以柔遠也。今天子得天下以馬上，治天下以《詩》《書》，頒條約學宫，妙選學臣，極爲嚴重。上丁之儀，躬率三公六卿，習舞釋菜，辟雍鐘鼓，何以加焉？故曰遵王。民之不匡，亂是用長，爰簡師儒，以開鄒魯，故曰訓俗。又黔僻在遐荒，苗犵攸居，鳥言卉服，夜郎君長，不知漢大。建學明倫，文德覃敷，遒人載鐸，蛾子時術。觀光上國，於是乎在，故曰柔遠。

嗟乎！由是言之，何獨黄平爲然哉！抑予因之有感於貴州之往事矣。貴爲羅甸國王之後，歷唐宋止稱宣慰，其地在水西者隸蜀，在思南、鎮遠者隸楚，普安、鎮安者隸滇。其初三省地也不列郡縣，止以宣慰繫之，曷嘗有文教哉？自永樂以田氏之變，乃立貴州布政，居然省會，車書朝宗與十四國等矣。黄平者，又貴之支郡也。是役也，督撫趙、卞二公可其牘，守巡張、徐二君襄其議，其捐資趨事夙在公相與有成者，則州守學博也。予時以滇藩移西粵，取道茲州，從諸生之請而爲之記。

重修石鼓書院碑記

國家以神武開天，建威消萌，削平禍亂，非兵刑不爲功。至於移易風俗，礪世磨鈍，躋斯世三代之隆，必自文教始矣。在昔哲王於揮戈躍馬之日，往往不輟論道講藝，而一二巨公佐王憲邦惇經術圖治，代不乏人。董膠西爲西漢大儒，其所建策，惟在立學校之官，州郡舉茂才孝廉。文翁化蜀，司馬相如之徒，遂上公車獻賦，漢家一代文治始基之。我大清皇帝提三尺劍崛起東海，驅雲中義旅，殲廣明之劇寇，手奏太平。膺曆數在元服之年，版圖甫定，即崇祀名山大川，遣禮臣行瘞玉典〔一〕。而又幸學臨雍，孜孜以拜老乞言爲事，淵乎人文化成之意，教思無疆也。

湖南去京師數千里，遠隔洞庭。衡郡治在南岳雁峰之麓，有石鼓書院，一區蒸湘合流，躨跜孤峙。在三國時孫、劉湘水爲界，諸葛武侯督零陵、桂陽諸軍，曾此駐節。唐元和中，李寬講肄其地，以書院得名。又南陽韓吏部潮州之役，於焉信宿。在宋淳熙鼎建，敕賜扁額。歷元明不廢，中祀忠武以下漢唐諸君子七人，皆以過化垂聲，見郡史勝國之末。屢經兵燹，化爲丘墟。

湖南自順治四年歸版圖，寇再亂。順治十年，上命南安洪丞相以經略五省，視師長沙。時撫軍關中袁公同以是年奉命秉節鉞鎮撫南楚，與經略洪丞相同心協力以討不庭。先是公治沅州時方進取，以衡爲要地，遂駐軍於衡。治兵之暇，蒐故乘，覽輿圖，念王澤久湮，典型如在，於是斥騶從偕參佐登臨焉。慨然嘆曰：『有是哉！《詩》曰：「高山仰止，景行行止。」雖不能至，心切嚮往之。」夫衡岳居五岳之南徼，當朱鳥之首，祝融司火政，秉鈞南岳，離火文明之象也。南方卑濕水國〔二〕，故應以火濟之。譬之國家當肇造之世，勘亂以武，飭治以文。水火既濟，陰陽不舛。文武合宜，剛柔不競，殊途同歸也。今夫此魁然矶硉者，石鼓也哉！』是皆昔人講貫藏息之地，發明聖賢之精蘊，開拓萬古之心胸，將於是乎在。夫昭來茲，無如崇先正。防奇衺淫慝之行，無如表大道。於是考諸祭典，按諸舊章，以爲江山勝矣，非名賢聲施即風物不光。臺榭崇矣，必緣興朝綸綍則俎豆斯重。於是勒記室以屬草，走長安而上書曰：『惟茲熊繹楚國，江漢上游，當翼軫分野，幸荷皇上威靈，篳輅藍縷以啓山林，藉使名賢湮没草莽，非所以耀德而飭備也。』天子若曰：『眷茲南楚，幅員險遠。廣交附其背，滇黔控其喉。東偏郴虔一帶，萬山巑岏，綰轂江右。苗猺孽牙其中，衡稱要害。用綏文德，治此遐荒，惟撫臣是視，如撫臣言。』

公於是下令曰：『二三從事及兵使者守若令，其爲我鳩，乃工庀乃材，測圭度景，版築陶埴，丹雘之役，勿或敢後。計正祠及左右廂，檐楹砥柱，侐侐兄，人聲。閟宮有侐。枚枚，厥功告成。用凡六百餘鍰，綉栱接綺疏以流雲，藺楯挾杏梁而度月。當斯時也，南望蒼梧，北眺祝融，山川鬱結蜿蜒，下則江流環注。吐漱清徹，飛觀摇霄漢而上。石壁削三面，下臨蛟宫，估帆戰艘，交織其下。遠睇之如在蓬壺，而又俯瞰城陰，闤闠殷賑。賈人子挾重貲，市丹鉛連錫枲漆梓楠名材之屬，廢著長干。暇時則登臺劉覽，見諸生彬彬習威儀，經聲喁喁出牖，則翻然有士君子之思。亂來城内屯兵，老革獷桀弗類，豈其性生？密邇鐘鼓習見，多士歌豳吹雅，采齊肆夏，遂有以化積習。而偕之於敦詩説禮之途，則夫良家子弟漸成鄒魯明珠，大貝照耀沅湘之間，安知谷子雲、周濂溪諸人不接踵再見今日歟？以視鵝湖、鹿洞之勝，异世同符矣。於戲盛哉！

公饒幹略，其他均田、招隱、詰戎、鋤奸諸大政見公疏，在國書中。至於修繕學舍城樓，各有專記。以順治十五年春統四帥兵，開辰、沅、武、靖，王師入滇黔，移鎮沅州云〔三〕。

【校記】

〔一〕『遺禮』句，《文集》二十四卷本作『遺禮部諸臣行瘞玉之典』。

〔二〕水國，《文集》二十四卷本下有『左洞庭，右彭蠡』。

〔三〕州云，《文集》二十四卷本其下有『公諱廓宇，關西富平人』。

衡山重建景行書院碑記

景行書院在衡趾，前兵巡使者秦人張公肇之，亂後圮。而述以歲在丁酉臘，監司是邦，會兵事方殷，簡閱士馬，索敝賦，應庚癸之呼，靡暇晷。己亥秋，量移滇藩，私念舊游，開國來凡三陟南岳，曩辛卯夏，栖岳最久。知景行書院爲諸生講貫所，爰檄衡守李君曰：『人臣奉天子命，唯是教養二事，有司首務也。今頻年水旱，繼大軍後，守令及藩臬諸長，業已削牘，臺使者爲閭左請命，毋亦唯是。天開草昧肇藍，舊俗尚仍固陋，顧安得人曾、閔而家鄒魯，於以上報天子，下飾吏治，則景行書院之役不可已也。』

維時述先爲斥俸若干鍰，守若令各捐赤仄有差，乃鳩工庀材，鼎新是圖，諸凡童梁雲楶與夫杗廇音溜，《爾雅》：『杗廇謂之梁。』槐音皮，梠也。梠之屬，以至屠蘇庌音迓，迎賓舍迓也。舍毖飭有加，而書院還舊觀矣。

竊嘗論之五岳，天地之三公也。衡離位，厥宿熒惑，祝融帝之，於文事爲著。《虞書》：『五月，南巡狩，柴望。』答陽也。苗頑弗類，舞干來格，三代以上，聖人未嘗以蠻方而棄之也。成周立，熊繹以子爵采其地，數傳至莊王始霸，與齊晋争衡。惟楚有材，顧不信哉！居國南鄉，涉江漢，阻洞庭，距京師二千餘里，與滇黔爲鄰。往者猰貐雄長，京觀未築，被王化獨後。今大師南征，渡鐵橋梁孫水，下苴咩之城，搽羅鳳之壘。楚荒獷，今稱腹裏，求德肆夏，或敢後諸？在《詩》有之曰：『高山仰止，景行行止。』此書院取名之義也。

昔左史倚相三閭大夫訓辭文章，照耀史册，皆楚高山也。衡在漢屬長沙，三國末爲湘東郡，百粤之喉，居郴贛猺獞上游，爲古將相治兵督餉仕宦登臨所必經地。大者如蜀諸葛丞相、南陽韓吏部及張南軒、朱晦庵諸大儒過化之區，此游楚者，高山也。雖曰景行在人不在地，書院何爲？然古來黨庠術序以及家塾里社，共成風俗之書，非此道莫由，所謂觀於鄉而知王道之易也。砥德礪行，休嘉砰隱，蔚爲華國之器，是聖人側席而求者也。豈惟鄉舉里選，歲上公車博取科名云爾哉！此予與太守有事書院之意也。

岳麓書院碑記

潭傍湘江，亂流而濟，西岸山角隆起，青虹蜿蜒，是爲岳麓。衡岳至此而盡，七十二峰之一也。舊有岳麓書院，勝國之末，武蟲麻沸，獻賊屠城，鄂師繼之，盡付灰劫。歲在甲午，經略丞相治兵長沙，予以丙申奉天子命從軍來潭，閲明年丁酉陟焉。顧眷遺址嘆曰：『敷文教，景往哲，司牧責也，豈無繼前人而起者？』是年予官衡兵巡，又閲明年戊戌，經略西征。歲在己亥，予奉當事檄兼攝下巡道篆，私心幸曰：『息壤尚在，予敢食言？』乃與潭守司李諸君謀，所以重新者。

潭自戊子甫開，十年中再梗王化，鐵騎犯城下，聚落不保，典章圖籍化爲异物，空山數椽，蕩爲寒烟蔓草，固其所矣。今滇黔既下，尉侯萬里，天心厭亂，禮樂用興，亦惟是昭宣一人雅化，丕變謠俗。若使王澤不下，究而典型淪於草莽，何政令之爲也？爰下令曰：『徵名材豫章楩楠，勿或不備。善摶《考工記》：『摶埴之工，土摶爲器。』埴髻音刮，敧斜也。《考工》：『髻墾薜暴不入市。』墾薜音北瓦，器破裂。暴，勿或不良。縣槷音詣，别作臬。規景，極星以正。堂構相承，棟宇偕作。各斥俸金若干，書院成。

按書院之設，唐宋爲盛。在楚南者凡四，衡爲石鼓，以李寬得名。靖爲鶴山，以了翁得名。在潭者二：一在城南，爲南軒講學地；一在岳麓，以宋守朱洞得名，即此今城南，不可考矣。此再造之顛末也。

乃與太守諸同事觴於其庭，而落之爲問岳麓曰：『自有宇宙，即有此山。左庭右蠡，三苗故國。何負固不服，而舞干乃來。漢刑白馬，王諸子弟。何吴芮异姓，而獨傳五世。西京文人，賈誼稱首。何懷沙賦鵩，而痛哭是咎。定王襲封，爰啓東漢。何舂陵是徙，而火德再焕。又如吴劉争霸，割據湘水。何赤壁既敗，而荆州不守。五代搶攘，馬氏用興。何敵國用間，而謀主凶終。』

繫以詩曰：『緊昔有明，運丁百六。群凶四起，争逐秦鹿。大湖以南，連山深阻。巴蛇封豨，人肉是脯。甌粤是喉，滇黔是轂。屢勤王師，草橋敗衄。歲在甲午，丞相南征。屯田峴首，方略金城。牂牁既下，南詔旋開。交趾緬甸，稽顙而來。維兹潭州，實基太平。干戈既息，人文當興。己亥冬杪，賤子來游。手闢荆棘，講堂是求。訂經虎觀，給筆蘭臺。於鑠奎壁，雲漢昭回。朱陵洞天，金簡玉册。思皇多士，觀光上國。』同事文武姓名例得并書。

陽曲縣狄梁公譜系祀田碑記

縣之治南十里，人烟三五十家，相傳爲梁公故里。志乘所載，父老所傳，至今呼爲狄村云。余每以迎送出郊，少憩，古槐蒼沉，荒岡野火，欲求公一綫之孑姓而問之，而蚩氓瞠目相對，能言之家絶少。因慨古來賢達，勛烈燦著竹帛間，三尺童子克曉姓字，而异代而下，求一血脉之人奉其廬兆而香火之，而湮没不可勝數。世固有人樂稱之，以爲祖宗，而子孫無傳者，良可浩嘆哉！適前中丞范公下檄延搜之不可得，會憲長范公鷺倚誨余曰：『梁公以社稷功再造李唐，天之報施，善人克昌，厥後此理之常無足怪者，子爲我細諏之。雖兵燹歷亂，陵谷遷流，橘枳尚有南北之异，矧伊人矣。吾少讀《黄魯直集》，而見公後有名遵禮者，稱其爲避五代亂去太原，占籍江潭間，爲通議大夫，雖家食荆州，而墳墓實在陽翟。偶所睹記，尚如此况耳。目不及者固多哉！此公誕育之鄉，而此姓亦復罕鮮緋衣蕃於間，喜陸氏盛於雲間，神明之胄，樵牧何嫌！將相之裔，屠沽亦壯。且我輩吏此土，以仰止高山，得其一二苗裔而衣冠之，子爲是弓冶也歟哉！風教關焉矣。』

余於是榜其説，招之百里之内，得四人，拔其老成者二以報。公曰：『噫！梁公而後，乃今有孫矣。』夫一脉是傳，即衰落實甚，依然内舉光嗣，而百世可知。門地莫問，又何必認譜之武襄哉！

爰爲悉其狀以告執事，俱報可。督學使者乃命余爲二生賦采芹，具巾幘，入梁公祠内，洗爵奠斝，歲時伏臘，稱弟子員，爲梁公奕奕後一段佳話。至詢祠所繇來，則固元輔吴公昔填撫晋時所捐貲任祖植，建於三年前者也。

守寧公爲公門下士，因公意而光大之，可謂景行高山，善守師説者矣。間嘗取梁公之始末，而論之平生知己有二人焉。其始則閻立本，而其終則婁師德也。夫立本以觀過知人，相公於海曲東南之際至同平章事，周旋左右數十年，則師德實薦之。今公既有專祠，私意以二公木主配享。然千古具眼，梁公自應虚席，恐於主客禮不類且已，而此義不可不存也。

抑當時梁公所爲誠難耳。夫女主昌而太史兆之，李淳風以爲無如何，猶以氣數委也。而李勣等以爲此家事也，一言成之。甚矣，無賴賊之嘗試人山河也。令非公也，而太原王氣不既澌滅無餘哉！觀夫帝在房州也，甲子紀年，胥天下而周矣，而於公之相也則徵之。嗟乎！九月梨開，徒占先春之苑。六郎荷放，幾剗一姓之根。牝晨塵聚，滿朝之上業已盡化爲婦人。而瞿瞿國老拜手揚言，返廬陵之駕於東宫，振鸜鵒之羽於一夢，即淫婢亦知其無可奈何。而曰：『還汝太子也。』公於斯時，誠岌岌乎危哉！其不死者僅介毫髮耳。先正有言曰：『取日虞淵，浴光咸池。』此其功不待羽林五百玄武門下而後見也。自柬之進而事有可爲矣。沉深割斷具有老謀，蓋從來母后當陽，社稷未有不摇動者，吕雉、武曌禍實相匹，然絳侯厚重少文，而安劉氏者必勃，此在高帝時業已依毗之矣。六軍左袒猶易爲力，至梁公則起家法曹，非顧命可比，而褫裘縱博未免權術參焉。乃以善藏其用，視子房引四皓一事猶或過之。持危定傾，非絳侯所敢望。故君子直謂唐家二百八十年之天下，而世界於此一再開闢也。

今公去此且千年矣，掃片席地而追肖之，登臨其際者鬚眉儼然，其人斯在，白雲自慶，桃李不言，公何以得此於後世哉！則公自有所以不朽於後世者，而不關後世也。於時中丞蔡公、御史陳公、汪公與夫藩臬道郡諸長各蠲俸銀若干爲公置祀田三百畝，用以春秋時饗，勿墜公緒。噫！既有其孫，則公之統系勿或湮也。復有其地，則公之黍稷勿或墜也。雖勛臣有廟，載在祀典，聖天子藉以風有位爲後世勸者，血食千百年而未艾，固無藉於此。而此間生長之地，巋然一室，應與大禹、泰伯、季札、伍員諸祠長存天地間矣，詎不休哉！夫顯名厚實，擁權借勢以仕宦爲樂者，止乎其身没則已耳。至於氣焰蓋代而墓道無題，或平生所爲不堪正告後世，令人經其地欲起九原而唾之，如此者蓋亦不少焉。是誠不可與公同年而語矣。然則後之君子生此地者，先賢在望，儀型不遠。而宦游此者，奔走階墀，英爽憑依，則師表之念亦可油然生已。較之青史之取法，不既親切明著也哉！

於是壽之碑，以計所爲不朽此田者，呼兩生而盟之曰：『此尺寸土，皆爾祖梁公之神。所式靈，皆上臺之德意所宣布也。若等象賢輩出，以無墮家聲，恪守故土，視此石。若等不肖，時有將欲割此田而市之，有如此石。君子雖貧，不鬻祭器。子子孫孫，庶幾勿替。』引之乎爰爲作譜系祀田記，一時捐鍰諸上臺得以貞珉載，并田坐落四至與始事原狀具悉，令後之觀者知所考焉。

三堡碑記

直指陳公按晉之二年，綱舉目張，領挈裘振，雀無角，蜮無弓，狐無尾，虎無倀。道有弗戢者，視驄馬行。部有不率者，視拄后惠。文在隆隆乎，保障也哉！乃於仲春防河之暇，駐節晉陽，取故乘而閱之。原本山川，相厥形勢，知其要害扼塞之所在，萑苻竊發，爲逋逃藪而鰓焉。憂之，爰立三堡，其一則東北之紅土橋也，距省會可八十里許，爲盂壽孔道。土焦鹵不宜水，民卜居難，以故輶軒商旅之往歷，非聚衆不得以無事行。而單身隻騎，屢屢見告矣。先是亦有以土房數椽築山麓石梁下，可容十人，爲若輩嗔怒，不旋踵遂廢去，則地勢使之然也。公曰：『此非登高望遠，爲久大基不可。』其二若三，則坐落城之西北，爲天門關，爲凌井驛，兩處一道相連，互爲首尾。山之東盡爲天門，去城可五十里。山之西盡爲凌井，可八十里。山勢谽谺窱窅，辨路一髮。夏日蓄冬氣，陰森畏人。兩崖山骨如輪囷熊兒，不可名狀。旁有深溝陷其脊，稍上爲石梯，層齒積鱗，可二丈許。攀藤牽蘿，爲猿猱而上。綠林者遂依此爲窟穴，如狙伺茂草，如鷙伏深林，往往見販夫市兒挾重貲輕鈔過此，瞭者瞭，攫者攫，罄所有而甘心焉。得手隨遁，逮有司發兵擒捕，而椎埋之，侶已入無何有之鄉矣。

嗟乎！自有天地便有此山，自有此山而行李之往來以性命爲嘗試，蓋不知其幾千百年矣。公乃呼縣官而囑之曰：『若吏此土，以有此民也。地方有大害不殲，隱禍不消彌，噬臍何及，長此安窮乎？』爲一一悉前狀如左，余警寤曰：『誠如執事命，但山形巉岩狹斜，斥堠難置，亡命因之爲利，又無飛澗流泉可以佐人烟火者，誠劫徒之戰場，而行人之陷阱也。明公當何以策此？』則取袖中三處圖繪而譯之曰：『某處可以伏奇，某處可以設險，事如爲之而不能竟，成則已耳。未有明知其可爲而相沿日久，視爲尋常，以後人而復諉諸後人，而可與之深言天下事者也。且若以此蜂蠆之毒無足重慮乎？没鯨之波，潰於蟻穴。燎原之勢，起於星火。安在潢池之弄，爲可高枕視也。且若不讀陰符穀城諸書乎？爲虺弗摧，爲蛇若何？微乎危乎，無形無聲。不可忽也，伊可畏也。且夫晋非無事之國也，上谷雲中去塞外僅一墻之隔耳，不必遠稽前代，即如世廟辛丑，大同變起倉卒，我叛軍石天節等出邊引北兵擁十七萬衆，自天城徑趨三關，直抵太原，焚掠屠戮之慘，古所未聞。迹其已事若得山之前後，凡隘口關喉之處竪以堅壘，宿以重兵，而山川形勢亦復諳熟胸中，或出奇以截其鋒，或犄角以扼其勢，或固圉以老其師，則彼敵人者輜重不繼，多損士馬，勢必不能深入而中宵北走矣。亦安能直驅數千里如入無人之境，而飽載而還哉！若此者，非容民不以畜衆，非建威無以消萌。三堡之設，吾所以再四圖維，而於伏莽之戎小試，控馭以俟後之君子，作全鼎一臠觀云耳。』

於是隨發贖鍰一千五百金，命岢嵐知州夏公與余董其事，鳩工庀材，相度基宇。計堡於凌井者，圍約四十四丈、高二丈二尺、寬丈六。堡於天門者，圍約八十五丈、高丈六、寬五尺。堡於紅土橋者，圍約二十四丈，高如凌井、天門，而寬少讓。各爲門一，酌守兵於其上。先是議取標營兵丁，每堡各五十名，按月更番，即以其賊之寖發，定將領之殿最，尋以舉事當酌，其便莫若取縣之快壯精勤者，爲輪戍之法如前。而月糧之設，即以本身之工食給之。但須總彙先發，不至，仍如左右斷役者，爲扣除，爲那借，不得實惠耳。是則青衣絳幘之侶何必讓投石超距之能，殆隱然一堡一屏捍矣。而又其勞逸安肆，縣官得而問之，不時考核習練，務令巡哨得法，草澤奸宄蕩然掃迹，即爲若功。猶是故態復萌，拾遺滋害，即爲若罪。庶幾道路一清，而太平可想見乎？況行之無弊，則他郡效之者必衆，即萬一外患猝生，在我進足以戰，而退足以守，欲復如向者之逐狐兔於原野，而探玉帛於囊篋不可得也。此不亦堅壁清野之一法，而久安長治之要務哉！至於除溝之害，則用大石。扼其吭鑿兩峽深入之，用胡粉與煉鐵二者爲攻治法。而復折其向來之梯，以絶仰攀路。其功與修堡相爲表裏，而事半功倍之矣。

其堡之在紅土橋者，名曰生民。凌井、天門者，則曰安民、曰全民。明乎建堡設防之爲民也。夫民吾民也，盜未始非吾民也。民而失身爲盜，殲之惟恐不亟。誠使萑苻之子，計無復逞，革面歸農，其欲生而安且全之也。又豈有异焉，是直指意也，故因之。

公諱純德，字静生，湖廣零陵人。起家庚辰進士，臚傳前一日，蒙恩召對稱旨，次日擢御史臺，是年按部晋中。岢嵐知州夏揚名字賓實，山東昌邑縣人，辛丑舉人。

先公集斷自庚寅，辛卯以後黔撫羅歸所作，或已刻未刻仍有存者。其申酉以前，友杞崛葉諸刻失之澤潞。戊子以後，則失之靖州。此三堡與狄梁公二碑，楊猶龍先生於順治乙未由學士出長晋藩，先公托其訪求遺稿，先生得此二碑，刻之《山西通志》中。先公曾求之見也。閲康熙壬戌同鄉焦荆岩分守冀寧道，携《通志》歸，鈔得此二記，則先公已殁廿餘年矣。又陽曲署中，先公於去任日，勒石墻陰，記居任所行事頗詳。今此碑遺之京師寓邸，不及附集内。并州遺迹付之蔓草寒烟，而此二記獨巋然僅存，則猶龍先生之厚意何可忘哉！男始摶謹志。

重修夏禹王廟碑記

穰西六十里，有山隆起。從參山漢水西來，發脉順陽，聯綿穰之右臂。其南者曰杏仁山，取其形似。中亦多洞，昔孟珙屯兵於此，里人避亂常居之，或曰洞兒山也。北一峰孤秀，自結數巒，與杏仁諸峰相揖讓。舊有大禹王廟，頗軒敞，回廊曲榭，僧廬可十餘間，焚香誦經，其上不知肇自何年。予爲兒時，記歲時清明節，山有里社之會，男女奔走百里外，百貨畢集，貿易紛紜，竟日乃散，以爲常。明末崇禎癸酉，大寇自河北來，中原一塊土，横罹獨苦，神人無寧，宇廟遂遭兵燹，僧屠且病以死，山下居人亦零落，不能爲王啓廟貌如昔日。予自庚辰第後，曾鳩工庀材一新之，未幾又火。今年，予自粵來得以游倦，返初服，居里門，凡若干日。坐念茫茫，下土畇畇。原隰惟禹之緒，且祭典有其舉之勿或廢也。鄧西之有此山，自有天地已然，乃大禹以前不聞其何名。今郡志所載兹山，獨以王著。彼匡氏兄弟居廬山後，世得而匡之。齊映爲池州刺史，游南山，後世得而齊之。而况接帝統，開王業，功在九州，德在萬世，如崇伯氏之子皇皇乎？天下君哉！

予上世祖自臨江來，卜居於山南八里茱萸河之西干，歷代奉禹祀，黍稷馨香，勿或有缺。《詩》曰：『維岳降神，生甫及申。』《魯世家》所傳則云：『啓聖公禱尼丘，而生孔子。』予小子以章句起家，叨成進士，不幸遭鼎革之世，碌碌無所建明，安得附會前説？敢曰：『神實生我而降之，神念舊典不可缺。』予既爲山下人，當纂緒前烈，以竢來者。彼玄元西竺，兩家名刹飛觀，都人士爭輸委恐後，我輩讀孔孟諸書，安有舍帝王本紀不信，而淫祠是爲是？誠狄梁公罪人矣。蠲資重飭爲之竪石，以昭來許。時維大清順治八年之四月也。

禹山廟碑，先公庚辰第後撰次勒石，距今庚辰又益九年，蒼然苔碣近七十年矣。兒時猶記摩挲其下，此作則於順治初，欲圖更新碑不果立。其庚辰所作，集中未載，尚俟録木刻入。康熙己丑二月男始搏謹志。

桂林寺重建三宮閣記〔一〕

維皇作辟，神人攸主。雲雷肇造，法象斯亨。剏兹南岳，是曰祝融。開天之君，乘乾秉籙。

柴望告虔，允猶喬獄。豈惟封禪，山麓環匝。刹宇枚枚，一朝昆劫，遂付黑灰。爾簡名藩，兩渡洞庭。踵樓船之茂績，標銅柱之偉施。義旗日暖，龍蛇躍九嶷之山；寶鍔霜飛，芙蓉蕩五嶺之氣。要使蛇神龍鬼，聞驟裹以潛蹤；豈惟金馬碧鷄，望朱旂而受祉。

時維孟夏，游子東來。一宿桑下，去邑有咫。爰有頹蘭，流水潺湲。桂林舊地，苔蘚交侵。芹藻靡所，沙彌環立。無復大雄愾焉，傷之六月栖湘。東望衡陽雉堞，纔衣帶水。僧如福持簿叩扉，度江而來，願乞微言，重新初地。予竊惟腐質衆生，頑根下器。向來文字，祇增口孽。此後枝葉，當歸本實。試看花藥山下，桐露方滋。醴酒正熟，吐咳以成金，揮毛毳而作雲。惟彼虎士，半産關東。貔貅滿前，庸詎非金剛再世；帶礪翊運，大都是羅漢重來。闕裏之牢斯馨，常在開國之始；大伯之祠勿毁，必須名世之英。僧但執此以往，莫恐願力不敷。蟻垤積成，是爲太岱；涓涓不息，遂成江河。彼巋然靈光者，正不知何處得來耳。

【校記】

〔一〕本篇據《文集》二十四卷本補。

卧龍岡諸葛忠武侯祠碑記〔一〕

史稱建安十二年，昭烈三顧諸葛亮於南陽。南陽西七里許，相傳爲卧龍岡，即公躬耕舊處。相沿有專祠，内貯草廬一區，周墻重宇，朱楹碧榭，階除前後，碑立如林。每皇帝御宇，輒遣官告祭，郡城冠蓋以及負販頂禮祝禱無間。歲時伏臘，蓋公之大業，天地爲昭，三尺童子能言之。靈之在天地，焄蒿凄愴在上在旁〔二〕，不必南陽始有祠。南陽其發迹之地，撰以祭典，有其舉之，勿或廢也。則南陽之宜俎豆公，與成都并隆，固其所也。

予嘗讀公遺事有感焉。漢室傾頹，奸雄專命，郿臍方燃，五銖不競，秦鹿既走，晋甲方興。昭烈雖王孫，煢然涿郡，業屨之人耳。馳驅吕布、袁紹、曹操之間，狼狽於徐州、河北、汝南之際，身在羈旅，一枝靡栖。妻子不保，敢問王業？此時雖有關、張萬人敵周旋左右，而昭烈英雄無用武之地，髀裏肉生，功業不就，所以涕泗横流也。維時公高卧隆中，抱膝爲《梁父吟》。誠如公《出師表》所云『苟全性命於亂世，不求聞達於諸侯』者也。先是昭烈自汝南後奔依劉表，居荆州數年，自傷摧折之餘，求賢若渴，德操、元直遂以伏龍、鳳雛之説殷殷爲昭烈言之。噫！此天之所以助漢歟！抑鼎足之烈將成而火德重炎也。昭烈於是引躬式廬，駐車凡三爾，乃握手定交，歡若魚水。剖以當世之務，定於三分。迄今繹其草廬中數語，勸其結好東吴，跨荆益以圖中原，後來無一事出其範圍。公真神明哉！宜司馬懿觀其營陣處所嘆以爲天下奇才也。

獨是爲公惜者，當時昭烈與龐統入川，公在荆州，後來不宜輕去荆州而入川，以致有荆州之失。既失矣，昭烈爲壯繆伐吴，曾不聞公以一言止之，又致有西陵之敗。燒鎧斷後，踉蹌白帝，抑何僨也。若使荆州不失，既無西陵之敗，一意結好東吴，并力破曹，乘操遷都避鋭之時，長驅入洛，庶幾國賊授首而高、光之業再見矣。後來雖屢出祁山、斜谷，屯兵五丈原，而荆州既去，關、張諸君又殁，誠所謂萬牛回首丘山重矣。漢業之成於三分，公爲之。漢業之竟於三分，亦公爲之歟！

適公祠久圮於風雨，三韓張大將軍鎮宛，與三原王公分守使者太守郡倅司李諸君鳩工重葺新之，丐蕪詞爲志永久。因論列公遺事如左，乃若温公紀年，帝魏而屈蜀，此其説蓋爲晋地耳，司馬其遠祖也。朱子作《綱目》，直從獻帝被廢系章武於建安之後，其論始定。噫！得《春秋》『春，王正月』之旨矣。作爲《迎神》《送神》二曲令有司以時享焉。

漢道陵遲兮，帝子心悲。抆泪揮戈兮，恨其力微。侯盱衡於海澨兮，將依栖乎南土。鬱彼春陵〔三〕兮，乃黿背之墳起。中興之舊宇〔四〕，户外履聲兮有人。大耳王孫兮，征車轔轔。侯之出兮三分，業業白帝兮，王氣氤氲。駕木牛兮騰流馬，蘭槳拂拂兮，甘椒盈把。望草廬兮，翩然而來下。右《迎神》

曷不攬轡兮故鄉，葑豆穰穰兮白水臨觴。有兄子瑜兮江東之望，兄不來兮弟不往。侯老於軍中兮，子復疆場。濯桓靈兮配高光，上拜三十六玉皇。仲謀澌滅兮建業灰，漳水東流兮銅雀亦

頹。舊井甘洌兮舊廬新，西望成都兮東瑯琊。南陽鄧縣兮，惟侯之家。右《送神》

【校記】

〔一〕篇題，《文集》二十四卷本作『重修諸葛丞相武侯祠記』。

〔二〕『君蒿』句，《文集》二十四卷本作『如水之在地中』。

〔三〕春陵，《文集》二十四卷本作『隆中』。

〔四〕『中興』句，《文集》二十四卷本無。

鄖襄鎮張振宇建呂仙祠堂記〔一〕

今皇御宇之十年，歲在癸巳，楚西偏房竹山中，爲餘孽所憑，復跳梁江漢，上游震動。先是緣湖南連西粤徼，群寇狓猖，我師敗績。以故枝寇從巫巴迤邐而北，藏聚謝羅，蜿蜒數百里深谷密箐中，伺變鄖襄。人心洶洶矢日之間凡數驚。張大將軍時方鎮襄，出奇兵搗其穴。賊以西遁，於是襄屬城郭，屹若金湯矣。

大將軍則又念鄖爲襄唇齒，相距四百餘里，斗絶萬山，賊若乘我不備，侵我王略，且噬臍無及，爰爲整戈秣馬。自去冬劇雪，崎嶇皸瘃，移幕府龍門山上。歷春涉今夏，西賊聞之膽破。追奔截渠，散脅從，所全活甚衆。

將軍凡用兵，運籌決策，鬼神與謀。《陰符》孫吴諸書，變化胸中。而尤嚴事吕仙，奉若晝一。今孟夏十日，予里居。將軍乃自郧山數百里，遣從事一人，走我書曰：『一將之任易與耳，計結髮勤王事，每與吕仙相終始。有事輒與謀，謀輒驗。昔之聖人，神道設教。腐草枯甲且效靈，則吕仙者，誠我軍之指南，與其司命也。近爲一龕於廳事後，丹艧之，貌爲仙人。具蘋藻其中，凡一切舉動，國本民命所關，不敢師心仙，必禱而後行。行則罔不臧。彼夏禹鑄鼎象物，使民知賢奸。漢武以王母所授五真圖靈光經，及上元夫人所授六甲靈飛，皆瑚床錦囊，安著柏梁。諸如此類，豈曰鑿空哉！正以金繩玉板，受謁帝之符；龍駕霓裳，度仙宫之籙。此其彰明較著者矣。而况軍國大事，神實告我。我又豈曰劉向《列仙傳》中所載，將爲餐霞，服元和，食沆瀣，吞石鐘乳，求爲不死，但爲一己長生計哉。則非仙人度世之意，亦非人將軍奉仙人之意也。抑歷觀百家以相檢驗，凡佛經所載，與夫未入佛經得仙者，百四十六人，必吕仙者何居？曰吕仙於楚，固舊游之地也。武昌西門，黄鶴樓高百尺，夜半時聞鐵篴，而洞庭岳陽間，猶多公名迹，雜見諸小説，如此類不可勝紀。若是則吕公之於楚，所謂徘徊久之，不忍去。抑楚國山川奇偉，爲神仙所居，有以招之耳。而况大將軍之信事吕仙，則又不啻王重陽、劉海蟾、張珍奴之數子輩。所謂名在丹臺玉室，何憂不仙者，將軍其人歟？將軍其人歟？

在昔吕公黄粱一夢，五十年間，升沉萬態，一枕華胥耳。公遂奉雲房求度世術。今將軍提三尺劍，位至將相，功分茅土，所歷富貴勛華，吕公之所夢游者，將軍業已身試之。而將軍乃勤事吕公不已，則人間世之大夢，將軍固已覰破，而特借吕公以爲射傅丹篆耳。楞嚴司難，言仙有十種。將軍殆髣髴可以語此矣。嗟乎，君之先世子房，先從黄石君，得圯上一篇，爲帝者師，後乃辟穀從赤松游。將軍其再起者歟？於此可以得成功不居之意焉。夫以將軍抱韓、白之奇略，奏衛、霍之殊勛，方爲後世所尸祝，如馬援之在南越，諸葛孔明之在川蜀。今蠻蜑苗窟，巴渝象郡，居人四時伏臘，祠若祖父，千年如一日。吾安知鄖襄他日不畏壘將軍，一如將之所以事吕公哉？而將軍則曰：『地方稍見敉寧，享太平無事之福，皆吕仙教我也，亦吕仙有以錫之也，敢貪天功以爲己力乎？若仙人不尸則仍以上之我后耳。非皇帝神武，威命霛爽，樿乃退荒，何以至是哉？』予乃受將軍札，權輿記其事，且爲之頌曰：

將軍在鄖，有此膚功。屏彼貙虎，蛟螭潛宫。維兹麋國，是曰錫穴。群仙所居，翼軫分野。有仙來游，厥姓則吕。紫龍之輂，斑麟之輿。長揖將軍，入將軍幕。銀宫貝闕，指神仙路。將室則喜，爲築丹房。金簡蕊書，步虚翱翔。崀嶒之臺，通靈之觀[一]。爲國祈年，爲民止亂。南望武當，俯瞰漢水。吕公來游，風賓雲子。贈我青蛇，殪彼天狼。長生之藥，以進我皇。

【校記】

〔一〕本篇據《文集》二十四卷本補。

文集卷十二

碑記下

貴池回瀾閣重建關帝祠記

歲在辛卯，予游金陵。以八月八日返棹秋浦，舟抵樅陽，江對岸候風長干，同游李韓諸子。登回瀾閣，少憩。時方亭午，天空風息，雲無片翳，水面平如掌。遥望四山，秋嵐漠漠，澄波萬頃，龍睡正穩，鼉鼓不鳴。榜人曰：『必待東北風始可渡江，溯流而上，今晚暫泊舟。』予及同游閑步江頭，適父老三五人懷緗帙一束，問字於予，爲重修關帝祠云云，指大江中石磯曰：『此哪吒太子磯也。精廬一區，敗於兵燹，前楹[一]奉太子香火，後即帝廟舊基。近郡中之士大夫捐大官俸，與匠作聿新舊觀，煩公爲文記之，且以啓佑往來行人，并此墟里中黄耄垂髫，因莊嚴起皈依，俾此茫茫江漢朝宗於海，昏墊永息，厎績無恙，不亦休乎？』

予竊惟帝靈之在天地，正如蘇子瞻所云『如水之在地中，地無往而非水』，天地間無往而非帝也。此江東一塊土，是帝曩時所欲唾手吞之，疾首痛心者也。荆州之役，天不祚漢，坐使封豕長蛇狡焉肆其毒螫，千古義士讀帝遺事，恨漢室之陵夷，慨血食之中隳，廢書而嘆焉。豈英靈如帝，聰明正直如帝，易世而後，肯受吴土之鐘鼓，而享吴民之蘋藻乎？曰：『不然，帝乃心劉氏者也。』乃心劉氏，則此江東數郡當時爲孫氏父子兄弟之所虎視者，而今安在哉！帝靈在天地，則大地山河莫非帝所式靈，莫非帝所式靈，即莫非漢室之乾坤也。自建安以至今日，不知幾人帝、幾人王，而帝靈之爲煊奕震焯，自京洛以及通都巨邑窮鄉陬壤，無慮成人小子冠蓋負販之侶，莫不人人胸中有一帝，而題桷丹堊猶其後焉。至震旦以外則不可知矣。如是則帝祠之在一吴，猶之在荆，在蜀，在中原，總之在天地間耳。又何不可者？此無他，陰陽止此正氣耳。正氣所結爲日星，爲河岳，喜則爲潤物之甘澍，怒則爲奮地之霹靂。若夫奸宄竊命，睥睨瞬息之間，時或與正氣争衡，正氣有時反居其負，此則如魍魎魑魅依草附木諸怪物遻之，又久自必化爲烏有矣，又安能與正氣争千古之人心乎？

嗟乎！此帝祠之可以不必在吴，而又何必不在吴也。即謂帝生前未了之志可也，亦千古之人心之謂帝生前未了之志可也。帝閣既成，英爽如在。俯視三山，憑眺天門，東望建業，西望武昌，長江千里，砥柱萬年，在於斯矣。爲報郡城守土諸君，他日帝閣落成，即以此疏易碑可耳。

【校記】

〔一〕楹,《文集》二十四卷本作『面』。

清涼寺建大士觀音閣碑記〔一〕

丁亥冬,予奉分藩衡永命。一棹洞庭,抵衡山,繫纜瀟湘岸下。時方殘鴻嘹嚦,醉葉霜丹,容裔蘭槳,望岳天半。有瀑布自絶峰西北飛來,旁一刹,林木蓊然。碧瓦參差,經鉢之響,溪籟互答,知是精廬佳勝。則私念之曰:『兵燹來,烟飛晝棟,草泠雕梁。禹錫重來,無復玄都之觀;李白書室,空傳香爐之峰。遼陽鶴歸,衹餘剩郭;昆明池底,乃見劫灰。蕞爾湘南,仍復有此魯靈光,不足多矣。』未幾,老衲寂虚和南予曰:『知使君來,不腆寒林采山蔬爲供,中有西方像,開山且千餘年,爲下民凝祉,禱豐稔,煮饘粥,飽大衆。自衲身所經營,亦且千餘祀。』予爲停檝長干,得一登臨其地。見古木如青銅,篔簹萬個。階凡三晉,回廊迤邐。講經臺,是爲大雄寶殿。爽塏宏敞,可羅沙彌億萬。衆所説法,唯是千佛樓後。金剛堂微少聳拔,正如韓留侯狀,貌殊欠魁梧奇偉。太史公便以爲不稱其志氣。若使自此以後,得有危樓飛閣,爲莊嚴一助丕基。寺之興也,當有倍於今日矣。

此事雖低回不言，是誠在我。亡何甫莅芝山，匆匆不及兩月，以定南事疏，即有夜郎之役。爾時蜂蠆四起，蟣虱生甲胄。言念夙願，既以日不暇給，顧安所得同心者，爲寂虚效一臂，則大事濟乎。

會今年四月，適再有衡游。舴艋不任暑，沾小恙，抵衡即復晤寂虚，啜茗清凉寺十餘日。寂虚乃執今郴州王刺史之意，爲予津津道之，口不置。予爲輾然喜曰：『四年願力，乃爲王郎先著予鞭。是誠所爲同心效寂虚一臂者非耶。刺史有約，且將刻日告成事，以傳來兹，寂虚爲磨片石於山門外，彰刺史不朽。爰命同輩三端，執刺史意而前告之。自此以往，清凉寺於是有刺史名矣。』寂虚乃焚香頂禮，虚觀音大士一座，爲刺史考其成。且謂我曰：『此非衲子意，而王使君意也。衲子不敢没没耳，行見觀音大士，現宰官身而爲説法，凡一切海上黑風，羅刹鬼國，并塵世中刀兵水火，蚢蛇蝮蝎諸惡孽，懺除殆盡，共濟娑婆。上爲國王祝釐，下爲南岳數千里小民永賴。則凡若地之奉香火於大士者，只大士已哉，直奉刺史耳。』

然予聞是言，真有愧刺史矣。東坡，文人之慧者也。交好佛印，則黄州怪石可以爲供。舟過金山，則解玉帶以鎮山門。勝迹難泯，往事堪於繹思耳。彼寂虚者，又是此間開山矣。

【校記】

〔一〕本篇據《文集》二十四卷本補。

鄧城東門内重修關帝祠碑記

帝之靈在天地間，焉往不著。南鄧密邇荆襄，爲帝舊游，北瞰許洛，南控樊沔，帝之祠宇林萃申謝，固較他處獨爲有據。帝靈於昭於天，瀰漫薄海，其於當斗旌旗回翔之地，其禦灾捍患，丕冒邦家，尤式靈焉。億萬斯年，蘋藻馨香，心之在人，日之在天也。

明崇禎丙子，鄧城不戒，而述節母王氏同述妻子避難鄧州帝祠下，私祝曰：『得荷帝靈免於難，當重新帝宇以報帝。』麻時賊鋒迸射，血流成渠，予一家屢瀕死地得無恙。而述是年以下第歸來，母爲言此事。竟以兵事里居靡寧，負此願且二十年。而先慈於癸未下世，距兹年丁酉亦十五年。予又以介馬南游於楚，依幕府潭州，匆匆且有事於西南，則予之未嘗須臾忘此也。神之聽之能無咎於厥心，會室人王氏則猶能記母言，乃踐斯事。今上丙申，廟貌適再成，家人報書，爲記其事。我聞天道無親，嘗與善人。神明亦然。惟帝聰明正直，與萬古之岳瀆日星同視聽於下土，扶陽理陰，贊襄元化，豈區區於一人一家施顯功哉！然予一身之得邀神貺以自脱虎口，不與雉堞俱屠，敢謂非神之力？抑予節母王氏自予四歲失怙，稱未亡人，平時持齋奉佛，嚴祀百神，尤專肸蠁於帝，則帝之庇予母以庇我一家也。予小子敢忘帝力哉！敢忘母氏哉！予今得稱人祖父，而膝下團圞箕裘勿替者，誰實尸之？予抱此念於廿年，妻王氏中母志於一旦，此《周南》諸什大夫妻能奉其祭祀，風詩所由作也。然而予益滋愧矣，予之未嘗須臾忘此且二十年矣，則祝之曰：『神休也，母志也，維吾子孫繼續其皇之。』

耒陽杜子美祠堂記

唐以詩取士，由進士以詩名者不具論。若夫以詩名而不在進士之科者，惟李、杜最著。二公之才頡頏，相昆季，遇亦略同。天寶之亂，杜艱虞達行在，以伸救房琯，不合，罷去，離析終其身，老且死。李以附會永王璘，有夜郎之謫。自今論之，當日朝廷能竟二公之用，二公殫心抒蘊藉，勤旂常於一時，李、郭之勛必有所分。後世知二公者，不過如李、郭而止。然且無如後世之并不知有李、郭者，何也？乃天意不欲以勛名成二公。二公乃別出一途以自成名於後世，是天意厄於一時者，未嘗不豐之於千年也。則夫士但求如李、杜之文之人而止耳。至於遇合不可知之數，有志者不問也。然而一時之興亡成敗，忠佞賢奸，國運兵權，賊情朝政，讀其書燎如列眉，不煩更搜正史，使人感激哀頹悱然於君父之大〔二〕，則二公之爲文章未嘗不勛名也。此古人稱三不朽，而德功二事尤借立言以傳也。

耒陽在衡岳以南介僻，舊有杜祠，按公本傳及年譜，緣以與聶令相善，一夜啖牛炙白酒飽而死，爲水所没，後因皇帝下詔將官之，遂爲疑冢云。其説亦不一，要之公詩在天地間，氣無所不之無不之，則隨處皆公，何必冢？且何必耒陽？今耒陽既爲公嘗游地，即不冢亦當祠。然則耒重公耶？抑公重耒也？龐士元佐先主定西蜀〔二〕，起家於耒，耒之人祠之。公以詩名歿於耒，耒之人又祠之。然則耒之祠公乎？抑天下古今之有同心之爲耒祠公也。耒之有公，猶當塗之有李，皆以人重其地者也。

焄蒿淒愴，馬鬣如在。俎斯豆斯，何必故鄉？世之侈功業而無美可彰，又無文可傳，不應祠而祠者何多也。是皆公之罪人矣。衡李汝南劉子有新公祠之舉，時予治兵朱陵，聞而壯之，爲之記。噫！世之知先生者獨以詩耳，然則先生豈直詩人哉！

【校記】

〔一〕『使人』句，《文集》二十四卷本無。

〔二〕『龐士元』句，《文集》二十四卷本作『龐士元佐先主定西蜀之業』。

雲南右藩公署碑記

皇清御宇十六載，滇始歸版圖。時大將軍受命專征，定六詔地。滇新出湯火，離析焦毁，羽林六軍，雲屯依栖，靡所官廨，灰劫復半。維左右藩舍昔在城内，夥頤沈沈，久非其故。十七年庚子，述銜右藩命抵滇，憩觀中。輿臺出入，黃冠爲伍，體統未協。因察東郭民舍一區，原隸官籍，縗桷朽蠹，近以充薪。半圮污泥中，因爲削牘啓事改搆之。報曰：『可。』〔一〕乃移牒左司，選文無害吏一人董厥事，新之，實創也。鳩材度工，日作凡百餘，指自厍廡、房櫳、窹竈、甍霤窹與窹別，《廣雅》：『窹謂之竈。』，爲構，爲欒，爲笮，爲礎，左斧右斤，輪奐維飾。以庚子九月廿四日起工，以冬十一月告成，費凡九百有奇。夫而後右藩有公署矣。閱明年辛丑春，適有粵西之行，因念此公署之成，民力也，曷可以無記？乃觴二三僚友於庭落之，且即今日滇藩而深念之，用告來者。曰：

夫滇，六詔舊壤，僰爨攸居。夏商前時通王會。周後，秦開五尺道，楚裔孫蹻王其地。歷漢唐元明，載在職方。近王師三路底定，長驅金沙〔二〕。滇任土之貢，承平纔十餘萬，不敵吳越一邑。朝廷遣天策宿衛之士，更番代戍，歲費金錢百萬，仰給東南。時值歲青穀價騰貴，斗米至三四千。滇藩一官爲錢穀總司，念此西南一隅萬國將輸，禁旅轉餉，互相首尾。大敵一日尚在，則禁旅一日難撤。禁旅一日難撤，則轉餉未可中止。官此者，欲上佐國家之急，而下爲吾滇圖一勞永逸之計，難言之矣。

昔漢武用兵，軍興告匱，爰興鼓鑄。今天下兵力全在於滇，滇銅山頗多，帛布刀貝而外，錢用最便。先是滇甫開，礦久封，舊銅廢錢不乏，經略創局，省會取給於此，大理、永昌繼行之，撫軍再疏其事，專隸右藩。會大農以爲錢局各省久停，滇用兵，議以三年爲期，報可。顧三年，今已屆期矣。自予爲右藩郡，縣銅復告匱。予因以爲言當事，念軍需孔殷，滇之情事异於腹裏，諮謀商榷，乃行檄郡縣，照滇志舊礦開采各如法，且將復請於朝以鼓鑄佐軍興，勿限年例。爲今日滇計，誠無出於此者。然則滇之右藩，今日鼓鑄專官也。舍此無可言者，抑豈但爲滇計哉！錢源既開，可以少蘇東南民力之困。曩者吴楚蜀山錢行天下安，在滇而獨不可也。

予莅藩甫數月，開花箐、寶源等廠，略有成緒，而予行矣。後之君子好爲之耳。抑吾因記滇藩有感焉。古方伯之任，居連帥右，專以治兵。後世用以治賦，已非初意。且勝國之始，謂之行中書省。邊疆戰伐大事得與聞，自後設都御史巡撫各省，而藩司一官乃與庾胥等，不復言天下事矣。噫！豈獨滇藩哉！

【校記】

〔一〕『報曰』句，《文集》十六卷本作『王曰：「善！」』

〔二〕『長驅』句，《文集》十六卷本作『平西長驅金沙，勞苦功高，專封拜鎮全滇』。

偏沅撫軍題名碑記

廳事之有題名也，慎之也，猶之史也。史出自他人手，或出之傳聞，异日始爲之。事嚴於《春秋》，而褒貶寓於國乘。即其人之生平，而言之題名者，自爲題，與夫人之代爲題，止詳爵里去來歲月，而他不與焉。後人即以此而推其人之本末與其爵里去來，則其人之微慝黔晳如列眉矣。所爲慎之也，猶之史也。

考之巡撫之設，古無其名，先代中葉于少保諸人始爲之。時疆場多事，蒐乘詰戎外，重臣莫任，故每省歲漱都御史一人爲之，於以削平禍亂，受一人推轂之，寄與古來儲貳臨戎及大將軍授鉞等，所謂撫軍也。

偏沅撫軍之設，肇勝國之季，當其時，一夫作難，西蜀告警。當國者念滇黔楚粵，密邇相聯，溪峒綿結，延袤萬里，非重鎮無以彈壓，乃於黔楚綰轂地有偏沅巡撫之設，猶之西楚之鄖襄，嶺嶠之虔州，節制之權與總制埒。偏橋沅州相距四百餘里，中歴四衛，駐偏則近黔，或滇南川、蜀有警，則以一軍出夜郎、牂牁，扼其吭。駐沅則近楚，或西粵諸苗猺有警，則以一軍出黎平、武岡，拊其背，璽書所著，因時爲緩急，俱爲節樓之地，此偏沅命名之義也。

今皇定鼎，海内外罔不臣妾，惟滇黔二壤阻王化，連年人師南征，得而復失，自邵陵以西猶爲敵踞。亡何，上念西南未靖，終非四海一家之意，順治〔一〕十年癸巳，爰命經略丞相治兵長沙，用規進取，時則關西袁公奉命填撫偏沅。此時偏沅之土猶未歸朝，然而聖明南顧，遂知偏沅一席非公莫任。公乃與丞相勠力同心，協贊王業，選將材簡士馬。往來衡、寶間，設奇扼險，剋日大舉。

於是敵用膽破，名王來歸。十五年戊戌，天子乃張皇六師，命並相進討。斯時也，公幕府駐衡，三路進兵，公帥四將軍從寶慶而西，直衝賊之中堅。自楓木嶺抵綏靖，萬山谽谺，敵衆據險，公約四將軍以師克在和，惟敵是求，於是貫甲星行直抵戎壘。敵伺公號令如山，不可撼，遂駾喙而奔。公與經略所統之師會沅州城下，然後王師長驅，收復滇黔，而朝廷實有偏沅之地。斯時也，滇黔雖開，整頓方難，公念沅爲水陸之楗，守滇黔，及更番羽林引弓之士，如雲如雨，歲糜金錢數百萬，皆仰給於東南江淮楚豫之間，惟沅衣帶水可以轉運。偏橋爲滇黔適中之地，公所以駐節沅州，兼顧偏橋，而糧餉不致乏絕，則駐沅所以駐偏也。

嗟乎！偏沅之關係於滇黔何如哉！此曩者偏沅之設饒有深意。而今上因之授鉞於數年之前，蓋爲今日也。十七年庚子季夏，予以朱陵使者捧滇藩檄出公軍門，公出《偏沅題名記》屬予序之。予所以詳論偏沅之始末如此，與公之所以有造於偏沅之始末如此。至公之政治篳路藍縷，以啓山林鞭弭櫜鞬周旋於戎馬之間者，楚之南人能言之，國史能收之，不勝書也。予所謂廳事之有題也，猶之史也。

【校記】

〔一〕順治，《文集》十六卷本作『今上』。

鼎建黃平州治碑記

黃平，明初隸衛，蜀黔交治。播之役，從而州之，事肇萬曆壬寅，設牧定賦，名繫郡縣，歷三代，稱邦治。官商流冗，土著蕃殖生息，闤闠殷賑，桓蒲輯玉與上國諸侯等，稱樂土矣。勝國末，藍孽豨突，城爲赭。尋以孫憨割據六滇黔，黃平芟刈如薙苗，象魏聽事之所蕩爲烏有。

今上十五年，六師逖滇黔，黃平以是年入版圖。當是時，林麓瓦礫，虎豹晝游，骴骼載道，流離鵠鳩，無復生理，椎髻綴貝之徒，藥矢毒弩牙狙山谷間。守是邦者，上都杜君，單騎至，掩涕曰：『嗟乎！州無人矣，焉治？且治無所矣，焉州？苗漢雜居，猰貐難訓，奈何？』與二三僮僕，棲身城隍祠中，徐圖所以安輯撫定之者。亡何，而反側子與兵相勾居，其郛守力救止殺。亡何，而牧馬之檄又至，千萬其群，彌川塞谷。維時儲胥槍櫐毫無一存，主牧者則又恐喝，笞卒吏如霆，守乃露次崎嶇蠻柵苗壘間，用相開導。人感其誠，間有持莖豆粳稻相餉者，士馬糧糗緣是不乏。於是大喜過望，不復滋擾民間。守曰：『是亦足矣，得少緩須臾，吾民其瘳。』亡何，而牧馬者復接踵至矣，守爲辦之如前。如此者凡數次，不止民力亦殫，守力亦殫矣。閱明年，兵去，民稍稍得安，水耕火耨，石田中少得升斗自活，民以漸有人色。守曰：『則民者威儀易重，觀臨之卦難治者，苗民書重呂刑之辭，爰創堂皇以示匡飭。經始某月日，斷手某月日，州治以成。』

維時某以滇藩移粵西之官，經過憩茲旬日，因邦人求所以記州治之成者，予應之曰唯唯。邦人則又爲予亹亹陳杜君之勞與州之所以難治者，曰：『大夫從滇來，今六師駐滇，黔爲襟喉，驛使冠蓋相望，中原協餉，繦屬勿絶。』州距孔道一舍，其所乘傳郵輓夫馬不貲平越一郡，惟州獨劇。又今羽林虎賁之士更番代戍，凡橋梁道路及行糧草芻，不啻數倍正額，皆咄嗟立應不敢後。時又新開諸葛等峒河口，東南米船頓，黄平莫敢以紅朽取。盩州之難民可知，守之難又可知。予曰：『是也，今日滇黔，天下騷然矣。守之勞苦功多，人臣之分也。拭目西南太平，洗甲兵不用，使得如杜守者棋置星羅於天下，爲邦伯何難郅隆哉！』他如畿訓士禦侮諸政，邦人類能言之，予姑弗贅，[一]此記其成州治者而已。

【校記】

[一]『邦人』二句，《文集》十六卷本作『邦人則又爲疊言之。予曰：「此又人臣之分也，他日輶軒采之入循變傳中可耳。」』

重修雙清閣碑記

閣在邵城北趾，邐迤而往，可二里，二水湀闢其下。湀，古[illegible]切。《爾雅》：『湀闢，深水處。』漱波枕岫，怪石厜㕒，内隩外鞫。芮鞫，鄭氏曰：『芮之言内。水之内曰隩，水之外曰鞫。』由東閣西折而上，綺疏朱甍，高壁緬然，都梁馥遠。盛夏涼颸襲人，久之膚栗。下窺碧沼，頭魚可數。曰陼，曰坻，曰潏，皆可見石牒，似雜采帖浮圖涌。西北有古刹，僧住，鐘梵聲在几席間。南則雉堞環列，高下在胸。西北諸峰，魁梧不知名。湖南自有南岳爲帝，餘悉臣妾。此山在甸服之中，附庸足矣。

予昔戊子撫黔，繫馬邵兩閱月，强半醉其上，與山東夏使君揚名俱。時亦盛暑，得此消渴。迨己亥重來，則此閣化爲烏有，不可復識矣。但有藁音稟，同莪蒿。蒿薺苨，音你，一名同桔梗。棫然蕪穢，鸋音寧，即鸋鴂。鶹音溜，色似鶏，俗呼告天烏。晝鳴而已。噫！大道十年一小變，計戊子至今一周星耳。當時滇黔未開，巨猾時飲馬邵城下，未幾爲某將軍棄去，城郭蕩爲丘墟，何况兹閣？其爲陵谷，宜矣。今經略丞相洪公同王師進剿，滇黔入我版章，寶得復有，城郭流民漸歸，家室鼎造。念此閣自無而之有，與自有而之無，應各有數。今豈無人焉爲此閣復還舊觀，俾此雙清故物巋然再見，是此閣返魂之日也。會邵令濮君爲予言閣之有無，誠如明公言。

先是曾備磚材若干爲此舉，圖度於心久矣。聞之形家言，閣爲郡風氣，其有無，人文屈伸兆焉。曩者軍興未起，斯閣傑立江表，千章偉樹，執戟仗下，公車歲登賢能書。自閣去後，應鄉里之選者絶少。若是，則一郡人文遂於閣問興廢哉！殊不知人亦自奮耳，不關閣也。獨是天下事有不甚急而必不可少者，即以楚論，鄂之黄鶴，巴陵之岳陽，沔之太白，潭之熊湘，丹碧翬鳥不與，烟雲爲滅没，豈直資吟眺侈觀美哉！抑承平之盛事，政教之修明於斯乎？在邵陵，此閣曷不若是？未有閣以前，任之可也。既有閣而無閣，修之可也。邵令曰：『諾！即日將與此閣。』從事彭子喜先爲之記，以勇其成。二水者何？一曰大谿，南臨經。其北即邵水，一曰高平，源出首望山，與邵水合，自此而下爲茱萸江矣。時順治十六年六月也。

鄧城南郭重修文達橋記

考之《周禮》，合方氏掌達天下之道路，又司險，掌九州之圖，以周知其山林川澤之阻，而達其道路，皆夏官掌之，此王政也。然則王政之所重，莫大於道路，而橋梁者則達道路之一端已。鄧南郭門外，舊有石橋，《傳》曰：『石絶水者爲梁，又曰石杠，謂之徛。』此是也。以通臺隍水而亘洫涂之窮，創自先賢李文達公，歷今且二百餘祀。會時久石泐，又暑雨暴漲爲所漱淫，即水醮厬塹如臼，厬音軌，水涸。《爾雅》：『水醮曰厬。醮，盡也。』不任車馬。負擔徒步惟艱，國門往來輻輳區也。史稱南陽冠軍樂鄉，數道交錯，俗呼爲五劇鄉。况鄧南門尤屬襄樊要道，皇華使龍節虎節而外，商賈貿易，秦晉行李之往來，繦屬於道，强半塗此，誠所謂四達之衢，五達之康也。兵興來，郡城一陷於丙子，辛巳再陷。人民死傷離析，百僅二三，室廬毁，雉堞丘陵，阡陌化爲石田，民無餘力可以興廢舉墜者。斯橋之不復舊觀也，固其宜哉！即此通之，凡鄧之爲橋之圮垝而待熙者，不可勝紀已。

會諸生李某，文達公七代孫，作而嘆曰：『嗚呼！此吾家堂構貽也。維我先公，燮元贊化，亮翼天工。當斯時也，玉帛來，萬國之同璇璣，正七政之位，身歷三朝，心惟一德，用作舟楫，利涉大川，有如此橋。乃一傳再傳，後世陵彝衰微矣。文貞遺笏，不存舊邸。贊皇片石，幾易平泉。賜第化爲馬厩，門巷不復烏衣。雁齒頹泐〔一〕，且如此橋何？嗟此雲仍，實慚烈祖。』於是顧瞻周道〔二〕，不忘繩武之思焉。爰廞俶其事，廞音歆，興也。督若工，礲若石，烝烝遂遂。儞格楮柱，鞏之劫之。既京既幠，用厎〔三〕新勞。逌復舊觀，而橋以成。

彭子聞而善焉，代爲記其事，於以襄文達之功於勿替，且以見先賢之有後也。爲之銘曰：『彼穰郭之離明兮，有石穹窿。緊元老之手澤兮，作而成功。棟梁久摧兮，大厦用頹。維兹橋實賴後人兮，不與黑〔四〕劫而俱灰。』

【校記】

〔一〕雁齒頹泐，《文集》二十四卷本無。

〔二〕周道，《文集》二十四卷本作『此橋』。

〔三〕厎，《文集》二十四卷本作『瘴』。

〔四〕黑，《文集》二十四卷本作『墨』。

重修永濟橋碑記

彭而述曰：永濟橋者，吾祖居茱萸河禹山東南趾可八里，距鄧西六十里云。先王父南溪公倡建之，肇於隆慶六年，迄於順治十一年，蓋八十有餘年矣。重修倡始者，則其孫庚辰進士而述也。述爲兒時則已聞橋一泐於水，王父再築之，仍削斷碑豎舊址，無歲月不可考。

先是王化玉調，人烟綉錯，野無奥草，溝洫通行，水歸故道，即雷雨憤盈，蛟龍有時震怒，然殺不終日，里人又往往伺其損壞而補之。先朝〔一〕癸酉，涼寇欻起豕突關以東，中原屠裂，山骸川血，鄧城不守，周餘幾盡。予避亂晋楚吴越間，羈旅十年，會甲申國變，神州陸沉，乾維用絶，山河不殊，風景頓异，予蹌踉歸來，而此物化爲烏有矣。嗟砥柱之無人，慼横流其已甚，秦鞭難驅，天塹共嘆，物猶如此，人何以堪！又兼頻年多雨，河伯不仁，洞庭方在飲馬，黄河又復潰溢，論者謂今上起東北，以水德王，固天道應之歟！今大農方括内帑金數十萬塞無窮之巨浸，與魚鱉争宫朝廷之上，又斥大官俸賑畿輔青齊一帶，昏墊之民，夫何不以祈寒暑雨聽之造物乎？

彭子曰：天工人其代之，有如此水，橋梁者，舟楫之窮也。輔相者，天地之道也。若涉大川無虞滅頂，顧眷衣帶如履康衢，顧力行何如耳。每見王公貴人里豪富兒，金碧耀梵王之刹，泥沙填道陵之院，曰：『以資冥福也。』又游俠公子市井駔儈，一飲蕩中人産，百萬資呼盧一快，曰：『人生行樂耳。』於是吝客從而笑之曰：『吾爲天地守財耳。』孰知多藏誨盜，象齒焚身，死欲速朽，玉匣何用？二者交譏，何如濟世利民之爲功德之彰明較著乎？月令有之，孟冬之月其祀行，又曰謹關梁。傳有之曰：『天根見而成梁，辰角見而除道。』王政之所先，而官司之所守也。可不是務歟！顧又嘗思之，杯棬書册，先人之澤存焉。是役也，無墜前徽，無累後人筐篋，足矣，州黨何爲曰：『是有説焉，成大功者必諧於俗，樹久業者務謀於衆，經費浩繁，既非一手一足之爲烈，拮据歲時，要在群策群力之互用。推此誼也，願與三老長者共之，异日貞珉紀姓名，安知不似杜當陽萬山一片石？』抑予由是尚恧焉。

先王父以豫章一布衣起家，中土締造箕裘，右我孫子，多行善事，表厥井疆，至今桑梓遺老能言之。而予以一經自腐，逢世艱難，拯濟横流，既乏作楫之才，而偃蹇病軀，空負題橋之碑。斯一事而興亡盛衰之感存焉矣。敢曰祖武克繩，庶幾因人成事云爾。

先公此記作於順治乙未，原係募疏，欲合衆力成之。觀記中末語，可見後命先曾祖南溪公遺澤，不可付之他人。撤募疏中止。先公於次年丙申南下，先母王夫人出困廪易貲，令家之主伯亞旅伐石禹山，拮据獨力而成。今永濟橋所竪碑，係先公於長沙另撰一通，非此作也。容俟他日補刻以志緣起云。男始摶謹志。

【校記】

〔一〕朝，《文集》二十四卷本作『帝』。

盤江橋碑

盤江山勢，劃然中開，萬仞壁立，下俯重淵，霹靂列缺，不聞人聲，此華彝之險，介滇黔之襟喉也。舊名鐵鎖橋，兩岸距十丈，練鐵九繘，鑿兩石脅受之，上覆以屋，如懸度焉。滇迤西橋多有此，不獨盤江也。關東趙公總制是邦，晝棟其上，以爲巨觀。歲癸卯，河水暴漲，腐株頹石蔽江而下，橋無存焉。夫西南軍書方殷，使者冠蓋相望於道，且歲幣公車徵輸租調之役，津梁上國，王會所同，可緩圖諸。於是咨度於滇黔各當事者，衆議僉同。疏上，報可。議蠲公帑若干，諸公各斥大官俸有差，以某月某日起，威清使者陳君董其事。陳君曰：『我聞龍性惡鐵，曩者雷雨交作，得毋犯其所忌乎？且橋梁從乎木者也，語曰：山有木，工則度之。』爰命匠伯選勝岩阿，得其輪囷離奇長尋丈可浮河面者若干株，斧削繩墨，虹霓飛度。凡攻石攻木，塗塈丹雘，閱期而橋成。合郡之長老孝秀觴於橋上，左顧犍爲之郡，右瞻昆明之池，穆然念曰：『此水發牂牁，而帶駱粵幾千年矣。莊蹻唐蒙以前，中國人烟未通。自孝武開西南，禮樂文章與上國競爽，坐間阻遐荒，鬼國蠻户爨僰，夜郎自相君長，每每梗我王化。六詔而後，疆城瓦分，至元明始合。近者孫逆割據十五年，朝廷遣三路師問罪滇黔，鐵橋不守，然後金沙蘭滄相繼倒戈，掃緬甸而定，車里萬里，無留行焉。我國家一統之大業遲之十六年而始開，此橋實始基之，則此橋之興廢，滇黔之鎖鑰控制，於是乎在。今又屬有水西之役，礪精甲，掃蠻穴，決千年之瘿瘤，除患肘腋。而是橋適成，殷殷訇訇枕上過師，則豈非天時人事景運翔洽之效歟？』

或者曰：『木不如鐵之堅且固也。』曰：『固也。向之橋鐵在下，庋板其上，繩行懸度，制非不奇。然厠足其間者，震撼危慄，點鳶欲墮。又雨瀑洊至，漂板没如木林，蔽江而下，橋之存者僅矣。今别出新構，植木厓滸，崇牙相嚙，穹然背起，比櫛鱗次，覆以陶瓶，如閣道盤空，自此險過百牢，坦如五達，所謂功儉於昔，而利實倍之。』用告來兹，永永銘曰：『天地西來割鴻濛，遍插雲霄萬芙蓉。羊腸牛角一綫通，夾山中裂盤西東。鐵橋卧波睒宛虹，其下乃潴魚鱉宫。秦歟漢歟未可窮，石脅呀然鑿虚空。六詔犍爲指顧中，車徒蹴踏聲隆隆。山泉暴長霹靂紅，鐵橋屹屹失其雄。本朝王會車書同，鞭棰烏蠻牽僰僮。顧此廢墜心忡忡，努輓不惜厘大農。豫章名材量千拱，廞飭安流垂蝃蝀。龍盾十萬虎韔弓，枕上過師偃雷風。雪瀑卜瞰驚魂舂，豁如九馗誰之功。跣蹻負擔來朝宗，颷與繩笮争穹嶐。震叠東川及烏蒙，鞭叱鼃鼉沓沖瀜。地維不坼安三龍，鎖鑰荒服拱九重。』

關嶺漢將軍廟碑

自黔入滇，蜒程嶢崅，彌望皆山。車馬多行隙中，獨安順迆西當胸而立，亘矗雲起則嶺。名嶺從關將軍索得名，將軍而前不可考也。余於順治十七年庚子由滇藩逾此，陟將軍祠拜焉。閱四年甲辰，復以黔臬至，則威清使者陳公新其宇，丐余文碑其事，且言曰：『此前制府趙公意也。』予往讀史傳，漢前將軍赫赫矣。今天下方州僻壤，粢盛肥腯，幾與有國者之祀社稷，城郭之有孔廟等。今將軍名索，漢前將軍子，其軼事不少，概見荆州之役。既已父子殉難，勿以名索者，史失其名歟！將中原徐、泗、宛、鄧之間爲前將軍百戰之地，何以竟無將軍在也。既而思之，將軍父子所事者，劉氏耳。南郡之後，劉氏既西，將軍隨之。志稱建興之始，將軍從諸葛丞相南征，將軍先驅，拔山通道，爲此嶺開先，宜血食於此，古之名山大川必有神人居之，將軍戮力王事，焄蒿淒愴，與山川相爲不朽，豈顧問載？爾時中原鼎沸，惟西南一隅將用蜀以用，天下以延火德之基。若使雍闓之亂不止，則蜀中震動，褒斜以東不敢問矣。孔明先南中，而後乃有事於中原，饒有深意。將軍之心與孔明同，此嶺之所以傳將軍，將軍之所以常有此嶺，非偶然矣。

或者曰：『孔明舍荆州不問，稱戈瘴毒之鄉，與鱗介争雌雄，迨擒縱既成，而力亦憊矣，安能復問高、光之鼎乎？』此大不然，譬之千金之子方有事於强鄰怨家，而垣墻之內，乃有伺窺筐篋厝火於積薪之上者，此之不除，禍豈在遠？孔明之先克南中亦猶是也。然則天下之嶺多矣，而此嶺獨以將軍傳，何歟？曰：『此人心之不忘劉氏也。』今山半有飮馬泉，有關帝像，此又因將軍而思及帝者也。帝始終爲劉，將軍亦始終爲劉，成都雖去，後主雖淹没不傳，而人心之帝與人心之將軍不可誣也。此關嶺之名，後天地而不朽賴是歟！

先是孫氏竊據黔滇十有六年，大師西征，唯此嶺戍最嚴，迨我師直搗而風靡。今緬甸、車里、南交奉正朔恐後，車書一統，此嶺實先之，何莫非將軍之靈哉！按是祠之建，肇前代，通道都督馬公置守禦所。正統麓川之後，靖遠王公拓之。又大司馬松月伍公登詩告成。祠之起皆以遠圉有警，行師克振。今皇清膺命，滇黔職方開於十五年之後，總制趙公按輿圖，考祀典，飭榱桷而蘋藻之。國之大事在祀與戎，其知之矣。

三星橋碑記

郴桂，山國也。山下啓泉不擇地，故又稱澤焉。宜居郴桂夾輔間，山尤衆，城黑子周山俯瞰之。游水爲隍厥漳名焉，繞城西南行，石梁楮柱，長虹蜿蜒，三谾穹然。上有覆屋數間，旅人廢著。鼎革後，蕩然矣。分鎮唐將軍以金吾宿衛統羽林兒駐節宜山，時則順治十三年。蒐乘秣馬，簡練軍實，苗獞慕義來歸，番禺象郡賈兒挾鹽鐵丹錫膠藤諸物貿境上，且相望。將軍乃首率部下鳩材木權輿而落之，時余以衡永分巡奉臺使者，檄料宜兵，渡鷄水，走郴縣，值是橋報成，榱楣既具，丹雘煇煌，大拱小閣，通商惠工，客至如歸。

余作而嘆曰：『休哉！唐將軍之治兵也。』南荒困戈鋋久矣，聖人眷焉南顧，壁壘綉錯，如兩桂如臨藍以及宜，皆以偏將軍治之。爾時滇黔未下，猰貐方需鄰，又恐內地煽亂，蠻孽用熾，故大司馬綢繆邊圉之意甚殷，計甚周也。此巋然者，將謂是數椽風雨已哉！苟將軍不嚴兵，如橋何？即嚴兵而不愛民，又如橋何？古者井田，車兩出於丘甸。故相衛相養，視之如一。後世惟府兵近古，變而爲彍騎，又變而爲名募，兵鮮不爲刀俎，民鮮不爲魚肉，於是兵民如讎仇矣。況斗大宜城，民不知兵，荒土菑畬，人歌百堵猗歟！將軍是聖人之所拊髀而思者，有如此橋矣。余承簡書，得將軍同舟之誼。少蘇孑遺於東南紓余保釐之責，顧安得人人如將軍者哉！

錦鷄泉柏亭記

《記》曰：『天不愛其道，地不愛其寶，人不愛其情，是以地出醴泉。』《白虎通》曰：『醴泉者，美泉也。』又曰：『君乘水而王，其政和平，則醴泉瀌。』今皇上龍起東北，是維水德，神靈滋液，飛潤流甘，固五行乘除之理也。鄧西郭內北去可一弓地，舊爲牧場，其土黃墳，酸棗雜花宗生族繁，不知其下有泉，幾百年矣。郡乘亦不載。會順治十年癸巳夏，居人飯驢其間，小兒撅地受縻半尺許，得水漼然涌出，涓涓弗竭，乃走報家翁。往伺之，居然泓矣。因鑿穴而下窮厥源，又二尺餘，見一甓長尺餘，方有半，深黝如漆，掘而上，見土蝕没滅，纔有字形，乃爲浣剔諦審，有古錦鷄泉數字，不載歲時，亦不載何人姓氏，旁小書但云去城西門二十步。考郡志，外城乃金人所築，以威南宋。詳其款識，爲金元時物。若是前明，則父老必有傳之者。若復前此，不應有外城。時西寇震鄰，河北麻將軍駐師防鄧，謂太守陳公曰：『昔歐陽公守滁州，得紫微泉，城西因名豐樂泉。又范仲淹知青州，有惠政，溪側忽涌醴泉，則今日此泉殆爲公乎？』太守曰：『不然，我聞貳師將軍拔佩刀刺山，而飛泉出。疏勒校尉正衣冠請禱，而井泉濆。彼二者尚有待，公今無待師出地水，九淵效靈，我知小醜不足平矣，其將軍哉！』於是二公交相讓，以不有此泉也。

彭子乃舉前説以解之曰：『維君王哉！我皇治天下十年，四海率俾覃歸王化，甘露降於園寢，八荒躋於仁壽。有如此泉，是曩者白麟奇木朱芝寶鼎，紛紛無益於人者，諸祥瑞不敢望矣。』於是二公逌然酌酒屬予曰：『言有大而非夸者，此是也。請更以一爵進，曰錦鷄名，何昉乎？』彭子曰：『是蓋陳倉寶鷄之説矣。史稱得其雄者王，得其雌者霸，雌化爲石，秦既置祠汧渭間，表其符以名縣。秦以興，雄飛入南陽，爲光武得命之符，今南陽雉縣其地也。毋亦取諸此乎？若夫甘菊之井，倚帝之漿，俱可以延年益人壽考，下者猶百歲，此郡乘所載者，今一在鄧城東陬，一在酈，亦鄧屬也。得此泉而三矣。』麻將軍、陳刺史辯予言爲亭其上，手植松檜百本，他木稱是，以日飲茲泉。予爲列其事如左，且即蚪泉水而酹之曰：『爾幸勿忘將軍刺史力也，此以後世知鄧有錦鷄泉者，安知不如二公前所交讓云爾乎？』乃録其柏曰『將軍樹』，亭曰『刺史亭』，所以賀錦鷄之遭也。鄧人彭而述記。

重修馬神廟碑記

《易》之《坤》曰：『牝馬之貞。』行地之象也。於天文爲辰，龍精也，故以配乾焉。在昔聖人取象於河圖之文，爲之畫卦衍易。以前民用，罔非於馬乎？重言之以爲在天者龍，在地者馬也。是人中龍也。《周禮·六官》以大司馬名夏官，不復以十二象律之矣。其在月令之文曰：『仲春祭馬祖。』解之者曰：『天駟，房星也，爲馬祈福則祭之。』然則馬祖者，馬神也。世人不察，以爲更有物焉，爲之神，非愚則誣。

鄧子城東角舊有馬神廟，毀於燹。守禦所沈君爲起而新之，爲文以告曰：維天子大吏，爲朝廷捍牧圉，疆場是問，呰窳如予，倉猝武夫耳。然其職，亦城隍鎖鑰是寄，勿亦夜吠晨服，爲簡書羞，何政令之爲也。彼守土者，則俎豆宣王之宮，榱桷丹雘必飭，儋石之子，則奔走方社恐後。馬神一祠是禦侮者專責也，語曰：北人使馬，南人使船。予生長吴越，見一旦海上有事，則艨衝餘皇動以千艘，決勝負於江天之間，其淮揚之北則謂之有足之丘，戰陣攻討，厥壯騰驤〔一〕。今聖人既以馬上得天下，騈衡無非紫燕，天厩皆成雲錦，彀騎戒路，輜軒清塗，方且立馬五嶺之外，投鞭斷四海之流，乃蠢兹小醜狙伺房州，問風長嘶，解甲無日。《詩》曰：『有嚴有翼，共武之服。』蓋爲此也。聞之馬經曰：『馬食杜蘅則善走，繫獮猴於厩，辟馬病。』物理相感，猶如此也。倘猶是爲馬祈福，廟貌無所，無怪乎轅駒日盡，駿骨全銷，望其數馬以對，歌魯頌而賦衛風，不亦難乎？乃爲鳩工庀材，爰作是室。君子曰：有備無患，竹耳霜蹄。渥洼是産，汧渭是息。爲禁原蠶，物不并大。吉日維戊，是禱是禡。沈君〔二〕此舉，亦猶行古之道也。

【校記】

〔一〕『厥壯』句，《文集》二十四卷本作『莫馬爲甚』。

〔二〕君，《文集》二十四卷本作『公』。

重修慶祥寺記

今年自蒼梧來，得觀磐山佛像，殿宇之勝，爲無量壽佛道場，遺蜕在其處。四方頂謁雜沓，轇相接，不問男女，昏旦履舄錯，而袂幕相屬也。念曰：『佛固有身哉？果有身，則凡爲佛所遺蜕之鄉，真古來香火院。鍛鍊金相，雕飾土木形，爲華蓋中岳，葆羽瓔珞其下，是敝器耳，無取朱甍画棟爲也。』乃征車甫懸里門，適以清明節，拜掃先壟，過穰西普濟橋。橋西有剎，初甚偉，爲曩時唐國王錫羨地，歷今且百年。近廢於兵事，頹唐略盡。僧朗公誓願，將次第聿新，復還舊觀，且將合衆比丘築講經臺，展白氈，聒木魚，俾一切頑根下器，振聾俗如奏鈞天，徵一言册端爲顔行，予唯唯。朗公說偈曰：『維兹鄧西紅崖寺，文水遠自析酈至。南陽朱邸漢王孫，手斸帑藏開此地。興都世廟龍飛時，虹霓蜿蜒石梁具。七十二峰飛嵾嵐〔一〕，遥看雲樹相虧蔽。金碧爛熳走雷霆，輪蹄如驛復如織。東井鐵騎突闖來，山河大地成灰劫。子弟閑珊爐火稀，龍象塵埃生蠨蛸。魍魎晝出獅子號，老狐鬅鬙如蝟磔。伊僧昔在匡廬巔，凌風一舸泛南海。具此願力十五年，歸來但有瓢笠在。我聞慧業是文人，此日開山公是賴。』

予投馬棰太息曰：『朗公如此，此又何必磐山佛像，必待遺蜕，然後足以悚震旦，勤皈依哉！朗公者，安知不是佛之後身，而必遺蜕是爲〔二〕。今之宣王宫，石礫纍纍，俎豆在寒烟蔓草間者，豈少哉！乃鮮有人獨念其所自來，割慳鄙以襄宫墻，視朗公爲何如耶？且皇帝御宇〔三〕，制度威儀，丕變前規，九垓莫不從風。而緇衣一流，獨無所加損於其間，亦足以見佛力之廣大，且囊括無外矣。語曰：活佛不能救世，徒虚語耳。以今觀之，但恐其非活佛耳。當世有如來，而顧使所稱如來者，曾不博風雨數椽，坐使青苔生蓮花上，將毋鉢曇香界，果作杳冥有無觀乎？〔四〕』

朗公於是投階曲跽，復爲說偈：『當世宰官何人斯？現身說法將公爲。未央青火照蒿萊，建章碧瓦空參差。滄溟昨日田今日，蚊蚋具有駱駝力。鹿苑鷲嶺相鈎連，燦燦黄金成布置。』顧予蠹簡半生，宦游將倦。銅柱未標，北山夢穩。渺渺慈航，茫茫彼岸，愧朗公多矣。

【校記】

〔一〕飛嵾嵐，《文集》二十四卷本作『武當山』。

〔二〕是爲，《文集》二十四卷本其下有『夫我等亦向魯稱法王座，魯諸生固群然沙彌也』十九字。

〔三〕『且皇帝』句，《文集》二十四卷本作『且觀皇帝御宇』。

〔四〕『將母』二句，《文集》二十四卷本作『謂報佛恩何』。

順陽重修仙陀寺碑記

仙陀寺者，順陽李氏之所建也。順陽在前代爲郡，沿革不一，至國朝隸內鄉，稱聚焉。山川雄拔，風氣遒闊，古堞殘隍，或高或窪，知是昔人烟竈雲屯井牧輻輳之區也。寺居李氏之西北隅，碧瓦丹楹，翬飛鱗次，古樹扶蘇，豐碑贔屭。白晝清梵，武當之佛號爭喧；黄昏疏鐘，香岩之落葉互答。先朝三百年來，瑰瑋赫奕，有如一日，是誠鹿苑之奥區，鷲嶺之祖構也。

李氏在先朝以冠蓋相傳，或待詔於金馬，或珥筆於丹扉，中第景從，孝秀雲起，每每托業於此中，以爲吮毫濡墨之所以。故前後紹述，修舉廢墜，勿或陵遲衰微也。予爲諸生，甫弱冠，曾與張孝廉洪範游其地，時方盛暑，憩其下，老僧啜予茗，一宿而别，爾時氣象已覺頽唐矣。會西陲寇變，横蹂中原，城無完郭，野有莽骨，而順陽一帶，尤居關陝商洛之喉，巨寇出没無虚日。以故兵至而賊去，兵去而賊又至，甚至兵與賊兩相求實兩相避。又爲賊爲兵各相屠戮焚劫，各相雄長，各不相蒙。而民之逃竄流亡者，卒莫能定其爲誰。嗟乎！語所云昆峰之焰，玉石俱焚。大澤既竭，龍蛇俱死。爲順陽李氏且不能自保，而謂能爲仙陀保其約？且仙陀能自保乎？吾嘗論及此，而未嘗不欷歔太息於先代之所以亡也。

居亡何，李氏有子衿某以歲試入宛，謁予而言曰：『仙陀寺者，固吾子之所舊游也，今兹二十年而往矣。念係先人手澤所存，感此梁木有如堂構。今皇帝御宇，南紀朱鳥，北臨玄菟，西暨流沙，東漸於海，罔不率土皆臣，百神爾主矣。况兹順陽居中原之要會，爲秦楚孔道，方宇内外，執瓣香謁太和頂者，無不由此其達。則仙陀者，是誠武當之附庸也。譬之登太山者，必禪梁父。百川朝宗於海者，亦必假途於江漢也。今有汝僧某，定水淵澄義峰山竪，乃發願力，爰叩檀越，爲兹仙陀聿昭舊觀，煩吾子爲文以記其事，曷可少哉！』

予聞李子言而感焉。佛氏，孔孟之所不道者也。予孔孟徒也，且韓愈、歐陽修諸公曾爲佛氏作攻輸矣。元祭酒魯翀，順陽人也，以不拜帝師一節爲後世所重。吾又何敢爲諸公操戈哉？李子曰：『烏謂是哉！佛氏不可滅者也。彼天竺靈隱擅東南之精廬，虎丘香爐據龍象之高座，又何嘗化爲榛蕪，蕩爲丘墟哉！後世學者雖紛紛言之，以爲佛氏與吾道如觝角，然而聖人之神道設教者不存焉。聖人之意，不過主於生天下人耳。王者治天下，以教養禮樂刑政爲生天下之具。至於饑寒貧窶不能自謀衣食，與夫血氣强暴間或至於不能自禁戢，而爲跅弛走險之，夫此二種者，一當披緇托鉢而事佛，則十方接衆糠覈而食足，以安其肢體，得以有生。而又信因果，嚴戒律，以慈悲忍辱頹焉無復餘志，此正所以代王政所不及，而與吾儒之教相夾輔而行者也。吾子所云，所謂知其一端而不知其又有一端者也。』禹峯曰：『唯唯。』爲援筆書其事於左，以應李子之求，且以見順陽之有仙陀。其興廢歲時不可以無考也，視予文焉矣。時順治九年七月十一日也。

鄧州南寺鐘鼓樓碑記（一）

竊惟雁堂鴿舍，鳧氏考銑於之鐘；鹿苑鷲山，韗人設靁霆之鼓。故鐘者，空也。金之樂器有六，惟鐘受氣最多。鼓者，郭也。革之取音惟五，而鼓尤群音之長。故多羅樹下總持宣貝葉之書，摩竭城中震旦開蓮花之座。水陸以龍象爲宗，律呂以鐘鼓爲大。昔王母列重霄之寶器，萬靈聚昲澤之銅；昲音費。髴、佛古通。又春官掌豳籥於仲春，蒯浮宣伊耆之氣。不窕不摦，紀三平六。周景王之無射，所以鑄於州鳩。或應或懸，曰鞞曰鼖。晋武帝之石鼓，因而鳴於張華。惟兹申伯之舊地，夙稱懽喜之園。矧伊穰侯之故里，爰多醍醐之沼。第有開士，無慚住持。苾芻生西天，備五德而名草；飛錫來志公，望潛山以築室。念虎丘聚石之地，乃蘭若曼陀之臺。顧伊蒲之供既仁祠，見助於楚英；而稻畦之帔乃方袍，又賜於唐武。惟足軍持木患，日在蓮花漏中；白馬黄金，盡入獅子吼内。欲將粲谷靈鼉之弘開，必由仙陀寶坊之并建。闍黎登座，錞鐲與密須相宣，共殺煩惱之賊；南無嗣音，鐃鐸將都墨互答，永奠供養之位。合三皈、五戒之士女，爲化城福田之方便。梵語波羅，華言布施，共登菩提之岸；鐘鳴秋分，鼓鳴春分，全包陰陽之理。禪那聞聲而猛省，拔泥黎迦而振響。優婆望壇以遥拜，涌窣堵波以干雲。印度常明，刹那不昧。曹溪録裏，永留荼毗之僧；華嚴解中，盡是菩薩之語。行見度越人天，以衍妙法；抑且絶去聲聞，以還真如。

【校記】

〔一〕篇題《文集》二十四卷本作『南寺重修鐘鼓樓碑記』。

羼提寺碑〔一〕

竊惟鷄園逶邐，每依靈阜之區〔二〕；鹿苑崚嶒，不乏菩提之果〔三〕。故心燈夜炳於方丈，十笏傳毗耶之城。意蕊晨飛於衆香，上方留娑婆之界。旃檀外更無雜樹，薝蔔表不種餘花。五印慶周回大千之中，八功德彌滿七寶之地。聿來迦衛，姓受瞿曇。號爲西方之聖，人稱佛二十八祖。爰惟夢裏之天竺，取經《四十二章》，無非縫絶紐於馬鳴，固亦振頽綱於龍樹〔四〕。然則據如來所自兆，猶曰勸衆生以慈悲。繹浮屠所由名罔，非全震日於忍辱。是即吾儒仁義道德之旨，而彼特借爲寓言。又即聖王禮樂刑政之權，而渠善化爲隱用〔五〕者歟！

鄧西五十里，舊有精舍一區，肇於至元，毁迄明季。釋子某某欲以廣長之舌再現莊嚴之象，將欲轉法輪而證道果，還擬傳真印以受金姿。燃慧燈於閻浮，立見菩薩開導。付法衣於行者，即是波羅本來。象教重興，見優曇生華之日；宗支允定，欣梵〔六〕王登座之年。世尊拈花，妙心傳於迦葉；達磨面壁，精進豈必少林。顧四大本空，即瓦礫荆棘皆可處，何必金剛雷音之寺；五蘊非有，更不借文字語言而爲用，反成擘支小乘之流〔七〕。然拯溺回川，必憑五衍之軾；大庇交喪，須開八正之門。成佛生天，皆因布施積行；金繩寶筏，從此見性明心。貯兜羅於璃筒，音輪揚獅子之吼；藏珂雪於花窟，法雲凉火宅之燒。蓮社既闢雖陶，長官許醉；虎溪不過非陸，道士莫來。將八難以全消，企九根之永固。

【校記】

〔一〕篇題《文集》二十四卷本作「重修羼提寺碑記」。

〔二〕「每依」句，《文集》二十四卷本作「每多歡喜之場」。

〔三〕「不乏」句，《文集》二十四卷本作「不乏醍醐之治」。

〔四〕龍樹，《文集》二十四卷本其下有「欲燒宮内之朽骨，昌黎遂竄南荒；按誅天下之之沙門，崔浩無由良」二十六字。

〔五〕隱用，《文集》二十四卷本其下有「昔人所云功包陰陽，力拙造化」十二字。

〔六〕梵，《文集》二十四卷本作「法」。

〔七〕「反成」句，《文集》二十四卷本作「反成老莊小乘之人」。

衡府北郭香水庵佛閣碑

衡盡南楚，是維朱陵。湘水東流，任龍宮之吐納；祝融北映，來象域之奔馳。福地靈墟，已備鷲嶺之二三；玉榜金繩，應開鹿苑者八九。矧夫石鼓峰翠，噴天籟於層霄；花藥雲深，走錦屏於疊嶂。自非寶地香城，幾負丹岑碧岫。

有純知法師者，南陽淅〔一〕邑人也。積善高門，冥緣累世。杯澄三江之霧，杖栖五岳之雲。於揮慧刃以斬邪，闢運靈樞，而闢仁路。法流引海，啓三藏之秘扃；長焰傳燈，拯群有之塗炭。於是聚礫延沙，翹心净土，因之分條櫛理，努力法門。念三界罹崩離之酷，乃四天沉闇逆之悲。仙露明珠，騰漢廷而皈夢；松風水月，照東國以流慈。於是斧中岩以瑶搆，填下麓以瓊鋪。晨鐘夕梵，響徹九嶷之巔；慧日慈雲，衣被五嶺之外。更創傑閣，用妥金仙；聿起危樓，爰貯寶相。曩者紀綱廢墜，妖灾叢生。毒龍塞赤縣之影，匪惟血落星隕；醉象驅丹陵之風，寧止石言鬼哭。十年以來，王風甫静。千八百國，佛日應懸。殷宗奮鬼方之威，適叶地水之卦；周宣奏荆蠻之績，再賡常武之詩。於斯時也，丞相抗表而渡瀘，即見雍闓授首；將軍揚旌以過嶺，旋看側貳歸心。飛旐驚烏散之壘，彼潁川永昌之芳踪，接踵而至；帝璽耀昆明之水，將金馬碧鷄之荒裔，稽顙而來。自此洞庭無波，衡雲不閉。鳳闕凌空，拔迷途於火宅；鸞拱碍景，朗正教於珠林。烟霞之板蕩全收，玉房跨霄漢而聳峙；林壑之交喪肇起，瓊臺乳雲氣以懸居。時維順治丙申之十一月也。

【校記】

〔一〕淅，《文集》二十四卷本作「祁」。

麻將軍英武防鄧碑記

順治九年壬辰，漢江以西有大寇從滇粵來，據房山爲穴，嚙我鄖襄間，城邑纂嚴。鄧距楚才衣帶水，震鄰虢虢，河南守土大吏上書司馬，以我麻將軍來防鄧，事在壬辰冬杪。戒之曰：『鄧居國南鄉，肉薄舊楚襄樊，上游武關褒斜之喉，蠢兹不腆，侵我干略，維將軍肆靖之。』鄧之父老子弟焚香祝之曰：『庶勿以衛我者，魚我乎？』麻將軍進父老子弟而告之曰：『吾家世爲將，起朔州，束髮從戎，紀律頗嚴，不敢以暴掠聞懼，辱朝廷法，且吾家聲用隕。諸公但待之以驗吾言。』背夏涉冬，以室以廬，爲薪爲米，飲之食之。民曰：『兵，客也。尸饔逆旅，實愧主人。』兵曰：『民，主也。馬渤弧矢，用擾婦子。』迄於今且二年矣。二年之内豈無睚眦小嫌，反唇攘臂相凌亂，顧我公聞之，則斷不假借，必懲其兵而置吾民。於是軍與民皆感公德，相親睦，式好無尤，歲時伏臘，烹羔炮鯉，婚喪報賽，缶籥雜奏。民携兵手，兵拍民肩，約爲兄弟，不啻中表，蓋真二年來如一日也。

然則鄧州何以得此於河北軍哉！曰：『皆公也。』公曰：『少府之金以養健兒，勿染吾指，以潤吾橐，尺藉是問，不貸三尺。枕上過師，無犯秋毫。鮭菜絲粟，市價必平。豆觴道路，斯須必讓。』公不以病兵，兵斯不以病民。兵既率公之令以愛吾民，民尤體公之心以還愛吾兵。鄧之父老子弟於是釃酒封羊爲公壽，且曰：『公真衛我而不以魚我也。』蓋二年如一日也。

維時漢江西南上自均口，下至酇陰，三百里外賊聞公御兵得民如此，相戒勿入公境，遁謝羅山深處。詗之者曰：『我公一日在鄧，則漢以南賊不敢問也。』其爲賊所憚又如此。會以今年甲午四月廿二日，天子念公勞苦，諭樞部臣升肅州副戎去。肅，秦岩邊也。漢番雜處，去中國萬里，蓋藉公爲長城矣。鄧人遮留不能，勒石記事。『匪報也，永以爲好也』，公之謂矣。

州守陳公爲鄧人德公，爲之銘，銘曰：『巨寇斯張，窺我漢水。磨牙吮血，眈眈相視。西連巫峽，南接洞庭。叢狐躍馬，烽燹震驚。天子赫怒，顧瞻南方。謂大司馬，爰截陸梁。中丞上書，爲整勁旅。曰麻將軍，有力如虎。將軍阿祖，起家北陲。日南樹柱，燕然勒碑。將軍未至，民則驚鴻。將軍戾止，民恃崇墉。維恩與威，師帥父母。維公與德，禹山湍水。齋斧畫戟，今度玉門。聲清黃河，氣壓昆侖。甘、陳偉績，班、傅壯猷。我公西來，爰纘其休。統萬舊城，元昊故壘。甌脱無驚，我公則喜。東國思衮，潁川借恂。山川悠遠，實勞我心。爲羊開府，爲祖豫州。俎斯豆斯，爾公爾侯。』

汝南戴大參之官粵西右轄碑記

甲午七夕前一日，予以司李任公見招，有白水游。時霪雨新霽，道濘不可行，驅款段，日行一驛，既抵龍岡，父老三五輩遮馬言曰：『氓愚逼處草間，呼犢時穀，終歲胼胝，爲官家索敝，賦供奔走，不能知朝廷事。如何天子遂一旦舍我宛，遷我分守戴公而南？為君門萬里，小民勢分懸絕，攀轅不能。今脂車載道，將問渡洞庭，望蒼梧進發，盍一言以志我公，且以志宛人之不能已於公者？』

予為進而問之曰：『州黨知不出壟畝，如前所云。公方面也，去吾民較守令不同。守令之賢與否，閭左被之，民之勞悴分焉，若監司則异。是以故守若令，民則稱曰父母，而方面以下統之曰公祖，明乎去民稍遠，猶之家庭之中，黃口兒待哺為活，泣饑號寒，推燥就濕，不問之王父母，而必叩膝下於二人也。至有監司莅其地經歲，時且去，民不知其姓名者矣。若是，則爾又何以志公，且以志宛人之不能已於公者？』

於是父老中祭酒之能言者，前致辭曰：『監司者，守令之表也。上嚴簋簠則下多循良，上密文網則下拙撫字，如影之從表然。約略我公之造我宛人，蓋有四焉，其忘之也。一曰治兵，自先代之季，巨猾起秦隴，蹂躪山以東，其出没武關、褒斜無虛日。於以苦宛，視他邑獨劇。尋楚粵方用兵，名王貝勒固山六師羽林莫不以宛為孔道，日以旁午計。所費牛車芻糗及米鹽瑣細奚啻巨萬？我公不曰：此守令事也。務身先為綱紀之，申諭吾民，徧分諸將，皆一一得其要領。民間雖煩，蓋藏得寧婦子，如枕上過師焉。一曰勸農，宛、召、杜，陂澤之舊壤也。自鶉首兵起，中原流血，堤堰雖在，化為石田。公屢牒長吏，招流亡，撫土著，給牛種，勤菑畲，俾茲博望、白水間，盡鹵莽而膏腴之，大山歌矣。念學校爲教化之原，素王宮殿昔在東郭，風氣不聚，首倡群吏斥大官俸，今移於城藩邸，國人爲賦魯頌焉。昔人有言曰：「文章，經國之大業，不朽之盛事。」披覽往哲，見昌黎、平子、庾開府、岑嘉州諸公，皆鵬舉此邦，著述與天壤俱壽，豈謂今日遂無其人。於是檄行所部守若令，館穀諸生，月徵詩文若干，衡程唯謹，大氐本明經爲帖括，一洗軋茁之習，如鐘鏞在奏，如天球在陳。其爲詩也，恥凡响戛駿聲，置之黄初大曆間無愧色，皆公師教之，則公之興學造士又爲何如哉！於是守若令皆奉行公指，體此意，以長我人渢渢乎？汔可小康矣。其忘之也。』

彭子聞而興起曰：『古所謂經術飾吏治者，公其有之，抑此不足以盡公者，州黨不知也。公昔爲名諫議，其所上封事，讜言石畫，劉更生、谷子雲諸人不能過也。公爲大農總憲，其立朝風采，麟鳳喬岳，汲長孺、蕭望之諸人未爲多讓焉。如是者，當非汝曹所知也。一裴晋公耳，憲宗用之而淮西平，文宗不用而河朔失。一李贊皇也，僧孺在位則得一維州而不足，宗閔既去則收復澤潞而有餘。甚矣，朋黨之爲禍也。公將相材，用之於宛汝，用之於西粤，皆非地也。秉鈞者何人乎，念之哉！吾第與父老言其在宛者而已，若夫救荒治河兩大政，公削牘上都御史臺，爲地方請命者屢矣。异時詔付史館，纂爲成書，行且頒行天下，非輿誦所能悉也。』

爲勒貞珉，以志勿諼。辭曰：『維兹宛南，舊爲上洛。夏人之居，民胥忠樸。西望武關，南連漢渚。汴洛北來，江黃東阻。猰貐突如，奔馳甘涼。封狐晝嘯，夜走天狼。白骨青磷，瘡痍未起。魅潦繼之，喪亂靡止。帝念中原，特簡重臣。來旬〔一〕來宣，[illegible]人吾人。高牙攸届，齋斧霜寒。潢池汎掃，閭左獲安。地栖桑麻，人稱鄒魯。橐籥元化，鼓吹[illegible]府。昔在中朝，度支鹽鐵。國需民命，九重喉舌。今借南藩，黍苗膏雨。二十七城，爰得我所。帝曰公才，往定百粵。陸賈通璽，相如持節。南詔内附，交趾來朝。大哉王會，玉管簫韶。班馬在塗，攬轡騣騣。周衮召棠，悠悠我心。』

【校記】

〔一〕旬，《文集》二十四卷本作『甸』。